W0371147

HAUS DER HOFFNUNG

ROMAN

IRIS KRUMBIEGEL

Copyright © 2020

Iris Krumbiegel

iris.krumbiegel@t-online.de

Korrektorat: Anita Held/Textstübchen

Covergestaltung: ©2020 vercodesign, Unna

ISBN: 9798678797841

1

HAMBURG

Sophie blieb vor der Bücherei stehen, die sie eben verlassen hatte, und starrte auf das Paar auf der gegenüberliegenden Straßenseite. Der Mann hatte seinen Arm um die Frau gelegt, die wiederum ihren Kopf an seine Schulter schmiegte. Sie lachten unbeschwert und betraten wenig später eines der teuersten Restaurants der Stadt.

Es hat nichts zu bedeuten, sagte sie sich. Wahrscheinlich handelt es sich um ein gewöhnliches Geschäftsessen. Sie hatte keinen Grund, misstrauisch zu sein. Matthias liebte sie und hatte kein Interesse an anderen Frauen, schon gar nicht an zehn Jahre jüngeren. Trotzdem ließ das Bild sie nicht los, während sie nach Hause ging. Die beiden hatten vertraut gewirkt, als sei es nicht das erste Mal, dass sie gemeinsam essen gingen.

Nachdenklich bereitete sie das Abendessen vor. Dabei sah sie immer wieder ungeduldig auf die hässliche braune Wanduhr, die sie längst hatte wegwerfen wollen. Ihr Mann verspätete sich und er hatte nicht angerufen. War das ein Zeichen, dass er sie betrog?

„Unsinn", sagte sie laut vor sich hin. Das hätte sie doch bemerkt. Matthias benahm sich nicht anders als sonst. Nach zehn Jahren Ehe war es so gut wie unmöglich, etwas vor dem

Partner zu verheimlichen. Allerdings hatte das ihre Freundin Mona auch geglaubt, bevor sie ihren Mann mit ihrer besten Freundin im Schlafzimmer erwischt hatte. Sophie erinnerte sich noch gut daran, wie geschockt Mona reagiert hatte. Ausgerechnet der introvertierte Phillip betrog seine Ehefrau in ihrem eigenen Haus. Mona hatte ihn vor die Tür gesetzt. Seitdem predigte sie all ihren Freundinnen, dass man keinem Mann trauen könne.

Keinem!

Sophie seufzte und wischte sich die Finger am Geschirrtuch ab. Dann deckte sie den Tisch. Als sie gerade den Wein geöffnet und die Gläser halb voll geschenkt hatte, hörte sie den Wagen in die kiesbedeckte Einfahrt fahren. Wieder ging ihr Blick zur Uhr. Eine halbe Stunde über der normalen Zeit. Das war gar nichts. Sie wusste doch selbst, wie mühsam es sein konnte, durch den Feierabendverkehr zu kommen.

„Schatz? Ich bin da. Wo steckst du?"

„In der Küche. Das Essen ist fertig."

Sie hörte, wie Matthias seine Tasche abstellte, bevor er zu ihr kam. Überrascht bemerkte sie die Blumen in seiner Hand.

„Sind die für mich?"

„Für wen sonst?"

„Ich habe weder Geburtstag, noch ist heute unser Hochzeitstag."

„Darf ich meiner Frau nicht auch ohne Anlass Blumen schenken?"

„Doch, natürlich, danke."

Sophie freute sich über die Rosen. Sie liebte Blumen. Lächelnd hielt sie ihre Nase in den Strauß und sog den süßen Duft ein, den sie verströmten. Wobei es ihr schwerfiel, nicht daran zu denken, dass Mona ihre Freundinnen auch davor gewarnt hatte. Offenbar hatte Phillip während seiner Affäre den halben Blumenladen für sie leer gekauft.

Hör auf damit, mahnte sie sich. Matthias ist nicht Phillip.

„Wie war dein Tag?“, fragte sie, umarmte ihn spontan und küsste ihn. Matthias erwiderte den Kuss, schob sie aber schon Sekunden später von sich und holte eine Flasche Bier aus dem Kühlschrank. Nachdenklich beobachtete sie, wie er einen ungewöhnlich großen Schluck nahm, während sie sich fragte, ob der Kuss irgendwie anders gewesen war als sonst. Distanzierter vielleicht, weil ihr Mann Schuldgefühle hatte? Die Rosen sprachen dafür. Außerdem hatte er ihre Frage noch nicht beantwortet.

„Gab es was Besonderes heute?“, hakte sie nach, wobei sie versuchte, so ungezwungen wie möglich zu klingen.

„Viel Arbeit, wie immer. Ich habe einen neuen Klienten, ziemlich schwierig. In ein paar Wochen habe ich die Scheidung durch und alles ist gut.“

„Klient oder Klientin?“

„Ein Kunde, warum fragst du?“

„Nur so.“ Sie winkte ab. „Lass uns essen.“

„Hatte ich nicht erwähnt, dass ich schon mit dem Kunden essen war? Tut mir leid, Schatz, ich hätte dich anrufen sollen. Dann hättest du dir die Mühe sparen können.“

„Darf ich fragen, wo du mit ihm warst?“

„In einem Schnellrestaurant. Glaub mir, ich hätte viel lieber mit dir zu Abend gegessen. Aber du weißt ja, wie das ist. Eine Einladung ist so etwas wie der endgültige Handschlag. Ich konnte den Mann nicht vor den Kopf stoßen. Er leidet ziemlich unter der Scheidung.“

„Schon gut.“ Sophies Mimik erstarrte. „Ich werde es einfach für morgen in den Kühlschrank stellen. Kein Problem.“

„Ich sage es nur ungern. Aber morgen werde ich den ganzen Tag unterwegs sein. Ich schaffe es auf keinen Fall bis Mittag. Warum lädst du nicht Jenny zum Essen ein? In ihrem Zustand kann sie vermutlich die doppelte Menge vertragen.“

„Ja, warum eigentlich nicht?“, stimmte Sophie leise zu. „Ich rufe sie nachher an.“

„Mach das, Schatz. Ich gehe jetzt duschen und danach ins Bett. Es war ein langer Tag, ich bin hundemüde.“

Matthias lächelte ihr zu, bevor er die Küche verließ. Sophie hingegen lehnte sich mit dem Rücken an den Kühlschrank, atmete tief durch und horchte in sich hinein. Da war Wut. Vor allem, weil Matthias sie belogen hatte. Warum sagte er ihr nicht einfach die Wahrheit? Was war schon dabei, mit einer Kundin essen zu gehen? Nichts!

Es sei denn, es steckte mehr dahinter. Oder steigerte sie sich nur in etwas hinein, das bei näherer Betrachtung nicht mehr als ein Missverständnis war? Diese Geschäftsessen fanden schließlich ständig statt, und nur, weil ihr Mann ihr verschwieg, dass es sich um keinen Kunden, sondern eine Kundin gehandelt hatte, musste das doch nicht zwangsläufig bedeuten, dass er fremdging. Es passte überhaupt nicht zu ihm. Wahrscheinlich benahm sie sich gerade total lächerlich, auch nur einen Gedanken daran zu verschwenden.

Sophie schüttelte den Kopf, bevor sie damit begann, das Essen in Vorratsdosen zu verstauen, die sie kalt stellte. Dann nahm sie ihr Telefon und rief Jenny an. Wie erwartet, sagte ihre Freundin sofort zu und lobte ihre Kochkünste schon im Voraus. Dabei wusste Sophie, dass es Jenny seit Beginn ihrer Schwangerschaft ziemlich egal war, ob man ihr ein teures Steak oder einen verbrannten Burger vom Kiosk vorsetzte. Ihre Freundin stopfte seit Monaten wahllos Essen in sich hinein, was man ihrer Figur deutlich ansah.

Mit dem Glas Wein in der Hand betrat Sophie die Veranda und setzte sich in den Schaukelstuhl. Sie hörte das Zirpen der Grillen aus ihrem Garten. Vom Grundstück nebenan drang leise Musik zu ihr. Es fühlte sich fast wie Urlaub an. Wenn da nur nicht permanent die Gedanken an diese Frau in ihrem Kopf herumschwirren würden. Seufzend lehnte sie sich zurück und schloss die Augen, um nachzudenken.

Mal angenommen, Matthias würde sie tatsächlich betrügen.

Warum war sie dann nur wütend darüber, dass er ihr die Wahrheit verschwieg? Wieso nicht traurig, eifersüchtig oder zumindest verletzt? Waren das nicht die Gefühle, die man spüren sollte, wenn die eigene Ehe in Gefahr war?

Als Sophie am nächsten Morgen durch die ersten Sonnenstrahlen geweckt wurde, die durch das Fenster direkt auf ihr Gesicht schienen, war das Bett neben ihr leer. Noch benommen vom Schlaf schaute sie verwundert auf das zerwühlte Kissen und überlegte kurz, ihrem Mann eine Nachricht zu schicken. Sie wollte ihn fragen, warum er sie nicht wenigstens geweckt hatte, um sich zu verabschieden, wie er es sonst immer tat. Vielleicht würde Matthias dann verstehen, dass er sie mit seinem Verhalten verletzte.

Dumm war nur, dass sie nicht verletzt war und es ihr nichts ausmachte, dass er einfach gegangen war. Im Gegenteil, sie fühlte sich erleichtert. So konnte sie sich nun in aller Ruhe ausstrecken, ohne befürchten zu müssen, dass ausgerechnet heute der Morgen im Monat war, an dem ihr Mann sich und wahrscheinlich auch ihr beweisen wollte, dass sie eine intakte, leidenschaftliche Beziehung führten.

Gleichzeitig erschrak sie vor diesem Gedanken. Was war denn plötzlich los mit ihr? Warum stellte sie ihre Ehe infrage? Bloß weil Matthias ein paar seiner Gewohnheiten änderte und einmal mit einer Kundin essen gegangen war? Sie dachte doch sonst nicht so viel darüber nach. Warum also jetzt?

Nach einem vergeblichen Versuch, die Gedanken von sich zu schieben, warf sie die Decke zurück und stand auf. Noch im Schlafanzug betrat sie die Küche. Auf dem Tisch stand die Tasse ihres Mannes. Zumindest das hatte sich nicht geändert. Matthias schaffte es auch nach Jahren nicht, seinen benutzten Kram in den Geschirrspüler zu stellen.

Sophie nahm die Tasse und packte sie zu dem schmutzigen Geschirr, bevor sie sich einen Kaffee zubereitete und ein paar Kekse auf den Teller legte. Beides stellte sie aufs Tablett und trug es nach draußen auf die Terrasse. Sie würde heute im Garten arbeiten und endlich ihren neuen Roman beginnen. Die Hecken um ihr Grundstück waren hoch genug und blickdicht, sodass sie sich keine Sorgen machen musste, dass sie jemand beobachten könnte, wenn sie im Schlafanzug auf ihrem Laptop herumtippte.

Aber davon war sie weit entfernt, wie sie Minuten später feststellte. Nervös starrte sie den Bildschirm an. Obwohl sie den Plot der Geschichte bereits im Kopf hatte, brachte sie es einfach nicht fertig, auch nur eine Zeile zu schreiben. Das war neu. Normalerweise kam sie mit dem Tippen kaum hinterher. Dass sie dabei immer noch lediglich mit zwei Fingern schrieb, machte das Ganze nicht besser. Im Moment jedoch wäre sie schon froh gewesen, wenn sie nur einen Finger rühren könnte.

Okay, dachte sie. Konzentrier dich! Alles fängt an einem verregneten Tag im November an. Es ist ganz einfach. Du musst dir nur vorstellen, wie deine Protagonistin ihn zum ersten Mal sieht.

Leider war es nicht einfach. Schon der erste Satz hörte sich holprig an. Wie der einer Anfängerin. Dabei gehörte sie zu den erfolgreichsten Autorinnen der letzten Jahre. Aber vielleicht war das ja der Grund. Möglicherweise machte sie sich zu viel Druck und stand damit ihrer Kreativität im Weg. Sie musste endlich damit aufhören, ständig im Kopf zu haben, dass sie an den Erfolg ihrer letzten Buchreihe anknüpfen müsste.

Ohne zu zögern löschte sie den Satz und schob sich einen Keks in den Mund. Er schmeckte staubig und erinnerte sie daran, dass das Gleiche mit ihrem Manuskript passieren würde, wenn sie sich nicht endlich zusammenriss. Der Verlag drängte seit Wochen, dass sie lieferte. Aber wie sollte sie das anstellen, wenn in ihrem Kopf gähnende Leere herrschte?

Sie litt unter einer Schreibblockade! Sophie getraute sich kaum, das Wort zu denken, geschweige denn auszusprechen. Indem ein Autor es zugab, machte er es nur noch schlimmer. Sie kannte diesen Zustand von einigen Kollegen, hatte aber niemals auch nur eine Sekunde lang befürchtet, dass es auch sie eines Tages treffen könnte. Schließlich arbeitete sie konzentriert sieben Tage die Woche. Sie bereitete sich vor, sie versetzte sich in die Rollen und fühlte mit ihnen und sie hatte Ideen, viele Ideen sogar. Es hatte Zeiten gegeben, in denen sie an fünf Romanen gleichzeitig geschrieben hatte.

Doch damit schien es gerade vorbei zu sein. Den Rest des Vormittags verbrachte Sophie damit, kurze Texte zu schreiben, darüber nachzugrübeln und sie dann wieder zu löschen. Als es kurz vor Mittag an der Tür klingelte, hatte sie nicht einen brauchbaren Satz zustande gebracht. Umso erleichterter war sie über die Ablenkung.

„Komm rein!“, forderte sie Jenny auf. „Ich hoffe, du hast Hunger mitgebracht.“

„Klar, für zwei. Dein Patenkind ist schon gespannt darauf, was du uns auftischst.“

„Du willst wirklich, dass ich Patentante werde?“

„Selbstverständlich, glaubst du, ich frage dich nur aus Spaß? Es war ernst gemeint, Sophie. Ich könnte mir keine Bessere vorstellen.“

„Danke, das ist lieb. Aber nun setz dich erst mal, am besten draußen auf die Terrasse. Ich bringe das Essen gleich.“

„Wie du befiehlst.“

Jenny begab sich in den Garten und ließ sich laut stöhnend auf einen der Stühle fallen.

„Weißt du, was das Angenehmste an einer Schwangerschaft ist?“, rief sie zu Sophie in die Küche.

„Lass mich raten! Die morgendliche Übelkeit oder der Blick in den Spiegel, wenn du erkennst, dass du zu einem Wal mutiert bist?“

„Keines von beiden.“ Jenny lachte. „Am angenehmsten ist, dass du dich kaum noch um etwas kümmern musst. Jeder nimmt Rücksicht auf dich, du wirst an der Supermarktkasse vorgelassen, deine beste Freundin bekocht dich, der werdende Vater trägt dich auf Händen und …“

„Das ist nicht dein Ernst?“, unterbrach sie Sophie und stellte die Teller auf den Tisch. „Dirk wiegt nicht einmal die Hälfte von dir und soweit ich mich erinnere, sind seine Muskeln, nun, sagen wir mal, auch nicht gerade das Markanteste an ihm. Er trägt dich tatsächlich?“

„Ach, Sophie. Das ist doch nur eine Metapher. Das müsstest du als Autorin eigentlich wissen.“

„Als Autorin mit Schreibblockade“, antwortete Sophie und seufzte. „Das Visualisieren fällt mir gerade etwas schwer.“

„Schreibblockade? Du?“ Jenny sah sie an, als hätte sie ihr von einer ansteckenden Krankheit erzählt. „Kann ich dir irgendwie helfen?“

„Nicht wirklich. Ich hoffe, es ist nur eine vorübergehende Phase“, wehrte Sophie ab. „Eine Pause tut mir wahrscheinlich ganz gut. Wenn nur der Verlag nicht wäre, der Druck macht.“

„Vergiss den Verlag! Du bist doch gar nicht mehr darauf angewiesen. Wenn du mich fragst, solltet ihr euch auch langsam Gedanken um eure Familienplanung machen. Das Haus ist riesig und du wirst nicht jünger. Ein paar Kinder würden Leben hineinbringen.“

„Ich bin dreißig, Jenny. Bitte hör auf, eine alte Frau in mir zu sehen! Aber du hast recht, an sich wäre es keine schlechte Idee. Im Moment denke ich aber eher über Scheidung nach als über Familienzuwachs.“

„Was? Hast du gerade Scheidung gesagt?“

Jenny starrte sie ungläubig an. In ihrer Hand hielt sie die Gabel mit dem Lachs.

„Blödsinn“, wehrte Sophie erschrocken ab. „Ich bin nur verwirrt. Denk einfach nicht darüber nach, okay.“

„Und ob ich das werde.“ Ihre Freundin legte das Besteck ab. „Wie es aussieht, geht es hier gar nicht um eine Schreibblockade. Was ist wirklich los, Sophie?“

„Nichts, gar nichts.“

„Hast du vergessen, dass ich deine beste Freundin bin? Ich kenne dich. Nun rede schon!“

Sophie zögerte. Dann zuckte sie mit den Schultern. Wem sollte sie sich anvertrauen, wenn nicht Jenny? Sie waren seit dem Studium befreundet. Zwischen ihnen hatte es nie Geheimnisse gegeben und falls doch, wusste Sophie nichts davon.

„Es geht um Matthias. Ich glaube, er betrügt mich.“

„Was?“ Jenny riss die Augen auf. „Das kann ich mir nicht vorstellen. Matthias ist verrückt nach dir.“

„Vielleicht war er das irgendwann.“ Sophie schüttelte den Kopf. „Es ist ewig her.“

„Du bist dir sicher, dass eine andere Frau dahintersteckt? Vielleicht arbeitet er nur länger. Dein Mann ist ein gefragter Anwalt.“

„Ich habe ihn zufällig mit einer Frau gesehen. Sie wirkten sehr vertraut. Außerdem hat er mich belogen, als ich ihn danach fragte, und er hat mir Blumen mitgebracht. Du weißt, was das bedeutet.“

„Du denkst an Mona? Meine Güte, Sophie. Vergiss, was sie gesagt hat! Du kannst doch ihre Ehe nicht mit deiner vergleichen. Außerdem, woher willst du wissen, dass diese Frau nicht nur geschäftlich mit ihm zu tun hatte?“

„Weibliche Intuition?“

„Wenn das dein einziges Argument ist, kann ich dich beruhigen. Ganz ehrlich, meine Intuition hat mir bis vor ein paar Tagen ziemlich eindringlich suggeriert, dass da ein kleiner Kerl in mir heranwächst. Ich habe sogar schon blaue Strampelhosen gekauft.“

„Und?“

„Nichts und. Ich war gestern zur Feindiagnostik, es wird ein Mädchen. Noch Fragen?“

„Wie meinst du das?“

„So, wie ich es sage. Matthias betrügt dich nicht. Hör auf, dich in etwas hineinzusteigern!“

„Vielleicht hast du recht. Aber weißt du, was das Seltsame an der Situation ist?“

„Nein, sag du es mir!“

Jenny schob sich den Lachs in den Mund und schloss genüsslich die Augen.

„Dass es mir irgendwie gleichgültig ist.“

„Wie bitte?“ Jennys Augen öffneten sich schlagartig. „Willst du mir sagen, es würde dir nichts ausmachen, wenn es dein Mann mit einer anderen Frau treibt?“

Sophie nickte.

„Ich fasse es nicht. Was ist denn los mit dir?“

„Ich weiß es nicht. Das ist ja mein Problem. Glaubst du, ich habe mir das freiwillig ausgesucht?“

„Nein, natürlich nicht.“

„Da ist dieses Gefühl in mir, dass ich mein Leben verändern will. Ich möchte etwas Neues beginnen. Das Haus, die Arbeit, Matthias, all das erdrückt mich. Ich weiß, wie verrückt sich das anhört. Aber am liebsten würde ich meine Koffer packen und einfach irgendwo hingehen, wo mich niemand kennt.“

Jenny schüttelte den Kopf, brachte aber keinen Ton heraus. An Essen war nun nicht mehr zu denken. Stattdessen nahm die Freundin ihre Hände und drückte sie sanft. Als sie sprach, klang ihre Stimme kratzig.

„Ich verstehe dich, Sophie. Und ich denke, wir alle kommen früher oder später an diesen Punkt, wo wir entscheiden müssen, wie es weitergeht. Aber bitte überleg auch, wie sehr du Matthias damit verletzen würdest und dass es eventuell kein Zurück gäbe.“

Sie schluckte. Offensichtlich fielen ihr die nächsten Worte schwer.

„Lass dir einfach Zeit, okay?“

„Versprochen.“

„Gut. Dann sehen wir uns übermorgen beim Laden. Wir wollen den Kinderwagen kaufen. Du hast es doch nicht vergessen, oder?“

„Natürlich nicht. Ich werde da sein. Welche Farbe hast du dir eigentlich vorgestellt?“

„Rot natürlich.“

Jenny lachte. Aber Sophie sah den Ernst, der dahinter verborgen lag. Inzwischen bereute sie, so viel von ihren momentanen Gefühlen preisgegeben zu haben. Vielleicht hatte ihre Freundin ja recht und sie alle zweifelten irgendwann. Möglicherweise war es tatsächlich nur eine Phase wie auch ihre Schreibblockade und diese Sehnsucht in ihr drin lediglich ein Hirngespinst.

Sie stand auf und brachte die Freundin zur Tür. Die Frauen umarmten sich.

„Rede mit Matthias!“, schlug Jenny zum Abschied vor. „Ich bin sicher, er kann dir erklären, was es mit diesem Essen auf sich hatte.“

„Du hast recht, ich werde mit ihm sprechen. Danke.“

„Immer gerne, sag Bescheid, falls du mich brauchst. Aber jetzt muss ich los, das Hecheln lernen. Der Kurs beginnt in einer halben Stunde. Ich hoffe nur, der Lachs bleibt dort, wo er gerade ist. Ich hätte nicht so viel essen sollen. Mach’s gut, Sophie.“

„Du auch.“

Sophie schaute ihr nach, wie sie zum Wagen ging. Als sie aus der Einfahrt auf die Straße abbog, winkte sie ihr zu. Dann kehrte sie zurück in den Garten.

Es war kurz vor fünfzehn Uhr, als Sophie endgültig aufgab und den Laptop zuklappte. Es brachte einfach nichts, krampfhaft zu versuchen, wenigstens den Anfang des Romans hinzubekommen. Die Sätze wirbelten wahllos in ihrem Kopf durcheinander und ergaben kaum Sinn. Sie verschwendete nur ihre Zeit. Außerdem war sie mit ihren Gedanken sowieso ständig bei Matthias und ihrer Ehe.

Entschlossen stand sie auf und ging ins Haus. Sie wollte duschen. Vielleicht sorgte das kalte Wasser dafür, dass sie wieder klar denken konnte. Nackt stand sie wenig später vor dem großen Spiegel im Badezimmer und betrachtete sich, was ihre Stimmung nicht gerade hob.

Ihr langes braunes Haar sah aus, als hätte sie Tage zuvor eine Spülung aufgetragen und vergessen, sie auszuwaschen. Den Strähnen fehlte jeglicher Schwung, vom Glanz ganz zu schweigen. Außerdem wäre längst eine Kosmetikbehandlung nötig gewesen. Zumindest die Augenbrauen hätte sie zupfen lassen müssen. Wenn sie nicht aufpasste, würden sie bald über der Nase zusammenwachsen. Alles in allem sah sie aus, als hätte sie die letzten Tage auf einem Campingplatz ohne sanitäre Einrichtungen verbracht.

Dabei hatte sie früher viel Wert auf ihr Aussehen gelegt. Mindestens einmal im Monat war sie zum Friseur gegangen und hatte danach regelmäßig geshoppt. Wie lange war es eigentlich her, seit sie sich zum letzten Mal ein Kleidungsstück gekauft hatte, um Matthias damit zu überraschen? Sie konnte sich kaum daran erinnern. Kein Wunder, dass er sich zu der jungen Klientin hingezogen fühlte. Natürlich hatte auch er längst bemerkt, dass seine Frau nichts mehr aus sich machte, seit sie zu Hause arbeitete.

Sophie seufzte und stellte sich endlich unter die Dusche. Ihr Entschluss stand fest. Da es mit dem Schreiben momentan sowieso nicht klappte, konnte sie genauso gut in die Stadt fahren, zum Friseur gehen und sich ein neues Kleid besorgen.

Möglicherweise gelang es ihr so, ihre Ehe zu retten und diese Unzufriedenheit in ihr zum Schweigen zu bringen. Jenny hatte recht. Es handelte sich nur um eine kleine Krise, die vorübergehen würde.

Das Problem lag bei ihr, erkannte Sophie, während sie sich abtrocknete und in Jeans und Bluse schlüpfte. Also würde sie es auch aus der Welt räumen. Entschlossen griff sie zum Telefon. Sie wollte Matthias in der Kanzlei anrufen und ihn bitten, später in der Stadt auf sie zu warten. Vielleicht konnten sie am Abend in das kleine gemütliche Lokal gehen, in dem sie sich bei ihrem Kennenlernen häufig verabredet hatten. Erst jetzt fiel ihr auf, dass sie lange nicht mehr dort gewesen waren.

Leider erreichte sie nur Vera, die Sekretärin, die sie vertröstete und ihr mitteilte, dass ihr Mann sich augenblicklich im Gespräch mit einem Mandanten befand. Sie sagte es etwas zögerlich, doch Sophie war weit davon entfernt, misstrauisch zu reagieren. Matthias war beschäftigt. Sie sah natürlich ein, dass er nicht den ganzen Tag in der Kanzlei hockte, um auf einen Anruf seiner Frau zu warten.

Eine halbe Stunde später lief sie zum Auto. Ihr Ziel war der Friseursalon. Danach wollte sie zur Kanzlei fahren. Ihr Mann würde überrascht sein, aber genau das war ja der Plan. Natürlich war sie nicht so naiv zu glauben, dass eine Auffrischung ihres Aussehens ausreichen würde, um ihrer Ehe neuen Schwung zu verpassen. Aber es war ein Anfang.

Als sie den Friseursalon verließ, erkannte sie sich selbst kaum wieder. Spontan hatte sie sich dazu entschieden, ihr Haar bis auf die Schultern kürzen zu lassen, was sie nicht nur deutlich jünger, sondern auch viel moderner aussehen ließ. Aber das war längst nicht alles. Von der eigenen Verwandlung fasziniert, hatte sie sich außerdem ein dezentes Make-up auflegen lassen. Nun fühlte sie sich jung und frisch wie lange nicht mehr. Beschwingt lief sie durch die Straßen, bis sie bei ihrem Lokal ankam. Sie wollte einen Tisch reservieren und dann Matthias in der Kanzlei abholen. Ein romantischer Abend war genau das, was sie jetzt brauchten. Alles würde wie früher sein. Da war sie sich sicher.

In diesem Moment fiel ihr Blick auf ein Paar, das sich wie sie dem Lokal näherte. Es kam aus der anderen Richtung und hatte Sophie noch nicht bemerkt, die sich schnell hinter einem der Bäume versteckte, die den Straßenrand säumten. Sie erkannte die angebliche Klientin sofort, was daran lag, dass die junge Frau mit ihrer langen blonden Mähne kaum zu übersehen war. Unwillkürlich fuhr Sophie sich mit den Fingern durch die neue Frisur. Sie wusste, dass sie nicht mithalten konnte.

Aber musste sie das überhaupt? Sie war Matthias' Frau und überhaupt nicht bereit, sich einem Konkurrenzkampf zu stellen. Außerdem deutete doch gar nichts darauf hin, dass es einen Grund gab, misstrauisch zu sein. Dann hatte er ihr eben verschwiegen, dass er nun schon zum zweiten Mal mit dieser Kundin essen ging. Er hatte doch erwähnt, dass deren Scheidung sich als schwierig erwies. Sie musste jetzt einfach ihr albernes Versteck verlassen und auf die beiden zugehen. Matthias würde sie der Klientin vorstellen und ihr bestätigen, dass dieses Treffen rein geschäftlicher Natur war. Damit würde alles geklärt sein.

Sophie wollte sich gerade einen Schritt auf die Straße zubewegen, als sich Matthias zu seiner attraktiven Begleiterin beugte und sie küsste. Von ihrem Versteck aus beobachtete Sophie, wie ihr Mann die Frau an sich zog. Offenbar hielt er es nicht einmal für nötig, seine Affäre geheim zu halten. Es konnte jederzeit ein Bekannter auftauchen, der die beiden sah. Ihm musste doch klar sein, dass sie davon erfahren würde.

Nach einem weiteren Kuss verschwanden sie im Lokal. In unserem Lokal, dachte Sophie wehmütig und wartete, bis sie ihren Mann und dessen Begleitung hinter der Scheibe des Fensters auftauchen sah. Selbst auf die Entfernung hin konnte sie erkennen, dass sie sich an den Händen hielten. Damit waren auch die letzten Zweifel ausgeräumt.

Matthias betrog sie. Es handelte sich nicht um eine Vermutung, es war Tatsache.

Sophie drehte sich um und ging. Nicht eine Sekunde lang dachte sie darüber nach, ihn zur Rede zu stellen oder ihm eine Szene im Lokal zu machen. Vielleicht hätte sie es früher getan. Damals, als sie noch angenommen hatte, ihre Welt würde zusammenbrechen, wenn sie sich jemals trennen würden. Aber heute war dem nicht so. Es fühlte sich nicht annähernd so schlimm an, wie sie erwartet hatte.

Klar fühlte sie sich hintergangen. Aber es schmerzte nur oberflächlich. Außerdem war da noch ein anderes Gefühl, das viel stärker zum Vorschein kam als Wut oder Trauer, nämlich Erleichterung. Nun musste sie nicht mehr darüber nachdenken, was ihr fehlte und wie sie damit umgehen sollte. Sie konnte endlich damit beginnen, all das Eingefahrene und Gewohnte gegen Neues einzutauschen. Matthias hatte ihr gerade unfreiwillig die Entscheidung abgenommen. Sie musste jetzt weder nach Erklärungen suchen noch auf seine Gefühle Rücksicht nehmen. Wenn sie ehrlich war, kam diese Affäre genau zur richtigen Zeit.

Noch am selben Abend suchte Sophie im Internet nach dem Ort, den sie vor zwei Jahren als Schauplatz für einen ihrer Romane ausgewählt hatte. Im Nachhinein konnte sie sich kaum noch daran erinnern, was sie ausgerechnet an diesem verschlafenen Dorf besonders gefunden hatte. Möglicherweise lag es an der Abgeschiedenheit, die zumindest anfangs gut zu ihrer Romanheldin gepasst hatte.

Außerdem hatte es da diesen Artikel gegeben, der durchs Netz kursiert war und auf einen seltsamen Fund hinwies.

Angeblich hatte ein Spaziergänger in der Nähe des Dorfes einen Totenschädel gefunden. Es hatte ausgereicht, um ihre Neugier zu wecken. Nachdem sie Jenny davon überzeugt hatte, wie toll es wäre, ein paar erholsame Tage auf dem Land zu verbringen, waren sie nach Nordheim gefahren. Dort hatten sie leider feststellen müssen, dass sie nicht die Einzigen waren, die sich für die Story interessierten. Inzwischen waren die Dorfbewohner bereits ziemlich genervt von den Fragen der Reporter und Journalisten gewesen und hatten abweisend reagiert.

Sophie bekam ihren Artikel dennoch, was sie vor allem ihrer Hartnäckigkeit und einem kleinen Flirt mit dem Polizisten aus der Stadt zu verdanken hatte. Die Polizei und die Behörden waren den Aussagen inzwischen nachgegangen und hatten die Spuren des Spaziergängers verfolgt, der nach dem grausigen Fund panisch das Weite gesucht hatte. Letztendlich war herausgekommen, dass der Schädel zu einem verwesten Tier gehörte und das verschlafene Dorf nur aufgrund der Hysterie eines Urlaubers in das Interesse der Öffentlichkeit gerückt war.

Sophie erinnerte sich daran, wie sie sogar kurz darüber nachgedacht hatte, ihre Protagonistin in diese Geschichte einzuspinnen. Doch dann hatte sie das Ganze verworfen und lediglich einen ironischen Artikel verfasst, den die Dorfbewohner ihr offensichtlich übel nahmen. Die wortkarge Vermieterin der Pension hatte ihnen sogar das Zimmer gekündigt, und das war längst nicht alles. Erschrocken mussten sie und ihre Freundin damals vor der Abfahrt feststellen, dass jemand ihre vorderen Reifen zerstochen hatte.

Jenny und sie waren jedenfalls froh gewesen, als sie das Dorf verlassen konnten. Kurz danach hatte Sophie ihren Roman geschrieben, der in der Großstadt spielte. Ein Tierschädel war einfach nicht spannend genug. Außerdem war ihre Julia aus der Geschichte nicht der Typ gewesen, in die Provinz zu flüchten und die Einsamkeit zu genießen.

Aber war sie es denn?

Sie hatte noch nie allein gelebt. Sie wusste ja nicht einmal, wie man einen Wasserhahn repariert oder ein Türschloss wechselt. Allerdings konnte man dafür auch Handwerker bezahlen. Auf dem Land zu leben, bedeutete schließlich nicht, gleich ein Überlebenstraining absolvieren zu müssen.

Nachdenklich klickte sie sich durch die Fotos. Die Gegend war wirklich bezaubernd, das konnte niemand leugnen. Das Dorf lag eingebettet zwischen Bergen und Wäldern und hätte jederzeit als Reklame für unberührte Natur dienen können. Dennoch war sie kaum so naiv zu glauben, dass gerade diese Idylle nicht auch Nachteile mit sich zog. Wenn sie sich richtig erinnerte, hatte es dort nicht einmal eine Einkaufsmöglichkeit gegeben. Von Restaurants und Bars ganz zu schweigen. Aber brauchte sie die überhaupt? Sie wollte doch Ruhe, schreiben und zu sich selbst finden.

Entschlossen öffnete sie die Seite einer Immobilienmaklerin. Sie könnte es zumindest für eine Weile versuchen und jederzeit verschwinden, wenn ihr die Einsamkeit zu viel werden würde. Außerdem gelänge es ihr in einer neuen Umgebung vielleicht, endlich wieder zu schreiben. Dieser Ort war geradezu prädestiniert dazu, um kreativ zu sein. Sie würde sich voll und ganz auf ihren neuen Roman konzentrieren, lange Spaziergänge machen, Ausflüge in die Umgebung unternehmen und gleichzeitig zu sich selbst finden. Wenn sie das Dorf irgendwann verließe, würde sie nicht nur ihren fertigen Roman präsentieren können, sondern auch genau wissen, was sie für ihre Zukunft wollte und was nicht.

Schon der Gedanke gefiel ihr. Aber wenn sie ihren Plan in die Tat umsetzen wollte, brauchte sie eine Unterkunft. Auf keinen Fall hatte sie vor, sich ein Zimmer bei einem der Dorfbewohner zu nehmen oder in der Pension unterzukommen. Wenn sie auch nicht glaubte, dass sich die Vermieterin oder sonst einer der Dorfbewohner noch an sie erinnerte. Sie hatte sich in dem Artikel ein bisschen lustig über sie gemacht, aber das war fünf Jahre her.

Trotzdem wollte sie es lieber nicht darauf anlegen. Außerdem hatte sie vor, länger zu bleiben, und wenn sie schon einen Neustart plante, dann mit allem, was dazugehörte.

Neugierig schaute sie sich die Immobilien an. Es gab zwei Grundstücke, die zum Verkauf standen, eine Scheune zur Pacht und drei Häuser, wovon eins gerade erst erbaut worden war. Entsprechend hoch war der Preis. Obwohl Sophie, die mit dem Schreiben in den vergangenen Jahren recht gut verdient hatte, auf einige Ersparnisse zurückgreifen konnte, zögerte sie. Es war nicht das, was sie sich vorgestellt hatte. Dafür ähnelte das Haus viel zu sehr ihrem eigenen. Außerdem stand in der Anzeige nichts von Miete, und kaufen kam natürlich nicht infrage. Sie klickte das nächste Angebot an.

Das Foto zeigte ein kleines, in die Jahre gekommenes Haus in einem ziemlich verwilderten Garten. Ihr Blick wanderte über die von Blumen gesäumten Wege, die ins Grundstück führten. An einem der Bäume hing eine Schaukel. Sie wirkte verlassen, wie überhaupt das ganze Anwesen. Sophie stellte sich vor, wie es wäre, dort zu wohnen. Auf den ersten Eindruck wirkte das Haus mitsamt dem Garten wie aus einer anderen Zeit, beinahe märchenhaft oder verwunschen. Genauso gut konnte man es aber auch als gruslig bezeichnen.

Sie suchte weiter. Tatsächlich fand sie schon Minuten später ein hübsches und nicht halb so altes Objekt nahe einer Stadt, aber dennoch abgelegen. Sogar der Mietpreis und die Kaution erschienen ihr annehmbar. Trotzdem vermisste sie etwas. Dem Haus fehlte der Charme, es lebte nicht – ganz im Gegensatz zu dem vorherigen.

Sophie klickte zurück und starrte minutenlang das Foto an. Irgendwie übte dieses Haus eine eigenartige Anziehung auf sie aus. Als wolle es sie zu sich rufen. Was natürlich Blödsinn war und, wenn überhaupt, nur in ihren Romanen vorkam. Aber vielleicht war es das ja. Sie begann schließlich schon beim Anblick des Anwesens zu träumen. Es inspirierte sie.

Kurz entschlossen griff sie zum Telefon und wählte die Nummer der Maklerin. Die Dame reagierte ziemlich verwundert, als sie erfuhr, für welches Objekt sich Sophie interessierte. Mehrfach fragte sie nach, ob Sophie sich wirklich sicher sei und sie von demselben Haus sprachen. Nachdem Sophie es bestätigte, begann sie, langatmig die idyllische Lage und die zauberhafte Umgebung anzupreisen.

„Mich interessiert hauptsächlich, ob ich dort Internet zum Arbeiten habe“, unterbrach Sophie sie, was die Maklerin sofort bestätigte. Zwar gäbe es ab und an kleine Unterbrechungen, nach einem heftigen Gewitter beispielsweise. Ansonsten funktionierte ihrer Aussage nach alles perfekt, Internet, Strom und Wasser. Nachdem das geklärt war, erkundigte sich Sophie nach dem Preis, den sie nirgendwo hatte entdecken können.

„Sie wollen sicherlich nur ein paar Monate zur Miete dort wohnen“, sagte die Maklerin. „Über den Preis werden wir uns bestimmt einig.“

„Nein, ich möchte es kaufen.“

Für einen Moment herrschte Stille. Sophie hörte, wie die Maklerin laut Luft holte. Oder war sie das selbst? Hatte sie gerade tatsächlich verkündet, ein Haus kaufen zu wollen, das sie nur aus dem Internet kannte? Ohne zu wissen, was sie erwartete und ohne darüber auch nur ein Wort mit Matthias gewechselt zu haben?

„Ich komme Ihnen selbstverständlich mit dem Preis entgegen“, schlug die Maklerin vor. „Das Haus stand über Jahre leer. Ich werde mich sofort darum kümmern, dass es hergerichtet wird. Wenn Sie möchten, können Sie es sich schon in den nächsten Tagen anschauen.“

„Das ist nicht nötig. Ich werde morgen einziehen. Schaffen Sie es bis dahin, die Verträge fertig zu machen?“

„Morgen?“, rief die Maklerin überrascht in den Hörer. „Sind Sie sicher?“

„Ganz sicher.“

Sophie nickte und vergaß, dass ihre Gesprächspartnerin sie nicht sehen konnte. Seltsamerweise hatte sie sich seit Jahren nicht mehr so sicher gefühlt. Dazu kam das Kribbeln in ihrem Bauch, das sie lange Zeit nicht mehr gespürt hatte. Es fühlte sich aufregend an, wie vor dem Beginn eines Abenteuers, und vermutlich war es genau das. Wer zog schon von heute auf morgen in ein Dorf, in dem er lediglich vor Jahren ein verlängertes Wochenende verbracht hatte? Ohne die Sicherheit zu haben, im Notfall wieder verschwinden zu können?

„Gut, dann bereite ich die Unterlagen vor. Bis das Haus Ihnen gehört, wird es allerdings eine Weile dauern. Dazu gehören vor allem ein notarieller Kaufvertrag, Einsicht und Auflassungsvormerkung im Grundbuch, Kaufpreisüberweisung usw. Das alles dauert Wochen“, riss die Maklerin sie aus ihren Gedanken. Sie schien es nun recht eilig zu haben. „Was aber nicht heißt, dass Sie nicht einziehen können. Rufen Sie mich an, wenn Sie angekommen sind! Ich werde Ihnen den Schlüssel zum Haus natürlich persönlich überreichen.“

„Abgemacht“, antwortete Sophie und verabschiedete sich. Dann lehnte sie sich zurück, atmete tief durch und ließ das Gespräch Revue passieren. Ihr Herz begann schneller zu schlagen, was sie nicht sonderlich verwunderte. Vor drei Wochen hatte sie den Flur in einem kräftigen Altrosa gestrichen und dabei den Kuchen im Ofen vergessen, der natürlich verbrannt war. Das war mit Abstand das Aufregendste gewesen, was sie in den letzten Monaten oder auch Jahren erlebt hatte. Nicht einmal Matthias’ Affäre hatte ihren Puls so in die Höhe getrieben, wie es gerade geschehen war.

Trotz allem waren da aber auch Zweifel. Konnte sie wirklich einfach so die Zelte hinter sich abbrechen? Was, wenn sie es schon in ein paar Wochen bereute?

Sophie stand auf und schüttelte den Kopf. Es gab kein Zurück. So theatralisch es sich auch anhörte, sie war unglücklich. In dieser Stadt und in ihrer Ehe. Außerdem hatte sie gerade beschlossen, ein Haus zu kaufen, und sie würde einen Teufel tun, es unbewohnt zu lassen.

2

HAMBURG

Am Abend saß Sophie auf dem Sofa im Wohnzimmer und wartete auf Matthias. Aus der Küche drang das monotone Rauschen der Spülmaschine zu ihr. Sonst war es still. Sie lauschte ihrem Atem, bis sie das Auto in der Einfahrt hörte. Gleich darauf drehte sich der Schlüssel im Schloss.

„Schatz, ich bin da“, rief ihr Mann vom Flur aus. Sie hörte, wie er seine Tasche abstellte und sich gleich darauf Schritte näherten. Normalerweise ging sie immer zur Tür, um ihn zu begrüßen. Aber nicht heute.

„Hey.“ Matthias kam ins Wohnzimmer. Sie sah auf und bemerkte seinen erstaunten Blick. Die Frisur, erinnerte sie sich und fuhr automatisch mit den Fingern durchs Haar. Wenigstens hatte sie ihr Make-up vor einer halben Stunde entfernt.

„Du siehst hübsch aus. Warst du beim Friseur?“

Es schien, als sei er verunsichert. Vermutlich verglich er sie gerade mit der Blondine.

Bei diesem Gedanken horchte sie in sich hinein. Sie verspürte keinerlei Eifersucht. Alles, was sie fühlte, war eine Mischung aus Enttäuschung, Schuldgefühl und Erleichterung darüber, dass es nun vorbei war.

„Mit der Frisur wollte ich dich heute überraschen. Ich war in der Stadt."

„Du hast mich gesucht?"

„Eigentlich hatte ich vor, dich in unser Lokal einzuladen", antwortete Sophie und konnte kaum glauben, dass sie es war, die so gelassen reagierte. Selbst als sich eine feine Röte in sein Gesicht schlich, blieb sie völlig ruhig.

„Aber dann warst du es, der mich überraschte."

Matthias antwortete nicht sofort. Stattdessen setzte er sich in den Sessel gegenüber und atmete tief durch. Er wusste Bescheid. Sein Gesicht sprach Bände.

„Ich kann es dir erklären", versuchte er sich nach einer Weile zu rechtfertigen. Sophie bemerkte, wie blass er geworden war. Aber sie hörte auch die Halbherzigkeit seines Versuches heraus.

„Das musst du nicht", stoppte sie ihn. „Ich habe euch gesehen."

Sie stand auf. Erst jetzt bemerkte ihr Mann die gepackten Koffer neben der Tür.

„Was hast du vor?", fragte er und sah Sophie mit zusammengekniffenen Augen an. Die Anspannung in seiner Stimme war deutlich herauszuhören.

„Ich werde die Stadt verlassen. Ich kann dir nicht sagen, wie es weitergeht. Ob es überhaupt weitergeht", fügte sie hinzu. Ihr Blick heftete sich auf die Rosen in der Vase, die auf dem Tisch stand. Sie ließen bereits die Köpfe hängen. Sie welkten, dachte Sophie. So, wie ihre Beziehung zueinander mit der Zeit verwelkt war.

„Tu es nicht!", bat Matthias, der plötzlich zu begreifen schien, dass ihre Ehe tatsächlich auf dem Spiel stand. „Wenn du jetzt gehst, riskierst du alles, was wir uns aufgebaut haben."

„Das hast du bereits getan." Sie sagte es ohne Vorwurf. „Ich habe nachgedacht. Ich brauche etwas Zeit für mich. Ich muss mich selber wiederfinden."

„Dann lass uns wegfahren“, schlug Matthias vor. „Ich könnte mir ein paar Tage freinehmen. Wir setzen uns ins Auto und fahren irgendwohin, wo es ruhig ist. Wir verreisen, wohin du willst.“

Sophies Magen krampfte sich zusammen. Sie wollte ihm nicht wehtun.

„Das ist es nicht“, sagte sie und senkte ihren Blick. „Ich brauche mehr.“

„Mehr?“ Er schüttelte den Kopf. „Was bedeutet mehr? Eine Woche? Ein halbes Jahr? Was, Sophie?“

„Ich habe beschlossen, mir eine Auszeit zu nehmen.“

„Ist dir die Arbeit zu viel geworden? Das Haus vielleicht? Erklär es mir!“

„Ich brauche eine Auszeit von allem, Matthias. Auch von dir.“

„Von mir? Hörst du dir gerade selber zu? Ich bin dein Ehemann, falls du es vergessen haben solltest. Du weißt schon, dass ich dich liebe. Diese Frau war ein Ausrutscher, nicht mehr. Ich bereue es. Ist es das, was du hören willst?“

Sophie schüttelte den Kopf. Ihr war bewusst, wie sehr sie ihn kränkte. Sie hatte ihn doch auch geliebt. Aber darum ging es nicht. Es spielte keine Rolle, zumindest nicht im Moment. In ihrem Leben fehlte etwas. Sie konnte nicht einmal beschreiben, was es war. Sie wusste nur, dass sie es finden wollte, bevor die Leere in ihr auch den letzten Rest Leben schluckte.

„Ich werde für einige Zeit unterwegs sein. Warte nicht auf mich!“

Sie hatte es ausgesprochen. Endlich. Es fühlte sich richtig an.

„Heißt das, du kommst nicht zurück?“

Seine Stimme klang niedergeschlagen und düster. Sophie zuckte mit den Schultern.

„Ich weiß es nicht“, antwortete sie ehrlich. „Ich glaube nicht.“

Matthias bemühte sich sichtlich, nicht die Fassung zu verlieren. „Geh nicht!“, bat er noch einmal. Sophie sah, dass er es in diesem Moment vielleicht sogar ehrlich meinte. Aber was würde morgen, in einer Woche oder einem Monat sein? Würde er seine Worte dann nicht bereuen? Er hatte sie betrogen, dabei gehörte er nicht zu den Männern, die unbedacht eine Affäre eingingen. Es war viel ernster, als er vermutlich ahnte.

„Tut mir leid.“

Sie zuckte hilflos mit den Schultern und öffnete die Tür. Matthias stand auf und kam zu ihr. Doch anstatt sie zu umarmen, wie sie befürchtete, stoppte er einen halben Meter vor ihr. Traurig erkannte sie, wie verstört er plötzlich war.

„Du willst das wirklich durchziehen? Glaubst du nicht, es wäre besser, wir würden uns noch eine Chance geben? Wir sind seit zehn Jahren verheiratet. Willst du das einfach so wegwerfen? Nur weil du das Gefühl hast, dass dir etwas fehlt?“

„Wir hatten so viele Chancen, Matthias, und haben sie nicht genutzt. Es ist …“

„Bitte, Sophie!“, fiel er ihr ins Wort. „Du kannst mich doch nicht stehen lassen, als wäre ich ein ausrangiertes Möbelstück.“

Sophie schluckte und erwiderte nichts. Die Pause zog sich immer länger. Wie ein Drahtseil, auf dem sie balancierten und von dem sie wussten, dass es längst gerissen war.

„Ich muss das tun“, sagte sie.

„Verstehe“, antwortete er leise und sah sie an. Sie versuchte, diesem Blick standzuhalten. Wehmütig bemerkte sie die kaum sichtbaren grauen Strähnen an seinen Schläfen. Sie kannte jedes winzige Detail in seinem Gesicht, selbst die kleine, fast unsichtbare Narbe an der Stirn, die er sich im Skiurlaub vor acht Jahren geholt hatte. In all der Zeit hatte sich ihr Mann kaum verändert, zumindest äußerlich. Es waren noch dieselben warmen braunen Augen, die im Moment den Schmerz ausdrückten, den auch sie fühlte.

„Also gut, wenn du nichts mehr zu sagen hast, bleibt mir

wohl nur, dir eine gute Reise zu wünschen. Ich hoffe für dich, dass du nicht irgendwann erkennen musst, dass du einen Fehler gemacht hast. Man wirft eine Ehe nicht einfach hin."

Nach einem letzten Blick verließ er den Raum. Sophie sah ihm nach und wischte sich die Tränen von den Wangen. Möglicherweise hatte sie ihm das Gefühl gegeben, dass es für sie einfacher war. Aber das war es nicht.

Mit dem Koffer in der Hand ging sie ein letztes Mal durch die Räume. Sie fand Matthias auf dem Balkon. Er hielt eine Zigarette in der Hand, obwohl er bereits vor Jahren mit dem Rauchen aufgehört hatte. Als er sich zu ihr drehte, erschrak sie. Sie hatte ihn lange nicht weinen gesehen. Zum letzten Mal bei der Beerdigung seines Vaters.

„Ich melde mich, sobald ich angekommen bin", versprach sie. Er antwortete nicht, sondern starrte stur in den Garten. Sophie hob ihre Hand, um sie auf seine Schulter zu legen. Im letzten Moment zog sie die Finger zurück. Es war besser, sie dehnte den Abschied nicht unnötig in die Länge. Wortlos drehte sie sich um und ging zur Tür.

Draußen lud sie die Koffer in ihr kleines Auto ein, bevor sie sich auf den Fahrersitz fallen ließ. Ihre Hände ruhten auf dem Lenkrad. Sie wusste, dass sie jetzt nur den Motor starten musste und der Weg in die Freiheit würde vor ihr liegen. Aber zum einen hörte sich das ziemlich pathetisch an. Matthias hatte sie schließlich nicht eingesperrt. Zum anderen kamen plötzlich wieder Zweifel in ihr auf.

Wusste sie überhaupt, auf was sie sich einließ? Noch konnte sie aussteigen, ins Haus zurückkehren und Matthias erklären, dass sie sich geirrt hatte. Die Wahrheit war aber, dass sie tief in sich spürte, dass sie gehen musste. Es fühlte sich fast wie in einem ihrer Romane an. Zu Anfang waren die Geschichten immer voller Spannung und Erwartungen, sodass man sich kaum vorstellen konnte, es könnte irgendwann zu Ende gehen. Und dennoch kam immer der Zeitpunkt, an dem alles erzählt war und jedes weitere Kapitel nur langweilen und das zerstören würde, was die Geschichte ausgemacht hatte.

Wie oft hatte sie sich in den vergangenen Monaten nichts mehr gewünscht, als die Uhr einfach zurückdrehen zu können? Wie häufig hatte sie sich danach gesehnt, all das Traurige in ihren Gedanken einfach auszulöschen, um weiterleben zu können wie bisher? Sie hatte es wirklich versucht. Es war ihr nicht gelungen.

Sie hatte die richtige Entscheidung getroffen. Das würde auch Matthias begreifen, wenn er über den ersten Schmerz hinweg war. Sophie warf einen letzten Blick zum Haus, in dem sie viele Jahre glücklich und ebenso viele unglücklich gewesen war. Dann startete sie den Motor.

Nach einer Nacht im Hotel stand ihr am Morgen der nächste Abschied bevor, der ihr mindestens ebenso schwerfiel. In den letzten Jahren hatte es kaum einen Tag gegeben, an dem Jenny und sie sich nicht gesehen, zumindest aber telefoniert hatten. Vor acht Monaten hatte Sophie erfahren, dass ihre Freundin schwanger war und vor der Geburt heiraten würde. Sie sollte nicht nur ihre Trauzeugin, sondern auch Patentante werden. Heute war der Tag, an dem sie gemeinsam Babysachen hatten kaufen wollen.

So war es geplant.

Doch jetzt war alles anders.

Ihre Freundin saß ihr völlig verstört gegenüber und schüttelte den Kopf.

„Warum so plötzlich, Sophie? Vor ein paar Wochen war doch noch alles in Ordnung.“

„Du weißt, dass das nicht stimmt. Wir haben nur getan, als wäre es das. Ich habe dir schon vor Monaten gesagt, dass ich eine Veränderung brauche.“

„Schon möglich“, antwortete Jenny. „Damals habe ich nur an einen Yogakurs oder einen Wellnessurlaub gedacht. Aber doch nicht daran, dass du in irgendein abgelegenes Kaff ziehst. Wir werden uns gar nicht mehr sehen.“

„Wir können telefonieren.“

„Wenn es in diesem Kuhdorf überhaupt Telefon gibt. Mich würden da keine zehn Pferde mehr hinbringen. Bitte, Sophie, überleg es dir noch mal! Wahrscheinlich bereust du schon in ein paar Tagen, dass du alles aufgegeben hast. Matthias liebt dich, ihr habt ein wunderschönes Haus. Du bist erfolgreich. Was willst du noch?“

„Keine Ahnung, wirklich nicht. Vermutlich kann ich es dir erst sagen, wenn ich es gefunden habe.“

„Dann tu mir wenigstens den Gefallen und verändere dich nach meiner Hochzeit. Ich kann nicht ohne meine beste Freundin heiraten.“

„Es tut mir leid.“

„Du willst das wirklich durchziehen?“ fragte Jenny und wiederholte, ohne es zu wissen, die Worte, die Matthias am Abend zuvor benutzt hatte. „Willst du nicht noch einmal darüber schlafen? Du weißt doch gar nicht, was dich dort erwartet. Du wirst dich schon nach einer Woche zu Tode langweilen.“

„Mein Entschluss steht, ich ziehe fort. Ich nehme an, Matthias wird einen Makler beauftragen und das Haus zum Verkauf anbieten. Es ist zu groß für ihn allein.“

„Was? Das hört sich so endgültig an. Ich dachte, du hättest von einer vorübergehenden Trennung gesprochen. Warum muss es überhaupt dieses Dorf sein? Hättest du nicht hier in der Nähe bleiben können?“

„Es ist hübsch dort. Viel Wald, Berge und klare Luft.“

„Sagt das Internet.“ Jenny stöhnte. „Als wir dort waren, haben wir die Pension kaum verlassen. Außerdem kennst du da keinen Menschen.“

„Mach es mir nicht so schwer, okay“, bat Sophie, die die Tränen in den Augen der Freundin bemerkte. „Es ist doch kein Abschied für immer.“

„Es fühlt sich aber so an.“

Sophie, die auf diese Reaktion vorbereitet gewesen war, versuchte, sich nicht anmerken zu lassen, wie sehr der Kummer ihrer Freundin sie traf. Jenny gehörte zu den Menschen, die sie am meisten vermissen würde.

„Du hast deine Freunde hier“, gab diese nicht auf. „Was ist mit dem Theater, dem Kino, den Museen und all diesen Dingen? Auf dem Land macht man Urlaub, da wohnt man nicht. Du bist ein Stadtmensch, Sophie, genau wie ich.“

„Ich werde mich daran gewöhnen.“

„An die Einsamkeit? Was ist so erstrebenswert daran? Ich verstehe es nicht.“

„Jenny, ich ziehe aufs Land, nicht auf den Mars“, versuchte Sophie zu scherzen, obwohl ihr beim Anblick ihrer Freundin zum Heulen zumute war. Wie erwartet, lachte auch Jenny nicht.

„Wo willst du überhaupt wohnen?“, fragte sie stattdessen.

„Ich habe ein kleines Haus gefunden, das ich kaufen werde. Für den Anfang wird es reichen.“

„Du willst es kaufen? Ich fasse es nicht! Wo ist die vernünftige Sophie geblieben, die keine Entscheidung treffen kann, ohne wenigstens drei Tage darüber nachzudenken? Hast du auch nur eine Sekunde daran gedacht, dass man dich über den Tisch ziehen könnte? Du kannst doch kein Haus kaufen, ohne es vorher gesehen zu haben.“

„Du hast recht, es passt nicht zu mir, spontan zu handeln“, gab Sophie zu, die die Bedenken ihrer Freundin gut nachvollziehen konnte. Noch vor ein paar Tagen hätte sie jeden ihrer Bekannten für verrückt erklärt, wenn er dasselbe auch nur in Erwägung gezogen hätte.

„Aber weißt du was? Es fühlt sich gut an, einmal unvernünftig zu sein und nicht darüber nachzudenken, welche Konsequenzen es haben könnte."

„Das verstehe ich sogar." Jenny nickte. „Aber hier handelt es sich nicht um die Farbe eines Kinderwagens, Sophie. Es geht um das Leben, das du geführt hast, bevor dieser Idiot dich betrogen hat. Das ist keine Entscheidung, die man eben mal so spontan trifft."

„Mein Entschluss steht fest", antwortete Sophie. Sie erhob sich und umarmte die Freundin. Dann ging sie zur Tür. Von dort aus drehte sie sich noch einmal zu ihr um. Sie sah den Schmerz in Jennys Augen. Nur mühsam widerstand sie dem Impuls, zu ihr zurückzukehren, die Arme um sie zu schlingen und sie festzuhalten.

„Es tut mir leid, ich muss los."

„Kannst du nicht noch etwas bleiben? Wir könnten wenigstens noch den Wagen kaufen gehen. Ohne dich bin ich aufgeschmissen."

Sophie schüttelte den Kopf und zog die Tür hinter sich zu. Mit großen Schritten ging sie zu ihrem Auto und vermied es, einen Blick zurückzuwerfen. Sie ahnte, dass Jenny am Fenster stand und ihr nachschaute. Erst als sie den Motor gestartet hatte und um die Ecke bog, ließ sie ihren Emotionen freien Lauf. Obwohl sie spürte, dass sie das Richtige tat, kamen die Tränen.

3

AUFBRUCH

Es dauerte über fünf Stunden, bis Sophie die Grenze zu Thüringen erreichte. Vor ihr lag noch etwa eine halbe Stunde Fahrt, dann hätte sie es endlich geschafft. Sie hasste Autofahren, zumindest lange Strecken. Seit einem Unfall vor sechs Jahren, bei dem ein Wagen plötzlich von rechts vor ihr eingeschert hatte und sie beinahe auf das Heck gekracht wäre, ließ die Angst sie nicht los, dass etwas Ähnliches wieder passieren könnte.

Wenigstens konnte sie nun die Autobahn verlassen und auf der Landstraße weiterfahren, was wesentlich einfacher war und nicht halb so viel Konzentration erforderte. Erleichtert nahm sie die Ausfahrt und fuhr in gemäßigtem Tempo auf der fast leeren Landstraße weiter, als ihr einfiel, dass es wohl vernünftig wäre, ein paar Vorräte einzukaufen. Außerdem musste sie dringend zur Toilette und die Flasche Mineralwasser, die auf dem Beifahrersitz lag, war nicht nur unangenehm warm, sondern auch fast leer.

Leider waren im Moment weit und breit keine Häuser zu sehen. Die Landstraße zog sich wie ein endloses Band durch die Wälder und Wiesen. Nicht einmal eine Tankstelle gab es und die Stimme des Navigationsgerätes meldete sich auch kaum noch. Es vergingen weitere fünfzehn Minuten, bis die Straße plötzlich eine scharfe Kurve machte und sich danach gabelte.

Sophie schaute auf das Schild am Straßenrand, dessen Farbe beinahe vollständig abgeblättert war und ursprünglich wohl die Richtung weisen sollte.

Die Schrift darauf war kaum zu entziffern. Immerhin erkannte Sophie die ersten beiden Buchstaben, die ihr bestätigten, dass sie sich auf dem richtigen Weg befand. Dann gab es noch einen Hinweis darunter, dass sie in Kürze an einem Supermarkt vorbeikäme. Vielleicht konnte sie dort auch eine Kleinigkeit essen. Sie hatte seit dem Frühstück lediglich einen Apfel zu sich genommen. Jetzt knurrte ihr Magen unüberhörbar.

Als sie den Parkplatz erreichte, bemerkte sie sofort, dass außer ihr kaum jemand vorhatte einzukaufen. Nur ein alter, ziemlich verbeulter SUV parkte neben dem Gebäude, an dessen grauer Fassade unzählige Reklameschilder hingen, die vermutlich den abbröckelnden Putz verdecken sollten.

Sie stieg aus und näherte sich dem Laden. Vor dem Eingang bemerkte sie eine Tafel, die darauf hinwies, dass es einen Imbiss gab. Wenigstens das, dachte Sophie, die sich vornahm, nicht zu viel zu erwarten. Tatsächlich schlug ihr sofort der Geruch nach fettigen Pommes, alten Zeitungen und Tabak entgegen, als sie eintrat und sich völlig überwältigt umschaute. Das Geschäft war vollgestopft mit sämtlichen Lebensmitteln und Haushaltsartikeln, Zeitschriften und sogar verschiedenen Medikamenten. Die Regale begannen am Boden und reichten bis zur Decke. Hinter der Ladentheke, die sie erst nach einigen suchenden Blicken entdeckte, unterhielt sich eine Frau angeregt mit einem älteren Herrn, dem vermutlich der SUV gehörte.

„Hi“, sagte Sophie, der es etwas unangenehm war, das Gespräch zu stören. „Ich würde gerne Ihre Toilette benutzen.“

Die Frau und der Mann verstummten abrupt. Vor allem der Kunde sah sie an, als hätte sie den Wunsch geäußert, ein fünfgängiges Mittagessen serviert zu bekommen.

„Was ist?“, fragte Sophie und hob die Schultern. Musste er nie dringend diesem Bedürfnis nachgehen? „Ich möchte nur aufs Klo.“

Wortlos schob ihr die Verkäuferin einen rostigen Schlüssel über die Theke und zeigte mit dem Finger in den hinteren Teil des Ladens. Der Kunde hingegen schenkte ihr keine Aufmerksamkeit mehr.

„Wenn Sie kein Toilettenpapier finden, rufen Sie!“, hörte sie die Verkäuferin noch sagen, bevor sie in dem kleinen düsteren Raum verschwand. Als sie zurückkam, hatte sich weder die Frau noch der Kunde von der Stelle gerührt. Sophie gab den Schlüssel zurück und schaute sich unschlüssig um.

„Suchen Sie etwas Bestimmtes?“, fragte die Verkäuferin. Auf Sophie machte es fast den Eindruck, dass sie sie loswerden wollte. Aber vielleicht bildete sie sich das auch nur ein. Schließlich war ein Laden doch dafür da, um Kunden zu bedienen.

„Ich möchte ein paar Vorräte kaufen“, antwortete sie.

„Sie finden alles in den Regalen.“

Die Verkäuferin zeigte zu einem Gang und machte sich nicht die Mühe, ihr Hilfe anzubieten. Auch das war ungewohnt. Offenbar nahm man es hier in der Einöde mit Kundenfreundlichkeit nicht so genau. Langsam schlenderte Sophie durch den Gang und inspizierte die Regale. Dabei warf sie ziemlich wahllos Getränke und Konserven in eine Tüte. Erst als diese bis zum Platzen gefüllt war, ging sie zurück zur Theke.

„Draußen steht, dass ich hier essen kann.“

„Nur Pommes und Kartoffelsalat.“

„Dann würde ich das gerne nehmen“, antwortete Sophie.

„Ich habe die letzte Portion gerade verkauft. Tut mir leid.“

„Aber das Schild steht doch noch vor der Tür“, sagte Sophie mehr verblüfft als verärgert.

„Ich räume es nachher weg.“

Die Verkäuferin zuckte unbeeindruckt mit den Schultern.

„Können Sie mir wenigstens sagen, ob es im nächsten Dorf ein Restaurant gibt?“

„In der Stadt“, mischte sich plötzlich der Kunde ein. „Sie haben wohl noch ein weites Stück vor sich?“, fragte er und sah sie neugierig an. „Urlaub?“

„Ich möchte nach Nordheim“, gab sie bereitwillig Auskunft, obwohl sie nicht wusste, was es ihn anging. „Wenn mein Navi nicht lügt, müsste ich in zehn Minuten dort sein.“

Er nickte und kratzte sich nachdenklich am Kopf. Dabei musterte er sie ganz ungeniert.

„Kennen wir uns irgendwoher?“, fragte er.

„Nicht, dass ich wüsste.“

Schnell kramte Sophie ihr Portemonnaie heraus und legte den Geldschein auf den Tresen, bevor der Mann bemerkte, dass sie rot geworden war, während sie ihn belogen hatte. Aber musste er sie auch ausgerechnet auf den ersten Blick erkennen? In fünf Jahren veränderte man sich doch. Sie konnte nur hoffen, dass es den anderen Dorfbewohnern nicht ähnlich erging oder sie ihr zumindest den Artikel nicht mehr nachtrugen.

„Sind Sie sicher, dass Sie dort Urlaub machen wollen?“, hakte der alte Mann in dem Moment neugierig nach, als Sophie das Wechselgeld einsteckte.

„Ich plane keinen Urlaub“, antwortete sie. „Ich habe vor, dort zu leben.“

Der Kunde, der sie nun unverhohlen anstarrte, schwieg. Aus irgendeinem Grund hatte Sophie das Gefühl, sich rechtfertigen zu müssen. Außerdem konnte sie so gleich klarstellen, dass sie nicht gekommen war, um einen weiteren Artikel zu schreiben.

„Ich brauche Ruhe. Das Haus, das ich gekauft habe, liegt etwas abgelegen. Ich bin sicher, ich werde dort ungestört arbeiten können.“

Als er darauf nichts erwiderte, nahm sie die schwere Tüte vom Ladentisch.

„Welches Haus?“, hörte sie, als sie den Laden gerade

verlassen wollte. Für einen Moment dachte sie darüber nach, einfach zu tun, als hätte sie die Frage nicht gehört. Aber wollte sie es sich tatsächlich schon am ersten Tag mit den Dorfbewohnern verscherzen? Wenn sie jetzt einfach verschwand, machte das keinen guten Eindruck.

„Ein Haus eben“, antwortete sie unbestimmt. Sie wusste nicht einmal die genaue Adresse. „Irgendwo am Ende des Dorfes. Es stand lange leer.“

„Das Katzenhaus.“

Der Mann zog scharf die Luft ein und riss die Augen auf, bevor er einen Blick mit der Verkäuferin wechselte, die nicht weniger erschrocken schien.

„Sind Sie sicher?“, fragte sie viel freundlicher als zuvor. „Dieses Haus ist baufällig und bietet keinerlei Komfort. Einige Dorfbewohner behaupten sogar, dass es dort spukt. Ich könnte Ihnen eine Pension empfehlen.“

„Wie gesagt, ich habe es gekauft. Außerdem glaube ich nicht an Geister und …“

Ihr Handy begann zu klingeln.

„Ich muss los, auf Wiedersehen“, sagte sie und zog es aus der Tasche, während sie nach draußen ging. Der alte Mann murmelte etwas vor sich hin, doch sie hörte nicht mehr, was er sagte.

„Hey, Jenny“, begrüßte sie ihre Freundin.

„Hi, ich wollte nur hören, ob du angekommen bist.“

„Noch nicht ganz, ich habe gerade eingekauft. Die Leute hier sind noch viel verschrobener, als ich in Erinnerung hatte.“

„Du hattest also bereits Kontakt mit ihnen?“

„Zumindest mit zweien, wovon einer sich vermutlich an mich erinnert. Außerdem scheinen sie keine Fremden zu mögen. Sie wollten mir sogar weismachen, dass es in meinem Haus spukt.“

„Ich habe dir gleich gesagt, dieses Kaff ist nichts für dich.

Siehst du nun ein, dass ich recht hatte? Warum drehst du nicht einfach um und kommst zurück?"

„Ich dachte, wir hätten das geklärt. Außerdem kann es mir egal sein, was die Leute hier von mir denken, und mögen müssen sie mich auch nicht. Hauptsache sie lassen mich in Ruhe."

Sophie schaute zurück zum Laden. Hinter der schmutzigen Scheibe erkannte sie deutlich das Gesicht des alten Mannes, der sie neugierig beobachtete. Er gab sich nicht einmal die Mühe, es wenigstens unauffällig aussehen zu lassen.

Kopfschüttelnd stieg sie in den Wagen.

„Ich fahre jetzt weiter", sagte sie zu Jenny. „Ich melde mich später, wenn ich das Haus gesehen habe."

„Okay." Sie hörte, wie ihre Freundin seufzte. „Ich mache mir Sorgen um dich, Sophie."

„Das musst du nicht. Mir geht es gut. Ich freue mich auf mein neues Leben."

„Na gut, ich hoffe, das ändert sich nicht nach der ersten Nacht im Spukhaus und ein paar zerstochenen Autoreifen."

„Jetzt hör aber auf!" Sophie lachte. „So schlimm ist es auch wieder nicht. Außerdem hätte ich so wenigstens etwas, worüber ich schreiben könnte. Also bis später, ich muss weiter."

Sie legte auf und startete den Motor. Dann gab sie Gas und fuhr mit quietschenden Reifen vom Parkplatz. Wie vorgesehen, erreichte sie bald darauf das Dorf. Ein paar Jugendliche lungerten vor einem Spielplatz herum, junge Mütter schoben ihre Kinderwagen und auf der Bank nahe einer kleinen Kapelle hatten es sich zwei ältere Damen bequem gemacht.

Sophie bemerkte, dass sie auch hier die Aufmerksamkeit auf sich zog. Einige Leute blieben stehen und starrten sie in ihrem Auto neugierig an. Selbst die alten Damen auf der Bank reckten ihre Hälse. Sie winkte ihnen zu, woraufhin sie sich ruckartig wegdrehten.

„Dann nicht", murmelte sie vor sich hin. Nach dem Besuch

im Laden hatte sie nicht mit einer freundlichen Begrüßung gerechnet, allerdings auch nicht mit Abneigung, was jedoch nichts mit ihrem Besuch damals zu tun haben musste. Die Wahrscheinlichkeit, dass sämtliche Dorfbewohner sie erkannten, war äußerst gering. Vermutlich haben sie nur erfahren, dass eine Fremde aus der Stadt das Haus gekauft hat, und jetzt müssen sie sich erst an mich gewöhnen, redete sie sich gut zu. Anders als in der Stadt wurden Fremde hier wohl erst einmal misstrauisch beäugt.

Ohne das Tempo zu drosseln, bog sie in die Schotterstraße am Ende des Dorfes ein und parkte vor dem abgelegenen kleinen Haus, dessen Fassade von Efeu überwuchert war. Schwungvoll warf sie die Tür ihres kleinen Opel zu und blieb erwartungsvoll stehen. Der Anblick ihres neuen Zuhauses verschlug ihr für einen Moment regelrecht die Sprache. Mit dem Foto im Internet hatte es jedenfalls kaum Ähnlichkeit. Das Haus machte den Eindruck, als würde es beim nächsten Windstoß zusammenbrechen. Wahrscheinlich hielt es nur der Efeu aufrecht, der nicht nur die Fassade, sondern sämtliche Fenster überwucherte.

Jenny hatte mit ihren Befürchtungen wohl doch nicht übertrieben. Nichts war so, wie Sophie es sich ausgemalt hatte. Für einen kurzen Moment kam Panik in ihr auf. Sie reichte aus, um ernsthaft darüber nachzudenken, gar nicht erst das Grundstück zu betreten, sondern lieber sofort in ihr Auto zu steigen und zurückzufahren. Unabhängig von der kuriosen Spukgeschichte konnte doch kein Mensch in dieser Hütte leben, in die vermutlich nicht einmal Tageslicht eindrang. An die einsamen Nächte hier draußen wollte sie gar nicht denken.

Erschrocken schrie sie auf, als plötzlich etwas ihr Bein streifte. Als sie hinabschaute, sah sie eine graue Katze, die um ihre Füße schlich und leise schnurrte. Offensichtlich hoffte sie, etwas Essbares zu bekommen. Sie sah ziemlich abgemagert aus.

„Na, du?“ Sophie beugte sich zu dem Tier und strich ihm übers Fell. „Wohnst du etwa hier?“

Die Katze miaute. Dann drehte sie sich um und tapste in den Garten. Sophie folgte ihr und drückte die hölzerne Gartentür auf, die schief in den Angeln saß.

„Willkommen zu Hause“, sagte sie und holte tief Luft.

Da das Haus verschlossen und von der Maklerin weit und breit nichts zu sehen war, betrat Sophie den Garten, der hinter das Haus führte. Kein leichtes Unterfangen, denn auch hier war der Weg zum Teil zugewachsen. Sie musste den Kopf einziehen, wenn sie nicht riskieren wollte, dass ihr Gesicht von den Hecken zerkratzt wurde. Es gelang ihr zumindest, einen Blick aufs Grundstück zu werfen, das nicht besonders groß war, dafür aber mit einem berauschend schönen Blumenmeer aufwarten konnte. Wo sie hinschaute, erblickte sie bunte Blüten, die einen süßen Duft verströmten.

Sophie blieb stehen und nahm den einzigartigen Anblick in sich auf. Lächelnd stellte sie sich vor, wie sie unter einem der Bäume sitzen und schreiben würde. Völlig ungestört in der Natur. In ein bisschen viel Natur vielleicht, aber das ließe sich ändern. Der Garten musste auf Vordermann gebracht werden. Danach würde er eine Augenweide sein. Vielleicht konnte sie einen der Dorfbewohner bitten, ihr zu helfen. Wenn die Bezahlung stimmte, würde sich bestimmt jemand bereiterklären.

„Lassen Sie sich von der Wildnis nicht täuschen“, hörte sie plötzlich hinter sich. Als sie sich umdrehte, bemerkte sie eine Frau Ende dreißig, die vorsichtig einen Fuß vor den anderen setzte und schließlich aufgab.

„Sie sind sicher Sophie. Ich bin die Maklerin und habe den Schlüssel dabei.“ Ihr Blick fiel auf ihre hohen Sandalen, bevor sie den Kopf schüttelte. „Ich trage die falschen Schuhe“, stellte sie fest.

„Vielleicht weil es das falsche Haus ist“, antwortete Sophie, nicht ohne eine Spur Ironie in der Stimme. „Sie wollen mir doch nicht erzählen, dass dieses baufällige Gebäude mit dem Foto im Netz übereinstimmt.“

„Doch, das tut es“, erwiderte die Maklerin unbeeindruckt. „Ich habe Sie gewarnt. Das Haus stand lange leer. Aber wenn es Sie beruhigt, ich habe ein Gutachten dabei. Die Substanz ist durchaus in Ordnung. Es müsste nur ein bisschen aufgeräumt werden.“

„Ein bisschen?“

„Okay, ich gestehe ein, dass Sie Zeit und Arbeit hineinstecken müssen. Aber deshalb bin ich Ihnen auch mit dem Preis entgegengekommen und Sie müssen zugeben, dass es Charme besitzt. Sehen Sie nur diesen Garten an! Es wird Ihnen hier gefallen.“

„Um das zu beurteilen, würde ich gerne einen Blick ins Haus werfen.“

„Natürlich, kommen Sie!“

Die Maklerin ging ihr voraus, öffnete die Tür und betrat das Haus. Sophie hingegen zögerte auf der Türschwelle und überdachte die möglichen Gefahren, die vielleicht hinter der Tür lauerten. Dann siegte ihre Neugier und sie folgte der Frau. Wie erwartet, war es stockfinster im Haus.

„Moment! Ich mache Licht.“

Die Lampe erwies sich als blanke Glühbirne, die an einem Kabel von der Decke hing. Genauso spärlich sah es im Rest des Flurs aus, von dem eine Treppe nach oben ging, die die Maklerin jedoch ignorierte. Sophie vermutete, dass sie zu Recht befürchtete, die Stufen könnten zusammenstürzen, denn so sahen sie aus. Stattdessen führte die Frau sie in ein Wohnzimmer, das überraschenderweise ziemlich sauber wirkte.

„Mehr war in der Kürze der Zeit leider nicht zu schaffen“,

entschuldigte sie sich. „Aber so bekommen Sie wenigstens einen Eindruck, wie es aussehen könnte."

„Hübsch", antwortete Sophie und meinte es ehrlich. Das große Sofa wirkte gemütlich und der Kachelofen in der Ecke strahlte auch ohne Feuer eine angenehme Wärme aus.

„Ich brauche dann nur noch ein paar Unterschriften." Die Maklerin legte einen Packen Unterlagen auf den Tisch. „Den Rest schicke ich Ihnen zu." Sie schaute auf. In ihrem Blick lagen eindeutig Zweifel. „Sie wollen das Haus doch noch kaufen, oder?"

Sophie zögerte. Wollte sie das? Sie war sich überhaupt nicht mehr sicher. Allerdings wäre die einzige Alternative, zu Matthias zurückzukehren und ihn reumütig um Verzeihung zu bitten. Das kam nicht infrage. Lieber würde sie den Rest ihrer Ersparnisse dafür aufbringen, einen Trupp Handwerker und eine Putzkolonne zu beschäftigen. Notfalls musste sie selbst Hand anlegen. Fest stand, dass sie sich trotz des miserablen Zustands von dem Haus angezogen fühlte. Von der ersten Sekunde an hatte sie das Gefühl gehabt, hierherzugehören, angekommen zu sein. Ein bisschen Staub und zugewachsene Fenster würden sie jetzt nicht davon abhalten, ihren Traum von einem neuen Leben aufzugeben.

„Was hat es eigentlich mit den Katzen auf sich?", fragte sie, während sie unterschrieb. „Ein Mann im Laden erwähnte etwas von einem Katzenhaus."

„Keine Ahnung", antwortete die Maklerin und raffte eilig die Unterlagen zusammen. Dabei wurde Sophie den Eindruck nicht los, dass sie ihr auswich.

„Wem hat das Haus gehört? Warum stand es leer?", hakte sie nach.

„Eine alte Dame lebte hier. Ihr Name ist Elisabeth Freier. Ich weiß wirklich nicht viel darüber. Nur, dass sie ins Altenheim kam, als sich eine Demenz andeutete. Ich vermute, deshalb sieht es hier auch so aus. Sie hat sich mit Händen und

Füßen dagegen gesträubt, ihr Grundstück zu verlassen. Aber gegen einen Beschluss vom Betreuungsgericht kam auch sie nicht an."

„Wissen Sie, ob sie noch lebt?"

„Nein, darüber bin ich nicht informiert. Meine Aufgabe war es, das Haus zu vermieten oder zu verkaufen, um die Kosten des Altenheims zu decken. Was mir nun ja zum Glück gelungen ist."

Sie lächelte und stand auf. Dann reichte sie Sophie die Hand.

„Ich muss zum nächsten Termin. Ich wünsche Ihnen viel Freude in diesem Haus und bin sicher, Sie bekommen das hin. Alles Gute."

„Danke."

Sophie begleitete sie nach draußen, um gleich ihre Koffer und die Einkäufe zu holen. Dabei bemerkte sie einen Mann, der sich hinter einem Baum versteckte und zum Haus starrte. Er sah dem Kunden aus dem Laden ziemlich ähnlich. Aber sicher war sich Sophie nicht. Als er feststellte, dass Sophie ihn gesehen hatte, verschwand er.

„Seltsame Leute", murmelte sie vor sich hin.

Die Maklerin, die ihrem Blick gefolgt war, zuckte unbeeindruckt mit den Schultern.

„Die Menschen hier bleiben lieber unter sich. Aber Sie werden sich bestimmt eingewöhnen. Es braucht nur etwas Zeit."

„Das wissen Sie, weil Sie im Dorf wohnen?"

„Ich? Nein." Sie schüttelte heftig den Kopf. „Um Himmels willen, ich würde es hier keine zwei Tage aushalten." Kaum hatte sie es ausgesprochen, bereute sie offenbar ihren Fehler. „Aber das hat rein gar nichts mit dem Dorf zu tun", fügte sie rasch und wenig überzeugend hinzu. „Ich bin einfach ein Stadtmensch. Auf Wiedersehen."

„Auf Wiedersehen."

Sophie schaute ihr nach, wie sie eilig in den teuren Wagen stieg, wendete und davonfuhr. Plötzlich fühlte sie sich einsam. Wahrscheinlich hatte sie gerade das letzte Gespräch für die kommenden Tage geführt. Zumindest auf den ersten Eindruck sah es nicht danach aus, als würde auch nur einer der Dorfbewohner Wert darauf legen, sie näher kennenzulernen.

4

NORDHEIM

Am nächsten Morgen erwachte Sophie schon kurz nach Sonnenaufgang. Sie brauchte einen Moment, um sich zurechtzufinden. Doch recht schnell erkannte sie, dass es im Raum nicht nach frischem Kaffee duftete, den Matthias gekocht hatte, bevor er zur Arbeit ging. Stattdessen roch es ziemlich muffig. Als Erstes würde sie die Fenster von dem Efeu befreien müssen, damit frische Luft ins Haus kam. Danach wollte sie ihre Sachen auspacken und die alten Decken, die überall herumlagen, waschen. Vorausgesetzt es gab eine Waschmaschine im Haus.

Vom Bett aus schaute sie aus dem Fenster. Trotz des Dickichts davor erkannte sie, dass die Sonne heute wohl nur zögerlich zum Vorschein kam. Stattdessen hingen schwere dunkle Wolken am Horizont. Sie hörte den auffrischenden Wind, der an den Fensterläden rüttelte. Das Wetter musste über Nacht umgeschlagen haben, was ihren Plan, den Garten etwas auf Vordermann zu bringen, bereits zum Scheitern verurteilte, bevor sie überhaupt begonnen hatte. Allerdings gab es im Haus Arbeit genug. Sie würde Wochen brauchen, um es so zu gestalten, dass es ihr gefiel.

Und deshalb musste sie jetzt auch aufstehen und loslegen.

Aber schon der Gedanke daran, das Bett zu verlassen, in dem sie überraschenderweise sehr gut geschlafen hatte, motivierte sie nur wenig. Außerdem war es ihr erster Tag und sie hatte beschlossen, es in Ruhe angehen zu lassen. Wenn sie jetzt damit begann, in Hektik zu verfallen, hätte sie auch in der Stadt bleiben können.

Zufrieden schloss sie die Augen, als sie plötzlich ein Schnurren hörte. Sophie setzte sich auf und entdeckte eine Katze, die es sich auf dem Boden neben der Tür gemütlich gemacht hatte. Unbeeindruckt von der neuen Bewohnerin des Hauses leckte sie ihr Fell.

„Wo kommst du denn her?“, fragte Sophie, die versuchte, sich an das Tier vom Vortag zu erinnern. Die Katze von gestern war grau gewesen, ihr neuer Mitbewohner hingegen schwarz.

„Wie viele von deiner Sorte gibt es hier eigentlich?“, murmelte sie vor sich hin und schwang die Beine aus dem Bett. Dann machte sie sich auf die Suche nach dem Badezimmer. Am Abend zuvor hatte sie nur eine Kammer gefunden, in der es ein Waschbecken und die Toilette gab. Sie konnte nur hoffen, dass das nicht alles war.

Tatsächlich fand sie das Bad, wo sie enttäuscht feststellte, dass keine Dusche vorhanden war. Alles, was sie in dem weiß gekachelten Raum fand, war eine große, frei stehende Wanne, die vermutlich aus dem Mittelalter stammte. Die Aussicht, den Hahn aufzudrehen und dieses Ungetüm mit heißem Wasser zu füllen, schwand beim Anblick des rostigen Ofens, der hinter der Wanne stand.

Dennoch ging sie nach einer Katzenwäsche und dem Zähneputzen, bei dem sie auch gleich die Folgen einer verrosteten Wasserleitung kennengelernt hatte, gut gelaunt in Jeans und einem bequemen Shirt die Treppe nach unten, die wider Erwarten stabil war. Die Katze folgte ihr und schnurrte zufrieden, als sie ihr eine Schale mit Milch füllte. Während das Tier gierig zu schlecken begann, durchwühlte Sophie ihre Einkäufe und fand, wonach sie suchte.

Zu ihrem Bedauern gab es in dem Haus auch keine Kaffeemaschine, nur eine Porzellankanne mit einem altmodischen Sieb. Kurzerhand füllte sie Pulver hinein und übergoss es mit heißem Wasser, das Gott sei Dank aus dem Boiler kam, der an der Wand hing. Dabei stellte sie überrascht fest, wie sie zunehmend Gefallen daran fand, sich an den einfachen, etwas primitiven Lebensstil zu gewöhnen. Jenny würde sie vermutlich für verrückt erklären, wenn sie ihr davon erzählte. Ihre Freundin hätte es wahrscheinlich keinen einzigen Tag hier ausgehalten. Aber Jenny hatte auch nicht entschieden, ihr Leben zu verändern.

Mit der Tasse in der Hand ging Sophie nach draußen und setzte sich auf die Bank hinter dem Haus. Es war still. Außer einem Hahn, der irgendwo in der Ferne krähte, war nur das Rauschen der Bäume zu hören. Es fühlte sich völlig anders an als zu Hause.

Unwillkürlich wanderten ihre Gedanken zu Matthias. Sie fragte sich, ob er gerade alleine frühstückte oder mit seiner blonden Klientin in einem Café saß. Dabei stellte sie fest, dass ihr die Vorstellung, ihr Mann könnte sich möglicherweise ziemlich schnell mit dieser Frau trösten, auch heute nichts ausmachte. Matthias hatte das Recht dazu, sein Leben zu leben, wie er es für richtig hielt. Sie tat es schließlich auch. Außerdem war sie nicht hergekommen, um über ihre gescheiterte Ehe nachzudenken.

Sophie stand auf und brachte ihre Tasse in die Küche. Unschlüssig schaute sie sich um und überlegte, wo sie anfangen sollte. Sie entschied sich für das Schlafzimmer. Sie musste unbedingt diesen Geruch aus dem Raum bekommen. Dann würde sie sich um das Zimmer nebenan kümmern, in das sie nur einen kurzen Blick geworfen hatte. Ihr war natürlich sofort der riesige Schreibtisch aufgefallen, der am Fenster stand und dem ersten Anschein nach aus echtem Holz gezimmert worden war. Ein perfekter Platz zum Schreiben, dachte sie. Allerdings musste das noch warten. Bevor sie mit ihrer Arbeit beginnen konnte, brauchte sie all ihre Energie für das Haus.

In den nächsten Stunden war sie vollauf damit beschäftigt, den Efeu von den Fenstern zu entfernen, was sich nicht nur als mühsam erwies, sondern auch eine Menge Kraft erforderte. Natürlich hatte sie in dem Laden nicht daran gedacht, sich Werkzeug zu beschaffen. Aber woher hätte sie auch wissen sollen, dass dieses Hexenhaus auf sie wartete? Nichtsdestotrotz musste sie schleunigst ein paar Dinge besorgen, um nicht alles mit der Hand erledigen zu müssen. Ihre Finger sahen schon jetzt aus, als hätte sie wochenlang auf dem Bau gearbeitet.

Dafür war das Ergebnis umso schöner. Nachdem sie die Fenster von dem Gestrüpp befreit hatte, erkannte sie, welch einzigartigen Ausblick sie genießen durfte. Keine zwei Kilometer entfernt begann der Wald. Ein malerischer Weg schlängelte sich durch die Felder und Wiesen, den sie unbedingt zum Laufen nutzen wollte. Außerdem verschwand jetzt auch der muffige Geruch. Stattdessen drang der Duft des Gartens zu ihr nach oben.

Zufrieden verließ sie den Raum. Jetzt wollte sie ihr Werk auch von außen betrachten. Sie hatte die hübschen Fensterläden bemerkt, die von den Blättern des Efeus völlig verdeckt gewesen waren. Sie sahen sicher ohne das ganze Gestrüpp reizvoll aus. Barfuß lief sie nach unten und öffnete die Tür. Dabei bemerkte sie einen Umschlag, der auf der verdreckten Matte davor lag. Zögernd hob sie ihn auf. Es standen weder ein Name noch eine Adresse darauf.

Im ersten Moment nahm sie an, die Maklerin könnte die restlichen Unterlagen gebracht haben. Doch dann verwarf sie den Gedanken. Die Frau war Profi in ihrem Job und hätte zumindest geklopft oder den Brief wenigstens in den Briefkasten geworfen.

Mit dem Umschlag in der Hand ging Sophie zur Straße. Dort schaute sie sich um. Es war niemand zu sehen, nur zwei weitere Katzen, die um sie herumschlichen. Unschlüssig blieb sie stehen, bevor sie den Umschlag aufriss. Eine weiße Karte aus Pappe kam zum Vorschein. Als Sophie sie umdrehte, erkannte sie, dass nur ein paar Worte darauf standen.

DU GEHÖRST NICHT HIERHER! VERSCHWINDE!

Sophie ging zur Bank zurück. Sie musste sich setzen. Mit zusammengekniffenen Augen las sie noch einmal, was auf dem Blatt geschrieben stand: *VERSCHWINDE!*

Wut, Empörung, aber auch ein wenig Angst machten sich in ihr breit. Sie konnte nicht verstehen, warum jemand so etwas tat. Wollte er sie einschüchtern? Sie dazu bringen, das Dorf zu verlassen? Aber warum? Sie tat doch keiner Menschenseele etwas. Sie hatte lediglich einen Artikel geschrieben und sich darin über die Naivität der Bauern lustig gemacht. Aber das war doch kein Verbrechen. Es rechtfertigte jedenfalls nicht diese Karte.

Dann mochten die Leute hier eben keine Fremden. Aber warum hatten sie dann nicht einfach dafür gesorgt, dass das Haus nicht zum Verkauf angeboten wurde? Sie hatte nur das Angebot angenommen, wie es jeder andere hätte tun können. Sie zwang niemanden, sie zu begrüßen oder sie zum Kaffee einzuladen. Wenn diese merkwürdigen Dorfbewohner lieber für sich blieben, dann sollten sie es tun. Sie akzeptierte es. Aber das hieß nicht, dass sie ihr Angst machen mussten. Dieses *Verschwinde* klang wie eine Drohung.

Nachdenklich ging sie zurück ins Haus. Die Lust auf den Garten war ihr vergangen. Stattdessen begann sie, ihren neuen

Arbeitsplatz herzurichten. Erstaunt nahm sie wahr, wie wunderschön der alte Schreibtisch aussah, nachdem sie ihn von einer dicken Staubschicht befreit hatte. Ohne lange nachzudenken, öffnete sie die obere Schublade. Sie hatte das Haus schließlich gekauft, mit allem, was dazu gehörte, den Inhalt des Schreibtisches eingeschlossen.

Leider musste sie feststellen, dass sich in der Schublade weder wertvoller Schmuck noch irgendwelche Geheimnisse verbargen. Lediglich ein altes Foto fiel ihr in die Hände. Sie legte es auf der Holzplatte ab und versuchte, auch das unterste Fach zu öffnen, was ihr nicht gelang. Entweder klemmte es oder war verschlossen.

Nach einem weiteren Versuch, bei dem sie deutlich mehr Kraft aufwendete, gab sie auf und machte sich auf die Suche nach dem Schlüssel. Die Tatsache, dass die Vorbesitzerin zwei Fächer offen gelassen und nur eines verschlossen hatte, weckte ihre Neugier. Es konnte ja gar nicht anders sein, als dass sie darin etwas versteckt haben musste, und sie würde herausfinden, was es war.

Leider fehlte von dem Schlüssel jede Spur. Mit dem Foto in der Hand stellte Sophie sich ans Fenster. Ein junges Mädchen war darauf abgelichtet. Gemeinsam mit einem Mann, der etwas älter wirkte, stand es vor einem riesigen Haus, das bei näherer Betrachtung wie ein Hotel aussah. Das Mädchen trug Reithose und Stiefel und machte den Eindruck, als wäre es gerade erst vom Pferd gestiegen und zufällig in die Aufnahme des Fotografen geraten. Dagegen sprach jedoch der verliebte Blick des jungen Mannes, der in einer Uniform steckte. Sophie bemerkte das Hakenkreuz an der Armbinde. Als sie das Foto umdrehte, erkannte sie, kaum lesbar, ein Datum. Die Aufnahme war 1933 entstanden und erklärte damit die SS-Uniform und die Stiefel des Mannes.

An sich war an dem Foto nichts Ungewöhnliches. Sophie hatte bei ihren Recherchen schon Dutzende davon zu Gesicht bekommen. Bei diesem speziellen aber fragte sie sich, ob es sich bei dem Mädchen um die ehemalige Bewohnerin des Hauses handelte.

War das Elisabeth Altmann? Die jetzt alte, demente Dame, die ihr Leben offenbar lieber mit Katzen geteilt hatte als mit Menschen? Was Sophie nicht wirklich wunderte, so, wie sich die Leute hier benahmen. Die Katzen hatten sie jedenfalls freundlicher begrüßt und ihr keinen Schrecken eingejagt.

Sie würde die Verkäuferin im Laden nach der alten Dame fragen, nahm sie sich vor. Vorausgesetzt sie sprach überhaupt mit ihr. Dem mürrischen Alten musste sie hingegen nicht noch einmal begegnen. Ihm traute sie durchaus zu, dass er es gewesen war, der den Umschlag vor ihre Tür gelegt hatte. Sie brauchte sich nur daran zu erinnern, wie erschrocken er gewesen war, als sie von dem Haus gesprochen hatte.

Egal, dachte Sophie. Sie musste weitermachen, wenn sie heute noch schreiben wollte. Stöhnend schob sie das Ungetüm von Schreibtisch ein Stück vom Fenster weg, um zumindest den gröbsten Staub dahinter zu entfernen. Er war noch viel schwerer, als sie auf den ersten Blick vermutet hatte, und der Blick, der sich ihr dahinter offenbarte, war auch nicht gerade erfreulich. Angewidert wischte sie mit dem Besen die Spinnweben fort, als sie etwas Silbriges auf dem Boden entdeckte.

Es war ein Schlüssel. Ein alter Schlüssel, wie sie feststellte, als sie ihn in der Hand hielt.

Sophie grinste. Das konnte kein Zufall sein. Wenn sie nicht völlig falschlag, würde er zu der Schublade passen und sie erfahren, welches Geheimnis sich darin verbarg. Sie zögerte nicht lange und steckte ihn ins Schloss. Wie erwartet sprang das Schreibtischfach auf. Etwas enttäuscht schaute sie auf den Papierstapel. Nichts als lose Blätter, die wahllos übereinanderlagen. Sophie überflog eines davon und las etwas von einem Kurhaus, bevor sie es zurücklegte. Es handelte sich um Aufzeichnungen der alten Dame, die ziemlich ungeordnet wirkten. Vermutlich hatte sie zu Beginn ihrer Demenz versucht, ihre Gedanken auf dem Papier festzuhalten, das für Elisabeth sicher einen hohen individuellen Wert besaß. Für sie hingegen war es nur Papier. So leid es ihr tat, sie würde es zum Anzünden des Badeofens benutzen, falls sie irgendwann beschlösse, sich mit dem Monstrum im Badezimmer auseinanderzusetzen.

Sie schob das Fach zu. Zum Aufräumen hatte sie nun keine Lust mehr. Zwei Zimmer waren halbwegs sauber und den Efeu hatte sie auch entfernt. Das war genug für einen Tag und sie hatte noch nichts von der Umgebung gesehen. Ein kleiner Waldlauf war jetzt genau das Richtige. Im Gegensatz zu ihrem Mann, der das Laufen als Qual empfunden und später ganz gelassen hatte, konnte sie sich dabei entspannen. Außerdem setzte Sport Glückshormone frei, und die konnte sie im Moment gut gebrauchen, nachdem ihr die Dorfbewohner ziemlich deutlich gezeigt hatten, wie unerwünscht sie war.

Entschlossen, sich davon nicht entmutigen zu lassen, zog sie sich um und schnürte ihre Turnschuhe. Als sie aus dem Haus ging, schien die Sonne. Sophie setzte ihre Kopfhörer auf und lief los. Schon nach wenigen Sekunden hatte sie sich dem Rhythmus der Musik angepasst. In gemäßigtem Tempo lief sie den geschlängelten Weg entlang und überschritt die Grenze zum Wald, in dem es deutlich dunkler war. Nur wenige Sonnenstrahlen fielen durch das Blätterdach. Sophie folgte dem Weg, der einen Hügel hinaufführte und nach hundert Metern immer schmaler wurde, bis er in einen Trampelpfad überging.

Unschlüssig blieb sie stehen. Sie wusste, dass es nun vernünftiger wäre umzukehren. Sie kannte sich in dieser Gegend nicht aus und konnte sich jederzeit verirren. Aber irgendetwas zwang sie, nun im Schritttempo weiterzugehen. Während sie den Wurzeln auswich, zog sie die Kopfhörer ab und lächelte, als sie das Rauschen der Bäume und vereinzeltes Vogelgezwitscher hörte. Tief atmete sie die klare Luft ein, als der Pfad abrupt endete.

Wieder blieb sie stehen und suchte nach einer Erklärung. Der ausgetrampelte Weg bewies schließlich, dass ihn jemand regelmäßig benutzte. Aber warum, wenn er nicht weiter in den Wald führte? Vorsichtig, um sich nicht das Gesicht zu verkratzen, bog sie die Zweige auseinander und erkannte hinter dem Dickicht eine Lichtung. Was das Ganze nur noch merkwürdiger machte. Ohne zu zögern kroch sie durch die Äste hindurch und stellte erstaunt fest, dass der Weg nun doch weiterging.

Bereits nach wenigen Metern spürte sie, dass es plötzlich kälter geworden war und sie fröstelte. Die Temperatur musste um einige Grade gefallen sein. Außerdem war es still, beinahe unheimlich still. Sogar das Vogelgezwitscher war verstummt. Nicht einmal das sanfte Rauschen der Bäume war jetzt noch zu hören.

Als sie einen Blick nach oben warf, bemerkte sie dunkle Wolken, die sich in den blauen Himmel fraßen und Regen ankündigten. Normalerweise machte es ihr nichts aus, auch bei schlechtem Wetter zu laufen. Aber normalerweise tat sie das auch nicht in ihr unbekannten Gegenden. Wenn sich der Himmel weiter verdunkelte, konnte es gut sein, dass es schwierig werden würde, den Weg zurückzufinden, und auf Hilfe konnte sie hier wohl vergeblich warten.

Ein lautes Rascheln ließ Sophie aufschrecken. Plötzlich sah sie links neben sich im Gebüsch einen dunklen Schatten huschen.

„Hallo?“, rief sie laut. „Ist da jemand?“

Es blieb ruhig. Sophie, die annahm, sich getäuscht zu haben, zuckte erschrocken zusammen, als sich das laute Knacken von Zweigen wiederholte.

„Hey“, schrie sie in den Wald hinein, wobei ihre Stimme nur noch halb so sicher klang. „Wenn Sie mich erschrecken wollten, ist Ihnen das gelungen. Sie können damit aufhören, okay?“

Angespannt schaute sie in die Richtung, in der sie die

Bewegung bemerkt hatte. Die Geräusche des Waldes verschwanden im Rauschen des Blutes in ihren Ohren. In diesem Moment brach ein Reh durch das Dickicht und nahm kurz Witterung auf, bevor es zwischen den Bäumen verschwand. Erleichtert blies sie den Atem aus und kehrte zum Weg zurück. Dort beschleunigte sie ihre Schritte. Sie wollte so schnell wie möglich zum Haus, nicht nur wegen des Unwetters, das sich anbahnte. Erleichtert atmete sie auf, als sie den Saum des Waldes erreichte.

Inzwischen fielen dicke warme Regentropfen auf sie herab. Wieder bemerkte sie den Temperaturunterschied. Sobald sie aus dem Wald heraustrat, wurde es deutlich wärmer. Um sicherzugehen, dass sie sich das Ganze nicht nur einbildete, ging sie ein paar Schritte zurück. Dort war es eindeutig kälter, sie hatte sich nicht geirrt. Ein kühler Sog kam aus dem düsteren Wald, als suche er die Freiheit. Es war unheimlich und das wenige Sonnenlicht, das jetzt noch durch die Wolken brach, warf unstete Schatten vor sie.

Unwillkürlich lief ihr ein Schauer über den Rücken. Sie beschleunigte ihr Tempo. Seit sie die Lichtung verlassen hatte, wurde sie das Gefühl nicht los, dass ihr jemand folgte. Unruhig schaute sie sich immer wieder um, konnte aber niemanden entdecken. Dennoch rannte sie den Rest des Weges. Inzwischen war ihr Rücken schweißnass. Außerdem klebte ihr Haar unangenehm an ihrem Kopf, nachdem sie das Gummi verloren hatte. Aber sie konnte sich nicht überwinden, in ihre Tasche zu greifen, in der sich ein Ersatz befand. Dazu hätte sie stehen bleiben müssen und sie wollte keine Sekunde länger in der Nähe des Waldes sein.

Endlich erblickte sie ihr Haus. In ein paar Minuten würde sie am Ziel sein. Erleichtert hastete sie um die letzte Biegung. Dann sah sie ihn. Er stand mitten auf dem Weg und starrte sie an. Unwillkürlich blieb sie stehen. Ihr Magen krampfte sich zusammen, als sie erkannte, wen sie vor sich hatte. Sophie wusste nicht, wie lange sie sich so bewegungslos gegenüberstanden, als mit einem Mal ein Blitz in der Nähe der Felder einschlug. Geblendet schloss sie die Augen, um sie gleich darauf wieder aufzureißen. Der alte Mann war verschwunden. Ungläubig suchte ihr Blick die Straße ab, bevor ein krachender Donner sie aus ihrer Erstarrung riss. Schnell drehte sie sich um und rannte wie von Furien gehetzt nach Hause.

Am nächsten Morgen hatte sich das Unwetter verzogen, das bis in die Nacht hinein angedauert hatte. Sophie sah vom Bett aus, wie die Sonne aufging und lächelte, während sie sich ausgiebig streckte. Ihre Gedanken wanderten zum Vortag zurück. Inzwischen war sie fast davon überzeugt, geträumt zu haben. Die Erinnerung erschien ihr immer unwirklicher. Sie hatte sich von dem Gewitter einschüchtern lassen und vermutlich waren auch der Drohbrief und die Geschichten von einem Spukhaus schuld. Dabei hatte sie sich doch vorgenommen, sich davon nicht beeindrucken zu lassen. Genauso wenig wie von dem Alten, der wahrscheinlich nur zufällig in der Nähe gewesen war.

Entschlossen warf sie die Beine aus dem Bett. Sie würde sich jetzt frisch machen und danach mit dem Schreiben beginnen. Das lenkte sie ab und vielleicht gelang es ihr sogar, sich dadurch in Erinnerung zu rufen, warum sie in dieses abgelegene Dorf gezogen war.

Doch trotz aller Vorsätze schaffte sie es auch in der neuen Umgebung nicht, einfach drauflloszuschreiben, wie sie es früher mühelos getan hatte. Fluchend klappte sie den Laptop zu. Jetzt war sie extra in diese Einöde gezogen und die Blockade war trotzdem geblieben. Möglicherweise lag der unbekannte Schreiber des Briefes ja gar nicht so falsch mit seiner Behauptung und sie sollte wieder verschwinden. Sie passte nicht hierher. Außerdem sehnte sie sich nach ihrer Freundin und nach einem heißen Bad, und zwar ohne dass sie erst einen Onlinekurs belegen musste, der ihr beibrächte, wie man einen Badeofen aus dem letzten Jahrhundert bediente.

Ohne es zu wollen, kamen ihr die Tränen. Es fühlte sich miserabel an, sich eingestehen zu müssen, einen Fehler begangen zu haben. Wenn der Preis auch nicht erschreckend hoch gewesen war, hatte sie doch eine hübsche Summe für das Haus ausgegeben. Außerdem hatte sie sich auf einen Neuanfang gefreut. Sie konnte jetzt nicht einfach abhauen, ohne es zumindest eine gewisse Zeit lang versucht zu haben. Der alten Dame war es schließlich auch gelungen, sich hier wohlzufühlen. Die Maklerin hatte sogar erwähnt, dass sie sich gesträubt hatte, das Haus zu verlassen.

Sophie zog die Schublade auf. Wieder nahm sie die oberen Blätter heraus und lehnte sich zurück. Erstaunt stellte sie fest, dass sie sich geirrt und mit ihrem ersten Eindruck danebengelegen hatte. Die Unterlagen waren weder ungeordnet, noch beinhalteten sie die verwirrten Gedanken einer alten Frau. Stattdessen handelte es sich um chronologische Aufzeichnungen, Beschreibungen eines Kurhauses und einzelner Personen.

Nachdenklich lehnte sie sich zurück und begann zu lesen. Doch schon nach den ersten fünf Blättern klappte sie den Laptop auf. Sie spürte das altbekannte Kribbeln in ihrem Bauch. So stark, dass sie lächeln musste. Für sie gab es keinen Zweifel daran, dass sie ihren Romanstoff gefunden hatte, nämlich Elisabeths Geschichte. Ihre Aufgabe war es nun, die Notizen, Aufzeichnungen und von Hand geschriebenen Briefe in einen Roman zu verwandeln. Aber damit kannte sie sich aus. Voller Tatendrang begann sie zu schreiben und vergaß schon nach kurzer Zeit alles um sich herum.

5

NEUSTADT

JANUAR 1925

Es war kalt, eisig kalt. Der Winter hatte lange auf sich warten lassen. Nun war er mit aller Macht praktisch über Nacht eingebrochen. Dicke Schneeflocken bedeckten die Dächer der Stadt und verliehen ihr eine ganz eigene, reine Schönheit. Doch dafür hatte der Junge, der durch die Straßen rannte, heute keinen Blick übrig. Die Mütze tief ins Gesicht gezogen, lief er in Richtung Bahnhof. Sein Atem bildete kleine Eiskristalle, als er keuchend vor dem Gebäude ankam und stehen blieb.

Beide Hände auf die Oberschenkel gestemmt, die in einer kurzen Lederhose steckten, schnappte er nach Luft und schaute nach oben zu den Fenstern der umliegenden Häuser, bevor er enttäuscht die Mütze vom Kopf zog. Heute hingen keine roten Fahnen heraus, die die heimkehrenden Frontsoldaten begrüßten, wie noch vor sechs Jahren. Er hatte gehofft, dass wenigstens eine einzige vom Rathaus wehen würde. Doch der Fahnenmast vor dem imposanten Ziegelsteingebäude zeigte nur die Flagge der Stadt mit dem schwarzen Löwen.

Dabei hatte er noch eindrucksvoll in Erinnerung, dass die ersten Heimkehrer damals trotz der schweren Niederlage mit

Musik und Blumen empfangen worden waren, nachdem sie tapfer für ihr Vaterland gekämpft hatten. Tausende, Hunderttausende von Soldaten konnten nicht sinnlos die Heimat verlassen und genauso viele ihr Leben verloren haben. Sie mussten zwangsläufig Helden sein und dementsprechend waren sie begrüßt worden und eben das hatte er sich auch für seinen Vater gewünscht.

Aber davon waren die Menschen hier und heute weit entfernt. Niemand hielt jetzt noch Blumen in der Hand für die wenigen verspäteten Rückkehrer, zu denen hoffentlich auch Josef Schröder gehören würde. Es gab weder ein Empfangskomitee, noch spielte eine Kapelle auf. Die Menschen, die sich in das Bahnhofsgebäude drängten, trugen Koffer und Taschen bei sich, während sie hektisch ihre Fahrscheine und Geldbörsen hervorkramten.

Mitten im Gedränge der Reisenden arbeitete sich Gunnar zum Bahnsteig voran. Trotz der eisigen Kälte hatte der Junge Schweißperlen auf seiner Stirn, was daran lag, dass er den ganzen Weg zum Bahnhof gerannt war. Mit der Mütze in der Hand wischte er sich über die Stirn und hielt Ausschau nach der Suppenküche. Er fand sie neben der Bahnhofsmission. Wie meistens lungerten vor allem die Armen davor herum, von denen es in jüngster Zeit zahlreiche gab. Sie bettelten überall in der Stadt: vor den Läden, in den Geschäften und auch hier am Bahnhof bei Johanna Schröder, die sich viel zu häufig vom Mitleid leiten ließ, obwohl sie selbst jeden Pfennig brauchen konnten.

„Ist er schon da?“, rief Gunnar seiner Mutter zu, die mit einer riesigen Kelle Steckrübeneintopf in das Blechgeschirr schöpfte, das sie dann an einen alten Mann weiterreichte, der es ihr gierig aus den Händen riss. Er schimpfte laut, als Gunnar sich an ihm vorbeidrängte und ihn anrempelte, sodass die Suppe überschwappte.

„Pass doch auf, Junge!“, mahnte seine Mutter und schüttelte

vorwurfsvoll den Kopf. „Herr Levin ist auch ohne dich genug gestraft."

„Tut mir leid", entschuldigte sich Gunnar bei dem Mann, dessen rechtes Auge von einer schwarzen Binde bedeckt war. Herr Levin hatte im Krieg sein Auge verloren und dazu noch seinen einzigen Sohn. Gunnar wusste, dass sich hinter dem Tuch ein fast handtellergroßes dunkles Loch befand. Der Alte hatte es ihm irgendwann gezeigt und ihn damit wahnsinnig erschreckt.

„Ist er schon da?", wiederholte der Junge und wandte sich von dem Kriegsversehrten ab.

„Nein, der Zug ist noch nicht eingetroffen", sagte seine Mutter endlich und strich ihm mit der freien Hand übers Haar. „Mach dir nicht allzu viel Hoffnung, Gunnar! Keiner kann sagen, ob und wann dein Vater heimkehrt."

„Aber der Brief …"

„Der Brief sagt nur aus, dass ein paar der Verschollenen ausfindig gemacht worden sind, die damals nicht zurückkehrten. Wir wissen ja nicht einmal, ob Josef noch am Leben ist."

„Ich weiß es aber. Heute kommt er bestimmt."

„Das sagst du schon seit Jahren." Seine Mutter seufzte. „Du solltest deine Zeit lieber nutzen, um mir zu helfen. Hast du die Gläser zu Hause gespült?"

„Sie sind blitzeblank."

„Gut. Ich muss nachher noch ins Kurhaus, die Zimmer putzen."

„Darf ich mitkommen? Ich könnte mit Bettie zu den Pferden gehen."

„Nein, Gunnar. Das geht nicht. Du weißt doch, dass die Herrschaften nicht wollen, dass die Bediensteten ihre Kinder mitbringen. Bettie wirst du morgen wiedersehen. Sie hilft mir mit der Suppenküche. Du machst brav deine Schularbeiten, während ich fort bin. Hast du gehört? Heute Abend …"

Ihre Worte wurden durch das Schnaufen der Lokomotive

übertönt, die in diesem Moment in den Bahnhof einfuhr. Gunnar nickte seiner Mutter zu und rannte zum Bahnsteig. In seiner Hast stolperte er über einen abgestellten Koffer. Er strauchelte und kam viel zu nahe an die Bahnsteigkante heran, während sich die Lok stampfend näherte. Entsetzt sah er nach unten zu den Gleisen, als ihn zwei Arme packten und zurückzogen.

„Bist du wahnsinnig? Willst du dich umbringen?"

Gunnar schüttelte heftig den Kopf. Der Schreck steckte tief in seinen Knochen, als er zu dem Jungen aufschaute, der ihn noch immer am Arm hielt. Er hatte seine Augenbrauen zusammengezogen und musterte ihn.

„Danke", stotterte Gunnar und löste seinen Arm aus dem festen Griff. „Das war knapp."

„Keine Ursache. Pass beim nächsten Mal einfach besser auf!"

„Du hast mir gerade das Leben gerettet."

„Dann danke Gott dafür", antwortete der Junge und grinste. „Wer weiß, vielleicht hast du irgendwann die Gelegenheit, meines zu retten."

„Ist es denn in Gefahr?", fragte Gunnar.

„Unsinn, das war nur so dahergesagt."

Der Junge, dessen Lederhose dem Aussehen nach um einiges mehr gekostet haben musste als seine eigene und der zudem eine teure Uhr an der Kette trug, reckte den Kopf, um über die Fahrgäste hinwegzuschauen. Erst da fiel Gunnar wieder ein, warum er gekommen war. Aufmerksam hielt er Ausschau nach Männern, die Uniform trugen, konnte aber nicht einen unter den Ankömmlingen entdecken.

Stattdessen stieg ein Mann in einem abgewetzten Anzug aus dem Zug, der ihm viel zu groß war und um seinen Körper schlapperte. Dazu trug er einen Hut, der ebenfalls schon bessere Tage gesehen hatte. Unschlüssig blieb er auf dem Bahnsteig stehen, während sich die Menge auflöste und der Zug sich wieder in Bewegung setzte. Gunnar starrte den Mann durch die Dampfschwaden hindurch an, die die Lokomotive ausstieß.

Er war sich nicht sicher. Er könnte ein Heimkehrer sein. Sein Gesicht drückte erlittene Strapazen aus und viel zu essen schien er in den vergangenen Monaten auch nicht bekommen zu haben. Allerdings unterschied er sich damit nicht sonderlich von den meisten Deutschen. Der Hunger war allgegenwärtig, dünne, ausgezehrte Körper gehörten zum täglichen Straßenbild.

Gunnar zögerte, ihn anzusprechen, obwohl sich der Ankömmling suchend umschaute. Sein Problem war, dass er nicht wusste, wie sein Vater nun aussah. Der Krieg und die Gefangenschaft hatten Spuren hinterlassen. Die Heimkehrer ähnelten kaum noch den Männern, die voller Zuversicht und Begeisterung in den Krieg gezogen waren und versprochen hatten, spätestens an Weihnachten zurückzukommen. Der Sieg schien damals nur eine Sache von Wochen, höchstens ein paar Monaten zu sein.

Diese Hoffnung hatte sich nicht erfüllt. Stattdessen war Deutschland Schauplatz heftiger politischer Auseinandersetzungen geworden. Die Parteien stritten um die Führung. Auch die NSDAP hatte sich in München neu gegründet. Eine Partei, die in den Versammlungen zu Gewalttätigkeiten aufrief, bis die bayerische Regierung dem ein Ende setzte und Hitler öffentliches Redeverbot erteilte. Schlussendlich war Hindenburg zum neuen Reichspräsidenten gewählt worden.

Gunnar war nur ein einziges Foto geblieben, das seinen Vater zudem von der Seite zeigte. Trotzdem war er sich sicher gewesen, dass er ihn sofort erkennen würde. Nun zweifelte er. Auch deshalb, weil dieser Mann etwas Kühles ausstrahlte, was er mit seinem Vater und den wenigen verschwommenen Erinnerungen, die er an ihn besaß, nicht in Verbindung brachte.

Aufgeregt kneteten seine Finger die Mütze in seinen

Händen, als der Ankömmling direkt auf ihn zukam und seinen schäbigen Pappkoffer vor ihm auf dem Bahnsteig abstellte.

„Vater?“, hörte er plötzlich direkt neben sich. „Bist du es?“

„Ja, Richard, ich bin es.“

Gunnar riss die Augen auf und drehte sich zu dem Jungen, der ihn kurz vorher vor einem Sturz auf die Gleise bewahrt hatte. Er hielt ein Pappschild in der Hand, auf dem ein Name geschrieben war. Nun standen sich der Junge und der Mann gegenüber und sahen sich an. Er bemerkte die Ähnlichkeit zwischen ihnen, nicht nur, was das Aussehen betraf. Sie wirkten steif, beide, stellte Gunnar fest, der sich das Wiedersehen mit seinem Vater ganz anders wünschte. Sie würden sich in die Arme fallen, lachen, vielleicht auch weinen. Aber bestimmt würde sein Vater nicht einfach nur von oben herab nicken, wie es der von Richard tat, und ihn auffordern, seinen Koffer zu tragen.

Irgendwie tat ihm der Junge leid, der nun mit gesenktem Kopf den Ausgang des Bahnhofs ansteuerte, während sein Vater neben ihm ging. Als würde er Gunnars Blicke im Rücken spüren, drehte er sich zu ihm um. Gunnar hob die Hand und winkte. Richard winkte zurück, woraufhin dessen Vater seinem Blick folgte und ein strenges Wort an ihn richtete. Gunnar glaubte, so etwas wie *Hungerleider* zu hören, war sich jedoch nicht sicher.

„Kennst du Richard etwa?“, hörte er plötzlich die scharfe Stimme seiner Mutter neben sich. Mit gerunzelter Stirn schaute auch sie den beiden nach.

„Nein, du?“, stellte er die Gegenfrage. Es wunderte ihn, dass sie den Namen des Jungen kannte.

„Das muss ich wohl“, antwortete sie, wobei ihre Stimme leicht zitterte. „Seiner Familie gehört das Kurhaus, in dem ich seit Jahren putze, und auch sonst so manch andere Immobilie in Weimar. Er ist Betties Bruder. Was hast du mit ihm zu schaffen?“

„Gar nichts, wir standen nur beieinander am Bahnsteig."

Gunnar senkte den Kopf, damit seine Mutter nicht bemerkte, wie er errötete. Er konnte nur hoffen, dass sie von dem Vorfall an den Gleisen nichts mitbekommen hatte. Sonst würde sie ihn nie wieder dort warten lassen.

„Sein Vater ist also heimgekehrt", stellte Johanna Schröder nachdenklich fest. Ihrem Ton nach zu urteilen, waren es keine guten Nachrichten. „Auch er gehörte zu den Männern, von denen es nach dem Krieg keine Spur gab. Die Familie nahm an, dass er tot sei. Ich kann nur beten, dass er geduldig mit Richard umgeht."

Sie seufzte und strich Gunnar über den Kopf.

„Warum geduldig?", fragte der Junge neugierig. „Was ist mit ihm?"

„Nichts Besonderes." Seine Mutter zuckte mit den Schultern. „Richard ist sehr verschlossen und sensibel." Johanna brach ab und schüttelte den Kopf. „Vergiss, was ich gesagt habe! Vermutlich sehe ich nur Gespenster. Seine Mutter verhätschelt ihn jedenfalls, wo sie nur kann. Sie liebt den Jungen abgöttisch."

„Aber das tust du auch."

„Natürlich liebe ich dich, Schatz. Aber wenn ich an Gustav denke, Richards Vater, erinnere ich mich hauptsächlich an die Strenge, mit der er das Kurhaus und die Familie führte. Ich befürchte, die Jahre an der Front werden das nicht besser gemacht haben. Irgendeine Ahnung sagt mir, dass eine harte Zeit auf die Familie zukommt und vielleicht auch auf mich."

„Dann suchst du dir eben eine neue Stelle oder wir verkaufen mehr Suppe."

„Ach, Junge. Wenn das so einfach wäre. Du weißt, wie schleppend die Gastwirtschaft läuft, und die Suppenküche bringt auch nur einen Notgroschen ein. Solange dein Vater nicht zurückkehrt, muss ich dafür sorgen, unsere Mägen zu stopfen. Ich kann mich glücklich schätzen, überhaupt für die von

Altmanns arbeiten zu dürfen. Deshalb ist es jetzt auch vernünftiger, mich zu beeilen. Gerade heute sollte ich pünktlich sein. Komm! Genug geredet. Hilf mir mit der Suppenküche! Wir gehen nach Hause."

Johanna Schröder stellte das klapprige Fahrrad ab und rannte zum Hintereingang, der den Bediensteten bestimmt war. Um ihre Augen zu schützen, schirmte sie sie mit beiden Händen ab, während sie lief. Sie hatte gehofft, das Kurhaus noch vor dem Schneesturm zu erreichen, der sich ganz plötzlich mit starkem Wind angekündigt hatte.

Doch schon auf dem beschwerlichen Weg den Hügel hinauf hatten ihr Graupelschauer die Sicht genommen und den Boden unter den Rädern nur schwerlich befahrbar gemacht. Äste waren durch die Luft gewirbelt, denen sie versucht hatte auszuweichen. Dabei war sie gestürzt und schmerzhaft auf dem harten Untergrund gelandet. Zum Glück hatte sie sich nicht verletzt. Allerdings war sie nun bereits eine Viertelstunde zu spät, was gerade an diesem Tag unangenehme Folgen nach sich ziehen könnte.

So schnell es ging, eilte sie über den verschneiten Hof und atmete auf, als sie endlich den Personaleingang erreichte. Laut fiel die Tür hinter ihr ins Schloss. Trotz der Erleichterung, es überhaupt bis zum Anwesen der von Altmanns geschafft zu haben, zitterten ihre Finger leicht, als sie sich die Schürze umband und die Haube aufs Haar steckte. Dann zog sie die Schürzenbänder fest und strich den Stoff glatt, bevor sie sich auf den Weg zu den Zimmern machte.

Im oberen Flur begegnete sie Rosa, der Hausdame, die ihr kopfschüttelnd entgegensah. Wie immer war sie aufs Sorgfältigste gekleidet. Jede einzelne Haarsträhne in ihrem festen Dutt saß an der Stelle, wo sie hingehörte. Keine noch so winzige Falte fand sich in ihrer makellos weißen Schürze.

„Du kommst schon wieder zu spät. Die Zimmer müssten längst fertig sein“, sagte sie streng und machte keinen Hehl aus ihrem Unmut. „Beim nächsten Mal muss ich dir die Zeit vom Lohn abziehen, Johanna.“

„Es lag an dem Sturm, ich kam kaum von der Stelle“, entschuldigte sich Johanna.

„Die Herrschaft wird sich nicht für deine Ausreden interessieren. Du wirst fürs Arbeiten bezahlt. Außerdem stehen willige Dienstmädchen gerade Schlange. Wenn du deine Stellung behalten möchtest, sieh zu, dass du pünktlich bist.“

„Es wird nicht wieder vorkommen“, versprach Johanna. „Ich werde die Zimmer zügig reinigen.“

„Sie sollen nicht zügig, sondern ordentlich gereinigt sein. Du weißt, dass Frau von Altmann viel Wert darauf legt, dass die Gäste sich hier wohlfühlen. Viele sind es ohnehin nicht in diesen schweren Zeiten. Nimm dir zuerst das Gästezimmer vor! Die Hausherrin wünscht, dass es gründlich geputzt, das Bettzeug aufgeschüttelt, frisch bezogen und kräftig gelüftet wird. In einer halben Stunde muss es fertig sein.“

Die strenge Hausdame verschwand, nachdem sie ihr einen letzten warnenden Blick zugeworfen hatte. Johanna seufzte, bevor sie das Gästezimmer betrat, das ausschließlich Familienangehörigen vorbehalten war. Soweit sie sich erinnerte, hatte die Mutter von Madeleine zum letzten Mal darin gewohnt. Inzwischen war sie an Tuberkulose verstorben.

„Ich helfe dir.“

Hermine Müller kam ins Zimmer gehuscht und schloss rasch die Tür.

Wie Johanna durfte sie mehrmals in der Woche im Kurhaus aushelfen und Zimmer putzen. Johanna mochte sie aufgrund ihres erfrischenden Wesens, was allerdings von der Hausdame eher als vorwitzig bezeichnet wurde.

„Hast du denn nichts zu tun?“, fragte sie.

„Ich bin gerade fertig geworden. Außerdem bin ich neugierig.“

„Neugierig auf was?“

„Der Hausherr ist zurückgekehrt und hat offensichtlich vor, in diesem Zimmer zu nächtigen. Ich frage mich, warum er nicht im ehelichen Schlafzimmer schläft? Er muss doch nach all den Jahren ganz ausgehungert sein.“

„Hermine! Hör auf, so schlüpfrig über die Herrschaft zu reden!“

„Ist doch wahr, er ist immer noch im besten Alter. Ich frage mich, warum er die Herrin nicht anrührt. Ob er im Krieg seine Männlichkeit verloren hat?“

Hermine kicherte, während Johanna den Kopf schüttelte.

„Vielleicht brauchen sie einfach etwas Zeit, um sich aneinander zu gewöhnen. Außerdem geht uns das nichts an. Wir verrichten die Arbeit und schweigen, wie es verlangt wird.“

„Du schweigst, wie es verlangt wird.“ Das Mädchen zog die Augenbrauen nach oben. „Ich hingegen habe vor, Rosa ein paar Fragen zu stellen. Man muss schließlich wissen, was um einen herum geschieht.“

„Eines Tages wird dich das den Kopf kosten“, prophezeite Johanna. Dann machte sie sich daran, die Bettwäsche abzuziehen. Hermine half ihr und nahm das Kissen.

„Dein Mann ist also wieder nicht heimgekehrt?“, fragte sie, während Johanna am Bettlaken zog. Sie schüttelte den Kopf.

„Nein, dabei wartet Gunnar jeden Tag auf ihn.“

„Armer Junge, warum bringst du ihn nicht mal mit? Er könnte sich die Pferde anschauen und käme auf andere Gedanken. Richard oder Bettie macht es sicher nichts aus, ihm die Stallungen zu zeigen.“

„Das werden sie ganz bestimmt nicht tun“, dröhnte in diesem Moment eine dunkle Stimme von der Tür her zu ihnen.

Erschrocken drehte sich Johanna um. Der Türflügel stand

weit offen und mittendrin Gustav von Altmann. Breitbeinig beobachtete er die Frauen. Seine Bemerkung ließ darauf schließen, dass er sie belauscht hatte.

Johanna, die keine Ahnung hatte, wie viel er von ihrer Unterhaltung mitbekommen hatte, fühlte sich unter seinem starren Blick unbehaglich. Aber auch aus Hermines Gesicht war sämtliche Farbe gewichen.

„Ich weiß nicht, welche Privilegien meine Frau Ihnen in meiner Abwesenheit zugesprochen hat, Fräulein Müller. Aber gleichgültig, was es ist, damit ist jetzt Schluss. Ich dulde nicht, dass mein Personal Einladungen ausspricht, erst recht nicht gegenüber den Hausmädchen. Also besinnen Sie sich auf Ihre Befugnisse und erledigen Sie die Arbeit. Dafür wurden Sie eingestellt."

„Natürlich, Doktor von Altmann", stotterte Hermine sichtlich erschrocken und senkte den Kopf. Altmann nickte und wandte sich zum Gehen. An der Tür blieb er stehen und drehte sich noch einmal zu den Frauen um, die sich kaum zu rühren wagten.

„Ich bin auf der Suche nach Elisabeth. Können Sie mir sagen, wo meine Tochter steckt?"

„Sie hält sich bestimmt bei den Pferden auf. Bettie verbringt den …"

„Sie reden von Fräulein von Altmann", fiel der Hausherr ihr ins Wort. Die dunklen Augen zu Schlitzen verengt, schaute er sie wütend an. „Ich verbitte mir diesen albernen Kosenamen. Haben Sie verstanden?"

Die Tür knallte zu, bevor Hermine auch nur einen Ton herausbrachte. Kopfschüttelnd ließ sie sich auf die Bettkante fallen.

„Na, das kann ja heiter werden", stellte sie missmutig fest, bevor sie flüsternd hinzufügte. „Dabei hatten wir so gehofft, er würde nicht wiederkehren. Einschließlich seiner Frau, das kannst du mir glauben. Ab jetzt ist es mit dem Frieden hier wohl vorbei."

„Wir sollten abwarten", riet Johanna, die blass geworden war. „Herr von Altmann hat viel durchgemacht in den letzten Jahren. Er muss sich wahrscheinlich erst eingewöhnen. Außerdem ist es gut, wenn wieder ein Arzt im Haus ist. Dann kommen vielleicht auch Gäste und wir behalten unsere Stellung."

„Schön wäre es." Hermine seufzte. „Aber nicht alles lässt sich auf den Krieg schieben. Er war schon vor seiner Einberufung ein Tyrann, woran sich offensichtlich nichts geändert hat. Seine Frau und die Kinder tun mir jedenfalls jetzt schon leid. Wenn du mich fragst, hat Madeleine ihn nie geliebt und sich nur dem Willen ihres Vaters gebeugt. Aber genug Zeit vertrödelt. Sieh zu, dass du die Arbeit bis zum Abendessen erledigt hast, wenn du nicht noch einmal zurechtgewiesen werden willst. Ich verschwinde besser."

Hermine stand auf und ging. Johanna hingegen blieb einen Moment untätig stehen, bevor sie sich ans Werk machte. Kalter Wind zog durch das Zimmer, als sie die Flügel der Fenster weit öffnete und das Bettzeug ausschüttelte. Sie sah, wie der Hausherr mit ausladenden Schritten über den Hof zu den Stallungen ging. Mit voller Wucht schlug die Tür hinter ihm zu.

Johanna wandte sich ab und bezog das Bett, als gleich darauf laute Stimmen zu ihr nach oben drangen. Sie zögerte, noch immer Hermines Worte im Ohr, dass sie sich besser beeilen sollte. Doch dann siegte die Neugier. Sie ging zum Fenster zurück, wobei sie darauf achtete, nicht bemerkt zu werden. Allerdings stellte sie rasch fest, dass ihre übertriebene Vorsicht unnötig war. Die beiden Streithähne auf dem Hof waren mit sich beschäftigt.

„Deine Aufgaben liegen im Haus, nicht im Stall", hörte sie Gustav von Altmann schreien, der offenbar nichts Besseres zu tun hatte, als gleich nach seiner Rückkehr alles durcheinanderzuwirbeln.

„Ich lasse mir nicht verbieten, mich um Cassandra zu kümmern, auch nicht von dir“, erwiderte die zwölfjährige Bettie trotzig, während sie zur Tür stapfte, ohne ihren Vater eines Blickes zu würdigen. Cassandra war ihre Stute. Johanna wusste, wie sehr das Mädchen an dem Tier hing. Es verbrachte jede freie Minute auf dem Rücken des Pferdes oder im Stall.

„Das werden wir ja sehen. Ab jetzt weht hier ein anderer Wind.“

Bettie blieb stehen. Als sie sich zu ihm umdrehte, bemerkte Johanna die Wut in ihren Augen und befürchtete, dass das Mädchen gleich etwas Unüberlegtes tun könnte. Anscheinend war sich die Tochter des Hauses der Gefahr nicht bewusst, die von ihrem Vater ausging, der langsam auf sie zukam und einen Meter von ihr entfernt stehen blieb.

Johanna betete, dass Bettie sich besann und ihn nicht herausforderte.

„Was willst du damit sagen?“, fragte das Mädchen.

„Dass ich nicht tatenlos zuschauen werde, wie du dich wie ein Stallbursche aufführst. Du bist eine von Altmann und zukünftige Erbin des Kurhauses. Ich erwarte, dass du dich dementsprechend benimmst.“

„Erbin?“ Bettie lachte spöttisch auf. „Hast du vergessen, dass ich nur deine Tochter bin? Richard wird das Kurhaus führen. Das war schon immer dein Plan. Glaubst du, ich weiß das nicht?“

„Und du wirst ihm zur Hand gehen.“

„Natürlich, jetzt gibst du wenigstens zu, dass ich zu mehr nicht zu gebrauchen bin, nicht wahr? Dabei besitze ich mehr Leidenschaft für die Medizin und Krankenpflege als er. Aber du wirst es nie zulassen, dass ich Ärztin werde. Ich wünschte, du wärest nie zurückgekehrt, sondern in diesem verdammten Krieg geblieben. Das Kurhaus lief ganz gut ohne dich.“

Johanna erschrak und trat schnell einen Schritt zurück. Dennoch hörte sie das Klatschen, das sich wie eine heftige Backpfeife anhörte. Als sie vorsichtig aus dem Fenster schielte, sah sie, wie Bettie ihre Wange hielt und schluchzend zum Haus lief.

„Ich hasse dich“, rief sie von dort aus zurück, bevor sie im Haus verschwand.

Wenig später hörte Johanna das Mädchen die Treppe hinaufstapfen. Vor dem Gästezimmer verstummten die Schritte. Die Tür öffnete sich und Bettie trat ein. Als sie Johanna erkannte, rannte sie auf sie zu und warf sich in deren Arme.

„Ich will, dass er wieder verschwindet“, schluchzte das Mädchen.

Johanna seufzte und strich ihm übers Haar. Es geschah nicht zum ersten Mal, dass Bettie bei ihr Trost suchte. Sie kannte sie, seit sie klein war. Deshalb wusste sie auch genau, wie das Mädchen sich fühlte.

Bettie war immer Gustavs Sonnenschein gewesen. Er hatte die Kleine vergöttert, die ihm auf Schritt und Tritt durchs Kurhaus folgte. Schon früh war klar gewesen, dass sie die Liebe ihres Vaters für die Medizin teilte. Johanna konnte sich noch gut daran erinnern, wie sie bereits als vierjähriges Kind durch die Zimmer stolziert war und die Arbeit der Krankenschwestern kontrolliert hatte. Niemand hatte damals einen Zweifel daran gehegt, dass Elisabeth von Altmann eines Tages das bekannte Kurhaus leiten würde.

Aber dann war Richard zur Welt gekommen. Völlig unerwartet, nachdem die besten Ärzte diagnostiziert hatten, dass Madeleine nach einem Sturz von ihrem Pferd kein Kind mehr zur Welt bringen konnte. Plötzlich hatte sich alles nur noch um den Jungen gedreht, während Bettie immer trauriger durchs

Haus lief und von ihrem Vater kaum noch beachtet wurde. Vor allem dem Personal hatte es damals das Herz gebrochen, die Kleine so leiden zu sehen. Doch schon ein Jahr später war Gustav von Altmann eingezogen worden und auf dem Gut Ruhe eingekehrt.

„Gib ihm etwas Zeit!“, sagte sie zu dem Mädchen und schob es von sich. „Er wird schon bald erkennen, wie wichtig du für das Kurhaus bist. Denk nur daran, wie du die Kosten der Reinigung gedrückt hast. Dein Vorschlag, ein eigenes Waschhaus bauen zu lassen, war goldrichtig. Dein Vater wird überrascht sein, wenn er davon erfährt. Schließlich bleibt uns dadurch nicht nur das mühselige Sortieren und Beschriften erspart, es kostet auch viel weniger, als die Wäsche jeden Tag zur Stadt zu fahren.“

„Er wird es nicht einmal bemerken“, antwortete Bettie resigniert. „Dabei habe ich so viele Pläne, was das Kurhaus betrifft. Ich habe bereits Zeichnungen angefertigt, was den Altbau angeht. Er könnte ganz modern aussehen und ein eigenes Badezimmer für jeden Raum besitzen. Die Fenster würden …“

„Stopp, Bettie!“

Johanna bremste das Mädchen, das sich gerade in Eifer redete. Betties Wangen hatten sich gerötet und in ihren Augen stand die Leidenschaft für das Kurhaus geschrieben.

„So leid es mir tut und so gerne ich dir zuhöre, aber ich muss arbeiten. Dein Vater war vorhin hier und ziemlich verärgert. Ich kann nicht riskieren, ihn noch einmal wütend zu machen.“

„Siehst du, das meine ich. Kaum ist er zurück, schon zittern alle vor Angst.“

„So dramatisch würde ich es nicht sehen. Ich zumindest zittere nicht vor ihm. Allerdings habe ich Respekt vor deinem Vater. Er ist mein Arbeitgeber, ich bin auf den Lohn angewiesen.“

Bettie nickte. Sie wusste um Johannas Lage.

„Dann helfe ich dir“, schlug sie bereitwillig vor. Doch Johanna schüttelte den Kopf.

„Lieber nicht. Wenn dein Vater bemerkt, dass du dem Hausmädchen unter die Arme greifst, gibt es den nächsten Streit. Fordere ihn nicht heraus! Es würde dir das Leben nur unnötig schwermachen.“

„Nicht es, er!“, antwortete Bettie und seufzte. „Heißt das, ich kann dir jetzt auch nicht mehr bei der Suppenküche helfen?“

„Ich befürchte nein.“

Johanna schüttelte den Kopf. Sie wusste, warum das Mädchen ihr einmal in der Woche zur Hand ging und Suppe an die Bedürftigen verteilte, die sie dann aus eigener Tasche zahlte. Bettie tat es aus Barmherzigkeit und mit Hingabe. Johanna konnte nur hoffen, dass auch ihr Vater bald erkannte, welch großes Herz seine Tochter besaß.

„Warum gehst du nicht zu Richard? Ich habe ihn vorhin im ehemaligen Arbeitszimmer deines Vaters gesehen. Er hat sich deine Entwürfe angeschaut. Erklär ihm, was du vorhast!“

„Du denkst also auch, dass er das Kurhaus später übernehmen wird?“

„Ihm wird nichts weiter übrig bleiben. Du kennst die Pläne deines Vaters.“

„Obwohl mein Bruder mit Medizin rein gar nichts am Hut hat. Stattdessen vergräbt er sich hinter seinen Büchern.“

Bettie verzog spöttisch den Mund. Johanna hingegen zuckte mit den Schultern und richtete die Kissen des Bettes. Die Zeit drängte. Sie musste sich auch noch um den Teppich im Salon kümmern, den das Küchenmädchen mit einem Rotweinfleck verschandelt hatte, als ihr ein Glas aus der Hand gefallen war.

„Und jetzt folge ich wohl besser deinem Rat“, sagte Bettie, die bemerkte, dass Johanna heute wohl kaum eine gute Zuhörerin sein würde. „Grüß Gunnar und Hans von mir.“

„Das tue ich gerne.“

Johanna nickte und sah dem Mädchen nach, wie es mit

hängenden Schultern das Zimmer verließ. Dann wandte sie sich wieder der Arbeit zu. Ihre Gedanken blieben aber weiterhin bei Elisabeth und deren Vater. Sie war nicht die Einzige, die sich Sorgen machte, dass die Rückkehr des Hausherrn unangenehme Folgen haben könnte. Bis eben hatte Johanna überhaupt nicht an die Suppenküche gedacht. Aber natürlich würde ihr das Geld von Bettie fehlen, das sie und die Kinder in der Vergangenheit oft genug vor einem leeren Magen gerettet hatte. Von den Ärmsten der Armen ganz zu schweigen, die auf die Mildtätigkeit des Mädchens angewiesen waren. Johanna konnte sich nur schwer vorstellen, dass Gustav von Altmann auch nur in Erwägung zog, die Großzügigkeit seiner Tochter zu unterstützen.

Johanna warf einen Blick über den Raum, den der Arzt ab jetzt bewohnen würde. Sie durfte sich keinen Fehler und keine Nachlässigkeit erlauben. Vorsichtshalber zog sie noch einmal an dem Bettüberwurf, um ihn auch richtig gerade zu rücken. Dann verließ sie das Zimmer und ging die Treppe nach unten zum Salon, in dem sich niemand aufhielt, wie sie erleichtert feststellte. Ihr machte die Arbeit nichts aus, sie war für ihre Gründlichkeit bekannt. Aber unter den Augen des Hausherrn kniend den Teppich zu schrubben, wäre ihr dann doch etwas unangenehm gewesen.

Gerade als Johanna die Seifenlauge auf den Fleck schüttete, hörte sie laute Stimmen aus dem Arbeitszimmer nebenan. Die Tür stand offen, sodass sie sogar ungewollt in den Raum spähen konnte. Richard saß am Schreibtisch, den sein Vater früher benutzt hatte, während Bettie hinter ihm stand und sich über die Schultern des Bruders beugte. Vor dem Schreibtisch hatte sich der Vater der Kinder aufgebaut.

„Habt ihr euch etwa an meinen Unterlagen zu schaffen gemacht?“, fragte er wütend und tippte mit dem Zeigefinger auf das Papier vor ihm.

„Was habt ihr hier überhaupt zu suchen?“

„Es ist meine Zeichnung“, erwiderte Bettie in trotzigem

Ton, während Richard ängstlich den Kopf gesenkt hielt. „Es geht um den Altbau. Wir konnten ja nicht ahnen, dass du zurückkehrst."

„Du willst damit sagen, du hast gehofft, ich würde nicht wiederkommen."

Der Blick des Arztes fiel auf seine Tochter. In seinen Augen stand Zorn, während sich sein Gesicht rötete und die Adern an seinen Schläfen dick hervortraten.

„Du warst an meinen Entwürfen, ohne die Erlaubnis dafür eingeholt zu haben."

Er nahm Betties Zeichnung vom Tisch und zerriss sie vor ihren Augen, bevor er sie herausfordernd ansah. Das Mädchen schluckte die Tränen hinunter und hob trotzig seinen Kopf. Johanna ahnte, dass dieses Verhalten Gustav von Altmann noch mehr erzürnen würde. Tatsächlich machte er einen Schritt auf sie zu. Sein Ton war eisig, als er seine Tochter zurechtwies.

„Von jetzt an verbiete ich dir, das Arbeitszimmer zu betreten. Du hast hier nichts zu suchen. Dein Platz ist bei deiner Mutter. Fang endlich an zu sticken oder das Strickhandwerk zu erlernen, wie es sich für eine zukünftige Hausfrau und Mutter gehört."

„Das werde ich nie sein", gab Bettie ebenso wütend zurück. Für einen kurzen Moment schien ihr Vater verblüfft. Er hatte offenbar nicht damit gerechnet, dass sie ihm immer noch Widerwort gab. Dann hob sich seine Hand.

„Nicht, Vater! Bitte!"

Richard war aufgesprungen und stellte sich schützend vor seine Schwester.

„Es ist nicht Betties Schuld. Ich habe sie gebeten, mir bei den Entwürfen zu helfen."

„Du?" Ungläubig schaute der Arzt seinen Sohn an. „Du interessierst dich für den Umbau?"

„Ja, Vater."

Der Ärger in seinem Gesicht verschwand. Stattdessen machte sich dort nun Stolz breit.

„Wusste ich's doch", sagte er. „Aus dir wird eines Tages ein guter Kurhausbesitzer und Arzt. Dann erklär mir doch mal, wie deine Pläne für den Altbau aussehen."

Erstaunt verfolgte Johanna das Geschehen und sah, wie Vater und Sohn sich nun über die Papiere auf dem Schreibtisch beugten, während Bettie mit hängenden Armen aus dem Raum ging. Als sie Johanna bemerkte, schlich sie sich zu ihr.

„Ich bin mir nicht sicher, ob ich mich darüber freuen soll, dass Richard mir gerade aus der Patsche geholfen hat, oder ob ich lieber vor Wut platzen würde", flüsterte sie ihr zu. Inzwischen erklärte ihr Bruder seinem Vater die Baupläne, die von Bettie stammten. Geduldig hörte Gustav von Altmann ihm zu und klopfte dem Jungen anerkennend auf die Schulter.

„Ausgezeichnete Entwürfe, Richard", hörten die Frauen ihn sagen. „Du bist zwar noch etwas zu jung dafür, aber von nun an werde ich dir freie Hand lassen. Mit diesen Plänen hast du bewiesen, dass du es kannst. Natürlich wird der Bauunternehmer einen Blick darauf werfen müssen, bevor es an die Umsetzung geht. Ich werde gleich morgen mit ihm darüber reden."

„Danke, Vater."

„Ich bin stolz auf dich, Richard."

Bettie schnaubte bei diesen Worten entrüstet auf und rannte aus dem Salon. Johanna schaute ihr voller Mitleid nach. Dann widmete sie sich wieder dem Fleck auf dem Teppich. Mit der Bürste schrubbte sie so lange, bis der Rotwein verschwunden war. Sie senkte den Kopf bis fast auf den Boden, als sie hörte, wie sich Schritte näherten.

„Ist mein Zimmer fertig gereinigt?", fragte der Arzt.

„Gewiss, Doktor Altmann", antwortete sie.

„Gut, danke, Johanna."

Der Arzt verließ den Salon. Johanna atmete auf und

wunderte sich gleichzeitig. Darüber, dass die Stimmung ihres Dienstherrn so schnell umschlagen konnte. Aber noch mehr, dass er sich plötzlich an ihren Namen erinnerte. Kopfschüttelnd rieb sie den Teppich trocken und nahm sich vor, nicht länger über ihren Arbeitgeber nachzudenken. Es brachte sowieso nichts. Niemand wusste, was in seinem Kopf vor sich ging. Außerdem …

Sie kam nicht dazu, den Gedanken zu Ende zu bringen. Mit einem Ruck wurde die Tür des Salons aufgestoßen. Johanna, die heftig erschrak, schaute sich um und riss die Augen auf, als Gunnar zu ihr gerannt kam. Auf seinem Gesicht hatten sich hektische rote Flecken gebildet. Er schnappte nach Luft.

„Gunnar? Wo kommst du denn her? Bist du etwa die ganze Strecke zu Fuß gelaufen?“

Der Junge nickte, noch immer unfähig, auch nur einen Ton herauszubringen. Inzwischen war Richard auf die beiden aufmerksam geworden und trat aus dem Arbeitszimmer. Sein Blick fiel auf die nassen Schuhe ihres Sohnes, die kleine Pfützen hinterließen.

„Du saust ja den ganzen Boden ein“, rief Johanna erschrocken und nahm sofort einen Lappen zur Hand, um den Schneematsch aufzuwischen. „Was machst du überhaupt hier? Habe ich dir nicht oft genug gesagt, dass du nicht herkommen darfst?“

„Schon gut, Johanna“, mischte sich Richard ein, bevor er sich an Gunnar wandte. „So sieht man sich wieder.“

Er reichte dem Jungen die Hand.

„Ich bin Richard.“

Gunnar antwortete nicht. Er war viel zu beschäftigt damit, seine Atmung in den Griff zu bekommen. Stattdessen tat es nun Johanna für ihn.

„Das ist Gunnar, mein Jüngster. Nun gib Richard schon die Hand und dann sag mir, was passiert ist!“

Ihr Sohn reichte Richard die Hand und drückte sie. Im nächsten Moment ließ Gunnar sie los.

„Der Brief", brachte er endlich aufgeregt hervor, während ihm Tränen in die Augen stiegen. „Der Brief ist gekommen."

„Was für ein Brief? Wovon redest du?"

„Von Vater." Gunnar zuckte traurig mit den Schultern. „Er wird nicht heimkehren. In dem Brief steht, dass er gleich zu Kriegsbeginn gefallen ist."

6

NORDHEIM

Sophie nahm die Finger von der Tastatur und lehnte sich zurück. Ein kurzer Blick auf die Uhr verriet ihr, dass sie über drei Stunden geschrieben hatte. Kein Wunder, dass ihre Augen nun brannten und ihr Rücken schmerzte, was vermutlich an dem einfachen Holzstuhl lag, der mit ihrem bequemen Schreibtischstuhl zu Hause nicht vergleichbar war. Aber das nahm sie gerne in Kauf. Sie schien endlich ihre Schreibblockade überwunden zu haben und hatte an einem Tag mehr erreicht als die gesamten letzten Wochen zuvor.

Zufrieden stand sie auf und streckte sich, als das Geräusch von brechenden Zweigen zu ihr nach oben drang. Neugierig ging sie zum Fenster und spähte in die Dunkelheit. Sie kniff die Augen zusammen. Leider war es unmöglich, etwas zu erkennen, und wahrscheinlich war da auch gar nichts. Sie konnte sich das Knacken auch eingebildet haben, nachdem sie stundenlang vor dem Laptop gesessen hatte. Trotzdem war da wieder dieses seltsame Gefühl, beobachtet zu werden.

„Hallo?“, rief sie zögerlich aus dem geöffneten Fenster. „Ist da jemand?“

Sie spürte, wie sich die kleinen Haare auf ihren Unterarmen aufstellten. Dummerweise fiel ihr ausgerechnet jetzt der Brief ein. Wenn sie mit ihrem Verdacht nicht völlig falschlag und sie jemand einschüchtern wollte, würde er es womöglich erneut versuchen. Ihr Herz begann laut zu pochen, als sich ihre Augen langsam an die Dunkelheit gewöhnten und sie eine Bewegung zu sehen glaubte.

„Hey!“, rief sie noch einmal. „Das ist mein Grundstück. Wenn Sie nicht verschwinden, werde ich die Polizei rufen.“

Stille. Sophie atmete erleichtert auf und schüttelte den Kopf. Jetzt war sie schon so weit, dass sie Gespenster sah. Dabei trieben sich wahrscheinlich nur die Katzen im Garten herum, von denen es anscheinend mehr gab, als sie bis jetzt zu Gesicht bekommen hatte. Sie musste endlich damit aufhören, ständig an diese Karte zu denken. Jemand hatte sich einen blöden Scherz mit ihr erlaubt und das beunruhigte sie. Aber deshalb gleich in Panik zu verfallen, nach nicht einmal zwei Tagen, war wohl doch etwas übertrieben.

Tief atmete sie die jetzt schwüle Luft ein, als plötzlich dicke Tropfen auf die Fensterbank prasselten. Als Sophie in den dunklen Himmel schaute, sah sie Blitze aufzucken, denen schon Sekunden später grollender Donner folgte. Schlagartig setzte heftiger Wind ein, der an den Fensterläden rüttelte und durch die Bäume fegte.

„Nur ein Gewitter“, murmelte Sophie vor sich hin und wollte das Fenster gerade schließen, als sie erneut eine Bewegung wahrnahm. Mit angehaltenem Atem lauschte sie in die Dunkelheit. Da waren gedämpfte Schritte zu hören, die in diesem Moment abrupt abbrachen. Ihr Puls beschleunigte sich. An einen üblen Scherz glaubte sie jetzt nicht mehr. Jemand schlich durch ihren Garten und eines stand fest: Der Eindringling war bestimmt nicht dort, um sie willkommen zu heißen.

Ängstlich trat sie vom Fenster zurück, als sie ein Geräusch hörte, das von unten kam. Es klang, als würde jemand an etwas kratzen, an Holz vielleicht.

Die Tür, schoss es in ihren Kopf. Das Kratzen kam von dort

und sie war sich nicht mehr sicher, ob sie abgeschlossen hatte. Überstürzt lief sie die Treppe nach unten, stolperte und wäre fast gefallen. Sie fing sich und rannte weiter. Vor der Haustür stoppte sie und wollte nach der Klinke greifen. Im letzten Moment hielt sie inne.

Was, wenn der Eindringling nur darauf wartete, dass sie den Fehler machte und öffnete? Wenn er sie überwältigte? Niemand würde sie hier draußen hören, wenn sie um Hilfe schrie. Die Dorfbewohner würden vermutlich nicht einmal bemerken, falls sie spurlos verschwände. Im Gegenteil, sie wären sicher nicht enttäuscht darüber, die Fremde losgeworden zu sein, und würden keine unnötigen Fragen stellen.

Sophie kaute an ihrer Unterlippe. Ihre Hand schwebte über der Türklinke, während sie lauschte. Das Geräusch war verstummt. All ihren Mut zusammennehmend, drückte sie die Klinke nach unten. Ihre Hand zitterte dabei. Laut stieß sie ihren Atem aus, als sie feststellte, dass die Tür verschlossen war.

Plötzlich spürte sie die Bewegung in ihrer Hand und zog sie zurück. Wie gebannt hing ihr Blick an der Türklinke, die gerade noch einmal heruntergedrückt wurde. Ganz langsam und völlig lautlos. Genauso langsam schnappte sie zurück. Sophie spürte, wie ihr Mund trocken wurde, und schluckte. Die Angst trieb ihr Schweiß auf die Stirn, während sie den starken Drang verspürte, nach oben zu laufen, sich die Bettdecke über den Kopf zu ziehen und zu warten, bis Ruhe einkehrte. So hatte sie es als Kind getan, wenn sie sich vor etwas gefürchtet hatte.

Sie zuckte zusammen, als sie ein Klopfen von draußen hörte, und stieß unwillkürlich einen spitzen Schrei aus, als sich das Pochen wiederholte. Wer auch immer vor der Tür stand, er war hartnäckig. Aber wenn er glaubte, sie würde arglos öffnen, hatte er sich getäuscht. Entschlossen lief sie in die Küche und bewaffnete sich mit dem großen Brotmesser. Dann huschte sie zurück in den Flur und lauschte. Es blieb ruhig.

Schnell rannte sie nach oben, ohne darauf zu achten, dass

sie barfuß losgelaufen war. An der vorletzten Stufe stieß sie sich den kleinen Zeh an der Kante. Scharfer Schmerz schoss durch ihren Fuß und trieb ihr Tränen in die Augen. Sie biss die Zähne zusammen und humpelte weiter. Im Arbeitszimmer nahm sie erneut die Position am Fenster ein.

Inzwischen war das Gewitter näher gekommen. Die Blitze häuften sich und folgten nun kurz hintereinander. Wieder wurde der Garten in grelles Licht getaucht. Nur für den Bruchteil einer Sekunde, doch der genügte, um sie in Panik zu versetzen. Entsetzt riss sie die Augen auf, als sie die reglose Gestalt im Garten sah, die ganz in Schwarz gekleidet war und eine Kapuze übergestülpt trug, sodass sie kein Gesicht erkennen konnte. Der Kopf war nach oben gerichtet, direkt zu ihrem Fenster. Angespannt presste Sophie ihre Hand auf den Mund, um nicht laut aufzuschreien. Stattdessen harrte sie aus bis zum nächsten Blitz, der nicht lange auf sich warten ließ.

Unruhig suchten ihre Augen die Stelle im Garten ab, an der sie die Gestalt gesehen hatte. Sie war verschwunden. Nichts deutete jetzt noch darauf hin, dass jemand durch ihren Garten schlich und sie beobachtete. Am ganzen Körper zitternd blieb sie auch die nächsten zehn Minuten am Fenster stehen. Erst als sie sicher war, dass es keine weitere Überraschung geben würde, kehrte sie an den Schreibtisch zurück und fragte sich, ob tatsächlich ein Mensch im Garten gestanden oder ihr die Angst einen Streich gespielt hatte.

Als das Handy zu klingeln begann, schrie sie erschrocken auf und brach sogar in Tränen aus, als Jennys Nummer auf dem Display erschien. Schniefend atmete sie mehrmals tief durch, bevor sie abnahm.

„Hallo, Jenny“, begrüßte sie ihre Freundin, wobei sie das Zittern in ihrer Stimme bemerkte.

„Du hast versprochen anzurufen“, antwortete Jenny vorwurfsvoll. „Ich muss doch wissen, ob du gut angekommen bist.“

„Entschuldige, ich …“

Wieder traten ihr Tränen in die Augen. Ob vor Erleichterung, die vertraute Stimme zu hören, oder ob es die Auswirkungen des Vorfalls im Garten waren, konnte Sophie nicht sagen. Es tat einfach gut zu wissen, dass jemand an sie dachte.

„Was ist los?“, kam es scharf vom anderen Ende der Leitung. „Ich will die Wahrheit hören, Sophie! Irgendetwas stimmt doch nicht, du weinst.“

„Ich freue mich nur, dass du anrufst“, wich Sophie aus, die nicht wollte, dass ihre Freundin sich Sorgen machte. Vermutlich maß sie dem Ganzen viel mehr Bedeutung zu, als die Sache wert war und es steckte gar nichts dahinter. Inzwischen war sie sich nicht einmal mehr sicher, ob sich im Garten wirklich jemand aufgehalten hatte. Genauso gut konnte es sich um einen Baum gehandelt haben. Sie hatte schließlich kaum etwas sehen können, und hätte sie nicht von diesem blöden Gerücht gehört, dass es im Haus spuken sollte, würde sie jetzt laut über sich selbst lachen.

„Ich schreibe wieder“, sagte sie, um Jenny und vielleicht auch sich selbst zu beruhigen.

„Das ist toll“, antwortete ihre Freundin ohne die erhoffte Begeisterung. „Aber es beruhigt mich nicht, falls du das erreichen wolltest. Sag mir endlich, was los ist! Oder muss ich mich in meinem Zustand erst ins Auto setzen und die stundenlange Fahrt auf mich nehmen?“

„Nein, natürlich nicht. Es liegt wahrscheinlich nur an dem Haus. Bevor du angerufen hast, habe ich geglaubt, jemanden in meinem Garten herumschleichen zu sehen. Dabei ist es stockfinster. Ich hätte morgen beginnen sollen zu schreiben. Die Geschichte der alten Frau hat mich wahrscheinlich zu sehr an gruselige Zeiten erinnert.“

„Welche Geschichte? Wovon redest du?“

„Ich habe Aufzeichnungen im Haus gefunden.“

„Sag mir bitte, dass es darin nicht um Totenschädel geht!“

„Natürlich nicht, und jetzt hör auf, mich mit Fragen zu löchern. Es ist alles in Ordnung, wirklich."

„Okay, aber versprich mir, dich sofort zu melden, wenn irgendetwas nicht stimmt."

„Das mache ich, versprochen. Und jetzt erzähl! Wie geht es dir, Jenny?"

„Wie es einer werdenden Mutter im achten Monat so geht. Ich bin froh, wenn ich es endlich geschafft habe. Langsam nervt es, mich kaum noch bewegen zu können. Ich habe heute übrigens zufällig Matthias getroffen."

Jenny brach ab. Offenbar wartete sie auf eine Reaktion. Als sie nicht kam, fuhr sie fort.

„Er hat erwähnt, wie sehr er die Sache mit dieser Klientin bereut."

„Die Sache? Er hat mich betrogen, Jenny."

„Ich weiß. Aber seine Reue erschien mir echt. Ich glaube ihm."

„Daran zweifle ich doch gar nicht. Aber es ändert nichts an meiner Entscheidung. Ich werde nicht zurückkommen, zumindest noch nicht. Abgesehen von den seltsamen Dorfbewohnern und irgendwelchen Spukgeschichten fühle ich mich hier wohl. Ich habe schon zwei Räume im Haus hergerichtet. Du müsstest sehen, wie hübsch sie nun sind."

„Irgendwann komme ich dich besuchen und überzeuge mich selbst davon. Das kann allerdings noch etwas dauern. Vorher muss ich das kleine Walross zur Welt bringen. So langsam befürchte ich ernsthaft, dass meine Tochter einmal sehr viel Sport treiben muss."

„Woran du nicht ganz unschuldig bist." Sophie lachte. Endlich war wieder die alte Unbeschwertheit zwischen ihnen. „Du hast gefuttert, was dir zwischen die Finger kam."

„Was du hoffentlich für dich behältst. Ich möchte nicht, dass meine Tochter mir später die Schuld an ihrem Übergewicht gibt." Sie brach ab und schien zu zögern, bevor sie leise hinzufügte: „Jetzt bist du nicht einmal bei uns, wenn sie zur Welt kommt.“

„Bitte, Jenny!“

„Ich hör schon auf. Sieh zu, dass du deinen Roman schreibst und ganz schnell zu dir findest. Das ist es doch, was du wolltest. Dann kommst du zurück und übernimmst die Verantwortung als Patentante. Wenn es irgendwie geht, nicht erst zur Einschulung meiner Tochter, okay? Du kannst …“

Jennys Stimme brach mitten im Satz ab.

„Hallo?“, rief Sophie. „Jenny? Hörst du mich?“

Die Leitung war tot. Als Sophie auf das Display sah, erkannte sie, dass es keine Verbindung mehr gab. Das Gespräch mit der Maklerin fiel ihr ein. Sie hatte dezent darauf hingewiesen, dass es bei Gewittern zu Störungen kommen konnte. Was sicher auch an den alten Leitungen im Haus lag. Sie brauchte dringend jemanden, der sich um ihre Internet- und Telefonverbindungen kümmerte. Gleich morgen früh würde sie ins Dorf gehen und sich schlaumachen, wer ihr helfen könnte. Wenigstens die Telefonnummer des Anbieters musste sie herausbekommen. Außerdem musste sie unbedingt Katzenfutter kaufen. Die Milch war auf Dauer schädlich für die Tiere.

Erschöpft ging sie ins Schlafzimmer, zog sich aus und legte sich ins Bett. Obwohl sie hundemüde war, lag sie wach und lauschte in die Dunkelheit hinein. Sie horchte nach Schritten oder sonstigen Anzeichen, die sie warnen würden, falls der Eindringling zurückkehrte. Aber es blieb still, von dem Regen abgesehen, der gegen die Scheibe prasselte. Irgendwann schlief sie ein.

Bevor sich Sophie am nächsten Morgen auf den Weg zum Dorf machte, suchte sie den Garten nach vermeintlichen Spuren ab. An einigen Stellen war das hohe Gras eingedrückt. Aber das konnte sie auch selbst bei ihrer ersten Inspektion des Grundstücks verursacht haben. Ansonsten gab es nicht das geringste Anzeichen, dass sie sich vor irgendetwas fürchten musste.

Inzwischen war sie sich nicht einmal mehr sicher, ob es nicht nur Einbildung war, dass jemand versucht hatte, die Tür zu öffnen. Wenn es tatsächlich jemand darauf abgesehen hätte, ins Haus zu kommen, warum sollte er dann darauf warten, bis sie eingezogen war? Es hatte lange genug leer gestanden und der Zustand der Tür zeigte auf den ersten Blick, dass sie kein allzu großes Hindernis darstellte. Ein Tritt gegen den wackligen Rahmen und sie würde aus dem Schloss springen.

Trotzdem wollte sie sicherheitshalber prüfen, ob es die Katzen gewesen waren, die ihr den Schrecken eingejagt hatten. Am Ende des Gartens war ihr ein Schuppen aufgefallen. Als sie näher ging, bemerkte sie zwei Katzen, die sich durch eine Luke ins Innere drückten. Etwas zögernd öffnete sie die Tür und rechnete jede Sekunde damit, angesprungen zu werden. Stattdessen ließen sich die Tiere kaum aus der Ruhe bringen, als sie eintrat. Überrascht begann Sophie zu zählen. Bei der zwölften Katze hörte sie auf. Offensichtlich hatten die Tiere es sich hier gemütlich gemacht. Sophie störte das nicht, solange sie nachts keinen Lärm verursachten und sie erschreckten.

Neugierig schaute sie sich um. Aber außer ein paar verrosteten Gartengeräten, einem Weidenkorb und einer Gießkanne gab es nichts Interessantes zu entdecken. Abgesehen von dem alten Fahrrad vielleicht, das an der Wand lehnte. Sophie schob es nach draußen und mühte sich damit durch das hohe Gras, das unbedingt gemäht werden musste, bis sie vor dem Haus ankam. Dann warf sie einen Blick darauf. Es war sicher nicht das neueste Modell und in den Reifen fehlte Luft. Aber zum einen gefiel ihr gerade das altmodische Design und zum anderen lag in dem Korb, der am Lenker angebracht war, die Luftpumpe.

Spontan entschied sie sich dazu, ihr Auto stehen zu lassen, was in dieser Umgebung wohl sowieso das Vernünftigste war.

Außerdem ging sie damit dem Risiko aus dem Weg, dass ihre Reifen zerstochen wurden.

Nachdem sie sich für das Rad entschieden hatte, kehrte sie ins Haus zurück und holte einen Eimer voll Wasser und einen Lappen. Dann reinigte sie ihr Fundstück und pumpte Luft auf. Zufrieden begutachtete sie danach ihr Werk und dachte kurz darüber nach, Jenny ein Foto zu schicken. Bis ihr einfiel, dass sie noch immer keine Verbindung zur Außenwelt hatte. Sie musste also schleunigst ins Dorf. Mit ihren Vorräten sah es auch nicht gerade üppig aus. Ein Einkauf stand somit ebenfalls auf dem Plan und vielleicht kam sie ja auch mit einigen Leuten ins Gespräch. Sie konnten schließlich nicht alle so seltsam sein wie der alte Mann, den sie bei ihrem Einzug auf der Straße gesehen hatte.

Doch kaum war sie im Zentrum des Dorfes angekommen, bekam sie mit, wie die Leute ihre Köpfe zusammensteckten und zu tuscheln begannen. Die neugierigen, zum Teil verächtlichen Blicke, die ihr folgten, bemerkte sie natürlich auch. Zumal die Leute sich gar nicht erst die Mühe machten, sie zu verbergen. Obwohl Sophie freundlich grüßte, grüßte niemand zurück. Unangenehm berührt stoppte sie das Fahrrad und fragte eine junge Frau nach dem Weg zum Gemeindeamt, wo sie sich nach Handwerkern erkundigen wollte. Anstatt einer Antwort zeigte die Frau auf ein rotes Backsteinhaus, bevor sie sich wegdrehte und Sophie stehen ließ, die sich immer mehr wie eine Aussätzige fühlte.

„Na toll“, murmelte sie vor sich hin. Wie es aussah, musste sie sich in den nächsten Monaten schon mal keine Erklärungen einfallen lassen, warum sie ausgerechnet in dieses Kaff gezogen war. Die Leute ignorierten sie und es wäre naiv, anzunehmen, dass sich das so schnell ändern würde. Ein wenig entmutigt stellte sie das Rad ab und betrat das Gebäude. Vom Flur aus führte ein Weg zu dem scheinbar einzigen Büro, dessen Tür offen stand. Als Sophie näher trat, verstummten die Gespräche schlagartig. Sie beschloss, sich davon nicht aus der Fassung bringen zu lassen, was ihr allerdings zunehmend schwerer fiel. Es konnte doch nicht sein, dass ein ganzes Dorf ein Problem damit hatte, dass sie in dem Haus wohnte.

„Guten Morgen", sagte sie dennoch freundlich und reichte der Frau, die ihr am nächsten stand, die Hand. „Mein Name ist Sophie."

„Guten Morgen", bekam sie nicht mehr als nötig zur Antwort. „Sie wünschen?"

„Ich bin vorgestern in das Haus am Ende des Dorfes eingezogen. Es ist in einem ziemlich üblen Zustand. Ich könnte ein paar Handwerker gebrauchen. Außerdem benötige ich Informationen, was den Telefonanbieter betrifft."

Die Frau schrieb etwas auf einen Zettel, den sie Sophie reichte.

„Da können Sie anrufen. Aber Störungen gibt es hier laufend. Was die Handwerker betrifft, können wir Ihnen nicht weiterhelfen. Darum müssen Sie sich schon selbst kümmern. Ich glaube allerdings nicht, dass Sie im Dorf jemanden finden werden."

„Darf ich fragen, weshalb?"

„Hier hat jeder genug mit sich zu tun."

Die Angestellte setzte sich hinter ihren Schreibtisch. Vorher warf sie ihrem Kollegen einen vielsagenden Blick zu, woraufhin er keine Anstalten machte, das unmögliche Verhalten seiner Kollegin zu entschuldigen. Sophie konnte nicht fassen, wie unhöflich sie sich benahmen.

„Gibt es hier wenigstens einen Laden?", fragte sie und rechnete nicht einmal mehr mit einer Antwort.

„Auf dem Marktplatz", antwortete die Angestellte knapp und ohne aufzusehen, bevor sie beschäftigt in ihren Unterlagen wühlte.

„Vielen Dank für Ihre Hilfe."

Sophie schüttelte den Kopf und verließ das Gebäude. Sie

hatte geahnt, dass die Dorfbewohner ihr auch weiterhin misstrauisch gegenübertreten würden. Mit dieser offenen Ablehnung hatte sie hingegen nicht gerechnet. Enttäuscht schob sie ihr Fahrrad über den Platz und verzichtete auf weitere Versuche, einen guten ersten Eindruck zu hinterlassen. Stattdessen betrat sie den Laden und kramte ihr Portemonnaie aus der Tasche. Auch im Geschäft starrten die Leute sie unverhohlen an, als sie ihre Waren in den Korb legte, und natürlich sprach die Verkäuferin an der Kasse kein einziges Wort mit ihr. Langsam gewöhnte sie sich daran. Die Dorfbewohner wollten ihr zeigen, dass es sich hier um eine eingeschworene Gemeinschaft handelte, zu der sie nicht gehörte. Damit musste sie klarkommen.

Trotz allem nahm sie sich vor, sich nicht die Laune verderben zu lassen. Irgendwann würden die Dörfler schon merken, dass sie ihnen nichts tat und sie bestimmt nicht störte. Bis dahin würde sie mit sich selbst vorliebnehmen, was ihr nicht schwerfiel. Sie hatte im Haus genug zu tun. Außerdem wartete Elisabeths Geschichte nur darauf, geschrieben zu werden.

Bevor sie den Laden verließ, fiel ihr eine Pinnwand am Ausgang auf. Sie ging näher und las vereinzelte Angebote zu Mitfahrgelegenheiten in die Stadt und kleineren Jobs. Es gab aber auch Werbezettel einiger Unternehmen, unter anderem verschiedener Handwerker. Als sie eine Firma für Landschaftsbau darunter entdeckte, machte sie ein Foto von der Telefonnummer, bevor sie zur Verkäuferin zurückging und deren missmutigen Blick ignorierte.

„Können Sie mir sagen, wie ich zu dieser Firma gelangen kann?“, fragte sie.

Die junge Frau warf einen Blick auf das Foto.

„Das ist im Nachbardorf, drei Kilometer von hier.“

„Dankeschön für Ihre Hilfe“, antwortete Sophie übertrieben freundlich. Dann ging sie nach draußen, wo sie einen älteren

Mann bei ihrem Fahrrad vorfand. Sophie bemerkte, wie er das Rad anstarrte.

„Hallo“, grüßte sie, froh darüber, dass überhaupt jemand Interesse an ihr zeigte. „Es ist …“

„Wo haben Sie das her?“, fiel er ihr ziemlich barsch ins Wort. „Das gehört Ihnen nicht.“

Sophie hob resigniert die Arme. Langsam, aber sicher neigte sich ihre Geduld dem Ende zu und sie hatte genug von diesen Eigenbrötlern. Jetzt wurde sie schon des Diebstahls beschuldigt, oder wie sollte sie die Aussage verstehen?

„Ich wüsste nicht, was Sie das angeht“, antwortete sie verärgert. „Wenn Sie es genau wissen wollen, ich habe das Haus von Elisabeth Freier gekauft und das Rad gehört dazu, wie auch sonst alles auf diesem Grundstück. Genügt das?“

„Was haben Sie vor?“

„Was ich vorhabe? Ich habe keine Ahnung, wovon Sie reden. Ich bin in dieses Dorf gezogen, um in Ruhe zu schreiben. Das ist alles.“

„Sie irren sich“, sagte er. „Das ist das Problem.“

„Was?“ Sophie verstand kein Wort, bis ihr der Artikel einfiel. Es hatte sich also mittlerweile herumgesprochen, dass sie die Verfasserin war.

„Hören Sie!“, bat sie den Mann. „Ich gebe zu, meine Darstellung von dem Handlungsablauf damals war vielleicht ein bisschen übertrieben. Aber ich habe nur meinen Job gemacht. Die Leser wollen unterhalten werden oder wenigstens lachen. Mit dem Tierschädel allein wäre Ihr Dorf niemals in die Schlagzeilen geraten.“

„Wer sagt denn, dass auch nur ein Bewohner das wollte?“, fragte er scharf. „Die Leute hier möchten ihre Ruhe. Ich hoffe, Sie respektieren das.“

„Keine Sorge, ich arbeite überhaupt nicht mehr für Zeitungen“, beruhigte ihn Sophie. „Inzwischen schreibe ich Romane, und das habe ich auch hier vor.“

Der Alte nickte und wirkte nun etwas umgänglicher, was sie dazu veranlasste, ihn nach der Besitzerin des Hauses zu fragen.

„Haben Sie Elisabeth gekannt? Hat sie in dem Kurhaus gearbeitet?“

Der alte Mann zuckte zusammen. Sophie erkannte sofort, dass sie einen Fehler gemacht hatte.

„Ich weiß nichts“, presste er heraus. „Gar nichts.“

Ohne ein weiteres Wort drehte er sich um und ging. Sophie schaute ihm verblüfft nach und fragte sich, ob sie sich jemals an das merkwürdige Verhalten der Leute gewöhnen würde. Scheinbar benahmen sie sich hier alle etwas seltsam. Sie konnte nur hoffen, dass der Handwerker im Nachbardorf nicht ähnlich verschroben war. Nach zwei einsamen Tagen brauchte sie unbedingt einen Menschen, mit dem sie zur Abwechslung ungezwungen reden konnte.

Nachdem sie die Einkäufe verstaut hatte, radelte sie entschlossen los und genoss wenig später die Natur um sich herum. Ein leuchtend blauer Himmel spannte sich über den Wiesen auf, durch die der Weg führte. Die Luft war mild, nur ein sanfter Wind streichelte ihre Haut. Sophie spürte, wie die Anspannung von ihr abfiel. Als ihr dann noch eine junge Familie entgegenkam und freundlich grüßte, vergaß sie die Dorfbewohner und erreichte gut gelaunt den Nachbarort, in dem sie die gesuchte Firma auf Anhieb fand. Sie stellte das Rad ab und betrat das Gelände, auf dem Baumaschinen standen. Ein Handwerker in grüner Latzhose kam lächelnd auf sie zu und reichte ihr die Hand.

„Brauchen Sie Hilfe?“, fragte er.

„Jede Menge sogar. Ich habe ein Haus im Nachbarort gekauft.“

Sophie schilderte ihm den Zustand des Gartens und fragte gleich nach, ob er auch am Haus einige Reparaturen ausführen könnte. Der Mann hörte zu und nickte, als sie fertig war.

„Wenn es nicht mehr ist. Das bekommen wir hin. Ich

schlage vor, den Preis handeln wir vor Ort aus, wenn ich mir einen Überblick verschafft habe. Wir könnten morgen beginnen."

„Vielen Dank", sagte Sophie erleichtert. „Nicht nur, dass Sie den Auftrag annehmen. Sie sind auch der Erste, der drei ganze Sätze mit mir spricht, seit ich hergezogen bin."

„Wirklich?"

„Wissen Sie, warum die Leute im Dorf so abweisend reagieren?"

„Wahrscheinlich liegt es daran, dass Sie fremd sind. Das wird schon."

„Ich hoffe es. Dann sehen wir uns morgen?"

„Abgemacht."

Er reichte ihr die Hand zum Abschied. Sophie schaute ihm nach, wie er sich auf den Sattel eines Radladers schwang. Dann ging sie zurück zu ihrem Rad und machte sich auf den Heimweg.

Sophie hatte das Dorf kaum hinter sich gelassen, als sie Motorengeräusch hörte. Aus einiger Entfernung kam ihr ein Traktor entgegen, der offenbar ziemlich schnell unterwegs war. Zu schnell für diese schmale Straße, stellte Sophie fest und drosselte vorsichtshalber ihr Tempo, während das schwere Fahrzeug näher kam und keine Anstalten machte, ihr auszuweichen. Im Gegenteil, erschrocken bemerkte sie, wie der Fahrer direkt auf sie zusteuerte. Er schien es nicht einmal zu registrieren. Für Sekunden war Sophie wie gelähmt. Dann wedelte sie wild mit dem rechten Arm.

„Vorsicht!", schrie sie. „Sind Sie blind?"

Mit aufheulendem Motor schoss der Traktor auf sie zu. Sophie schrie laut um Hilfe, als sie die Absicht dahinter bemerkte. Allein am direkten Kurs des Fahrzeugs war zu erkennen, dass der Fahrer sie rammen wollte. Aber mehr noch verriet es sein Gesicht, das Sophie trotz der Panik, die die Situation in ihr auslöste, deutlich gesehen hatte. Es war nicht das Gesicht irgendeines Bauern, der sie auf ihrem Rad übersah, sondern das des alten Mannes aus dem Laden. Sie erkannte ihn eindeutig wieder.

Im letzten Moment riss sie den Lenker herum. Doch es war zu spät. Sie konnte nicht mehr ausweichen. Das schwere Fahrzeug streifte ihr Rad und riss sie aus dem Sattel. Sophie spürte, wie sie durch die Luft flog und hart auf dem Boden aufschlug. Dann hörte sie, wie die Bremsen des Traktors aufkreischten und der Fahrer die Maschine zum Halten brachte. Der Motor erstarb. Nur kurz. Dann startete er und fuhr davon. Stille trat ein und legte sich wie ein Nebel über ihre Sinne, bevor es um sie herum dunkel wurde. Sie kam erst zu sich, als eine Stimme auf sie einredete.

„Hallo, hören Sie mich?“

Als Sophie die Augen aufschlug, sah sie in das besorgte Gesicht eines Mannes, der sich über sie beugte. Ein paar Meter hinter ihm stand ein Fahrrad am Wegrand. Ihres hingegen lag verbeult im Straßengraben.

„Hören Sie mich?“, wiederholte er.

Sophie nickte. Dabei spürte sie, wie ihr Kopf schmerzte.

„Der Traktor“, stammelte sie. „Der Fahrer muss mich doch bemerkt haben.“

„Ganz ruhig. Sie sind gestürzt und Sie trugen keinen Helm.“

„Ich bin nicht gestürzt“, widersprach Sophie. „Er hat mich über den Haufen gefahren. Wo ist er überhaupt? Hat er sich etwa aus dem Staub gemacht?“

„Bitte beruhigen Sie sich! Ich werde Sie jetzt abtasten. Haben Sie Schmerzen?“

„Ein wenig Kopfweh.“

„Verständlich, Sie sind mit dem Kopf aufgeschlagen.“ Der Fremde tastete ihren Körper ab. „Das sieht gut aus“, hörte

Sophie ihn sagen. „Ich versuche jetzt, Sie auf die Beine zu bringen. Meinen Sie, Sie können aufstehen?"

„Ja. Ich bin okay. Es ist nur der Schock."

„Gut, ich helfe Ihnen. Nehmen Sie meinen Arm!"

Sophie zog sich hoch. Der Mann stützte sie. Als sie endlich stand, taumelte sie und verlor beinahe das Gleichgewicht. Nur die starken Arme ihres Helfers verhinderten einen weiteren Sturz.

„Keine Angst, ich halte Sie", sagte er und legte seinen Arm um ihre Hüfte. Sophie wollte protestieren. Aber ihr fehlte die Kraft dazu.

„Kann ich mich setzen?", presste sie hervor.

„Natürlich. Zum Glück scheinen Sie sich nichts gebrochen zu haben. Es wäre trotzdem vernünftiger, wenn Sie sich untersuchen ließen. Ich habe den Rettungsdienst informiert. Er müsste gleich hier sein."

„Ist das wirklich nötig?"

„Ich bestehe darauf."

Der Fremde lächelte sie an. Schon allein deshalb stimmte sie zu. Es tat gut, dass sich jemand um sie sorgte. Wäre sie im Dorf gestürzt, hätte sich wohl niemand um sie gekümmert.

„Wer sind Sie? Wie kommen Sie hierher?", fragte sie.

„Ich bin Paul und war mit dem Rad unterwegs. Und wer sind Sie?"

„Sophie."

„Sie haben das Katzenhaus gekauft, nicht wahr?"

Sie nickte. Offenbar waren sämtliche Bewohner genauestens informiert. Bevor sie antworten konnte, kam die Sirene des Krankenwagens näher. Der Wagen bremste, zwei Sanitäter stiegen aus und liefen auf sie und ihren Helfer zu, der ihnen mitteilte, was geschehen war.

„Fahrradsturz, vermutlich nur ein leichter Schock. Erhöhter Blutdruck, kaltschweißig und kurzzeitige Bewusstseinseintrübung."

„Wir nehmen sie mit.“

Der Sanitäter nickte ihm zu. Dann legten sie Sophie auf die Trage, nachdem sie ihren Körper noch einmal auf äußere Verletzungen untersucht und ihr vorsichtshalber eine Halskrause angelegt hatten.

„Mein Fahrrad“, rief Sophie im Rettungswagen. „Die Einkäufe …“

„Keine Sorge.“ Der Fremde kam zu ihr. „Ich kümmere mich darum.“

„Danke. Ich …“

Plötzlich spürte Sophie eine drückende Müdigkeit. Ohne es zu wollen, fielen ihr die Augen zu. Sie wachte erst auf, als sie sich im Krankenhaus befand und ein Arzt ihr einen Zugang legte.

„Wie geht es Ihnen?“, fragte er, als sie die Augen aufschlug.

„Besser.“

„Das freut mich zu hören. Sie sind mit dem Schrecken davongekommen. Die Untersuchungen haben nichts Auffälliges ergeben. Ich würde Sie trotzdem gerne einen Tag hierbehalten, um eine Gehirnerschütterung auszuschließen.“

Sophie nickte. Ihr war es ziemlich gleichgültig. Zumindest fühlte sie sich im Krankenhaus sicher, was sie von ihrem neuen Zuhause nicht gerade behaupten konnte. Erst trieb sich jemand unerlaubt in ihrem Garten herum und jetzt wurde sie angefahren. Für ihren Geschmack war das ein Zufall zu viel.

„Was ist mit dem Fahrer des Traktors?“, fragte sie. „Ich muss die Polizei verständigen.“

„Davon weiß ich nichts. Bisher war nur die Rede davon, dass Sie mit Ihrem Fahrrad gestürzt sind, ohne eine Beteiligung anderer Verkehrsteilnehmer.“

„Aber er war da“, stammelte Sophie. „Ich habe ihn doch gesehen.“

„Sie brauchen jetzt Ruhe. Ich hänge Ihnen eine Infusion an, die gegen die Schmerzen hilft und Ihnen Flüssigkeit zuführt.

Versuchen Sie, ein wenig zu schlafen. Um den Unfallhergang können Sie sich kümmern, wenn Sie sich von dem Schock erholt haben."

Sophie nickte zustimmend. Es brachte nichts, länger mit dem Arzt zu diskutieren, dem es vermutlich herzlich egal war, wie sich der Sturz zugetragen hatte. Außerdem war sie offenbar die Einzige, die den Traktor gesehen hatte. Dabei konnte so ein schweres Fahrzeug doch nicht einfach verschwinden. Irgendjemand musste den Unfall beobachtet haben.

Wenn es überhaupt ein Unfall gewesen ist, schoss es ihr in den Kopf, in dem es endlich aufhörte zu hämmern. Ihrer Meinung nach hatte der Fahrer sie absichtlich gerammt und in Kauf genommen, dass sie sich verletzte. Er hatte ja nicht einmal angehalten, um ihr zu helfen, und wäre dieser fremde Mann nicht aufgetaucht, würde sie vermutlich jetzt noch im Straßengraben liegen.

DU GEHÖRST NICHT HIERHER! VERSCHWINDE!

Der Brief fiel ihr ein. Sie spürte, wie sie eine Gänsehaut bekam. Konnte es sein, dass dessen Verfasser und der Fahrer des Traktors ein und dieselbe Person waren und er der Drohung Nachdruck verliehen hatte?

7

NORDHEIM

Schon am nächsten Tag durfte Sophie die Klinik verlassen. Der behandelnde Arzt riet ihr, die Schürfwunden, die sie sich am Knie zugezogen hatte, in ein paar Tagen vom Hausarzt anschauen zu lassen, und gab ihr eine Karte. Darauf war die Adresse des ansässigen Arztes zu lesen, der die umliegenden Dörfer medizinisch versorgte.

Sophie steckte sie ein, ohne sie anzuschauen, und bat darum, dass man ihr ein Taxi riefe. Eine halbe Stunde später befand sie sich auf dem Weg zu ihrem neuen Zuhause, wo bereits die nächste Überraschung auf sie zukam. An den Zaun gelehnt erwarteten sie die Arbeiter, die sie für den Garten angefordert und in der Aufregung völlig vergessen hatte.

„Wir haben schon mal das Gras hinten gemäht“, klärte sie der Handwerker vom Vortag auf. „Was steht als Nächstes an?“

„Die Tür!“ Sophie zeigte zum Eingang. „Ich möchte, dass Sie sich das Schloss anschauen und notfalls wechseln, sollte es nicht sicher sein. Bekommen Sie das hin?“

„Klar, ist das alles?“

„Für heute schon“, antwortete sie. „Ich hatte gestern einen kleinen Unfall und komme gerade aus dem Krankenhaus.“

„Das waren Sie? Ich habe davon gehört. Geht es Ihnen gut?“

„Danke, ich muss mich nur von dem Schrecken erholen. Ich melde mich, sobald ich mir einen Überblick verschafft habe.“

„Jederzeit. Es gibt noch eine Menge zu tun hier. Die Rechnung für heute liegt übrigens im Briefkasten. Gute Besserung.“

„Danke.“

Sophie lächelte ihm zu und ging ins Haus. Dort bemerkte sie die Einkäufe, die im Flur standen. Die verderblichen Waren fand sie im Kühlschrank, an den ein Zettel geklebt war.

Habe mir erlaubt, die Sachen einzuräumen. Paul.

Paul hieß der Helfer vom Unfallort, erinnerte sie sich. Es war nett von ihm, die Einkäufe zu bringen. Die Frage war nur, wie er ins Haus gelangt war. Sie hatte ganz sicher abgeschlossen, als sie zum Dorf gefahren war. Allerdings litt das Schloss wie die gesamte Tür an Altersschwäche. Deshalb sollten die Männer sie reparieren. Trotzdem konnte man sie auch nicht einfach öffnen, ohne Gewalt anzuwenden. Sophie ging zurück zu den Arbeitern, die gerade damit beschäftigt waren, das Schloss zu wechseln.

„Eine Frage noch“, sagte sie. „War die Tür verschlossen, als Sie ankamen?“

„Nein, sie war nur angelehnt. Deshalb haben wir vermutet, dass Sie nur kurz weg seien und gleich wiederkämen.“

„Aber Sie waren nicht im Haus?“

„Natürlich nicht, das wäre dann wohl ein Einbruch. Wenn sich so etwas rumspricht, kann ich die Firma gleich schließen. Wie gesagt, wir haben im Garten gearbeitet.“

„Und sonst niemanden gesehen?“

„Tut mir leid."

Er zuckte mit den Schultern und kümmerte sich wieder um die Tür. Sophie beließ es dabei. Sie glaubte ihm. Womit immer noch nicht geklärt war, wie dieser Paul ins Haus gekommen war. Hatte er das Schloss aufgebrochen? Oder stand die Tür auch bei ihm schon offen?

Sie seufzte. Die Fragen konnte nur er beantworten. Leider wusste sie aber lediglich den Vornamen und bei den Leuten im Ort brauchte sie sich erst gar nicht nach ihm zu erkundigen. Sie würden ihr nur eine neue Abfuhr erteilen. Sie konnte sich den Weg also sparen.

In diesem Moment fiel Sophie ihr Laptop ein. Er war das Wertvollste, was sich im Haus befand. Wenn es sich bei dem Eindringling um einen Dieb gehandelt hatte, musste der Laptop das Erste gewesen sein, was er mitgehen ließ. Damit hätte er ihr nicht nur ihre Arbeitsgrundlage geraubt, sondern sämtliche Dokumente, die Geschichte von Elisabeth Freier eingeschlossen. Ihre gesamte Arbeit wäre so zunichtegemacht.

Sie wollte gar nicht so weit denken und rannte die Treppe nach oben. Zu schnell, wie sie gleich darauf feststellte. Sie spürte, wie ihr schwindlig wurde, und erinnerte sich augenblicklich an den Hinweis des Arztes, der ihr geraten hatte, sich in den nächsten Tagen zu schonen.

Nachdem sie tief Luft geholt hatte, betrat sie das Arbeitszimmer. Auf den ersten Blick konnte sie nichts erkennen, was darauf hinwies, dass außer ihr jemand im Zimmer gewesen war. Alles war genauso ordentlich, wie sie es verlassen hatte. Aber nach genauerem Hinsehen hätte Sophie schwören können, dass etwas anders war. Sie öffnete den Schreibtisch. Die Unterlagen waren zumindest noch da, genau wie der Laptop. Allerdings lagen die oberen Seiten falsch herum. Irgendwann hatte sie es sich angewöhnt, das Gelesene immer umzudrehen, um sofort den Anschluss zu finden, wenn sie nach einer Unterbrechung weiterarbeitete.

Jemand war in diesem Raum gewesen. Jemand, der gewusst haben musste, dass sie im Krankenhaus lag und ihn nicht überraschen würde. Sophies Herz begann zu klopfen. Langsam wurde ihr die ganze Sache unheimlich. Der Gedanke, dass ein Fremder ihre Sachen durchwühlt und in ihren Habseligkeiten herumgeschnüffelt hatte, machte ihr Angst.

Deshalb würde sie jetzt auch die Polizei rufen. Selbst wenn man sie nur einschüchtern oder aus diesem Haus vertreiben wollte, war die Grenze nun überschritten. Das hier war kein Spiel mehr. Jemand hatte sie angefahren, war in ihr Haus eingebrochen und schlich sich nachts auf ihrem Grundstück herum. Das musste genügen, um die Beamten davon zu überzeugen, dass sie in Gefahr war. Vielleicht nicht in Gefahr, ernsthaft verletzt zu werden. Das traute sie nicht einmal diesen verschlossenen Dorfbewohnern zu. Aber der Unfall, von dem sie immer noch hoffte, dass der Fahrer des Traktors ihr nur einen Schrecken einjagen wollte, und die Drohungen allein reichten auch aus. Sie wollte endlich in Ruhe gelassen werden und nicht ständig befürchten, dass sie beobachtet wurde.

Ohne länger Zeit zu verlieren, ging sie zum Telefon. Ihr Handy konnte sie nicht benutzen, da der Akku nach der Nacht im Krankenhaus völlig leer war. Sie nahm den Hörer von dem altmodischen Apparat, der sogar noch eine Drehscheibe besaß, und wählte die Nummer. Dann wartete sie auf ein Freizeichen. Vergeblich. Die Leitung war tot.

Laut fluchend kehrte sie zurück ins Arbeitszimmer. Wieder glitt ihr Blick durch den Raum. Der Einbrecher hatte seine Spuren gut verwischt. Allerdings konnte er auch nicht ahnen, dass sie ein beinahe fotografisches Gedächtnis besaß. Plötzlich fielen ihr lauter Dinge auf, von denen sie nicht mehr sicher war, ob sie diese so zurückgelassen hatte.

Nach einem letzten nervösen Blick griff sie sich die Autoschlüssel vom Schreibtisch und verließ das Haus. Im Vorgarten nahm sie den Schlüssel der Tür entgegen. Die Arbeiter waren gerade fertig geworden und hatten ein neues Schloss eingebaut, was sie mehr als erleichterte. Schon aus dem Grund, weil sie nicht wusste, ob der Eindringling zurückkehren würde.

„Hier kommt so schnell keiner mehr rein“, versprach einer der Handwerker und nahm seine Tasche. Gemeinsam mit seinem Chef verließ er das Grundstück. Auf der Straße stand ein Transporter, auf dessen Ladefläche sie das Werkzeug aufluden.

„Melden Sie sich einfach, wenn was anliegt“, rief er Sophie noch einmal zu, bevor er einstieg. Sie wartete, bis der Transporter den Weg frei gemacht hatte. Dann setzte auch sie sich ins Auto und fuhr Richtung Stadt.

~

Über eine Stunde verbrachte sie im Polizeipräsidium. Der Beamte hatte ihr bereitwillig zugehört und bestätigt, dass es sich um einen Einbruch handelte, sollte sich tatsächlich jemand ungefragt Zugang zum Haus verschafft haben. Gleichzeitig raubte er ihr sämtliche Hoffnung, dem Täter auf die Spur zu kommen. Nicht nur, dass es keinen Anhaltspunkt gab, wo sie mit ihrer Suche beginnen sollten, es war auch nichts entwendet worden und sie hatte den Fehler gemacht, das Schloss auswechseln zu lassen. Damit hatte sie den einzigen Beweis zerstört.

Dennoch versprach der Beamte, dem Ganzen nachzugehen und einen Kollegen vorbeizuschicken. Was den Unfall betraf, wollte er zuerst mit dem Arzt reden und dann nach Zeugen suchen. Aber auch in dieser Sache wirkte er wenig zuversichtlich. Was vielleicht auch daran lag, dass er scheinbar bezweifelte, ihr würde jemand nach dem Leben trachten.

„Die Leute auf dem Land benehmen sich manchmal etwas merkwürdig“, hatte er zugegeben. „Aber sie tun niemandem etwas.“

Sophie war sich da ganz und gar nicht sicher und verließ

das Präsidium enttäuscht, nachdem er eine Anzeige gegen unbekannt aufgenommen hatte. Unschlüssig stand sie vor ihrem Wagen und fragte sich, ob es nicht besser wäre, sie würde das tun, was der unbekannte Verfasser des Briefes verlangte, nämlich verschwinden. Sie konnte überall anders wohnen. Es gab schließlich genug Dörfer. Aber dann müsste sie erst das Haus verkaufen. Ohne das Geld könnte sie sich kein neues Objekt leisten. Außerdem wollte sie erst mehr über die Vorbesitzerin erfahren.

„Sophie? Sind Sie das?"

Von hinten drang eine Stimme zu ihr. Als sie sich umschaute, erkannte sie den Mann, der ihr Erste Hilfe geleistet hatte. Erfreut lächelte sie ihm zu. Sie hatte nicht damit gerechnet, ihn so schnell wiederzusehen. Es war reiner Zufall, dass sie sich hier trafen. Ein Zufall, der ihr zumindest die Antwort auf einige ihrer Fragen versprach.

„Hi", sagte sie. „Sie haben mich wiedererkannt?"

Der Fremde nickte.

„Sie sind schon aus der Klinik raus? Das bedeutet, es geht Ihnen gut?"

„Ja, ich habe mir nichts getan, von dem Schock einmal abgesehen. Und Sie? Was machen Sie hier?"

„Ich war gerade auf dem Weg, etwas zu Mittag zu essen. Wie sieht es aus? Haben Sie Hunger?"

„Nein, ich …"

Sophie brach ab.

„Warum eigentlich nicht", änderte sie ihre Meinung. Schon deshalb, weil sie so schnell wohl keine andere Möglichkeit bekam, sich ungezwungen mit jemandem zu unterhalten. „Sie kennen sich hier aus?"

„Ich führe Sie zum besten Italiener der Stadt. Sie mögen doch Pizza?"

„Und wie." Sophie lief schon bei der Erwähnung das Wasser im Mund zusammen. „Im Dorf gibt es leider keine

Gaststätte. Sie können von Glück reden, nicht dort zu wohnen.“

„Und ich dachte, Sie wären freiwillig in das Haus gezogen.“

Paul grinste, während sie in eine Seitengasse einbogen und er hundert Meter weiter vor einem Lokal stoppte. Er hielt ihr die Tür auf und wartete, bis sie eingetreten war. Dann führte er sie zu einem der Tische. Sophie lehnte sich zurück und schaute sich um. Obwohl sie nicht einmal eine Woche in der Einöde lebte, kam es ihr wie eine Ewigkeit vor, seit sie zum letzten Mal ein paar entspannte Minuten verbracht hatte. Das Lokal, welches denen ähnelte, die sie mit Jenny besucht hatte, wirkte plötzlich viel gemütlicher, als es wahrscheinlich in Wirklichkeit war.

„Sie haben die Einkäufe gebracht“, sagte sie, nachdem sie bestellt hatten. „Danke für Ihre Hilfe.“

„Gern geschehen, aber ich würde Ihnen raten, die Tür abzuschließen, wenn Sie beim nächsten Mal das Haus verlassen. Als ich kam, war sie nur angelehnt. Ich will damit nicht behaupten, dass im Dorf eingebrochen wird. Aber die Leute sind neugierig.“

„Darüber wollte ich sowieso mit Ihnen reden. Ich habe abgeschlossen. Ich bin mir ganz sicher.“

„Wollen Sie damit andeuten, jemand hat sich unberechtigt Zugang verschafft?“

Paul runzelte die Stirn. Es war ihm anzumerken, dass er ihr nicht glaubte. Doch davon ließ Sophie sich nicht beeindrucken. Sie wusste, was sie gesehen hatte.

„Jemand war im Haus“, bestätigte sie. „Er hat meine Sachen durchwühlt. Außerdem ist vorgestern ein Mann im Dunkeln durch den Garten geschlichen, und es gab diese Drohung.“

„Welche Drohung?“

„Eine Karte, auf der stand, dass ich verschwinden soll.“

Paul antwortete nicht. Stattdessen schien er darüber nachzudenken. Als er aufschaute, hatte sich sein Gesicht verdüstert.

„Sie besitzen diese Karte noch?“

„Ja, zu Hause.“

„Kann ich sie sehen?“

„Wenn Sie den Weg noch einmal auf sich nehmen wollen, gerne.“

„Sie sagten doch, dass an dem Unfall ein Traktor beteiligt war?“, wechselte er abrupt das Thema. „Konnten Sie den Fahrer erkennen? Wie alt war er? Wie sah er aus?“

„Ich bin mir nicht sicher“, log Sophie. Auf keinen Fall wollte sie für noch mehr Aufregung sorgen, indem sie jemanden zu Unrecht beschuldigte. Nicht einmal dem Polizeibeamten gegenüber hatte sie erwähnt, dass sie glaubte, den Alten erkannt zu haben.

„Was heißt nicht sicher?“, hakte Paul nach.

„Keine Ahnung, es ging alles so schnell. Er kam direkt auf mich zu, obwohl ich extra ausgewichen bin. Er hat mich absichtlich angefahren. Aber die Polizei glaubt mir nicht. Ich hätte wohl nicht erwähnen dürfen, dass ich Schriftstellerin bin und mir hauptberuflich Geschichten ausdenke.“

Das Essen kam und verströmte einen deftigen Geruch nach Käse, saftigen Tomaten und frischem Teig. Sophie spürte erst jetzt, dass sie Hunger hatte. Umso dankbarer war sie Paul für die Einladung. Während sie aß, hatte sie das Bedürfnis, mehr über ihn zu erfahren. Doch er wich den meisten Fragen aus. Zumindest bekam sie das Gefühl. Dieser Eindruck verstärkte sich, als er sich nach dem Essen zügig von ihr verabschiedete.

„Ich schaue in den nächsten Tagen bei Ihnen vorbei“, schlug er vor. „Bis dahin erholen Sie sich besser von dem Schrecken und vermeiden Sie das Radfahren ohne Helm.“

Er reichte ihr die Hand und drückte sie sanft. Nun lächelte er auch wieder.

„Keine Sorge, niemand aus dem Dorf tut Ihnen etwas. Wenn überhaupt, erlaubt sich jemand einen üblen Scherz, was nicht lustig ist, aber völlig ungefährlich.“

„Na hoffentlich“, antwortete Sophie und erinnerte sich daran, dass der Arzt im Krankenhaus etwas Ähnliches gesagt hatte. „Danke für die Einladung und für alles andere natürlich auch. Sie scheinen immer genau im richtigen Moment aufzutauchen.“

„Eine meiner Stärken.“

Er lachte und winkte ihr zu. Dann verschwand er. Sophie kehrte zu ihrem Wagen zurück. Sie würde die Gelegenheit nutzen, um Einkäufe zu erledigen. Dann musste sie wenigstens nicht in den Laden im Dorf, um dessen Bewohner sie einen großen Bogen machte, als sie am Nachmittag zurückfuhr. Obwohl Paul nun schon der Zweite war, der sie zu beruhigen versucht hatte, atmete sie erleichtert auf, als ihr Grundstück verlassen vor ihr lag. Nicht einmal der Briefkasten enthielt unliebsame Post, lediglich die Rechnung der Gartenfirma.

Sophie räumte die Einkäufe in den Schrank. Dann machte sie sich einen Kaffee und stellte fest, dass ihr das starke Gebräu inzwischen besser schmeckte als der Kaffee aus dem teuren Automaten zu Hause bei Matthias. Zusammen mit ein paar Keksen, ihrem Laptop und einer dünnen Decke ging sie in den Garten. Dort angekommen, glaubte sie im ersten Moment ihren Augen nicht zu trauen. Aus dem verwilderten Dschungel war zwar immer noch kein gepflegter, dafür aber ein wunderschön natürlicher Garten geworden. Die Arbeiter hatten das Gras gemäht, die Wildblumen aber an einzelnen runden Stellen wachsen lassen. Unter einer Kiefer stand ein nagelneuer Liegestuhl, zusammen mit einem Tisch und einem Sonnenschirm.

Es war der perfekte Platz zum Schreiben oder auch nur zum Entspannen.

Sophie beschloss, die Vorfälle der letzten Tage zumindest für den Moment zu vergessen, und machte es sich bequem. Den Laptop auf den Knien begann sie zu lesen. Dabei bemerkte sie, dass es in den Aufzeichnungen einen Zeitsprung gab. Obwohl sie sämtliche Papiere durchsuchte, fand sie keinen Anschluss an die letzten Kapitel. Vermutlich hieß das nur, dass es in dieser Zeit nichts gab, was Elisabeth für wichtig empfunden hatte. Dann würde sie eben im Jahr 1933 weiterschreiben. Was wahrscheinlich weitaus spannender war. Immerhin waren die Nazis damals an die Macht gekommen und sie war neugierig darauf, welchen Zusammenhang es mit dem Kurhaus gab.

Allein damit würde sie mindestens zwei Stunden zu tun haben. Dann musste sie entweder weiter in Elisabeths Aufzeichnungen suchen oder sonst irgendwie herausfinden, was damals im Kurhaus geschehen war. Im Nachhinein ärgerte sie sich, Paul nicht danach gefragt zu haben. Vielleicht hätte er ja gewusst, ob die alte Dame noch lebte und sie sie besuchen konnte. Sie musste unbedingt daran denken, wenn er kam. Jetzt aber wollte sie erst einmal schreiben.

8

KURHAUS ALTMANN

MAI 1933

Richard spürte sofort, dass Streit in der Luft lag, als er den Salon betrat. Seine Schwester hatte den Kopf über den Teller gesenkt und stocherte mit der Gabel im Essen herum, während sein Vater sie mit wütenden Blicken bedachte.

„Professor Wagner hat mir berichtet, dass du dich diesen Suffragetten angeschlossen hast. Du verteilst Flugblätter vor der Universität."

„Es stimmt", antwortete Betti. „Wir prangern die Diskriminierung der Frauen an, der wir noch immer ausgesetzt sind. Offiziell sind die Frauen zwar zum Studium zugelassen, aber dennoch wird uns von gewissen Professoren die Teilnahme an Vorlesungen verweigert. Doktor Wagner ist nur einer von ihnen."

„Du glaubst tatsächlich, mit diesem skandalösen Verhalten etwas zu bewirken?"

„Das tue ich. Ich fordere gleiches Recht für Frauen und Männer."

„Und ich fordere, dass du damit aufhörst. Was glaubst du, welches Bild es auf deinen Bruder wirft? Ich hätte dir nie erlauben dürfen, die Hochschule zu besuchen. Professor

Wagner hat recht. Was du brauchst, ist ein Mann, der dir beibringt, welche Rolle dir als Frau zusteht. Es wäre besser, du würdest heiraten und Kinder bekommen, die dir die Flausen im Kopf austreiben.“

„Nennst du das eine liberale Weltanschauung?“, fragte Bettie wütend und schüttelte den Kopf. Neben ihrem Studium arbeitete sie im Krankenhaus, um praktische medizinische Kenntnisse zu erwerben.

„Weißt du überhaupt, was für ein Widerling Professor Wagner ist? Ich durfte ihm in der letzten Woche zur Hand gehen. Er behandelt Patienten wie Dreck, sobald sie nicht seinem gesellschaftlichen Stand entsprechen.“

„Das ist auch eine dieser unangenehmen Angelegenheiten, von denen er mir berichtete. Du mischst dich in Dinge ein, die dich nichts angehen. Professor Wagner verbittet sich, seine Kompetenzen von einer Schwesternschülerin infrage stellen zu lassen.“

„Nur, dass es nichts mit ärztlicher Kompetenz zu tun hat, wenn er ein junges Mädchen unbehandelt vor die Tür setzt. Marlene ist schwanger und wird das Kind nicht ohne Komplikationen zur Welt bringen können. Sie braucht die Hilfe eines Arztes.“

„Sie braucht eine Hebamme, außerdem geht es dich nichts an, wen Doktor Wagner behandelt und wen nicht.“

„Dann wird das Kind sterben und Marlene möglicherweise auch.“

„Wenn es Gottes Wille ist“, antwortete ihr Vater unbeeindruckt. Als er aufschaute, zeigte sein Gesicht gezwungene Ruhe. Doch Richard kannte die Vorzeichen und wusste, dass sein Vater kurz vor einem Wutausbruch stand.

„Du wirst Doktor Wagner nicht ins Handwerk pfuschen – oder nicht länger im Krankenhaus arbeiten.“

„Ich werde …“

„Halt endlich den Mund!“, schrie der Arzt. Seine Gabel fiel

klirrend zu Boden. „Ich dulde kein Widerwort. Entweder du hältst dich daran, was Doktor Wagner verlangt, oder du gehst. Was in meinen Augen sowieso das Vernünftigste wäre. Von Anfang an war klar, dass du dich nie mit der Rolle einer Krankenschwester zufriedengeben wirst."

„Dann hast du wenigstens das begriffen", schrie Bettie zurück, bevor sie aufsprang und aus dem Salon rannte. Ihr Vater zuckte kurz zusammen, als die Tür laut ins Schloss fiel. Dann trat Stille ein, bis Madeleine sich räusperte und sich kaum hörbar an ihren Mann wandte.

„Du bist zu streng zu ihr, Gustav."

Ihr Mann antwortete nicht. Richard fragte sich, ob er es nicht für nötig hielt, seiner Mutter zumindest den Respekt einer Antwort entgegenzubringen. Er wusste natürlich, dass seine Eltern nach der Rückkehr seines Vaters nicht wieder zusammengefunden hatten. Irgendetwas trennte die beiden. Es musste zu einem Zerwürfnis gekommen sein, dessen Grund er nicht kannte. Sie teilten sich nicht einmal das eheliche Schlafzimmer. Stattdessen bewohnte sein Vater noch immer das Gästezimmer. Das gesamte Personal tuschelte darüber, was Gustav gleichgültig zu sein schien, solange er nicht Zeuge des Tratsches wurde. Seine Mutter hingegen litt darunter, er sah es ihr an. Immer häufiger griff sie in jüngster Zeit zu dem teuren Wein, um ihren Kummer darin zu ertränken. Auch in diesem Moment schenkte sie sich mit zitternden Fingern nach.

„Meinst du nicht, es ist genug?", fuhr sein Vater sie an und nahm ihr die Karaffe fort. „Ich habe es satt, mein Weib betrunken durchs Haus stolpern zu sehen. Wenn du schon unbedingt deine Sinne vernebeln musst, tu es in deinen Räumen und nicht vor den Augen der Kinder. Ich warne dich, Madeleine! Wenn du nicht bald zur Vernunft kommst, werde ich Wagners Angebot annehmen und dich in diesem Sanatorium unterbringen, von dem er sprach."

„Dann ist der Weg frei, nicht wahr?"

„Ich weiß nicht, wovon du redest."

„Zum Beispiel von deinen neuen Geschäftspartnern. Glaubst du, ich weiß nicht, dass du dich mit ihnen triffst? Ich will sie nicht hier haben, hörst du? Wenn du schon Geschäfte mit ihnen machst, dann nicht im Kurhaus."

„Keine Sorge, so weit ist es noch nicht. Aber da du es schon ansprichst, ja, ich werde mich auch heute mit einigen Parteimitgliedern treffen."

„Vielleicht könntest du sie bei der Gelegenheit darum bitten, nicht länger Hass gegen die Juden zu schüren."

„Sollten wir das nicht besser ihnen überlassen?", antwortete Gustav kalt.

Wachsbleich stand Richards Mutter auf und schob den Stuhl zurück. Ohne ihren Mann noch eines Blickes zu würdigen, verließ sie den Salon.

„Was hat Mutter damit gemeint?", fragte Richard, kaum dass sie die Tür geschlossen hatte. „Welchen Weg meint sie?"

„Unwichtig", wehrte sein Vater ab. „Du weißt selbst, dass sie wirres Zeug redet, wenn sie getrunken hat. Ich werde mit Doktor Wagner sprechen."

„Aber sie hat …"

„Genug, Richard! Ich will nichts mehr davon hören. Es reicht, dass deine Mutter mir die Laune verdorben hat. Lass uns über etwas Erfreulicheres reden. Der neue Reichskanzler hat sein Debüt in der diplomatischen Gesellschaft gegeben. Was sagst du dazu?"

„Ich weiß nicht. Die NSDAP besitzt trotz allem keine Mehrheit im Reichstag. Hitler ist Faschist, ich denke, Hindenburg wird ihn in die Schranken weisen."

„Wie kommst du auf diesen Unsinn?", fragte sein Vater und runzelte die Stirn. „Die Faschisten, wie du sie abfällig nennst, könnten unsere Rettung sein. Dir ist doch bewusst, dass es mit dem Kurhaus nicht gut aussieht?"

„Natürlich, Vater."

„Gut, dann weißt du auch, dass wir bald schließen müssen, wenn nicht endlich wieder genügend Gäste kommen, die Geld in die Kasse spülen."

„Worauf willst du hinaus?"

„Darauf, dass ich heute ein Gespräch mit hochrangigen Parteimitgliedern führen werde. Wir sind uns so gut wie einig darüber, dass unser Kurhaus in Zukunft zu ihrer Verfügung steht."

„Du hast vor, diese Faschisten bei uns aufzunehmen?", fragte Richard ungläubig, der von den Ausschreitungen dieser Männer gehört hatte. Er selbst verabscheute Gewalt und wechselte die Straßenseite, wenn er den Braunhemden begegnete. Und nun wollte sein Vater sie ausgerechnet auf ihr Gut einladen?

„Auch Nationalsozialisten brauchen Erholung und medizinischen Rat."

Sein Vater lachte. Offensichtlich teilte er die Abneigung seines Sohnes nicht.

„Im Ernst, Richard. Hitlers Befürworter sind längst nicht mehr zu unterschätzen. Ihre Anhängerzahl wächst beinahe täglich. Wir werden uns in Zukunft also nicht mehr über leere Betten sorgen müssen."

„Auch nicht, falls Mutter recht hat und sie die jüdische Bevölkerung schikanieren werden?"

„Das ist doch haltloses Gerede. Keine Ahnung, was plötzlich in sie gefahren ist. Ihre Mutter war Jüdin, na und? Maria ist tot, außerdem hat Hitler ja nicht vor, sämtliche Juden zu vertreiben. Deine Mutter übertreibt, Junge. Komm, lass uns über dein Studium reden. Offenbar sind die Weibsbilder in diesem Haus heute mit dem falschen Fuß aufgestanden."

Währenddessen ritt Elisabeth im Höllentempo über die Wiesen und Felder und zügelte ihre Stute erst, als sie beim Wald ankam. Noch immer wütend sprang sie ab und schaute sich suchend nach den jungen Männern um, die Holz zum Beheizen des Waschhauses sammelten und auf Pferdewagen luden, die dem Kurhaus gehörten. Als sie Hans entdeckte, der mit freiem Oberkörper Stämme auflud, winkte sie ihm zu.

Der junge Mann winkte lächelnd zurück. Bettie warf ihren Kopf in den Nacken. Ihre dunklen Locken, die kaum zu bändigen waren, hatten sich während des schnellen Ritts gelöst und fielen ihr nun über die Schultern und Stirn.

„Ruh dich aus, Cassandra", sagte sie zu dem Pferd und strich ihm über den feuchten Hals, bevor sie sich ins warme Gras fallen ließ und die Augen schloss. Sie ärgerte sich. Über Professor Wagner, der sie behandelte wie ein unmündiges Kind und sie nicht ernst nahm. Über ihren Vater, der immer nur Richard sah und seinen einzigen Sohn bevorzugte, wo es nur ging.

Am meisten aber ärgerte sie sich über sich selbst. Sie hätte der Bitte ihres Bruders nicht nachgeben dürfen, zur gemeinsamen Mahlzeit im Salon zu erscheinen, sondern lieber in der Küche beim Personal essen sollen, wie sie es häufig tat. Von Anfang an war klar gewesen, dass es wieder Streit geben würde. Ihr Vater konnte sich einfach nicht damit abfinden, dass sie sein herrisches Gehabe nicht hinnahm und ihre Meinung vertrat. Er würde sich nie ändern und er würde ihr nie das Kurhaus anvertrauen, das sie so liebte.

„Ärger?" Hans war zu ihr gekommen und setzte sich neben sie ins Gras.

Bettie nickte, ohne die Augen zu öffnen.

„Dein Vater?"

„Wer sonst?" Sie seufzte. Dann schlug sie die Augen auf. Hans hatte sich auf seine Unterarme gestützt und schaute sie an.

„Du solltest das Gut endlich verlassen", sagte er.

„Wenn du mir verrätst, wie ich das ohne die Unterstützung meiner Eltern hinbekommen soll. Solange ich in der Ausbildung stecke, verdiene ich im Krankenhaus keinen Pfennig. Du glaubst doch nicht ernsthaft, dass mein Vater die Miete für eine Wohnung zahlen würde.“

„Dann komm zu uns. Du weißt, dass ich mein Bett sofort mit dir teilen würde.“

Hans lachte. Bettie hingegen blieb ernst.

„Ich würde wirklich sofort bei euch einziehen“, sagte sie. „Aber ich fürchte, noch ein Esser mehr am Tisch würde eure Situation leider auch nicht verbessern. Außerdem liebe ich das Gut und das Kurhaus, wenn nur mein Vater nicht wäre. Du hättest ihn vorhin hören sollen. Er hat von den Flugblättern erfahren. Am liebsten wäre es ihm, ich würde irgendeinen Kerl heiraten und ein ganzes Haus voll Kinder gebären und dabei nur schön den Mund halten.“

„Was sagt dein Bruder dazu?“

„Richard? Mein Bruder ist ein Feigling und würde unserem Vater nie widersprechen. Ich kann nur hoffen, dass er nicht wird wie er. Aber der Apfel fällt bekanntlich nicht weit vom Stamm.“

„Deiner offensichtlich schon.“

„Stimmt, ich bin das faule Obst im Korb.“

„Nein, Bettie.“ Hans schüttelte den Kopf. „Du bist ganz bestimmt nicht schlechter als dein Vater, weil du das Herz am rechten Fleck hast.“

„Wie auch immer.“ Betties Züge wurden weicher. „Ich muss zurück“, sagte sie und stand auf. „Du solltest besser auch weitermachen. Wenn mein Vater bemerkt, dass du mit seiner Tochter untätig im Gras liegst, bekommt er einen Tobsuchtsanfall.“

„Du hast recht.“ Auch Hans erhob sich. „Sehen wir uns morgen?“

„Vielleicht. Ich muss erst schauen, wie die Stimmung im

Haus ist. Du weißt, dass wir vorsichtig sein müssen. Mein Vater hat mir den Umgang mit dem Personal verboten."

„Ja, ich erinnere mich. Aber hier sind wir gerade völlig allein."

Hans zog Bettie an sich, die ihn lachend von sich schob.

„Hör auf damit!"

„Schon verstanden." Hans ließ sie los. „Wahrscheinlich hast du doch nicht so unrecht mit dem Apfel. Du würdest dich nie auf einen einfachen Arbeiter einlassen, nicht wahr?"

„Was sagst du denn da?" Betti schaute den jungen Mann verärgert an. „Du weißt, dass das nicht stimmt. Es liegt nicht an mir. Mein Vater würde mich umbringen, wenn er davon erführe. Außerdem sind wir Freunde."

„Schon gut." Hans hob lachend die Hände. „Ich wollte dich nicht bedrängen."

„Dann bist du nicht verletzt über die Abweisung?"

„Nein, Betti. Warum sollte ich? Uns verbindet etwas so Schönes. Wahrscheinlich habe ich heute nur zu lange in der Sonne gestanden. Verzeih mir, wenn ich dir zu nahe gekommen bin."

„Blödsinn." Betti umarmte ihn. „Ich wünschte wirklich, mein Vater wäre damals im Krieg geblieben und nicht deiner. Meine Mutter hätte sicher nichts dagegen gehabt, wenn ich Johanna und euch aufs Gut geholt hätte. Dann wäre ich zumindest nicht nur von eingebildeten Lackaffen umgeben."

„Warte ab, Bettie! Es werden neue Zeiten anbrechen. Wenn die Kommunisten die nächste Wahl gewinnen, wird es bald vorbei sein mit dem Standesdünkel. Du wirst sehen."

„Ach, Hans, du lebst in einer Traumwelt. Von Ideen allein wird niemand satt. Die Leute brauchen Arbeit und Brot."

„Du vergisst die Freiheit."

„Vor der Freiheit wäre es gut, genügend Essen und Kohle im Haus zu haben. Das wissen auch die Wähler. Ich fürchte, ihr werdet nicht weit kommen."

„Das werden wir ja sehen“, erwiderte Hans. „Du wirst dich noch wundern.“

„Dein Wort in Gottes Ohr.“

Elisabeth schwang sich in den Sattel. Von dort aus warf sie ihm einen Handkuss zu, bevor sie zum Hof galoppierte. Sie bemerkte natürlich sofort die glänzende schwarze Limousine vor dem Haus. Ein junger Mann in Uniform lehnte am Kotflügel und rauchte. In der freien Hand hielt er seine Mütze. Offensichtlich wartete er auf einen Fahrgast. Als er die Hufschläge der Stute hörte, schaute er auf und warf die Zigarette auf den Boden.

„Reib sie gut ab!“, forderte Bettie den Stallburschen auf, bevor sie ihm das Pferd überließ. Dann ging sie zu dem Wagen. Er trug ein Münchner Kennzeichen, kam ihr jedoch nicht bekannt vor.

„Die würde ich an Ihrer Stelle lieber aufheben“, sagte sie zu dem Chauffeur. „Mein Vater hasst es, wenn der Hof nicht sauber ist.“

„Natürlich.“

Der Mann bückte sich sofort und hob den erloschenen Zigarettenrest auf. Etwas verlegen ließ er ihn in seiner Jackentasche verschwinden. Dann setzte er die Mütze auf.

„Wir haben Gäste?“, fragte Bettie neugierig.

„Herr Freier stattet Doktor von Altmann einen Besuch ab.“

„Herr Freier?“ Die junge Frau runzelte die Stirn. Sie hatte diesen Namen nie zuvor gehört. „Wird er Gast im Kurhaus sein?“

„Ich glaube nicht.“ Der Mann schüttelte den Kopf. „Aber ich bin nur der Fahrer.“

„Natürlich. Danke.“

Sie nickte ihm zu und steuerte die Treppe des Herrenhauses an. Bevor sie herausfinden wollte, was der Besuch zu bedeuten hatte, musste sie sich umkleiden. Nach dem Streit mit ihrem Vater war es sicher vernünftiger, ihn nicht gleich wieder zu reizen. Sie wusste, wie unpassend er es fand, wenn sie Reithosen trug und wie ein Mann im Sattel saß.

Schnell stieg sie die Treppe nach oben. Doch gerade in dem Moment, als sie die letzte Stufe erreicht hatte, öffnete sich die Tür und ihr Vater trat in Begleitung eines jungen Mannes heraus. Der Fremde besaß in etwa seine Größe, sah jedoch aufgrund seines Alters viel drahtiger aus. Er trug einen dunklen Schnurrbart, hinter dem sich nicht nur strahlend weiße Zähne verbargen, sondern auch ein ebenso strahlendes Lächeln. Galant reichte er Bettie die Hand.

„Ich nehme an, Sie sind Elisabeth, die Tochter des Hauses. Es freut mich außerordentlich, Ihre Bekanntschaft zu machen. Mein Name ist Wilhelm Freier. Guten Tag, Fräulein von Altmann."

„Ganz meinerseits", ließ Bettie sich zu einer freundlichen Begrüßung hinreißen. Sie bemerkte natürlich die strengen Blicke ihres Vaters, die auf ihr ruhten.

„Darf ich fragen, ob Sie Gast unseres Hauses sind?"

„Sie meinen, ich würde einen Kuraufenthalt benötigen?"

Der junge Mann lachte und hielt noch immer ihre Hand, die Bettie ihm nun sanft entzog. „Sie irren sich, ich bin aus geschäftlichen Gründen hier."

„Was meine Tochter auch nicht das Geringste angeht", mischte sich ihr Vater ein. „Ich schlage vor, du gehst ins Haus und kleidest dich um."

„Seien Sie nicht so streng, Gustav!", ergriff der junge Mann das Wort. Er und ihr Vater waren also bereits beim Vornamen, stellte Bettie fest. „Mir gefällt, was ich sehe", fügte er hinzu und ignorierte das Schnaufen ihres Vaters.

„Ich schlage vor, Ihre Tochter zeigt mir das Anwesen. Bisher habe ich lediglich das Kurhaus gesehen. Sie haben doch nichts dagegen einzuwenden?"

Der Arzt zögerte. Bettie hingegen hielt die Luft an. Es kam nicht oft vor, dass es jemand wagte, ihren Vater in die

Schranken zu weisen. Dieser Freier tat es freundlich, aber bestimmt. Er rang ihr tatsächlich Respekt ab, den sie den Männern in ihrem Umfeld nicht oft entgegenbrachte. Sie spürte, wie sie ohne Grund errötete.

„Nein, natürlich nicht."

Erstaunt bemerkte sie, wie ihr Vater mit den Schultern zuckte. Dann reichte er dem jungen Mann förmlich die Hand.

„Es ist alles besprochen. Richten Sie Ihrem Vater Grüße aus."

„Das werde ich gerne tun."

Der junge Mann wartete, bis der Arzt im Haus verschwunden war, bevor er sich gut gelaunt an Bettie wandte.

„Kommen Sie, zeigen Sie mir das neue Waschhaus, von dem Ihr Vater sprach. Ich hörte, es war Ihr Einfall, es bauen zu lassen."

„Er hat es zugegeben?", fragte Bettie verwundert.

„Ja, er sprach davon. Es scheint Sie zu überraschen."

„Und ob, normalerweise ignoriert er meine Vorschläge und wenn er sie doch umsetzt, behauptet er, sie wären dem klugen Kopf meines Bruders entsprungen."

„Höre ich da etwa eine gewisse Feindseligkeit?"

Der junge Mann blieb stehen und schaute sie an. Bettie bekam den Eindruck, als könnten seine blauen Augen bis zum Grund ihrer Seele schauen. Verlegen senkte sie den Blick.

„Mein Vater liebt nur Richard", antwortete sie dann. Wobei sie sich fragte, warum sie sich ausgerechnet einem fremden Mann anvertraute. „Ich bin das unerwünschte Anhängsel."

„Übertreiben Sie da nicht ein wenig?"

„Nein, Herr Freier, ganz bestimmt nicht. Und nun lassen Sie uns das Thema wechseln. Ich will nicht länger über meinen Vater reden."

„Wenn Sie mir versprechen, diesen albernen *Herrn* wegzulassen. Ich bin Wilhelm. Sagen wir doch du zueinander."

„Von mir aus."

Bettie nickte und schenkte ihm ein Lächeln. Obwohl es sich um einen Geschäftspartner ihres Vaters handelte, begann sie, die Gesellschaft des jungen Mannes zu genießen. Seitdem die Wirtschaftskrise das Land beutelte und damit auch die Gäste des Kurhauses ausblieben, kamen nicht oft Fremde auf den Hof. Dieser Freier schien nicht nur ziemlich selbstsicher zu sein, er bot auch eine willkommene Abwechslung. Plaudernd betraten sie das Waschhaus, flohen aber wenig später lachend zurück auf den Hof, als ihnen heiße Dampfschwaden den Schweiß auf die Stirn trieben. Stattdessen gingen sie zu den Stallungen, wo Bettie dem Gast die Pferde zeigte. Vor Cassandras Box blieben sie stehen.

„Sie mögen die Stute sehr, nicht wahr?“, fragte Wilhelm. Bettie nicke und strich dem Tier über die Nüstern.

„Ich liebe sie und komme in jüngster Zeit viel zu selten zum Ausreiten. Stattdessen verbringe ich die meiste Zeit im Krankenhaus.“

„Sie sind Ärztin?“

„Leider nicht, nur Schwesternschülerin. In ein paar Monaten endet meine Ausbildung. Ich gehe nicht davon aus, die Stelle eines Medizinstudiums zu ergattern.“

„Was haben Sie dann vor?“

„Ich weiß es nicht. Vielleicht werde ich in eine andere Stadt ziehen. Irgendwohin, wo es keine Doktoren gibt, die Frauen herablassend behandeln, nur weil sie meinen, die besseren Ärzte zu sein.“

„Sie fühlen sich durch die männliche Dominanz in diesem Beruf benachteiligt?“

Bettie nickte. „Womit wir wieder beim Thema Vater wären.“

„Er macht es Ihnen offenbar nicht leicht.“

„Das dürfen Sie laut sagen. Er legt mir, wo er nur kann, Steine in den Weg. Ich liebe die Medizin dennoch. Die Wissenschaft der Erkrankungen fasziniert mich. In den nächsten Jahrzehnten wird es ganz sicher zu einem enormen Fortschritt kommen. Dann wäre ich zu gerne dabei. Ich könnte mir kaum etwas Besseres vorstellen."

„Außer vielleicht ein Kurhaus zu leiten?"

Bettie sah auf. Wilhelm war nicht nur charmant, sondern auch scharfsinnig, wie sie feststellte. Allerdings war es auch kein Geheimnis, dass sie viel lieber auf dem Gut als im Krankenhaus arbeiten würde. Was natürlich nie passieren würde, solange ihr Vater den Ton angab.

„Mein Bruder wird diese Rolle übernehmen", antwortete sie mit einem Hauch von Verbitterung in der Stimme. „Aber nun zu Ihnen. Was machen Sie eigentlich? Um welche Geschäfte handelt es sich?"

„Das Kurhaus steht kurz vor dem finanziellen Ruin, wie Sie sicher selbst wissen. Meinem Vater gehört ein erfolgreiches Bankhaus. Außerdem ist er glühender Anhänger des neuen Reichskanzlers und Mitglied der Partei. Er beabsichtigt, Parteifunktionären ein paar erholsame Tage auf dem Gut zu ermöglichen. Getreu dem Motto: Nur in einem gesunden Körper steckt ein gesunder Geist. Deshalb habe ich in seinem Namen das Angebot überbracht. Ihr Vater bekommt einen Kredit und einen Teil der Schulden erlassen. Dafür werden unsere Gäste hier umsorgt."

„Ziemlich großzügig von Ihrem Vater."

„Sie irren sich. Er tut nichts, ohne eine Absicht zu verfolgen. In diesem Fall aber bin ich ihm zu Dank verpflichtet."

„Darf ich fragen, warum?"

Bettie verließ den Stall. Wilhelm folgte ihr. Vor der Limousine blieben sie stehen.

„Weil ich sonst nicht in den Genuss gekommen wäre, Sie kennenzulernen."

Der junge Mann nahm ihre Hand und drückte einen leichten Kuss darauf. Unter gewohnten Umständen hätte Bettie jetzt laut losgelacht, weil sie es albern fand. Aber irgendetwas hielt sie davon ab. Möglicherweise war es Wilhelms Blick, der sich mit ihrem verfing und ihn festhielt.

„Auf Wiedersehen, Elisabeth“, sagte er mit ernster Stimme. „Ich denke, wir werden uns in Zukunft häufiger über den Weg laufen.“

„Auf Wiedersehen“, antwortete sie und schaute ihm nach, wie er einstieg und dem Chauffeur ein Zeichen gab. Der Motor der Limousine sprang an. Kleine Abgaswolken schossen aus dem Auspuff, als der Wagen vom Hof fuhr.

Bettie ging ins Haus. Sie musste immer noch über die unerwartete Begegnung lächeln, als sie die Stimme ihres Vaters aus dem Arbeitszimmer hörte. Er sprach mit Richard. Neugierig blieb sie stehen und lauschte.

„Professor Wagner schickt nächste Woche einige seiner Ärzte zu einer medizinischen Studie nach Berlin. Es ist mir gelungen, ihn zu überzeugen, dich in diese Gruppe aufzunehmen. Ich hoffe, du weißt, welche Ehre dir damit zuteilwird. Solltest du den hohen Ansprüchen des Gremiums nicht genügen, fällt das auf mich als Vater und Arzt zurück. Deshalb habe ich mir diese Entscheidung nicht leicht gemacht und anfangs überlegt, ob es nicht zu früh für dich ist. Allerdings handelt es sich auch um eine hervorragende Gelegenheit, auf deine besonderen Fähigkeiten aufmerksam zu machen.“

„Ich verstehe deine Bedenken“, hörte Bettie ihren Bruder sagen, die ausnahmsweise nicht nur ihm, sondern auch ihrem Vater zustimmte. Richard war noch lange nicht so weit, um an wissenschaftlichen Studien teilzunehmen.

„Deshalb würde ich auch gerne darauf verzichten. An der Universität gibt es noch so viel zu lernen. Außerdem denke ich nicht, dass ich den Ansprüchen des Gremiums genügen würde.“

Überrascht schlich sich Bettie etwas näher. Sie hatte nicht

erwartet, dass Richard zugeben würde, ein Versager zu sein, und das war er in ihren Augen. Zumindest was die Medizin betraf. Ihm fehlte einfach das nötige Wissen, von dem er sich lediglich einen Teil widerstrebend aneignete. Von Leidenschaft für diesen Beruf brauchte sie gar nicht erst zu reden.

Richards Liebe galt den Büchern, dem Schreiben. Er würde mit seiner sanften, verträumten Art nie eine Führungsrolle einnehmen können. Deshalb fürchtete er sich auch, sich den bohrenden Blicken des Gremiums auszusetzen. Die Hoffnung, sein Vater würde zustimmen, dass er nicht an der Studie teilnahm, war deutlich zu hören gewesen.

„Unsinn", wehrte der Arzt in diesem Moment ab. Bettie schüttelte den Kopf. Sie hätte sich denken können, dass ihr Vater nicht darauf verzichten würde, seinem Sprössling zu Ruhm und Ehre zu verhelfen.

„Falsche Bescheidenheit ist bei dir fehl am Platz. Professor Wagner hat mir bestätigt, mit welcher Disziplin du deine Aufgaben erfüllst. Er sprach außerdem davon, dass er von deinem Können überzeugt ist."

„Aber ich kann das Kurhaus doch gerade jetzt nicht im Stich lassen", versuchte Richard es abermals. „Herr Freier sprach davon, dass schon bald die ersten Gäste einziehen werden. Du wirst jede freie Hand brauchen können."

„Lass das meine Sorge sein."

„Aber …"

„Kein Aber, Richard!"

Entgegen seiner sonstigen aufbrausenden Art blieb der Arzt trotz der Einwände seines Sohnes ungewohnt ruhig. Lediglich die zusammengekniffenen Augenbrauen verrieten, dass er eine andere Reaktion erwartet hatte.

„Unsere finanziellen Sorgen werden schon bald der Vergangenheit angehören. Du kannst dich also voll und ganz deinem Medizinstudium widmen. Hier wird sich unterdessen einiges ändern, auch für deine Schwester."

Bettie horchte auf. Langsam ging sie noch näher, bis sie in der Tür des Arbeitszimmers stand.

„Was wird sich für mich ändern?“, fragte sie scharf.

„Du belauschst uns?“ Ihr Vater schaute sie verärgert an.

„Reiner Zufall“, log Bettie. „Ich war gerade auf dem Weg, mich umzukleiden, um wie eine feine Dame auszusehen“, fügte sie spöttisch hinzu. „Also sagt schon! Was habt ihr vor und welche Rolle spiele ich dabei?“

„Keine Sorge.“ Der Arzt hob beschwichtigend die Hände und war offenbar nicht auf Streit aus. Was Bettie nur noch misstrauischer machte. „Du wirst nicht länger im Krankenhaus arbeiten. Das ist alles.“

„Dann hat es Wagner also tatsächlich geschafft, mich loszuwerden. Es war ja klar, dass du dich auf seine Seite schlägst. Ich habe nichts anderes erwartet.“

„Vielleicht solltest du dir erst einmal anhören, was ich zu sagen habe. Es geht nicht um Professor Wagner.“

„Worum dann?“

„Um das Kurhaus. Ich möchte, dass du ab jetzt hier arbeitest. Du wirst dich um die Pflege und Betreuung der Gäste kümmern. Es ist das, was du immer wolltest. Also bitte verschone mich mit deinen Vorwürfen.“

„Einfach so? Warum hast du deine Meinung geändert?“

„Wie Richard schon erwähnte, brauchen wir jede Hand. Außerdem scheint der junge Freier Gefallen an dir gefunden zu haben. Er wird in Zukunft die Geschäfte seines Vaters übernehmen, der zu den einflussreichsten Bankiers Münchens gehört. Ein wenig Sympathie auf beiden Seiten kann also nicht schaden.“

Bettie antwortete nicht sofort. Sie war überrascht von dem Angebot ihres Vaters, der sich bis heute dagegen gesträubt hatte, ihre Dienste für das Kurhaus in Anspruch zu nehmen. Doch schon im nächsten Moment erkannte sie seine Absichten.

„Du willst, dass ich ihm schöne Augen mache, damit sein

Vater dir wohlgesonnen ist? Deshalb lässt du dich herab, mich im Kurhaus zu beschäftigen?“

„Und wenn schon. Was ist falsch daran? Wilhelm gefällt dir doch auch. Wenn du dich nicht allzu störrisch anstellst, hält er vielleicht um deine Hand an. Du bist im heiratsfähigen Alter und bis jetzt stehen die jungen Männer nicht gerade Schlange.“

„Was sagst du da?“ Entsetzt sah Bettie ihren Vater an. Die Freude darüber, im Kurhaus arbeiten zu dürfen, erlosch schlagartig. Stattdessen kehrte die alte Wut zurück. Ihr Vater benahm sich, als wäre sie eine Dirne, die er für sein Geschäft verscherbeln konnte, und merkte nicht einmal, wie sehr er sie damit verletzte.

„Bettie ist noch jung, Vater“, mischte sich nun Richard ein und warf seiner Schwester einen hilflosen Blick zu. Sie wussten beide, dass sein Einwand nicht das Geringste bewirken würde. „Du irrst dich“, widersprach ihr Vater auch sofort. „Sie ist längst im heiratsfähigen Alter.“

Auf der Stirn des Arztes machten sich Unmutsfalten breit. Er mochte es nicht, wenn seine Pläne infrage gestellt wurden. „Wir können froh sein, sie unter die Haube zu bringen. Außerdem wird sich so bald sicher nicht noch eine solch gute Partie finden.“

„Wie kannst du nur?“, schrie Bettie ihn an. „Du behandelst mich wie eines der Pferde. Ich werde bestimmt nicht …“

„Genug!“ Ihr Vater gebot ihr mit einer entschlossenen Handbewegung zu schweigen. „Du wirst tun, was ich sage. Und jetzt geh endlich und entledige dich dieser frauenunwürdigen Kleidung. Benimm dich wenigstens einmal wie eine junge Dame. In Zukunft erwarte ich von dir, dass du dieses männliche Auftreten unterlässt. Hast du verstanden?“

„Klar und deutlich“, antwortete Bettie mit kalter Stimme, bevor sie sich umdrehte und ging. In ihrem Zimmer angekommen, warf sie sich aufs Bett und brach in Tränen aus. Sie hörte nicht, wie es sanft an der Tür klopfte, und schreckte erst auf, als Richard sie ansprach.

„Was willst du?“, fragte sie barsch und wischte sich die Tränen fort.

„Dir sagen, wie leid es mir tut.“

„Das ist alles? Es tut dir leid?“

Richard nickte und senkte verlegen den Kopf.

„Wann beginnst du endlich, dich gegen ihn zu behaupten?“, fragte Bettie. „Auf dich hört er vielleicht. Aber du versuchst es nicht einmal.“

„Ich bin nicht wie er“, sagte ihr Bruder leise und hockte sich zu ihr aufs Bett. Betties Wut verrauchte, als sie bemerkte, wie unglücklich auch er war. Für einen kurzen Moment hatte sie vergessen, dass Richard genauso unter ihrem Vater litt wie sie, wenn auch aufgrund anderer Ursachen.

„Du willst nicht heiraten, habe ich recht?“, fragte er.

Bettie schüttelte den Kopf.

„Ich kenne Wilhelm ja nicht einmal. Wir sind uns heute zum ersten Mal begegnet und plötzlich ist schon von Heirat die Rede. Wer sagt denn, dass ich ihm gefalle? Außerdem habe ich nicht vor, das Hausmütterchen zu spielen. Du willst doch auch nicht das Kurhaus leiten.“

„Nein“, antwortete ihr Bruder. „Ich wünschte, du könntest es eines Tages tun.“

Bettie nahm seine Hand und drückte sie. „Was willst du dann, Richard?“

„Ich möchte schreiben“, antwortete ihr Bruder ohne zu zögern. „Ich war vor ein paar Tagen in der Zeitungsredaktion in der Innenstadt. Von dort gehen täglich Berichte und Kolumnen in das ganze Land. Du müsstest es sehen, Bettie. Die Leute tippen schneller, als du schauen kannst. Es herrscht eine unheimlich emsige Betriebsamkeit und es riecht nach Druckerschwärze und frischem Papier. Ich würde zu gerne zu diesen Zeitungsreportern gehören.“

„Das wird Vater nie erlauben", holte Bettie ihn gnadenlos in die Realität zurück. Sie hatte bemerkt, wie leidenschaftlich ihr Bruder plötzlich sprach. Diesen Eifer hatte er bis heute weder für die Medizin noch für das Kurhaus gezeigt.

„Ich weiß, das ist ja das Dilemma."

„Wie kamst du überhaupt in diese Redaktion? Ich kann mir nicht vorstellen, dass dort jeder ein und aus gehen kann."

„Hans hat es mir ermöglicht."

„Hans?", fragte Bettie überrascht. „Ich nehme an, du hast es Gunnars Freundschaft zu verdanken, dass sein Bruder dir diesen Wunsch erfüllt hat. Dabei wäre es vernünftiger gewesen, er hätte es nicht getan. Die Redakteure, die Hans kennt, gehören zu den Kommunisten. Wenn Vater erfährt, dass du mit diesen Leuten zu tun hast, wird es nicht bei einem Tobsuchtsanfall bleiben, befürchte ich. Gerade jetzt, wo er mit den Nazis Geschäfte machen will."

„Du verrätst mich doch nicht?"

Bettie bemerkte, wie sich der Körper ihres Bruders anspannte. Er hatte Angst vor dem Familienoberhaupt. Daran gab es keinen Zweifel. Wieder einmal bedauerte sie, dass Richard so gar nichts von der Härte des Vaters abbekommen hatte und wohl niemals in der Lage sein würde, ihm als ebenbürtiger Gegner gegenüberzustehen. Stattdessen besaß er das sanfte Gemüt ihrer Mutter und ebenso weiche Gesichtszüge. Nicht nur Bettie war klar, dass sie die Stärkere der Geschwister war.

„Natürlich nicht." Bettie nahm Richard in den Arm. „Versprich mir nur, vorsichtig zu sein."

„Versprochen", antwortete er. „Ich werde in den nächsten Tagen sowieso keine Zeit übrig haben. Vater verlangt, dass ich mich von Wilhelm in die geschäftlichen Dinge einweisen lasse. Bei der Gelegenheit kann ich ihm auf den Zahn fühlen, wenn du möchtest."

„Besser nicht. Ich würde ihn lieber selbst kennenlernen, und jetzt gehe ich zu Cassandra. Ein kleiner Ausritt wird mich auf andere Gedanken bringen."

„Ich halte das für keine gute Idee. Du warst doch heute schon reiten. Vater wird dich beim Abendessen erwarten."

„Soll er ruhig, ich werde es mir bestimmt nicht nehmen lassen, meine Zeit mit der Stute zu verbringen. Ihre Gesellschaft ist mir tausendmal lieber als seine."

Bettie ging zur Tür. Doch bevor sie den Raum verlassen konnte, hielt Richard sie zurück.

„Bettie?"

„Ja?" Das Mädchen drehte sich um und bemerkte erstaunt, wie besorgt der Blick ihres Bruders auf ihr ruhte. „Was ist?"

„Du empfindest doch nichts für Hans, oder? Du weißt, dass ihr nicht zusammen sein könnt?"

„Das ist es also. Du hast Angst, ich könnte den guten Ruf der Familie gefährden und Papa erneut erzürnen."

Ihr Bruder nickte. „Du kennst ihn. Er würde es niemals dulden."

„Stimmt, aber du kennst auch mich. Er könnte mich nicht daran hindern. Ich werde mir von ihm nicht sagen lassen, wen ich lieben darf und wen nicht. Wenn es sein muss, verlasse ich das Gut."

„Was?" Richard riss entsetzt die Augen auf. „Heißt das etwa, Hans und du …"

„Keine Sorge", fiel Bettie ihm lachend ins Wort. „Es ist nichts passiert. Du brauchst also nicht befürchten, dass ich mit ihm durchbrenne."

Trotz der Warnung ihres Vaters ging Bettie in der Woche darauf zur Universität in die Stadt. Auf dem Platz davor fand eine Demonstration statt. Eine recht kleine Protesterhebung, wie sie enttäuscht feststellte. Es gab einfach zu wenig junge Frauen, die ihre Rechte einforderten. Stattdessen ließen sie sich in die Rolle der zukünftigen Hausfrau und Mutter pressen.

Ohne lange zu zögern, nahm sie einen Stapel Flugblätter entgegen und verteilte sie unter den Passanten und Studenten. Sie bemerkte nicht, wie sich Doktor Wagner von der Seite näherte, der ihr plötzlich die Blätter aus der Hand riss und zu Boden warf.

„Sie sollten sich schämen, Fräulein von Altmann", sagte er scharf. „Ich dachte, ich hätte Ihrem Vater deutlich gemacht, welche Konsequenzen Ihr unmögliches Verhalten nach sich ziehen wird."

„Ich bin nicht mein Vater", erwiderte Bettie unbeeindruckt und hob die Flugblätter auf. „Ich kann für mich selbst sprechen. Wir kämpfen nur für unsere Rechte."

„Ihre Rechte?", fragte der Professor spöttisch und zeigte auf die Frauen, die lautstark demonstrierten. „So etwas gehört eingesperrt. Sie sollten dankbar sein, dass Ihr Vater Ihnen überhaupt so viele Freiheiten erlaubt."

„Wie großzügig von ihm", erwiderte Bettie spöttisch. Dann drehte sie sich um und ließ Doktor Wagner stehen, der ihr missmutig nachschaute, bevor er sich entfernte und in der Universität verschwand. Währenddessen reihte sich Bettie in die Kette der Demonstrantinnen ein, als plötzlich Tumult entstand. Sie streckte sich auf die Zehenspitzen, um einen Blick über die Frauen vor ihr zu werfen. Dabei sah sie eine Gruppe junger Männer die Straße hinunterrennen. Sie hetzten über den Universitätsplatz auf die Gassen zu, die zum Arbeiterviertel führten. Bettie beobachtete, wie einer der Flüchtigen verzweifelt an eine Haustür klopfte, um Unterschlupf zu finden. Als niemand öffnete, schaute er sich unschlüssig um, während seine Verfolger unaufhaltsam näher kamen.

„Hierher!", schrie Bettie und winkte.

Der junge Mann, der nicht nur sie, sondern auch seine aussichtslose Lage erkannte, rannte direkt auf die Gruppe der

Demonstrantinnen zu. Ein paar der Frauen schrien erschrocken auf. Flugblätter flatterten durch die Luft, als er und weitere Flüchtige Schutz zwischen den Frauen suchten.

„Hans?“, rief Bettie und packte ihn am Arm. „Was ist passiert?“

Er blieb stehen. Sein Atem ging stoßweise.

„Sie haben die Redaktion gestürmt und alles kaputtgeschlagen“, keuchte er. „Jetzt wollen diese Schweine uns verhaften. Ich muss mich verstecken, Bettie.“

„Lauf!“, sagte sie. „Ich komme zur Lichtung hinter dem Kurhaus. Versuch, dich dorthin durchzuschlagen.“

Er nickte und rannte weiter, gerade noch rechtzeitig. Im Marschschritt näherte sich eine Gruppe der Sturmabteilung. Ihre schweren Stiefel hallten auf dem Asphalt und kamen vor den Demonstrantinnen zum Stehen. Eine scharfe Stimme schrie Befehle, woraufhin die Männer in Kolonnen ausschwärmten. Geistesgegenwärtig griff Bettie die Hände der Frauen neben sich. Sie musste Hans und seinen Kameraden einen Vorsprung verschaffen. Auf keinen Fall konnte sie zulassen, dass er im Gefängnis landete.

„Bildet eine Kette!“, forderte sie die Frauen auf. „Macht schon!“

Die Demonstrantinnen folgten ihrer Anweisung, was die Männer der SA für einen kurzen Moment verunsicherte. Auch ihnen war natürlich klar, dass sie erst durch die Menge dringen mussten, bevor sie die Verfolgung der Flüchtigen fortsetzen konnten.

„Aus dem Weg!“, schrien sie. „Macht Platz, ihr Weiber!“

Bettie griff noch fester zu, sodass die junge Studentin neben ihr aufschrie. Zumindest gelang es ihr so, einen kräftigen Uniformierten am Durchbruch der Gruppe zu hindern. Wütend sah er sie an. Ebenso wütend schaute Bettie zurück. Sie kannte diesen Gesichtsausdruck zur Genüge von ihrem Vater. Der Mann würde es nicht wagen, sie anzufassen.

Doch dieses Mal irrte sie sich. Brutal wurde sie zurückgedrängt, ohne dass der Uniformierte darauf achtete, wo er hinschlug. Er traf sie mit voller Wucht an der Brust, sodass ihr kurzzeitig die Luft wegblieb. Ein trockenes Würgen entrann ihrer Kehle, als sie ein weiterer Faustschlag in den Magen traf. Bettie spürte, wie sie zu Boden ging. Stiefel trafen ihren Körper. Entsetzt versuchte sie, sich aufzurappeln, und als ihr das nicht gelang, wenigstens mit beiden Händen ihr Gesicht zu schützen, während sie hörte, wie das Blut in ihren Ohren rauschte. Sie stöhnte auf. Der Schmerz trieb ihr die Tränen in die Augen.

Doch damit erwachte auch ihr Widerstand. Mühsam gelang es ihr, auf die Beine zu kommen. Ihr war bewusst, dass sie raus aus der Menge musste, bevor sie noch ernsthaft verletzt wurde. Doch jeglicher Versuch scheiterte. Als sie sich von den Demonstrantinnen entfernen wollte, hielt sie ein Uniformierter zurück. Bettie, die nicht gedachte, wehrlos aufzugeben, riss sich los und wollte fliehen. Es war ein aussichtsloser Versuch, der die Wut des Mannes nur noch mehr schürte.

„Schnappt sie euch!“, hörte sie ihn bellen. Es dauerte nicht lange, bis seine Kameraden sie fest gepackt hatten. Sie kam gar nicht erst aus dem Kreis der Männer heraus, die sie umringten. Als sie einer der Schläger an der Schulter zurückriss, stürzte sie erneut auf den Boden. Ihr Gesicht schrammte über die Straße. Dabei blieb ihr nicht einmal Zeit, mit der Hand nach der nassen Wärme auf ihrer Wange zu tasten, ehe sie an den Haaren gepackt und zurück zu den anderen Frauen geschleift wurde, die völlig verängstigt auf dem Boden kauerten.

„Lasst mich los!“, forderte Bettie unter Tränen. „Lasst mich sofort gehen!“

Aber das war genau das, was die Männer auf keinen Fall wollten. Einer von ihnen, vermutlich ihr Anführer, stellte sich mit ausdruckslosem Gesicht vor sie hin. Er blieb eine Ewigkeit ruhig stehen, wie es Bettie schien. Erst als sie erschöpft war und sich nicht länger loszureißen versuchte, weil sie wusste, dass eine Gegenwehr aussichtslos war, grinste er.

„Diese Demonstration fand ohne eine Genehmigung statt“, erklärte er kalt. „Sie haben damit die Arbeit der Sturmabteilung behindert. Wegen eines Haufens hysterischer Weibsbilder sind uns kriminelle Subjekte durch die Lappen gegangen. Dafür werden Sie sich verantworten müssen.“

„Die einzigen Kriminellen, die ich erkennen kann, sind Sie“, antwortete Bettie trotz ihrer Angst und spuckte ihm vor die Füße.

„Ist das so?“ Jetzt lachte der Mann laut auf. „Sie haben wirklich Mut, das muss man Ihnen lassen. Allerdings mangelt es Ihnen an Respekt. Aber den werden wir Ihnen beibringen, keine Sorge.“ Er drehte sich zu seinen Männern um. „Greift sie! Wir nehmen sie mit.“

„Davon würde ich Ihnen dringendst abraten.“

Ein Mann kam entschlossen auf die Gruppe zu. Er trug einen dunklen Anzug und Hut und strahlte eine beinahe aristokratische Eleganz aus, aber auch Entschlossenheit.

„Wilhelm?“, fragte Bettie überrascht, als sie den Geschäftspartner ihres Vaters erkannte. Blitzschnell begannen ihre Gedanken zu rattern. Freier kam, um ihr zu helfen. Das hatten seine Worte bewiesen und sie wusste, wie scharfsinnig er war. Er würde ihr folgendes Täuschungsmanöver durchschauen und mitspielen. Sie zweifelte nicht daran.

„Wo warst du so lange?“, fragte sie betont vorwurfsvoll, während die Uniformierten sie misstrauisch beobachteten.

„Es tut mir leid, Liebling, dass ich mich zu unserer Verabredung verspätet habe. Ich habe mich leider mit dem Polizeipräsidenten verplaudert. Wie ich sehe, bist du in Unannehmlichkeiten geraten.“

„Dem Polizeipräsidenten?“ Der Mann, der Bettie noch immer festhielt, horchte auf.

„Sie haben richtig gehört“, antwortete Freier höflich. „Er ist ein guter Freund meines Vaters und bei der jungen Dame hier handelt es sich im Übrigen um Elisabeth von Altmann, meine Verlobte. Darf ich erfahren, warum Sie sie festhalten?“

„Sie hat demonstriert“, rechtfertigte sich der Mann. Seine Unsicherheit war nun deutlich spürbar. „Zusammen mit den Furien da.“

Er zeigte auf die Frauen, die nun auch endlich wagten aufzustehen.

„Da muss ein Irrtum vorliegen. Ich gehe davon aus, dass Sie nicht mit eigenen Augen beobachtet haben, wie meine Verlobte an der Demonstration teilnahm?“

„Nicht direkt“, begann der Mann zu stottern. „Aber …“

„Das dachte ich mir“, fiel ihm Freier ins Wort und wandte sich Bettie zu. „Was ist geschehen?“

„Ich habe auf dich gewartet. Als du nicht aufgetaucht bist, wurde mir langweilig. Deshalb wollte ich schauen, gegen was die Frauen protestieren. Dann ging alles so schnell. Ich bin in die Menge geraten und plötzlich hat mich dieser Mann zu Boden geschlagen.“

„Geschlagen?“ Freiers Hand ging zu ihrem Gesicht. Beinahe zärtlich strich er über die Abschürfung an ihrer Wange. Bettie zuckte zusammen und war sich nicht einmal sicher, ob es an dem Schmerz lag oder der unerwarteten Berührung.

„Wie heißen Sie?“, fragte Freier, ließ seine Hand sinken und drehte sich um. Sein Blick, der sich in die Augen seines Gegenübers bohrte, war nun angespannt und spiegelte unterdrückte Wut wider.

„Wolfgang Behring“, erwiderte der Mann kleinlaut. „Hören Sie! Wir haben nur dieses Sozialistenpack verfolgt. Wenn die Frauen uns nicht daran gehindert hätten, wäre Ihre Verlobte nie verletzt worden. Woher sollte die Truppe wissen, dass sie nicht dazu gehört?“

„Sie schlagen also blindlings und völlig wahllos zu? Sieht so Ihr Befehl aus?“

Der Mann schüttelte den Kopf. Die Situation war ihm sichtlich unangenehm. Gleichzeitig ärgerte ihn Freiers überhebliches Reden. Bettie konnte es in seinem Gesicht lesen und beschloss, dem Ganzen ein Ende zu machen.

„Es ist nichts passiert", sagte sie. „Ich würde jetzt gerne gehen."

„Natürlich." Der Uniformierte nickte. Freier hingegen war noch nicht bereit.

„Vorher erwarte ich eine Entschuldigung. Das ist wohl das Mindeste. Ich frage mich nämlich die ganze Zeit schon, was der Polizeipräsident zu dem lädierten Gesicht meiner Verlobten sagen wird, wenn er in Kürze zum Eröffnungsball ins Kurhaus kommt. Wie soll ich ihm erklären, dass seine Männer die Tochter des Hauses so zugerichtet haben?"

Seine Worte zeigten Wirkung. Nicht nur der Führer der Truppe wurde plötzlich blass. Er rang nach Worten. Als er sie fand, wirkte er eingeschüchtert.

„Ich bitte Sie aufrichtig um Verzeihung", wandte er sich an Bettie, die kaum noch ihr Grinsen unterdrücken konnte. „Es handelt sich um ein unglückliches Missverständnis. Wenn wir gewusst hätten …"

„Schon gut." Bettie hob stolz den Kopf. „Ich nehme Ihre Entschuldigung an. Unter der Bedingung, dass Sie die Frauen in Ruhe lassen."

„Wie bitte? Aber bei ihnen handelt es sich wirklich um Demonstrantinnen."

„Sie lassen sie laufen, oder ich muss mit meinem Vater reden."

Sie wartete die Antwort nicht ab, sondern hakte sich bei Wilhelm Freier ein.

„Du hast mich gerettet", flüsterte sie ihm zu. „Ich weiß gar nicht, wie ich mich dafür bedanken kann."

„Aber ich weiß es." Freier strahlte sie an. „Indem du mit mir einen Kaffee trinken gehst."

Gemeinsam steuerten sie das Café an der nächsten Kreuzung an. Nachdem sie zuvor auf der Toilette ihr Gesicht notdürftig gesäubert hatte, schob Wilhelm ihr galant den Stuhl zurück, bevor er sich ihr gegenübersetzte. Erst dort warf Bettie einen Blick zurück und beobachtete, wie die Menge sich auflöste. Die SA rückte ab und ließ die Frauen zurück, wie sie zufrieden feststellte.

~

„Das war gerade ein bühnenreifer Auftritt", stellte sie fest und kicherte. „Ich wusste gar nicht, dass ich verlobt bin."

„Ich auch nicht", gab Wilhelm ebenfalls amüsiert zurück. „Allerdings könnte ich mich an diesen Gedanken gewöhnen." Er lächelte, wurde aber gleich darauf ernst. „Ich habe mir wirklich Sorgen um dich gemacht, Bettie."

„Ja, ich auch", gab sie zu. „Kannst du mir noch einen Gefallen tun?"

„Sicher. Was du möchtest."

„Gehst du immer so großzügig mit deinen Versprechungen um?"

„Nur in deinem Fall." Freier lächelte. Bettie hingegen blieb ernst.

„Würdest du den Vorfall bitte für dich behalten? Wenn mein Vater davon erfährt, bringt er es glatt fertig und verbietet mir, überhaupt noch in die Stadt zu gehen."

„Keine Sorge, von mir erfährt er kein Wort", versprach Wilhelm und nahm ihre Hand. „Es bleibt unser Geheimnis, dass du einem SA-Mann vor die Füße gespuckt hast."

„Du hast es gesehen?" Bettie errötete, musste aber gleichzeitig lachen. „Ich nehme an, du hast dir deine Verlobte etwas sanftmütiger vorgestellt."

„Du irrst dich", ging er nicht auf den Scherz ein. „Mir

gefällt das Feuer in deinen Augen, wenn du für deine Rechte kämpfst. Mir gefällt überhaupt vieles an dir, Bettie."

„Warte ab, bis du mich besser kennenlernst", wich sie aus und zog ihre Hand zurück. Sie mochte Wilhelm und sie war ihm überaus dankbar für seine Hilfe. Aber das änderte nichts daran, dass sie sich nicht den Wünschen ihres Vaters beugen würde, der deutlich gemacht hatte, wie angetan er von einer Verbindung zwischen ihr und dem Sohn des Bankiers sein würde.

„Was ist eigentlich mit dem Ball, den du erwähntest?", wechselte sie das Thema. „Den hast du erfunden, nicht wahr?"

„Nein, zumindest das war nicht gelogen. Sag bloß, du weißt nichts davon?"

„Würde ich sonst fragen?" Bettie schüttelte verärgert den Kopf. Ihr Vater hatte es natürlich versäumt, sie davon zu unterrichten. Wahrscheinlich war ihre Mutter ebenso ahnungslos. Aber wenn er von ihr erwartete, dass sie daran teilnahm, irrte er sich. Dieses Mal würde sie sich nicht fügen. Wenn ihr Vater es nicht für nötig hielt, sie zumindest in seine Pläne einzuweihen, würde das Fest eben ohne sie stattfinden.

„Du wirst doch dabei sein?", fragte Wilhelm und zog die Stirn in Falten. Offenbar ahnte er, was in ihr vorging.

„Tut mir leid. Ich fürchte, ich muss dich enttäuschen. Offenbar hat mein Vater ohne mich geplant."

„Das glaube ich nicht. Er hat nur vergessen, dir davon zu erzählen."

„Mein Vater vergisst nie etwas." Bettie nippte an ihrem Kaffee und schaute aus dem Fenster zur Straße, als interessiere sie sich für die Leute, die dick eingepackt in Schals und Handschuhen an dem Café vorübereilten. In diesem Moment fiel ihr Hans ein, der auf der Lichtung auf sie wartete. Er musste inzwischen halb erfroren sein. Sie hatte ihn völlig vergessen.

„Was hat es eigentlich mit der Zeitungsredaktion auf sich?", fragte sie Wilhelm. „Weißt du, warum die SA sie gestürmt und alles demoliert hat?“

„Du weißt davon?“

„Ein Freund von mir arbeitet dort.“

„Du solltest dich von ihm fernhalten, Bettie“, mahnte Wilhelm. „Du würdest dich nur unnötig in Gefahr bringen, wie gerade eben. Die Kommunisten sind nicht der richtige Umgang für dich.“

„Du redest wie mein Vater“, antwortete Bettie kühl.

„Möglich. In diesem Punkt bin ich mit ihm einer Meinung.“

Wilhelms Gesicht zeigte einen Ausdruck von erzwungener Zurückhaltung. Bettie kannte diese Miene. Ihr Vater setzte sie immer dann auf, wenn er sich ärgerte. Der junge Mann konnte nicht ahnen, dass er sie damit nur mehr herausforderte.

„Du findest also, dass die Zeitung nicht über die Gewalt schreiben sollte, die von den Sturmtruppen ausgeht? Dann solltest du mal einen Blick auf die Artikel werfen, die von der Nazipresse verfasst wurden. Sie sind es, die Hass schüren. Irgendjemand muss sich ihnen entgegenstellen.“

„Wir sollten über etwas Angenehmeres reden, Bettie“, erwiderte Wilhelm unangenehm berührt. Erst jetzt fiel ihr ein, dass auch er in der Partei war. Im Moment trug er einen Anzug und sah umwerfend gut darin aus. Aber wer sagte denn, dass er nicht auch bei passender Gelegenheit zu den Schlägern gehörte, die Ladenbesitzer verprügelten und ihre politischen Gegner verfolgten?

„Ich denke, ich gehe jetzt besser.“

Bettie stand auf. Ihre Freude, Wilhelm wiederzusehen, war verflogen. Der junge Mann schien es zu bemerken. Auf seinem Gesicht machte sich aufrichtiges Bedauern breit.

„Ich hoffe sehr, du überlegst es dir noch und kommst zur Eröffnungsfeier“, sagte er und lächelte sie zaghaft an. „Du würdest mir damit eine große Freude bereiten.“

„Ich werde darüber nachdenken“, versprach Bettie, der es

bereits leidtat, ihn so kühl behandelt zu haben. „Solange du mir versprichst, dass ich nicht mit dem Polizeipräsidenten tanzen muss", fügte sie versöhnlicher hinzu.

„Versprochen." Wilhelm streckte seinen Arm aus und berührte ihre Wange, die noch immer höllisch brannte. Es war eine intime Geste, die zeigte, wie viel Zuneigung er für sie empfand. „Du solltest das schnell behandeln."

„Das werde ich." Bettie nickte. „Du hältst dich doch an dein Versprechen, meinem Vater nichts zu verraten?"

„Natürlich. Ein Mann, ein Wort."

„Danke. Es tut mir leid, wenn ich eben etwas ungehalten reagiert habe. Gerade dir gegenüber, wo du mich doch vor dem Präsidium bewahrt hast. Es war dumm von mir."

„Schon vergessen. Auf Wiedersehen, Bettie."

Sie reichte ihm die Hand. Wie bei ihrer ersten Begegnung deutete er einen Handkuss an.

„Auf Wiedersehen", sagte sie hastig, bevor sie sich umdrehte und das Café verließ. Erst zwei Straßen weiter, nachdem sie aus Wilhelms Blickfeld verschwunden war, blieb sie unschlüssig stehen. Hans würde wohl kaum noch bei der Lichtung auf sie warten. Inzwischen war über eine Stunde verstrichen. Ihr Freund war sicher längst nach Hause gegangen, hoffte sie zumindest. Die Vorstellung, dass die Nazis ihn trotz ihrer Aktion noch aufgespürt und verhaftet haben könnten, machte ihr Sorgen.

Nachdenklich schaute sie die Straße hinunter. Die Zeitungsredaktion war nur ein paar Minuten Fußmarsch entfernt. Aber konnte sie das Risiko wirklich eingehen? Noch einmal würden die Braunhemden ihr bestimmt nicht glauben, dass sie rein zufällig in der Nähe war. Andererseits hatten sie die Jagd auf die Journalisten sicher längst aufgegeben. Ihnen musste schließlich klar sein, dass sich die Flüchtigen wohl kaum ausgerechnet in der Redaktion aufhalten würden.

Schnellen Schrittes machte Bettie sich auf den Weg. Sie

wollte wenigstens einen Blick in die Zeitungsredaktion werfen, um sich selbst davon zu überzeugen, ob Hans recht oder übertrieben hatte, was die Zerstörungswut der SA betraf. Doch je näher sie kam, umso mehr schwanden die Zweifel. Ihr Freund hatte nicht übertrieben. Auch jetzt noch wimmelte es von Schaulustigen und einem Haufen junger Männer, die alle die hässliche Uniform der Sturmabteilung trugen.

Bettie senkte den Kopf und ging an ihnen vorüber. Niemand beachtete sie, als sie das Gebäude betrat. Schnell stellte sie fest, dass sie nicht die Einzige war, die diesen Weg wählte. Aus den Augenwinkeln bemerkte sie ein paar Kinder und deren Väter, die sich an der Einrichtung der Redaktion zu schaffen machten. Im ersten Moment dachte sie darüber nach, die Diebe zur Rede zu stellen. Doch dann sah sie das Ausmaß der Zerstörung und unterließ es. Auf eine gestohlene Schreibmaschine kam es hier nicht mehr an. Die einstige Redaktion gab es nicht mehr, sie war völlig zerstört.

Erschüttert lief Bettie durch die Räume. Sämtliche Türen standen offen oder waren eingetreten, sodass sie schief in den Angeln hingen. Der Boden war fast vollständig mit Papier bedeckt – Flugblätter, Drucke und Plakate. Aus einer Schreibmaschine, deren Metallhülle beim Aufprall abgesprungen war, hatte jemand das Farbband herausgerissen. Bettie hob sie auf und stellte sie auf den Tisch. Traurig bemerkte sie, dass die Walze auf der Seite herausgebrochen war.

In diesem Moment hörte sie Stiefelschritte auf der Treppe. Sie fluchte leise und versteckte sich hinter der Tür. Zwei Männer betraten den Raum. Bettie hörte, wie sie sich unterhielten, während ihr das Herz bis zum Hals schlug.

„Das war nur der Anfang. Diese kommunistischen Ratten werden bald das sinkende Schiff verlassen. Ein Jammer, dass sie uns im letzten Moment durch die Lappen gegangen sind."

„Alles nur wegen der verrückten Weiber. Mussten die ausgerechnet heute für ihre Rechte kämpfen? Von mir aus sollen sie doch Männerhosen tragen. Aber nicht dort, wo wir gerade saubermachen. Ich hätte die kleine Wilde zu gerne verhaftet, auch wenn sie eine von Altmann ist. Leider ist mir dieser Schnösel in die Quere gekommen."

„Und du hast dir gleich in die Hosen gemacht. Wenn du mich fragst, hat sie dazugehört. Wir sollten sie im Auge behalten."

„Wie willst du das anstellen? Ihr feiner Herr Vater scheint besonderen Kontakt zur Parteispitze zu pflegen. Wie ich hörte, stellt er ihnen sogar das Kurhaus zur Verfügung. Deshalb auch dieser Ball, von dem der Kerl sprach."

„Eben, wir werden auch auf dem Neueröffnungsball des Kurhauses sein. Eine gute Gelegenheit, die Tochter des Hauses und deren Verlobten genauer unter die Lupe zu nehmen. Wenn sie irgendetwas mit dem roten Pack zu tun haben, finden wir es heraus."

Bettie presste ihre Hand auf den Mund. Die Stimmen waren nun direkt neben ihr. Wenn auch nur einer der beiden Männer auf die Idee käme, die Tür zu schließen, würde ihr Versteck auffliegen. Sie musste nicht lange darüber nachdenken, welche Folgen das haben würde. Nicht einmal Wilhelm könnte sie dann noch vor einem Verhör retten.

Ihr Herz begann unkontrolliert zu rasen. Sie wagte kaum noch zu atmen und schnappte nach Luft, als die Schritte sich endlich entfernten. Ihr fiel ein Stein vom Herzen. Nicht nur, weil man sie nicht entdeckt hatte, sie wusste nun auch, dass es Hans gelungen war, sich in Sicherheit zu bringen.

Zögernd trat sie zum Fenster und warf einen Blick auf die Straße. Sie sah, wie die Männer das Haus verließen. Als einer einen Blick nach oben warf, zuckte sie erschrocken zurück. Dennoch gelang es ihr, sich sein Gesicht grob einzuprägen. Zumindest würde sie ihn auf dem Ball erkennen, zu dem sie nun unbedingt erscheinen musste.

Bettie erschrak, als plötzlich Lärm auf der Straße ausbrach.

Ein Dutzend Braunhemden marschierte Richtung Innenstadt. Vor dem Gebäude, in dem sich die Zeitungsredaktion befand, blieben sie stehen. Entsetzt beobachtete sie, wie mehrere junge Männer Steine aufhoben und sie in Richtung der Fenster schleuderten. Panisch brachte sie sich in Sicherheit, indem sie sich hinter einen umgefallenen Tisch kauerte. Sie schrie auf, als die Scheibe zerbrach und ein Pflasterstein unmittelbar in ihrer Nähe aufschlug.

Verängstigt rang sie nach Atem. Es war ein Fehler gewesen, in die Redaktion zu kommen. Die Nazis schienen noch immer nicht genug zu haben. Doch für Reue war es jetzt zu spät. Sie musste zusehen, unbeschadet aus dem Gebäude zu kommen, und das so schnell wie möglich. Ohne länger darüber nachzudenken, rannte Bettie die Treppe nach unten.

Erleichtert beobachtete sie vom Hauseingang aus, dass das allgemeine Interesse auf den jungen Männern lag, die laut ihre Parolen schrien. In der Zwischenzeit fuhr ein Leiterwagen vor, von dessen Ladefläche Polizeibeamte sprangen. Als sie feststellten, dass sie es nicht mit Kommunisten, sondern der SA zu tun hatten, entspannten sich ihre Gesichter. Halbherzig wiesen sie die Steinewerfer aber dennoch darauf hin, das weitere Zerstören des Gebäudes zu unterlassen. Enttäuscht darüber zogen die Braunhemden johlend weiter.

Bettie nutzte die Gelegenheit und verschwand in die entgegengesetzte Richtung. Obwohl es schon spät war und sie längst zu Hause sein müsste, schlug sie den Weg zur Gastwirtschaft ein. Sie wollte nur kurz mit Hans reden und sich davon überzeugen, dass es ihm gut ging. Dann würde sie zum Gut zurückkehren, sich in ihrem Bett vergraben und diesen furchtbaren Tag einfach vergessen.

9

KURHAUS ALTMANN

Schon zwei Wochen später schlüpfte Bettie in ihr Kleid, drehte sich vor dem Spiegel und zog eine Grimasse. Der Gedanke, den Abend in der Gesellschaft ihres Vaters und der Nationalsozialisten zu verbringen, gefiel ihr nicht. Sie hatte sogar kurz darüber nachgedacht, sich den Wünschen des Arztes zu widersetzen. Lediglich die Anwesenheit Freiers und ihr Versprechen, auf dem Eröffnungsfest zu erscheinen, hatten ihre Einstellung geändert.

Wilhelm gefiel ihr und er war ihr zur Hilfe geeilt, bevor sie in ernsthafte Schwierigkeiten geraten war. Deshalb konnte sie ihm die Bitte, am Ball teilzunehmen, nicht abschlagen. Außerdem war es das erste große Fest seit der Rückkehr ihres Vaters, das im Kurhaus stattfand.

Nach einem letzten Blick in den Spiegel verließ sie ihr Zimmer und machte sich auf den Weg. Sie hatte Richards Angebot, sie zum Empfang zu begleiten, unter einem Vorwand abgelehnt. Ihr Bruder meinte es gut und glaubte wahrscheinlich, sie würde verunsichert sein, den vielen fremden Männern gegenüberzutreten. Doch das Gegenteil war der Fall. Es würde ihr Auftritt werden. Nicht umsonst hatte sie sich in dieses Kleid gezwängt und sich von Johanna stundenlang das Haar frisieren lassen. Sie hatte sich vorgenommen, heute die Schönste im Saal zu sein und zu zeigen, wer das Kurhaus in Zukunft führen sollte. Ihr Bruder wirkte in seinem Anzug regelrecht farblos neben ihr.

Mit einem Lächeln im Gesicht betrat sie den Empfangsraum des Kurhauses, der festlich geschmückt war. Sie wusste, dass diese übertriebene Zurschaustellung die letzten Ersparnisse ihres Vaters aufgebraucht hatte, die eigentlich für den weiteren Umbau vorgesehen waren. An kleinen Standtischen tummelten sich die Gäste, überwiegend Männer in Uniform. In einem von ihnen erkannte sie ihren neuen Verehrer.

Noch hatte er sie nicht bemerkt, im Gegensatz zu sämtlichen anderen Gästen. Die Männer starrten sie unverhohlen an und selbst ihr Vater riss für einen Moment erstaunt die Augen auf.

Bettie, deren Erwartungen übertroffen wurden, betrat langsam und stilvoll den Saal.

In diesem Augenblick drehte sich Wilhelm zu ihr um. Auch er schien von ihrem Anblick überwältigt zu sein.

Bettie sah, wie sich sein Adamsapfel bewegte, als er trocken schluckte. Mit einem strahlenden Lächeln ging sie auf ihn zu.

Als der junge Offizier es bemerkte, kam er ihr sofort entgegen und reichte ihr die Hand.

„Ein wunderschöner Tag für die Neueröffnung, nicht wahr?“, begrüßte er sie und küsste ihre Hand. „So wunderschön wie du, Bettie.“

„Du solltest dir deine Komplimente für das Kurhaus aufheben“, antwortete sie spöttisch, musste aber zugeben, dass ihr seine Worte schmeichelten. „Führst du mich zum Tisch?“

„Nichts lieber als das.“

Wilhelm reichte ihr den Arm und erntete so manchen neidvollen Blick der übrigen jungen Männer. Aus den Augenwinkeln bemerkte Bettie, wie vor allem einer sie anstarrte. Sie erkannte in ihm den Mann, der sie am Universitätsplatz festgehalten hatte. Schlagartig erinnerte sie sich daran, was er in dem zerstörten Redaktionsgebäude zu seinem Kameraden gesagt hatte. Er wollte ein Auge auf Wilhelm und sie haben, um herauszubekommen, ob es sich bei ihr nicht doch um eine Gegnerin der Nazis handelte. Schon deshalb lächelte Bettie ihn übertrieben freundlich an.

Für sie stand fest, dass sie mit diesem eindrucksvollen Auftritt an der Seite Wilhelms seine Zweifel zerstreute. Er würde es nicht wagen, ihrem Vater von der Demonstration zu berichten.

„Bettie? Darf ich dir meinen Vater vorstellen?"

Wilhelm führte sie ausgerechnet zu dem Tisch, der gleich neben dem ihres Peinigers stand. Ein grau melierter Herr mit einem riesigen Schnauzbart musterte sie. Sein Urteil schien zufriedenstellend auszufallen. Wohlgesonnen klopfte er Wilhelm auf die Schulter, bevor er Bettie die Hand reichte.

„Constantin Freier – und Sie sind Elisabeth, die Tochter des Hauses."

„Es freut mich, Sie kennenzulernen", sagte sie höflich. „Wilhelm hat schon viel von Ihnen erzählt."

„Hat er das?" Der Bankier lachte dröhnend. „Ich hoffe, nur Gutes."

„Selbstverständlich", bestätigte Bettie, die Gefallen an Wilhelms Vater fand. Im Gegensatz zu ihrem wirkte er aufgeschlossen und halb so steif. Was möglicherweise an dem fehlenden Adelstitel lag. Der Bankier besaß sicher mehr Geld als ihr Vater, konnte hingegen mit keinem *von* vor dem Namen dienen.

„Wie ich hörte, arbeiten Sie im Kurhaus?", begann er ein Gespräch und schien tatsächlich interessiert zu sein. „Ihnen ist bekannt, dass wir investiert haben?"

„Natürlich, ansonsten gäbe es dieses Fest heute nicht. Ich vermute, der größte Teil der Speisen und Getränke geht auf Ihr Konto. Meine Familie ist pleite. Ich nehme an, das ist Ihnen bekannt."

Wilhelms Vater schaute sie erstaunt an. Offensichtlich hatte er nicht im Geringsten mit dieser schonungslosen Offenheit gerechnet. Für einen kurzen Moment bereute Bettie ihre Worte und verfluchte sich innerlich, nicht einfach den Mund gehalten zu haben. Zumal sich ihr Vater gerade ihrem Tisch näherte. Doch schon eine Sekunde später begann Constantin laut zu lachen, bis ihm fast die Tränen kamen.

„Wo haben Sie nur dieses Teufelsmädchen her?", fragte er Gustav, der sichtlich verwirrt war und die Situation einzuschätzen versuchte. Bettie hatte den scharfen Blick bemerkt, mit dem er sie bedachte, bevor er sich Wilhelms Vater zuwandte.

„Sie muss nach ihrer Mutter kommen", fügte Constantin noch immer lachend hinzu. „Von Ihnen, mein lieber Gustav, hat sie das jedenfalls nicht."

Ihr Vater erstarrte. Bettie hingegen konnte sich nur mühsam ein Lachen verkneifen. Wilhelms Vater gefiel ihr zunehmend besser. Jetzt wusste sie zumindest, woher ihr Verehrer seine Schlagfertigkeit besaß. Sie genoss es, ihren Vater, der Constantin Freier ja schlecht in die Schranken weisen konnte, verunsichert zu sehen.

„Darf ich Sie zu Tisch bitten?", presste ihr Vater hervor und wies mit der Hand die Richtung. Die kleine Gesellschaft folgte ihm und nahm an der Tafel Platz, an der auch ihre Mutter bereits saß. Bettie setzte sich zwischen sie und Wilhelm.

„Du siehst bezaubernd aus, Schatz", flüsterte Madeleine ihr zu und hob ihr Glas, in dem leuchtend roter Wein schimmerte. Kichernd prostete Bettie ihr zu und ignorierte die wütenden Blicke ihres Vaters. Stattdessen führte sie in der nächsten halben Stunde eine angenehme Konversation mit Wilhelm und seinem Vater, der sie immer wieder ansprach und ihre Meinung erfragte, was dem Arzt nicht besonders zu gefallen schien. Mehrmals versuchte er, Richard in das Gespräch mit einzubinden, was ihm nur schlecht gelang. Er schien regelrecht aufzuatmen, als nach dem Essen die Musik zu spielen begann.

Bereits bei den ersten Tönen erhob sich Wilhelm und forderte Bettie zum Tanz auf, bevor es ein anderer junger Mann tun konnte. Doch sie schüttelte den Kopf. Tanzen gehörte nicht zu ihren Leidenschaften. Außerdem beherrschte sie es nicht sonderlich gut und hatte nicht vor, sich zu blamieren. Aber so schnell gab Wilhelm nicht auf, der natürlich bemerkte, wie sich bereits andere potenzielle Tanzpartner näherten. Stattdessen verbeugte er sich ungelenk vor ihr und verzog schmerzhaft das Gesicht, als sie ablehnte. Bettie blieb gar nichts anderes übrig, als ihm den Wunsch zu erfüllen. Lächelnd folgte sie ihm auf die Tanzfläche und ließ es zu, dass er sie mit festem Griff an sich zog. Es dauerte ein paar Takte, bis sie ihre Füße sortiert hatten, dann steuerte Wilhelm sie geschickt an den anderen Paaren vorbei. Bettie, die erstaunt darüber war, wie gut er tanzen konnte, überließ sich seiner Führung und begann sich wohlzufühlen. Als die Musiker plötzlich das Tempo beschleunigten, geriet sie kurz ins Straucheln, wurde aber von den starken Armen gehalten, die sie über das Parkett wirbelten. Lachend schnappte sie nach Luft.

„Ich kann nicht mehr", sagte sie zu ihrem Tanzpartner. „Lass uns eine Pause einlegen."

Aber Wilhelm schüttelte den Kopf und machte eine Handbewegung in Richtung der Band, die daraufhin zu einem langsamen Stück wechselte. Wie selbstverständlich zog er sie noch enger an sich. Bettie schmiegte sich an ihn und spürte seine Hand, die ihren Rücken hinabglitt und auf ihrem Hintern ruhte. Aus den Augenwinkeln bemerkte sie, wie die Männer im Saal begannen, sie anzustarren. Bettie sah die Gier in ihren Augen, während die wenigen anwesenden Frauen sich kopfschüttelnd abwandten.

„Ich glaube, wir sorgen gerade für einen kleinen Skandal", flüsterte Bettie Wilhelm zu und lachte. „Mein Vater sieht aus, als würde er gleich platzen."

„Und wenn schon", antwortete Wilhelm. „Ich werde mir bestimmt nicht nehmen lassen, den anwesenden Herren zu zeigen, welche Absichten ich verfolge."

„Absichten? Was hast du vor?"

„Ich möchte dich für mich gewinnen, und wenn auch nur ein einziger Kerl es hier wagen sollte, dir näherzukommen, werde ich ihn niederschlagen."

„Wäre das nicht ein wenig übertrieben?", fragte Bettie spöttisch. Wilhelm hingegen blieb ernst.

„Ich würde noch viel mehr für dich tun", sagte er.

Die Musik brach ab und ersparte ihr eine Antwort. Bettie ließ sich von Wilhelm zu ihrem Tisch zurückführen, als plötzlich der Mann vom Universitätsplatz auf sie zukam.

„Ich würde mich Ihnen gerne vorstellen", schlug er höflich vor. Bettie bemerkte dennoch das Misstrauen in seinen Augen. „Wolfgang Behring. Es freut mich, dieser Einladung folgen zu dürfen. Sie haben es sehr schön hier."

„Danke", antwortete Bettie knapp, die ihn loswerden wollte. „Wie Sie wissen, hatten wir bereits das Vergnügen. Ich wünsche Ihnen einen angenehmen Aufenthalt."

„Den werde ich sicher haben. Vielleicht kann mir Ihr Verlobter später das Anwesen zeigen?"

Er sagte es absichtlich laut genug, damit es auch die Umstehenden hören konnten. Bettie erkannte seine Absicht und setzte ein kühles Lächeln auf. Ihrem Vater hingegen, der zu ihnen getreten war, blieb der Mund offen stehen.

„Verlobter?", fragte er streng.

„Sie haben richtig gehört", mischte sich Wilhelm geistesgegenwärtig ein und nahm Betties Arm. „Ihre Tochter und ich werden heiraten."

„Das erfahre ich erst jetzt?" Nun kam auch noch Constantin

Freier ins Spiel. „Aber das sind ja wunderbare Neuigkeiten. Gratuliere, mein Sohn. Dieses Prachtmädchen würde ich an deiner Stelle auch nicht mehr vom Haken lassen. Ich schlage vor, darauf trinken wir."

Bevor sie dazu kamen und bevor Bettie richtig begriff, was vorging, wurde die Tür zum Salon aufgerissen. Zwei Männer in Uniform betraten den Saal mit eisiger Miene. Ihre Blicke wanderten suchend über die Gäste. Als sie Wilhelm und dessen Vater erkannten, gingen sie auf die Männer zu und hoben ihre Arme.

„Heil Hitler", riefen sie.

„Heil Hitler", antwortete Wilhelm. Das Lächeln aus seinem Gesicht war verschwunden. Auch die Band hatte inzwischen ihr Spiel unterbrochen. Sämtliche Augen waren nun auf die ungebetenen Gäste gerichtet.

„Was soll diese Störung, Hauptmann Kaiser?", fragte Constantin Freier streng und sah die Männer missbilligend an, die keine Miene verzogen.

„Ich bitte um Erlaubnis, Ihnen die neuesten Nachrichten überbringen zu dürfen", sagte der Ältere steif.

„Reden Sie schon", forderte ihn der Bankier auf, der offenbar eine bedeutend höhere Stellung in der Partei besaß, als Bettie bisher angenommen hatte.

„Soeben erhielten wir die Mitteilung, dass das deutsche Reichstagsgebäude brennt."

„Der Reichstag?", rief Freier sichtlich erschrocken. „Aber das wäre ja eine Katastrophe. Sind Sie sicher, dass es sich um keine Falschmeldung handelt?"

„Ganz sicher, der Reichskanzler und sein Gauleiter sind bereits vor Ort. Die Polizei ist in Alarmbereitschaft versetzt. Diese feige Tat, die offensichtlich von langer Hand geplant wurde, ist der Beginn des Kommunistenaufstands."

„Die Kommunisten haben das Feuer gelegt?"

„Sie haben richtig gehört. Wir dürfen keine Zeit verlieren.

Der Führer hat befohlen, dass im gesamten Reich noch heute Abend entsprechende Maßnahmen zur Zerschlagung der kommunistischen Verschwörung besprochen werden. Die Limousine steht bereit."

Freier nickte. Ohne ein weiteres Wort zu verlieren, folgte er den Männern. Wilhelm hingegen wandte sich bedauernd an Bettie.

„Es tut mir leid", sagte er. „Gerade heute musste das passieren. Verzeih mir, wenn ich dich in Verlegenheit gestürzt habe. Aber ich möchte, dass du weißt, wie ernst es mir ist. Ich würde dich auf der Stelle heiraten."

„Aber vorher musst du Kommunisten jagen, nicht wahr?", fragte Bettie kühl, die an Hans dachte. Sie machte sich Sorgen um ihn. Wenn die Nazis den Kommunisten die Schuld an dem Brand gaben, würde das Folgen haben. Währenddessen zuckte Wilhelm mit den Schultern.

„Ich muss gehen. Wenn du erlaubst, würde ich in den nächsten Tagen offiziell um deine Hand anhalten. Denk bitte darüber nach! Du bedeutest mir sehr viel, Bettie."

Mit diesen Worten drehte er sich um und verließ den Saal. Sämtliche Männer der SS folgten ihm.

Am nächsten Morgen ging Bettie gleich nach dem Frühstück zum Stall und holte ihre Stute. In hohem Tempo galoppierte sie zum Wald, wo sie Hans zu treffen hoffte. Sie musste unbedingt mit ihm reden und ihn warnen. Wenn es stimmte, dass Hitler den Kommunisten die Schuld an dem Brand gab, war auch er in Gefahr.

Über eine Stunde wartete sie auf der kleinen Lichtung und wollte gerade aufgeben, als sie den Freund sah, der auf seinem klapprigen Fahrrad daherkam. Sie bemerkte sofort, dass er

Bescheid wusste. Im Gegensatz zu sonst fiel seine Begrüßung steif aus.

„Du hast auf mich gewartet?“, fragte er. Verwirrt bemerkte Bettie, dass er sie nicht wie sonst umarmte. Stattdessen stemmte er beide Hände in die Hüften und sah sie herausfordernd an.

Bettie nickte. „Ich wollte dich warnen. Aber wie ich sehe, bist du bereits informiert.“

„Sie haben nur auf einen solchen Vorwand gewartet. Es sind übrigens die gleichen Männer, die gestern Abend in euer Kurhaus eingeladen wurden. Vermutlich hast du sogar mit ihnen getanzt.“

Das war es also, dachte Betti und spürte, wie eine feine Röte in ihre Wangen stieg. Hans wusste von dem Empfang und möglicherweise auch von der Verlobung, die eigentlich keine richtige war. Bettie konnte sich gut vorstellen, wie sich das Personal den Mund darüber zerrissen hatte. Es musste Johanna zu Ohren gekommen sein, die, wie alle anderen Bediensteten, für den Ball auf dem Gut gewesen war.

„Es gibt keinen Grund, mir feindselig gegenüberzutreten“, rechtfertigte sie sich. „Ich bin auf deiner Seite, Hans. Hast du vergessen, dass ich es war, die dir die Flucht auf dem Universitätsplatz ermöglichte?“

„Nein, natürlich nicht“, antwortete der junge Mann. „Ich frage mich nur, wie lange du noch auf meiner Seite stehen wirst, wenn du erst mit Freier verheiratet bist. Sein Vater ist nicht nur Bankier, wie du vielleicht annimmst. Er ist Gauleiter und baut sich gerade sein eigenes Machtrefugium auf.“

„Bist du dir sicher?“, fragte Bettie ungläubig. Wilhelms Vater war ihr sympathisch gewesen und hatte kein Wort über seine Rolle bei der NSDAP verloren.

„Glaubst du, ich würde lügen? Ich kann dir sagen, was jetzt passiert. Hitler wird nicht ruhen, bis er Hindenburg davon überzeugt hat, die sogenannte Verordnung zum Schutz von Volk und Staat zu unterzeichnen. Das war die ganze Zeit über sein Plan.

Durch den Brand kann er ihn endlich durchsetzen. Danach steht der Entfaltung seines Terrorregimes nichts mehr im Wege. Niemand wird ihn dann noch aufhalten, seine politischen Gegner gnadenlos zu verfolgen.“

„Siehst du da nicht etwas schwarz?“

„Ich wünschte, es wäre so. Die Realität spricht eine andere Sprache. Seit gestern Abend gibt es fortlaufend Verhaftungen. Damit ist es so gut wie ausgeschlossen, dass es zu demokratischen Wahlen kommen wird.“

„Das weißt du doch gar nicht. Das Volk wird …“

„Das Volk wird glauben, dass die Kommunisten brennend durchs Land ziehen. Begreifst du denn nicht, Bettie?“

„Du hast recht. Trotzdem hoffe ich, dass es nicht so weit kommen wird. Du weißt, dass ich deine politische Meinung teile.“

„Und trotzdem wollt ihr die Nazis zu euch auf das Gut holen.“

„Um es zu erhalten. Glaubst du, mir gefällt der Gedanke? Alles in mir sträubt sich dagegen. Aber die Entscheidungen trifft mein Vater.“

„Ich weiß, verzeih mir, wenn ich dich gekränkt habe.“

„Was hast du jetzt vor?“, fragte sie besorgt. Sie sah, wie erschöpft und mitgenommen ihr Freund wirkte. Tatsächlich zuckte er hilflos mit den Schultern.

„Ich weiß es nicht. Aber wir werden bestimmt nicht aufgeben. Ich bin gekommen, um dich zu bitten, deinen Bruder zu warnen. Es ist besser, wenn er sich in Zukunft von Gunnar fernhält.“

„Richard? Was hat er damit zu tun?“

„Er verbringt viel Zeit mit meinem Bruder, häufig in der Redaktion. Richte ihm einfach aus, dass er aufpassen soll. Die Nazis werden bald bei euch ein und aus gehen. Es wäre nicht gut, wenn er sie direkt zu uns führt.“ Hans holte tief Luft. „Ich muss los.“

„Warte!“, bat ihn Bettie. „Du magst mich doch noch, oder?“

Er zögerte. Bettie spürte, wie ihr Herzschlag ein unangenehmes Tempo annahm. Umso erleichterter war sie, als sich endlich ein Lächeln in sein Gesicht stahl.

„Wie könnte ich es nicht? Du wirst nicht die einzige Frau bleiben, die einen Nazi heiratet. Das bedeutet nicht, dass du dich auch mit dessen Gesinnung vermählen musst.“

Bettie nickte und nahm ihn in den Arm. Es hatte etwas Vertrautes. Sie bedauerte, dass er sich schon gleich darauf von ihr löste und sein Fahrrad aufhob.

„Pass auf dich auf!“, bat sie ihn, während er sich in den Sattel schwang. Sie schaute ihm nach, wie er den Hügel hinabraste. Dann saß auch sie auf und ritt zurück zum Gut. Da sie ausnahmsweise ein Reitkostüm trug, steuerte sie sofort den Salon an. Als sie die Tür öffnete, glaubte sie, ihren Augen nicht zu trauen. Mitten im Raum stand ihr Bruder, der in einer Uniform steckte, die ihn fremd wirken ließ. Bettie bemerkte sofort, wie unglücklich er darüber war, die schwarze Hose, das braune Hemd und die Hakenkreuzarmbinde tragen zu müssen. Ihrem Vater schien das Unbehagen seines Sohnes hingegen völlig zu entgehen. Stolz klopfte er Richard auf die Schulter.

„So sieht ein patriotischer Soldat aus, der sein Leben dem Vaterland …“

Ein schepperndes Geräusch schluckte die letzten Worte. Ein Teller des Frühstücksgedecks fiel zu Boden und zersprang in Stücke. Erst jetzt bemerkte Bettie Johanna, die den Tisch abräumte. Offenbar war sie über Richards Anblick ebenso erschrocken wie sie.

„Tut mir leid“, brachte sie stotternd hervor, als Gustav ihr einen wütenden Blick zuwarf. Schnell hob sie die Scherben auf. „Ich werde in der Küche gebraucht.“

Sie rannte aus dem Salon. Vorher warf sie Bettie einen Blick zu, der dem Mädchen verriet, wie entsetzt Johanna über die Entwicklungen auf dem Gut war. Nicht nur, dass die Nationalsozialisten von nun an ein und aus gehen würden. Jetzt gehörte auch Richard zu ihnen. Wehmütig schaute Bettie ihn an und fragte sich, ob das nun das Ende seiner Freundschaft zu Gunnar war.

Ähnlich dachte auch Gunnar, der Richard ein paar Tage später am Bahnhof traf. Erschrocken bemerkte der Junge, dass sein Freund in der hässlichen Uniform steckte, die er selbst nie tragen würde. Als Richard, der neben seinem Vater ging, dessen Blick bemerkte, senkte er verlegen den Kopf. Gunnar hingegen reichte seiner Mutter Schüsseln, die sie mit Suppe füllte, während er Vater und Sohn beobachtete und sich fragte, was der Koffer in Richards Hand zu bedeuten hatte.

„Alles verändert sich, Gunnar", sagte seine Mutter in diesem Moment zu ihm. Ihre Augen waren seinem Blick gefolgt. „Es war nur eine Frage der Zeit, wann Richard in diese Rolle gezwängt wird."

„Du wusstest davon?"

„Ich war dabei, als er die Uniform bekam. Deshalb weiß ich auch, wie unwohl er sich fühlte. Leider schafft er es nicht, sich gegen Gustav von Altmann durchzusetzen. Aber wem gelingt das schon?"

„Was ist mit dem Koffer?"

„Richard wird an medizinischen Forschungen teilnehmen, zusammen mit einem Ärztegremium. Er wird für einige Monate in Berlin sein. Hat er dir nichts davon erzählt?"

Gunnar schüttelte den Kopf. Er und Richard hatten sich seit Wochen nicht gesehen. Seit dem Reichstagsbrand wich der Freund ihm aus. Wehmütig erinnerte er sich daran, wie sie sich zum ersten Mal hier im Bahnhof begegnet waren. Damals hatte Richard ihm das Leben gerettet und er hatte das Versprechen gegeben, dasselbe zu tun, falls es notwendig werden würde.

Inzwischen verband sie eine tiefe Freundschaft. Aber wie sollten sie diese aufrechterhalten, wenn sie auf unterschiedlichen Seiten standen? Die Uniform riss eine Kluft zwischen ihnen auf und Gunnar befürchtete, dass sie nicht in der Lage sein würden, den Graben, der sich auftat, zu überspringen.

„Gib mir die Schüssel und hör auf, Richard anzustarren!“, riss ihn Johanna aus den Gedanken. „Ich muss heute pünktlich zurück in der Gastwirtschaft sein. Du weißt, dass dein Bruder und seine Freunde kommen.“

Gunnar nickte und wandte seinen Blick von Richard ab, der gerade einige Männer begrüßte, die wie er Koffer trugen. Seine Mutter hatte recht. Dieser Tag war ein entscheidender Tag. Die letzten Wahlen hatten keine Klarheit über die politischen Machtverhältnisse gebracht. Obwohl die Nazis sämtliche Kräfte mobilisiert hatten, waren sie nur auf vierundvierzig Prozent gekommen. Dennoch versuchte Hitler mit aller Kraft, das Ermächtigungsgesetz durchzubringen. Wenn es ihm gelänge, könnte er den Terror und die Gewalt, unter der Deutschland seit Wochen litt, legitimieren und er würde endgültig zum Diktator aufsteigen. Schon der Gedanke daran war beängstigend.

Das sahen die jungen Männer, die am Nachmittag in der Gastwirtschaft eintrafen, offenbar ähnlich. Schweigend hockten sie sich auf die Stühle, während Hans die Tür abschloss und Gunnar den Volksempfänger anschaltete. Bis zu den Ansprachen war noch Zeit.

„Die Abgeordneten werden nicht einfach ihre Macht aufgeben“, erklärte ein sommersprossiger Gast mit rotem Haar zuversichtlich. „Es wäre politischer Selbstmord.“

„Da bin ich mir nicht so sicher“, antwortete Hans. „Die Nazis versuchen, die Zentrumsleute auf ihre Seite zu ziehen. Wenn es ihnen gelingt, bringt ihnen das neue Stimmen.“

„So dumm sind die Katholiken nicht“, mischte sich ein anderer ein. Aber wieder schüttelte Hans den Kopf.

„Es hat in Italien funktioniert. Sie haben mit Mussolini ein

Konkordat geschlossen, um die Kirchen zu schützen. Warum sollte es in Deutschland anders sein?“

„Selbst wenn, es wird nicht reichen.“

„Ich befürchte, du irrst dich. Göring hat sämtliche kommunistischen Abgeordneten für unentschuldigt abwesend erklärt. Ihre Stimmen werden nicht gezählt.“

„Was? Aber wie sollen sie teilnehmen, wenn sie verhaftet wurden oder geflohen sind? Das entbehrt jeder rechtlichen Grundlage.“

Die Antwort darauf blieb aus. In diesem Moment drang Jubel aus dem Volksempfänger. Gleich darauf begann Hitler mit seiner Rede. Seine Stimme bebte, als er von den Verbrechen der Kommunisten sprach und dann plötzlich umschwenkte und auf die wichtige Stellung der Kirchen aufmerksam machte. Seine Absicht war leicht zu durchschauen. Ihre Stimme würde die heutige Abstimmung entscheiden. Deshalb versprach Hitler, deren Rechte nicht zu beschneiden. Am Ende seiner Rede, die fast eineinhalb Stunden andauerte, drohte er offen mit Gewalt, sollte die Gesetzesvorlage scheitern.

In der Gastwirtschaft herrschte nach diesen Worten Untergangsstimmung. Jeder wusste, was das bedeutete. Die Kirchenträger würden es mit der Angst zu tun bekommen und sich auf Hitlers Seite stellen. Der Widerstand bröckelte.

Als der Führer erneut sprach, war seine Rede voller Hohn auf die Sozialdemokraten. Anschließend meldeten sich die Vorsitzenden der anderen Parteien zu Wort und gaben ihre Zustimmung zum Ermächtigungsgesetz. Bis auf die Sozialdemokraten stimmten dem Antrag alle zu. Als das Ergebnis verkündet wurde, brach erneut Jubel aus dem Lautsprecher.

In der Gastwirtschaft hingegen blieb es gespenstisch still. Nicht einmal Johanna klapperte jetzt noch mit den Gläsern. In jedem der Gesichter stand Entsetzen geschrieben, aber auch Hilflosigkeit. Gunnar bemerkte, wie dem jungen rothaarigen

Mann Tränen über die Wangen liefen, als er aufstand und zur Tür ging. Von dort drehte er sich noch einmal um.

„Ihr habt es gehört“, stieß er resigniert aus. „Auf was wartet ihr noch? Ihr könnt nach Hause gehen. Die Demokratie dieses Landes wurde gerade zu Grabe getragen. Sie ist tot.“

10

NORDHEIM

„Hallo? Jemand zu Hause?“, wurde Sophie abrupt aus der Arbeit gerissen.

„Ich bin im Garten“, rief sie zurück und stellte den Laptop ab. Sie erkannte sofort, dass die Stimme zu Paul gehörte, der gerade zu ihr hinters Haus kam.

„Schön haben Sie es hier“, stellte er nach einem Blick durch den Garten fest. „Störe ich?“

„Nein, es ist sogar gut, dass Sie mich unterbrechen. Wenn ich einmal am Arbeiten bin, finde ich kaum ein Ende. Möchten Sie einen Kaffee?“

„Gerne.“

„Bin gleich wieder da“, versprach Sophie und ging ins Haus. Dort überbrühte sie den Kaffee und stellte die Kanne zusammen mit Tassen und Kuchen auf ein Tablett, bevor sie die Treppe nach oben rannte und den Umschlag holte. Sie nahm an, dass Paul deshalb gekommen war. Als sie in den Garten zurückkehrte, fand sie ihn vor ihrem Laptop. Er las offensichtlich, was sie geschrieben hatte.

„Störe ich?“, wiederholte sie ironisch seine Worte und stellte das Tablett ab.

„Entschuldigen Sie!“, bat er sofort verlegen. „Ich wollte nicht neugierig sein.“

„Kein Problem.“ Sophie reichte ihm die Tasse.

„Sie schreiben also?“, fragte er.

„Ja, jetzt wieder. Bis vor Kurzem litt ich unter einer Schreibblockade. Deshalb habe ich mich in die Einöde verkrochen. Was soll ich sagen? Es hat geholfen, wie Sie sehen.“

„Ein ungewöhnliches Thema, soviel ich erkennen konnte. Handelt es sich um eine reale oder fiktive Geschichte?“

„Beides, würde ich sagen. Ich fand hier im Haus einige Aufzeichnungen der Vorbesitzerin und nun verwende ich sie als Grundlage und spinne den Rest dazu. Allerdings ist die Geschichte ziemlich detailliert festgehalten. Womit wir beim Thema wären. Ich würde Sie gerne etwas fragen.“

„Nur zu“, bot Paul an.

„Wissen Sie, ob Elisabeth Freier noch lebt? Ich habe bisher nur erfahren, dass sie in einem Altenheim untergebracht sein soll, was aber einige Jahre her sein muss. Das Haus stand ja längere Zeit leer.“

„Frau Freier lebt tatsächlich noch“, verriet Paul, was Sophie ziemlich überraschte. „Die alte Dame wohnt in einer Seniorenresidenz unweit der Stadt.“

„Glauben Sie, ich könnte sie besuchen?“

„Warum nicht? Ist es wegen des Hauses?“

„Nein, ich hätte nur gerne ihr Einverständnis, bevor ich ihre Geschichte veröffentliche, was allerdings noch etwas dauern dürfte. Mir wäre einfach wohler dabei.“

„Verstehe. Mit dem Wagen könnten Sie problemlos in einer halben Stunde dort sein. Aber bitte fragen Sie mich nicht, wie es ihr geht und ob sie überhaupt in der Lage ist, Besuch zu empfangen. Ich weiß es nicht. Elisabeth müsste jetzt weit über neunzig Jahre alt sein.“

„Das erfahre ich, wenn ich vor Ort bin.“

Sophie lächelte zufrieden und trank einen Schluck Kaffee. Dann reichte sie ihm den Umschlag.

„Ich nehme an, Sie sind deshalb gekommen."

„Und um zu schauen, ob es Ihnen gut geht", antwortete er charmant. „Noch Kopfweh?"

„Kaum. Ich bin wohl mit dem Schrecken davongekommen."

Paul nickte und öffnete den Brief. Seine Miene wirkte angespannt, als er die Karte las. Sophie war sich nicht sicher, ob er angenommen hatte, sie hätte übertrieben oder die Drohung einfach erfunden. Auf jeden Fall schien es ihm wichtig gewesen zu sein, den Beweis persönlich zu überprüfen.

„Und? Was halten Sie davon?", fragte sie, als er schwieg.

„Ich bin mir nicht sicher, hoffe aber, dass es sich doch nur um einen üblen Scherz handelt. Auf jeden Fall werde ich dem Ganzen nachgehen."

„Sie? Sind Sie bei der Polizei?"

„Nein." Ihr Gast schüttelte lachend den Kopf. „Ich bin Arzt."

„Arzt?", wiederholte sie verblüfft. „Deshalb haben Sie bei meinem Sturz so besonnen reagiert."

„Vermutlich wären Sie auch nicht verblutet, wenn Ihnen ein anderer geholfen hätte."

„Sie sagen es, wenn! Ich glaube nicht, dass mir einer der Dorfbewohner zur Hilfe geeilt wäre. Im Gegenteil, ich glaube immer noch, dass der Traktor mich absichtlich gestreift hat."

„Vielleicht hätten Sie damals nicht diesen Artikel schreiben dürfen. Die Leute hier mögen es nicht, wenn sie als Bauerntrottel hingestellt werden."

„Sie wissen davon?"

„In diesem Dorf bleibt nichts geheim, glauben Sie mir."

„Da bin ich mir nicht so sicher. Als ich damals ein paar Fragen stellte, wurden die Reifen meines Autos zerstochen."

„Okay, Fragen stellen ist auch so eine Sache. Die Leute hier mögen es nicht, wenn in ihrer Vergangenheit gewühlt wird. Vor Jahren stand in dieser Gegend ein bekanntes Kurhaus. Die Nazis nutzten es als Erholungsort. Viele der Dorfbewohner haben damals für sie gearbeitet. Sie verstehen sicher, dass heute niemand mehr stolz darauf ist."

„Das Kurhaus aus den Aufzeichnungen?", horchte Sophie auf. „Es befand sich hier im Wald?"

„Ja, gar nicht so weit von hier. Der Weg vorn führt direkt darauf zu."

„Kann es sein, dass es auf einem Hügel bei dieser Lichtung stand?"

„Richtig, woher wissen Sie davon?"

„Ich glaube, ich war dort. Ein Trampelpfad führt zu der Stelle und hört dann plötzlich auf, obwohl er benutzt wird, wie man an den Spuren erkennen kann. Ein seltsamer Ort, ich fand ihn richtig unheimlich."

„Das könnte an den bösen Geistern liegen, die dort ihr Unwesen treiben. Der Spaziergänger damals hat genau an dieser Stelle den Schädel gefunden. Sie sollten sich fernhalten. Haben Sie nicht von den Spukgeschichten gehört? Die Maklerin hätte Sie warnen sollen."

„Dann hätte sie aber nicht den Preis für das Haus erzielt, den ich gezahlt habe."

Sie lachten. Plötzlich fühlte Sophie, wie entspannt sie sich in seiner Gegenwart fühlte. Deshalb unterließ sie es auch, ihm von dem Alten zu erzählen, der nach ihrem Ausflug vor ihrem Haus gestanden hatte.

„Man merkt Ihnen nicht an, dass Sie aus dieser Gegend kommen", stellte sie stattdessen fest.

„Weil ich offen gegenüber neuen Bewohnern bin?"

„Ja, das auch. Was ist mit Ihren Eltern und Großeltern? Würden sie verärgert sein, wenn sie wüssten, dass Sie gerade bei mir im Garten sitzen?"

„Ich denke, ich bin alt genug, um eigene Entscheidungen zu

treffen. Ich frage meine Eltern nicht, mit wem ich meine Zeit verbringe. Ist das Antwort genug?"

„Also hätten sie etwas dagegen. Das dachte ich mir."

Sophie seufzte. Wenn ihr jemand vor vier Wochen erzählt hätte, dass es immer noch Dörfer gab, in denen alles Neue misstrauisch beobachtet wurde und am liebsten verbannt würde, hätte sie wahrscheinlich gelacht. Mit ihrem Umzug hatte sie sich freiwillig in eine völlig andere Welt katapultiert, die irgendwann vor oder nach Hitlers Machtantritt stehen geblieben war.

„Haben Sie vielleicht Lust, mich zu begleiten?", fragte sie spontan.

„Wohin begleiten?", fragte Paul zurück und runzelte die Stirn.

„Zum Kurhaus, ich würde mir die Stelle gerne genauer ansehen."

„Das halte ich für keine gute Idee", lehnte er ab. Ob er seine Begleitung meinte oder ihre Absicht, an den düsteren Ort im Wald zurückzukehren, ließ er offen. Stattdessen stand er auf.

„Danke für den Kaffee", sagte er, wobei Sophie den Eindruck gewann, dass er nun deutlich reservierter war. „Ich werde sehen, ob ich herausbekommen kann, wer den Umschlag vor die Tür gelegt hat. Aber ich kann nichts versprechen."

„Es spielt auch keine Rolle", erwiderte sie. „Was soll ich schon unternehmen? Solange ich nicht beweisen kann, dass mir jemand ernsthaft schaden will, wird die Polizei nichts tun. Außerdem würde ich mir wohl nur noch mehr Feinde machen."

„Ich horche mich trotzdem um. Auf Wiedersehen, Sophie."

„Auf Wiedersehen und danke für Ihren Besuch."

Sie begleitete ihn zur Straße, wo sein Wagen stand. Dann ging sie ins Haus und direkt ins Arbeitszimmer. Bisher hatte sie sich auf den Schreibtisch konzentriert und längst nicht alle Schränke und Schubfächer durchsucht. Jetzt, wo sie wusste, dass das seltsame Benehmen der Dorfbewohner vielleicht gar nicht nur mit ihrem Artikel, sondern mit Elisabeth und dem Kurhaus zusammenhing, wollte sie das ändern. Vielleicht fand sich ja irgendwo versteckt ein Hinweis, der ihr Aufschluss darüber gäbe, was an der Vergangenheit so dramatisch war, dass man sie aus dem Haus vertreiben wollte.

Nachdem Sophie im gesamten Obergeschoss nachgeschaut und nichts gefunden hatte, was von Interesse war, gab sie enttäuscht auf. Außer den handgeschriebenen Unterlagen schien es keine weiteren Hinweise auf die Geschichte des Kurhauses zu geben. Oder jemand hatte sie vor oder während ihres Einzugs beseitigt. Sie konnte ja nicht einmal sagen, ob der oder die Einbrecher etwas entwendet hatten. Aber sich jetzt darüber den Kopf zu zerbrechen, war nur verschwendete Zeit. Sie musste endlich etwas essen. Wenn sie so weitermachte, würde sie bald ganz unfreiwillig ihr Wunschgewicht erreichen. Das war ihr zu Hause weder mit gesunder Ernährung noch mit viel Sport gelungen.

Entschlossen ging sie in die Küche. Wenigstens hatte sie genügend Lebensmittel eingekauft, mit denen sie über die gesamte Woche kam. Sie machte sich einen Tee und dazu ein Sandwich, das sie mit frischem Lachs belegte. Dann stellte sie eine Flasche Rotwein für den Abend bereit. Ein Glas vor dem Schlafengehen konnte sicher nicht schaden und …

Ihr Handy klingelte. Nach einem sehnsüchtigen Blick auf ihren Teller ging sie ran. Es war Matthias, dessen Stimme irgendwie fremd klang.

„Ich hatte gehofft, du würdest dich wenigstens melden, wenn du angekommen bist“, begrüßte er sie vorwurfsvoll und lieferte damit selbst den Grund, warum sie es nicht getan hatte.

„Tut mir leid“, log Sophie, die nicht wirklich von schlechtem Gewissen geplagt wurde. „Ich hatte viel um die Ohren. Wie geht es dir?“

„Es ist still im Haus, seit du weg bist.“

„Weil es zu groß ist, Matthias. Du solltest darüber nachdenken, es zu verkaufen. Du bist sowieso die meiste Zeit in der Kanzlei. Eine Wohnung in der Stadt wäre ideal für dich."

„Dir scheint es offensichtlich nichts auszumachen, alles aufzugeben."

Wieder hörte sie den versteckten Vorwurf in seiner Stimme. Am liebsten hätte sie jetzt aufgelegt. Aber das konnte sie ihm nicht antun. Immerhin hatten sie zehn Jahre ihres Lebens miteinander geteilt.

„Es war nur ein Vorschlag", lenkte sie ein. „Ich überlasse dir die Entscheidung."

Er schwieg. Im ersten Moment glaubte Sophie, er könnte aufgelegt haben, was sie zugegebenermaßen erleichtert hätte. Doch dann hörte sie, wie er sich räusperte.

„Ich habe darüber nachgedacht, dich zu besuchen. Ein paar freie Tage würden mir ganz guttun und …"

„Nein, Matthias!", fiel Sophie ihm energisch ins Wort. „Dafür ist es zu früh. Ich brauche Zeit."

„Okay. Das dachte ich mir."

Wieder breitete sich unangenehmes Schweigen aus. Sophie fragte sich, wann es begonnen hatte, dass selbst ein harmloses Gespräch zwischen ihnen so schwierig zu führen war. Es konnte doch nicht nur daran liegen, dass sie ausgezogen war und er eine Affäre mit der Klientin begonnen hatte. Wann genau war wohl der Zeitpunkt gewesen, an dem sie in unterschiedliche Richtungen gelaufen waren und es nicht einmal bemerkt hatten?

„Ich muss Schluss machen", sagte sie. „Ich habe mir gerade etwas zu essen zubereitet. Ich sterbe vor Hunger."

„Klar, das verstehe ich."

Der Tonfall und die Art, wie er es sagte, passten nicht zu seiner Aussage. Aber wenigstens versuchte er nicht krampfhaft, sie am Handy zu halten.

„Mach's gut, Matthias. Wir reden ein anderes Mal."

„Okay, bis später, Sophie."

Sie atmete auf, als er das Gespräch beendete. Nachdenklich

setzte sie sich an den Tisch, auf dem ein Wachstuch lag, das mit bunten Blumen bedruckt war. Während sie aß, versuchte sie, sich Elisabeth vorzustellen, wie sie auf genau diesem Stuhl gesessen hatte. Was hatte die alte Dame dazu getrieben, die Einsamkeit zu wählen? Warum hatte sie die Aufzeichnungen aufbewahrt und wieso gab es im ganzen Haus nur ein einziges Foto von ihr?

Die Antworten darauf hoffte Sophie am nächsten Tag zu erfahren. Obwohl im Haus noch immer viel zu tun war, hatte sie beschlossen, Elisabeth Freier zu besuchen. Es war nicht schwierig gewesen, im Internet die Adresse der Seniorenresidenz ausfindig zu machen. In der gesamten Umgebung gab es nur ein einziges Altenheim.

Gleich nach dem Frühstück wollte sie aufbrechen. Sie nahm sich vor, irgendwo unterwegs anzuhalten und einen Strauß Blumen zu besorgen, vielleicht auch ein paar Pralinen. Die alte Dame bekam bestimmt nicht allzu häufig Besuch und würde sich sicher freuen.

Doch ausgerechnet als sie das Haus verlassen wollte, klingelte ihr Telefon. Sophie, die die Nummer kannte, stöhnte auf. Bei dem Anrufer handelte es sich um ihren Verlagsleiter. Sie konnte ihn unmöglich ignorieren, wenn sie nicht riskieren wollte, dass er ihren Vertrag auflöste. Was durchaus in seiner Absicht liegen konnte. Die letzte Veröffentlichung lag sechs Monate zurück. Schon deshalb musste sie sich ins Zeug legen.

„Herr Sauer“, begrüßte sie ihn. „Wie schön, dass Sie sich melden. Ich hatte gerade dasselbe vor. Ich würde Ihnen gerne von meinem neuen Roman erzählen.“

Sophie ließ ihn kaum zu Wort kommen und flunkerte ihm, ohne rot zu werden, vor, dass sie schon bald liefern würde. Natürlich begann er sofort auf einen Termin zu drängen. Letztendlich gelang es ihr, ihm mit ein bisschen Begeisterung und ein paar Details über das Kurhaus den Wind aus den Segeln zu nehmen. Am Ende versprach er ihr eine Frist von drei Monaten und bot ihr sogar einen Vorschuss an. Dann wollte er Ergebnisse sehen. Und das würde er, dachte Sophie zufrieden. Ihr Besuch bei Elisabeth würde weitere Details ans Licht bringen und für die nächsten Kapitel des Romans sorgen.

Gut gelaunt stieg sie in ihr Auto und fuhr los. Wie Paul vorausgesagt hatte, erreichte sie die sogenannte Seniorenresidenz, die tatsächlich ein stinknormales Altenheim war, eine knappe Stunde später. Als sie den Eingangsbereich betrat, kam ihr eine Frau in einem weißen Kittel entgegen, die einen Rollstuhl schob. Darin saß eine alte Dame ziemlich schief und murmelte unentwegt vor sich hin. Ihre linke Körperhälfte schien gelähmt zu sein. Sophie bemerkte, wie aus dem Mundwinkel der Frau Speichel lief, ohne dass ihre Begleitung etwas dagegen unternahm.

„Guten Morgen, ich bin Schwester Monika. Was kann ich für Sie tun?“, begrüßte sie Sophie.

„Guten Morgen, ich möchte eine Bewohnerin besuchen. Ihr Name ist Elisabeth Freier.“

Wieder murmelte die alte Dame etwas.

„Ist sie das?“, fragte Sophie und hoffte, dass dem nicht so war.

„Nein, das ist Frau Werner. Elisabeth sitzt wie immer am Waldsee. Sie finden sie unter den Kiefern.“

„Danke.“

Sophie atmete erleichtert auf. Nicht nur darüber, dass es sich bei der Patientin nicht um die Vorbesitzerin ihres Hauses handelte. Sie war auch froh, die Einrichtung wieder verlassen zu können, in der es stark nach Desinfektion und verschiedenen anderen Gerüchen roch, die sie nicht zuordnen konnte. Mit den Blumen in der Hand ging sie in den Park und schaute sich um. Unter einer Baumgruppe entdeckte sie eine alte Dame, die beinahe reglos auf einer Bank saß. Sie schaute nicht einmal auf, als Sophie näher kam.

„Frau Freier?", fragte Sophie und musterte die Bewohnerin, die einen eleganten kamelfarbenen Pullover und eine helle Leinenhose trug. Ihr dichtes schlohweißes Haar war zu einem Knoten zusammengefasst, der die feinen Züge ihres Gesichts betonte. Sophie erkannte sofort die Ähnlichkeit zum Foto. Frau Freier strahlte trotz ihres hohen Alters noch immer eine gewisse Schönheit aus.

„Darf ich mich zu Ihnen setzen?"

„Was führt Sie zu mir?"

Die Stimme der alten Dame klang dünn und brüchig. Sie erinnerte Sophie an Pergamentpapier, dem es an Elastizität fehlte. Aber das war völlig normal. Frau Freier war fast hundert Jahre alt. Schon die Vorstellung, was diese Frau alles erlebt hatte, erschien Sophie irgendwie unwirklich.

„Ich bin Sophie", stellte sie sich vor. „Ich wohne in Ihrem Haus."

Elisabeth antwortete nicht. Aber Sophie konnte ein scharfes Einatmen hören, als würde jemand vor Schreck die Luft zischend einziehen.

„Ich würde Ihnen gerne ein paar Fragen stellen", sagte sie, als keine Antwort kam. Aber wieder blieb die alte Dame stumm. Ihr Blick war nach vorn auf einen kleinen See gerichtet, von dem eine sanfte Brise herüberwehte, die Sophies Haut kühlte.

„Ich kann es versuchen", hörte sie plötzlich. „Aber zuerst sollten Sie Cassandra versorgen. Sie muss abgerieben werden."

Cassandra!

Sophie stutzte, als Elisabeth den Namen der Stute nannte. Dann aber nickte sie. Natürlich, sie hatte die Demenz völlig vergessen, von der die Maklerin gesprochen hatte. Resigniert schaute nun auch sie auf den See, während sie versuchte, ihre Enttäuschung zu verbergen. Von Anfang an hatte festgestanden, dass Frau Freier vermutlich ihr Kurzzeitgedächtnis verloren hatte. Es hätte an ein Wunder gegrenzt, wenn eine Dame in ihrem Alter bei völlig klarem Verstand gewesen wäre.

„Schwester Monika!“, rief Elisabeth in diesem Moment viel lauter, als Sophie ihr zugetraut hätte, während sie auf einen Knopf drückte, der an einem Band um ihr Handgelenk angebracht war. Tatsächlich kam wenig später die Schwester angelaufen.

„Frau Freier?“

„Bitte bringen Sie uns doch etwas zu trinken!“

„Natürlich.“

Die Schwester verschwand. Verblüfft hatte Sophie beobachtet, wie Elisabeth ihren Kopf erhoben hielt, während sie die Bitte, die mehr wie ein Befehl geklungen hatte, aussprach. Offenbar fühlte sich die alte Dame noch immer in der Rolle einer Hausherrin. Oder einer Kurhausbesitzerin, dachte Sophie. Schwester Monika bestätigte diesen Eindruck, als sie mit einer Karaffe in der Hand und zwei Gläsern zurückkehrte.

„Wir sind alle ihre Bediensteten“, klärte sie Sophie unbeeindruckt auf und lächelte, bevor sie verschwand. Das Tablett hatte sie auf der Bank abgestellt. Sophie schenkte die Gläser halb voll und reichte eines davon der alten Dame.

„Was ist das?“, fragte sie, nur um überhaupt etwas zu sagen und das Gespräch in Gang zu bringen. Obwohl sie inzwischen bezweifelte, dass ihr Besuch etwas brachte.

„Lavendeltee.“ Elisabeth lächelte. „Genau das Richtige an einem heißen Tag wie heute, finden Sie nicht? Die Patienten mögen ihn.“

Sophie nickte und trank. Der Tee schmeckte herrlich frisch.

„Weswegen sind Sie zu mir gekommen?“ fragte die alte Dame und schaute sie zum ersten Mal an. „Warum?“

Sophie zögerte und nippte an dem Tee. Dann holte sie den Umschlag aus ihrer Tasche und reichte ihn Elisabeth, die ihn mit zittrigen Fingern entgegennahm.

„Deshalb", sagte Sophie und wartete, bis die alte Dame die Karte herausgezogen und gelesen hatte. Einen Augenblick lang sagte sie kein Wort. Stattdessen starrte sie auf das Papier und schüttelte den Kopf.

„Haben Sie das im Haus gefunden?", kam es leise, als Sophie schon annahm, dass sie keine Antwort geben würde.

„Ja. Der Umschlag lag vor dem Haus."

Elisabeth Freier nickte und steckte die Karte zurück in das Kuvert.

„Ich weiß, es klingt unglaubwürdig", hakte Sophie nach. „Aber seit ich in Ihrem Haus wohne, habe ich das Gefühl, beobachtet zu werden."

Sie zögerte einen Augenblick, nicht sicher, ob sie die Vorfälle erwähnen sollte. Sie entschied sich dafür. „Jemand schleicht durch den Garten und ist in das Haus eingedrungen. Ich verstehe nicht, warum. Deshalb bin ich zu Ihnen gekommen. Ich habe gehofft, Sie könnten mir eine Erklärung dafür geben."

„Es sind die Kinder", sagte die alte Dame, ohne auch nur eine Sekunde zu zögern. Ihre Stimme begann plötzlich zu zittern. Sophie sah, wie sie sich an den Hals griff und aufgeregt an einer silbernen Kette fummelte. „Sie geben keine Ruhe", fügte sie hinzu.

„Welche Kinder? Von was reden Sie?"

„Vom Haus der Hoffnungen. Sie wurden zerstört. Alles wurde zerstört."

Völlig unerwartet begann die alte Dame zu schreien. Erschrocken versuchte Sophie, sie zu beruhigen. Inzwischen zitterte Elisabeth am ganzen Körper. Schwester Monika kam angerannt. Sie warf Sophie einen vorwurfsvollen Blick zu, bevor sie die Hände der alten Dame nahm, die nun mit ihrem Oberkörper nach vorn und zurück schaukelte.

„Ich bin da, Bettie", sprach sie beruhigend auf sie ein, was tatsächlich Wirkung zeigte. „Ganz ruhig, Sie sind in Sicherheit. Die Kinder werden Ihnen nichts tun."

Sie half der Patientin hoch, um sie zum Haus zu führen.

„Sie gehen jetzt besser", sagte sie kühl zu Sophie, die völlig verstört war. „Frau Freier wird in diesem Zustand nicht mit Ihnen reden können. Meistens dauert er eine ganze Weile an."

„Was ist mit den Kindern? Was meint sie?"

„Frau Freier war früher Krankenschwester und hat ein Kinderheim geführt, in dem sie unzähligen Waisen Schutz bot. Sie hat nie überwunden, dass es ihr nicht gelang, deren Leben zu retten. Und jetzt bitte ich Sie zu gehen. Sie sehen doch selbst, wie aufgeregt sie ist. Sie braucht Ruhe."

Die Schwester verschwand. Behutsam führte sie Elisabeth zum Haus. Sophie blieb verwirrt zurück und schaute ihnen nach. Auf der Bank lagen noch immer die Blumen.

Während der Fahrt nach Hause drehten sich ihre Gedanken permanent um das seltsame Gespräch mit der alten Dame, deren plötzlicher emotionaler Ausbruch sie wirklich erschreckt hatte. Dabei hatte Sophie in den Aufzeichnungen nichts über irgendwelche Kinder gefunden, auch nichts von einem Waisenhaus. Das ehemalige Kurhaus hatte ihres Wissens nach den Nazis als Erholungsort gedient. Das alles passte doch nicht zusammen.

Es sei denn, sie hätte etwas übersehen. War es ein Fehler gewesen, einfach drauflos zuschreiben, ohne vorher sämtliche Aufzeichnungen und Briefe zu lesen? Erwartete sie am Ende möglicherweise eine Überraschung, die ihre gesamte Geschichte ins Wanken brachte?

Sophie seufzte. Doch dann stahl sich ein Lächeln in ihr Gesicht. Zumindest blieb es spannend, und das war es doch, was die Leser erwarteten. Dennoch bedauerte sie, dass die alte Dame ihr nicht hatte weiterhelfen können, was die Feindseligkeit der Dorfbewohner betraf. Sie musste sich dementsprechend darauf einstellen, auch weiterhin beobachtet zu werden, ohne den Grund dafür zu kennen.

Im Haus angekommen, beschloss Sophie, sich erst einmal ein Mittagessen zu kochen. Vorher holte sie die Post aus dem Briefkasten und stellte erfreut fest, dass Matthias sein Versprechen gehalten und eine Umzugsfirma beauftragt hatte. Schon morgen würden ihre wenigen Möbel und Kartons eintreffen. Dann konnte sie sich endlich heimisch fühlen. Allerdings brachte es ihren Plan durcheinander, die Aufzeichnungen durchzusehen. Stattdessen musste sie Platz schaffen, was in dem kleinen Flur nicht ganz einfach war.

Nachdem sie gegessen hatte, machte sie sich ans Werk. Schwitzend und keuchend schob sie Schränke zur Seite, putzte den Boden und entfernte Spinnweben. Am Nachmittag war sie endlich mit dem Ergebnis zufrieden und setzte sich mit einer Tasse Kaffee vors Haus, um sich auszuruhen. Minutenlang genoss sie die Stille um sich herum, bis sie plötzlich von Motorengeräusch unterbrochen wurde.

Sophie schaute zur Straße und bemerkte, wie sich ein Traktor näherte, der offensichtlich zu den Feldern unterwegs war. Neugierig warf sie einen Blick ins Führerhaus und erkannte einen alten Mann, der zu ihr hinstarrte. Spontan hob sie ihren Arm, um ihm zu winken. Schließlich musste sie die Unfreundlichkeit der Dorfbewohner nicht erwidern. Doch dann erkannte sie ihn. Es handelte sich um den Mann, der sie beim Einzug beobachtet hatte und, wenn sie sich nicht komplett täuschte, auch um den Fahrer, der sie auf dem Fahrrad gestreift hatte.

Ihr Arm sank nach unten. Inzwischen war der Traktor an ihrem Haus vorübergefahren und nur noch das Motorengeräusch zu hören. Ohne lange zu zögern, machte sich Sophie auf den Weg ins Dorf. Jetzt, wo sie wusste, dass der Unfallverursacher tatsächlich aus dem Ort kam und er sich nicht einmal die

Mühe machte, sich zu entschuldigen, würde sie dem nachgehen. Ich bin gewiss nicht nachtragend, dachte sie, während sie mit zügigen Schritten die Straße überquerte. Aber der Mann hatte sie umgefahren, ob absichtlich oder nicht, und hatte nicht einmal Erste Hilfe geleistet. Irgendwann war auch bei ihr die Grenze erreicht.

Natürlich starrten sie auch dieses Mal wieder die Leute an, als sie das Postgebäude ansteuerte. Aber davon ließ sie sich nicht beeindrucken. Entschlossen öffnete sie die Tür und trat ein. Eine Frau mittleren Alters saß am Schalter und sortierte gerade Briefe.

„Ich mache gleich zu“, sagte sie, ohne aufzuschauen.

„Bevor Sie schließen, möchte ich Ihnen gerne eine Frage stellen, wenn das nicht zu viel verlangt ist.“

Der Kopf hob sich ruckartig. Erstaunen machte sich in dem Gesicht breit. Dann folgte tatsächlich ein Lächeln. Völlig entwaffnet lächelte Sophie zurück, die längst bereute, so schroff gewesen zu sein.

„Sie sind die Bewohnerin des Katzenhauses“, stellte die Frau fest, als ob etwas anderes nicht infrage käme. „Ich habe schon viel von Ihnen gehört.“

„Was ich von Ihnen leider nicht behaupten kann“, antwortete Sophie. „Das könnte daran liegen, dass die Dorfbewohner nicht mit mir reden. Seit ich hier angekommen bin, habe ich ständig das Gefühl, ich würde unter einer ansteckenden Krankheit leiden.“

„Oh, ich glaube, dann unterschätzen Sie die Lage. Sogar mit der Pest könnten die Leute hier besser umgehen als mit Eindringlingen. So werden alle genannt, die hierherziehen, was nicht gerade viele sind.“

„Eindringlinge? Ich schleiche mich nicht durch fremde Gärten und fahre auch niemand über den Haufen.“

„Dann stimmt es also wirklich?“ Das Lachen aus dem

Gesicht der Angestellten verschwand. „Sie denken, jemand hat Sie absichtlich angefahren?“

„Für mich gibt es da keinen Zweifel. Der Fahrer muss mich gesehen haben. Außerdem hat er sich nach dem Zusammenstoß einfach vom Unfallort entfernt und nicht einmal geschaut, wie es mir geht. Das tut man nur, wenn man etwas zu verbergen hat. Bei uns in der Stadt nennt man das Fahrerflucht.“

„Bei uns auf dem Land auch.“ Die Frau nickte. „Ich hoffe, Sie haben sich nicht ernsthaft verletzt?“

„Nicht wirklich. Mir kam Gott sei Dank ein Arzt zur Hilfe. Neben Ihnen der einzige Mensch hier, der überhaupt ein Wort mit mir gewechselt hat.“

„Das könnte daran liegen, dass er mein Bruder ist. Paul hat mir von Ihnen erzählt.“

„Ihr Bruder?“

„Ja.“ Die Angestellte reichte ihr die Hand. „Ich bin Pia.“

„Sophie.“

„Was wollten Sie eigentlich fragen?“

„Stimmt, beinahe hätte ich es vergessen. Das kommt davon, wenn einen schon ein einfaches Gespräch überrascht. Ich habe vorhin den Traktor gesehen. Er ist an meinem Haus vorbeigefahren, Richtung Felder. Ich wüsste gerne, wie der Besitzer heißt.“

„Der Traktor, der Sie angefahren hat? Sind Sie sicher?“

„Ich denke schon. Der Mann, der ihn fuhr, hat sich schon bei meinem Einzug merkwürdig verhalten. Er stand hinter einem Baum versteckt und hat mich beobachtet. Er hat den Traktor gefahren, bestimmt.“

„Hat er das?“, kam es plötzlich scharf von der Angestellten. „Hier im Dorf fährt jeder Zweite einen. Die Menschen leben von der Landwirtschaft.“

„Ich kann es natürlich nicht beweisen und auf keinen Fall möchte ich etwas Falsches behaupten. Aber ich bin mir ziemlich sicher.“

„Gut. Ich habe jetzt Pause. Dann schauen wir uns den Traktor mal aus der Nähe an, wenn Sie nichts dagegen haben."

„Sie wissen, wo wir ihn finden?"

„Ich denke schon. Sie erwähnten ja, dass er zu den Feldern hinter Ihrem Haus fuhr. Ich weiß, wem sie gehören. Kommen Sie!"

Pia nahm ihre Tasche und ging zur Tür. Als sie sie öffnete, schrie jemand erschrocken auf. Sophie, die Pia folgte, sah eine ältere Frau, die sich die Stirn rieb.

„Haben Sie alles hören können, Frau Schmidt?", fragte Pia spöttisch. „Sie wissen hoffentlich, dass der Lauscher an der Wand …"

„Ich habe nicht gelauscht", antwortete die Frau verärgert und warf Sophie einen misstrauischen Blick zu. „Ich wollte Briefmarken kaufen."

„Natürlich." Pia strahlte sie an. „Dann beim nächsten Mal einfach die Tür öffnen. Okay?"

Kopfschüttelnd ging sie weiter und ignorierte das Schnaufen in ihrem Rücken.

„Der Hof ist nur drei Straßen weiter", erklärte sie Sophie. Dann gingen sie schweigend durch die Straßen, bis sie vor einem riesigen Bauernhaus mit Scheune und Stall ankamen. Mitten im Hof war ein stinkender Misthaufen aufgetürmt."

„Er düngt die Felder. Das dachte ich mir."

„Wer?"

„Der Fahrer des Traktors, den Sie gesehen haben wollen. Er ist übrigens weit über neunzig Jahre alt und dürfte eigentlich gar nicht mehr fahren. Aber ihn vom Gegenteil zu überzeugen, ist zwecklos. Er ist ziemlich stur. Ich frage mich immer wieder, wie er das alles hier noch schafft."

„Dann könnte das hohe Alter möglicherweise die Ursache des Unfalls sein. Vielleicht hat er mich doch nur übersehen."

„Das denke ich nicht. Seine Augen funktionieren noch recht gut."

Pia betrat den Hof. Irgendwo begann ein Hund zu bellen. Sophie blieb zögernd stehen.

„Kommen Sie! Wir warten dort auf der Bank." Sie wies mit der Hand zum Haus. Vor einem der Fenster stand eine bemalte Bauernbank.

„Aber wir können doch nicht einfach hier eindringen", wehrte Sophie den Vorschlag ab und spürte, wie unangenehm ihr die Nähe zu einem der Bauern war, der wahrscheinlich schon bald zurückkehren würde. Wenn er ausgerechnet sie hier vorfände, würde er sicher nicht erfreut reagieren.

„Doch, das können wir", rief ihr Pia zu, die bereits saß. „Ich wohne hier."

„Was? Ich dachte, Sie wollten mir den Traktor zeigen."

Sophie ging kopfschüttelnd näher. Sie verstand jetzt gar nichts mehr. Am allerwenigsten rechnete sie mit der Antwort, die Pia ihr in diesem Moment gab.

„Das werde ich, sobald mein Opa vom Feld zurück ist."

„Ihr Opa? Wollen Sie damit sagen, der alte Mann …"

Sophies Worte wurden von lauten Traktorgeräuschen verschluckt. Routiniert lenkte der Fahrer das schwere Gerät auf den Hof und stoppte es vor dem Misthaufen. Bevor sie realisieren konnte, was gerade geschah, stieg der Mann ab, schnappte sich die Mistgabel und kam auf sie zu.

„Verschwinden Sie von meinem Hof!", schrie er. „Sofort! Sie haben hier nichts verloren."

Starr vor Schreck schaffte es Sophie nicht, sich zu rühren, was den Alten noch mehr aufbrachte. Er hob den Arm mit der Gabel und kam ihr gefährlich nahe.

„Verschwinden Sie! Ich sage es nicht noch einmal."

„Opa!", mischte sich in diesem Moment seine Enkelin ein. „Bist du jetzt völlig verrückt geworden? Was soll das?"

„Weg hier!" Der alte Mann achtete nicht auf Pia. Für ihn gab es nur Sophie.

„Ich werde Sie anzeigen!", schrie nun auch sie, obwohl sie

sich vor ihm fürchtete. „Sie haben mich angefahren und Sie waren es auch, der bei mir eingebrochen ist und …“

„Raus! Weg!“

Der Alte war jetzt kaum noch zu bändigen. Sophie sah, wie sein Gesicht rot anlief, als er auf sie zustürzte. Auch seiner Enkelin gelang es nicht, ihn zu beruhigen. Sophie, die bereute, ihr überhaupt auf diesen Hof gefolgt zu sein, rannte los. Dieser Mann war in ihren Augen völlig wahnsinnig. Auf keinen Fall wollte sie am eigenen Leib erfahren, zu was er noch fähig war.

„Am besten, Sie hauen gleich ab“, schrie er ihr nach. „Sie sind unwillkommen. Haben Sie verstanden?“

Sophie antwortete nicht. Über ihre Wangen liefen Tränen der Wut, aber auch der Angst, als sie durch die Straßen bis zu ihrem Haus hetzte. Dort rannte sie sofort die Treppe nach oben und öffnete die Schublade ihres Schreibtisches. Als sie die Aufzeichnungen herausnahm, bemerkte sie, wie ihre Hände zitterten. Sie zwang sich zur Ruhe und versuchte, ihre Atmung unter Kontrolle zu bekommen. Es gelang ihr wenigstens zum Teil.

Sie würde sich nicht von hier vertreiben lassen, zumindest noch nicht. Und wenn der Alte ihr noch so heftig drohte. Erst musste sie erfahren, was es mit dem ehemaligen Kurhaus und den Kindern auf sich hatte, von denen Elisabeth gesprochen hatte.

Die Bewohner des Dorfes verbargen ein Geheimnis, daran gab es nun keinen Zweifel mehr, und sie würde nicht eher gehen, bis sie herausgefunden hatte, was es war. Aber dafür musste sie erfahren, was sich noch in den Aufzeichnungen finden ließ. Entschlossen nahm sie die Papiere mit nach unten. Dort schloss sie die Tür ab und rüttelte sicherheitshalber daran. Erst dann setzte sie sich auf das Sofa im Wohnzimmer und begann zu lesen.

11

KURHAUS ALTMANN

1934

Wütend stapfte Bettie über den Hof und betrat wenig später das Kurhaus. Als ihr auf dem langen Flur Gäste entgegenkamen, grüßte sie freundlich und nickte ihnen zu. Dann lief sie eilig weiter bis zum Arbeitszimmer ihres Bruders. Wie erwartet, fand sie ihn am Schreibtisch, wo er eifrig Notizen machte. Dass es sich dabei nicht um die Gästeliste des Hauses oder Abrechnungen handelte, wusste Bettie auch ohne nachzuschauen.

„Was soll das, Richard?“, fragte sie frei heraus und knallte die Wochenzeitung vor ihn auf den Tisch. „Vater wird außer sich sein, wenn er herausbekommt, wer R. Alt ist. Wenn du schon diese Kolumne schreiben musst, hättest du nicht wenigstens Rücksicht auf die Familie nehmen können?“

Bettie nahm die Zeitung erneut zur Hand und las laut vor.

„Gott weiß, dass die Menschen des Landes alles dafür tun müssen, um Hitler und seine Schergen aufzuhalten.“ Sie holte tief Luft. „Bist du wahnsinnig, Richard? Du kannst doch nicht zum Widerstand aufrufen und gleichzeitig diese Uniform tragen.“

„Ich trage sie nicht freiwillig. Außerdem halte ich es für wichtig, dass es politische Auseinandersetzungen gibt. Dieser

Artikel wird hoffentlich dazu beitragen“, erwiderte ihr Bruder kühl.

„Und ich halte es für gefährlich, ausgerechnet die Menschen zu reizen, die unser Kurhaus vor dem Ruin gerettet haben. Weißt du überhaupt, in welch prekäre Lage du uns bringst? Auch noch kurz vor meiner Hochzeit?“

„Tut mir leid, Bettie. In diese Lage hat sich unser Vater selbst gebracht. Die Nazis stellen eine Gefahr dar. Ob er das nun wahrhaben will oder nicht, und Wilhelm ist einer von ihnen.“

„Und ich dachte, du magst ihn.“

„Das tue ich auch“, antwortete ihr Bruder und wich ihrem Blick aus. „Aber ich teile nicht seine politischen Ansichten, auch wenn er versucht, mich davon zu überzeugen.“

„Dann halte dich doch einfach ganz aus den politischen Angelegenheiten heraus. Du bist Arzt. Deine Aufgabe wird sein, das Kurhaus zu führen. Wenn herauskommt, dass du dich in der Redaktion herumtreibst und gegen deine Gäste wetterst, wird Vater dich vom Gut jagen.“

„Dessen bin ich mir bewusst, Bettie.“

Richard nippte an seinem Kaffee und schaute an ihr vorbei. Wieder einmal fiel Bettie auf, wie sehr er sich verändert hatte. Seitdem er von dem Kongress in Berlin zurückgekehrt war, hielt er sich von ihr, vor allem aber von seinem Vater fern. Stattdessen verbrachte er viel Zeit in der Stadt. Bettie vermutete, dass er sich dort mit Gunnar traf.

„Versprich mir, die Kolumne nicht fortzuführen“, bat sie ihn. „Und halte dich von Gunnar fern. Zumindest so lange, bis ich verheiratet bin. Dann kannst du von mir aus tun, was du willst.“

„Ich hatte nicht vor, in naher Zukunft einen weiteren Artikel zu schreiben. Du kannst beruhigt sein.“ Er brach ab und schaute seine Schwester an, die sich unter diesem Blick unbehaglich fühlte. „Eigentlich bist du es, die sich verändert hat“, sagte er dann. „Bevor Wilhelm in dein Leben trat, hättest du dich nie und nimmer auf die Seite der Nazis und Hitlers gestellt. Was ist aus deiner Freundschaft mit Hans geworden? Was ist mit der Loyalität Johanna gegenüber?“

„Du begreifst es nicht, oder?“ Bettie schüttelte den Kopf. „Es ist einfach nur dumm, sich offen gegen die neue Führung zu stellen.“

„Du glaubst, schweigen ist die bessere Lösung? Ich mache mir Sorgen, Bettie. Hitler hat zum Boykott jüdischer Geschäfte aufgerufen. Er will ihre Arztpraxen und Kanzleien schließen. Er schürt Hass in der Bevölkerung, und alles, was du dazu zu sagen hast, ist, dass ich schweigen soll? Was glaubst du, wie sich Mutter gerade fühlt? Wie lange wird es wohl dauern, bis auch sie in deren Visier gerät?“

„Das ist doch Unsinn. Mutter hat nichts damit zu tun. Wilhelm würde niemals zulassen, dass ihr etwas geschieht.“

„Ich hoffe, du behältst recht.“

Richard widmete sich wieder seinen Unterlagen. Bettie hingegen blieb unschlüssig stehen. Sie liebte ihren Bruder und hasste es, mit ihm zu streiten.

„Mutter und ich fahren in die Stadt. Ich werde mein Hochzeitskleid anprobieren. Warum begleitest du uns nicht? Wir könnten bei Johanna essen. Wie früher, was hältst du davon? Der Termin bei der Schneiderin ist um elf Uhr, danach könnten wir uns treffen.“

„Ich denke, dass es keine gute Idee ist“, lehnte er ab. „Ich habe es ernst gemeint, als ich von Boykotten sprach. Es könnte heute durchaus brenzlig werden. Deshalb rate ich euch, das Kleid zu holen und danach schleunigst zum Hof zurückzukehren.“

„Was ist mit dir? Wirst du in der Stadt sein?“

Richard zögerte. Sie bemerkte es. Doch dann nickte er.

„Ich bin mit Gunnar und ein paar anderen verabredet.“

„Mit ein paar anderen Kommunisten?“

„Lass es gut sein, Bettie! In Anbetracht der Tatsache, dass der Sohn eines Gauleiters um deine Hand angehalten hat, ist es wohl besser, du hältst dich aus meinen Angelegenheiten heraus.“

„Wenn ich das täte, läge die Zeitung jetzt auf Papas Tisch und nicht auf deinem und jeder wüsste, wer hinter dieser Kolumne steckt. Ich bin deine Schwester, Richard, nicht dein Gegner. Ich hoffe, du weißt das.“

Ihr Bruder stand auf und kam zu ihr. Liebevoll nahm er sie in den Arm.

„Natürlich, Bettie. Und jetzt geh! Dein Kleid wartet. Du wirst wunderschön darin aussehen.“

Bettie löste sich von ihm. Sie war froh, dass ihr Bruder ihr wieder versöhnlich gegenübertrat. Sie verstand ihn ja auch. Aber das Gleiche erwartete sie von ihm. Sie liebte Wilhelm, der nichts für die Stellung seines Vaters konnte und ihr geschworen hatte, nichts mit den gewaltsamen Aktionen zu tun zu haben. Richard musste doch am besten wissen, wie es sich anfühlte, von seinem Vater in eine Rolle gedrängt zu werden.

Sie konnte nur hoffen, dass ihr Bruder seine Einstellung etwas zurückhaltender zeigte. Nicht zuletzt deshalb, weil das Kurhaus nun einmal von diesen Gästen lebte. Seit ihr Vater sich zusehends zurückzog und Richard die Führung überließ, der wiederum Bettie in all seine Entscheidungen mit einbezog, florierte das Geschäft. Inzwischen kamen Gäste aus dem ganzen Land. Schon deshalb musste sie ihrem Bruder von Zeit zu Zeit ins Gedächtnis rufen, was er riskierte, wenn er nicht diplomatisch handelte.

„Die Zeitung nehme ich lieber mit“, sagte sie und griff nach dem Blatt.

„Keine Sorge.“ Richard winkte ab. „Ich denke nicht, dass Vater sie lesen wird.“

„Wie kommst du darauf? Ist er wieder krank?“

„Er hustet und hat Fieber. Ich habe ihn vorhin untersucht.

Irgendetwas ist mit seiner Lunge. Aber er weigert sich, ins Krankenhaus zu gehen."

„Hast du ihn nicht über die Folgen aufgeklärt, die sein stures Verhalten nach sich ziehen kann?"

„Natürlich habe ich das getan. Er glaubt, dass es sich nur um eine harmlose Erkältung handelt, und ist sich sicher, dich bei deiner Hochzeit zum Altar zu führen."

„Wirklich?"

Bettie runzelte ungläubig die Stirn. Sie wussten beide, dass ihr Vater sich nicht sonderlich viel aus seiner Tochter machte und sein Wunsch lediglich geschäftlichen Interessen entsprach.

„Du lieferst ihm den Schwiegersohn, den er sich wünscht", sprach Richard aus, was sie dachte.

„Dann habe ich wenigstens einmal etwas richtig gemacht", antwortete Bettie und sah zur Uhr. „Ich muss los. Schaust du nachher noch nach Lehmann? Der Verband muss gewechselt werden."

„Natürlich. Verschwinde!"

„Bin schon weg. Es wird tatsächlich höchste Zeit. Mama wartet sicher schon. Bis später, Richard."

Während Bettie auf der Fahrt unentwegt über die anstehende Hochzeit und ihr neues Kleid sprach, blieb ihre Mutter ungewöhnlich still. Ihre Tochter bemerkte es kaum und plapperte unaufhaltsam weiter, bis auch sie plötzlich verstummte.

„Was ist denn los mit dir, Mama?", fragte sie. „Seit wir vom Hof gefahren sind, hast du kein einziges Wort gesprochen. Habt ihr wieder gestritten?"

„Nein, ich habe deinen Vater heute noch gar nicht zu Gesicht bekommen. Er fühlt sich unwohl und hat sein Zimmer nicht verlassen."

„Was ist es dann?"

„Richard hat mir von den Boykotten erzählt. Vielleicht wäre es vernünftiger gewesen, wir wären an einem anderen Tag zu Ethel in die Schneiderei gefahren.“

„Ach, Mama. Was soll uns denn passieren? Ich werde mein Kleid anprobieren und danach gehen wir zu Johanna. Du kommst so selten in die Stadt. Versuch doch wenigstens heute, die trüben Gedanken zu verdrängen. Ich möchte, dass du dich mit mir freust. Ich kann kaum erwarten, das Kleid zu sehen.“

„Ich werde es versuchen“, versprach ihre Mutter. „Vielleicht macht sich Richard zu viele Sorgen und es kommt gar nicht so weit. Aber du musst auch verstehen, dass ich nicht einfach darüber hinwegsehen kann, wenn der jüdischen Bevölkerung das Leben schwergemacht wird. Schließlich wurde ich in demselben Glauben erzogen.“

„Ja, aber inzwischen bist du mit einem christlichen Arzt verheiratet.“

„Du hast recht.“

Ihre Mutter nickte, wie Bettie erleichtert feststellte. Als der Wagen wenig später hielt, stiegen die Frauen aus. Die Schneiderei befand sich in der Innenstadt, die sie am schnellsten zu Fuß erreichten. Sie bogen in die Hauptverkehrsstraße ein und näherten sich plaudernd dem Zentrum. Aber schon an der Kreuzung davor wurden sie aufgehalten. Autos, Pferdekarren, vor allem aber marschierende Gruppen der Hitlerjugend und des BDM sorgten dafür, dass der Verkehr ins Stocken geraten war.

„Was hat der Aufruhr zu bedeuten?“, fragte Bettie und wich erschrocken zur Seite, als ein paar Jungen mit Farbeimern in den Händen an ihnen vorüberhetzten und sie anrempelten. Die Frauen, die ihnen über die Straße folgten, beobachteten, wie sie vor einem Laden stoppten und damit begannen, das Schaufenster mit dem Davidstern zu beschmieren. Vor dem Eingang bezogen ihre Kameraden Stellung und schüchterten die Kunden ein, die einkaufen wollten.

„Richard hat nicht übertrieben“, sagte Madeleine leise,

sodass Bettie sie kaum verstand. „Die Nazis machen ihre Drohung wahr. Das hier ist nur der Anfang. Komm! Lass uns schnell zu Ethel gehen. Ich will hier weg.“

Bettie folgte ihr. Auch sie war erschrocken über die offenen Anfeindungen gegen die jüdische Bevölkerung. Die Halbstarken der Hitlerjugend beschmierten die Schaufenster und warfen faules Gemüse dagegen, was einem Boykott gleichkam. Schnellen Schrittes machten sich die Frauen auf den Weg und kamen völlig außer Atem bei der Schneiderei an, wo sie feststellten, dass der Laden abgesperrt war. Bettie musste mehrere Male klopfen, bis Ethel ihnen endlich die Tür öffnete. Sie wirkte aufgeregt und schaute ängstlich nach beiden Richtungen, bevor sie sofort wieder abschloss.

„Wir sollten uns ranhalten“, schlug sie vor, kaum dass ihre Kundinnen den Laden betreten hatten. „Ich befürchte, sie werden auch vor meiner Schneiderei keinen Halt machen. Den ganzen Morgen treiben sie sich schon herum und verwehren den Kunden den Eintritt. Sobald ein Geschäftsinhaber sich zur Wehr setzt, zertrümmern sie den Laden. Ich frage mich, wo das noch hinführen soll.“

„Ethel, so ängstlich kenne ich dich ja gar nicht“, stellte Bettie fest. „Vielleicht sind es nur dumme Jungen, die ihren Mut abkühlen wollen.“

Die Ladenbesitzerin antwortete ihr nicht. Dafür warf sie Madeleine einen Blick zu, in dem sie ihre Befürchtungen zum Ausdruck brachte. Bettie sah, wie ihre Mutter stumm nickte. Plötzlich fühlte sie sich fehl am Platz, wie das fünfte Rad am Wagen. Als würden Ethel und ihre Mutter ein Geheimnis teilen, von dem sie nichts wusste.

„Ihr glaubt, sie handeln auf Anweisung?“, fragte sie.

„Auf was sonst, Bettie?“ Ihre Mutter trat zum Schaufenster. „Sieh nur!“

Sie zeigte auf einen Leiterwagen, der am Ende der Straße hielt. Von der Ladefläche sprangen junge Männer in Uniform.

„Glaubst du immer noch, es handelt sich nur um einen Streich?“

„Und jetzt? Ich bin doch gekommen, um das Kleid anzuprobieren.“

„Das wirst du auch“, sagte Ethel entschlossen zu ihr. „Ich hole es. Lass dir von den Halunken nicht die Freude daran vermiesen.“

Die Schneiderin verschwand und kehrte wenig später mit dem Brautkleid zurück. Sofort begannen Betties Augen wieder zu strahlen. Ethel hatte recht, sie würde sich durch den Aufruhr in den Straßen nicht die Freude daran verderben lassen.

„Wie sehe ich aus?“, fragte sie, als sie das Kleid trug und sich begeistert vor dem großen Spiegel drehte.

„Du bist wunderschön“, bestätigte Madeleine und rang sich ein Lächeln ab. „Nur schade, dass Wilhelm in dieser grässlichen Uniform heiraten wird. Ein feiner Anzug würde besser zu dem Kleid passen.“

Die Frauen schwiegen. Auf Betties Stirn machte sich eine Unmutsfalte breit. Sie wusste, dass ihre Mutter Wilhelm nicht mochte. Aber genügte es nicht, dass ihr Bruder reißerische Artikel für die Kommunisten schrieb? Musste ihre Mutter jetzt auch noch anfangen, ihre Haltung offen zur Schau zu tragen?

„Ich liebe Wilhelm“, stellte Bettie klar. „Ich werde ihn mit oder ohne Uniform heiraten.“

„Schon gut, Bettie“, beruhigte Madeleine sie. „Ich wollte dich nicht kränken. Es ist nur wegen des Terrors da draußen. Du musst doch verstehen, dass es mich beunruhigt. Deine Großmutter war Jüdin.“

„Du hast Angst, dir könnte jemand etwas antun?“ Bettie schüttelte heftig den Kopf. „Das wird nicht passieren“, versprach sie. „Wilhelm würde das nie zulassen.“

„Nein, das würde er nicht.“

Ihre Mutter nickte, bevor sie sich der Schneiderin zuwandte, die ängstlich zur Tür schaute, als plötzlich Lärm von draußen hereindrang. Madeleine trat zum Fenster und sah, wie ein Dutzend Uniformierter über die Straße marschierte und Parolen grölte. Im Gemüseladen gegenüber traten sie die Regale um, sodass Kartoffeln und Kohl über den Gehweg kullerten. Dann steuerten sie zu Madeleines Entsetzen die Schneiderei an. Hastig zog sie sich vom Fenster zurück.

„Sie kommen“, warnte sie ihre Tochter und Ethel. „Schnell, zieh das Kleid aus!“

„Aber ich …“

„Mach schon!“, fuhr Madeleine sie an. Doch es war zu spät. Ein Stein flog durch die Scheibe, sodass das Glas zersplitterte. Fast gleichzeitig wurde die Tür eingetreten. Die Männer stürmten in die Schneiderei. Ein junger Feldwebel blieb sichtlich erstaunt im Türrahmen stehen. Beim Anblick Betties, die im Brautkleid vor dem Spiegel stand, verstummte er. Sein Blick fiel auf den Stein, der nur wenige Zentimeter von ihren Füßen entfernt auf dem Boden lag.

„Fräulein von Altmann“, begrüßte er sie. „Wie schön, Sie wiederzusehen.“

„Sie verstehen sicher, dass die Freude nicht auf meiner Seite ist“, antwortete Bettie kühl. „Herr Behring, nicht wahr?“

„Richtig. Es tut mir leid, falls wir Ihnen Angst gemacht haben sollten. Aber Sie kaufen bei Juden. Ihnen ist das bewusst?“

„Wir sind seit Jahren Kunden der Schneiderei“, mischte sich Madeleine ein. Ethel hingegen hatte sich zitternd an die Wand gedrückt. „Verschwinden Sie!“

Behring zögerte kurz. Einen Moment lang geschah nichts. Dann, völlig unvermittelt, riss der Mann die Kleiderständer um. Während Ethel laut aufschluchzte, bemerkte Bettie, dass ihre Mutter sich kaum noch beherrschen konnte. Unterdessen machte sich ein anderer Kerl an der Kasse zu schaffen, die er offenbar nicht aufbekam.

„Den Schlüssel!“, fuhr er die Schneiderin an, die ihm das

Verlangte widerstandslos gab. Er öffnete die Kasse und nahm das wenige Geld heraus.

„Hören Sie auf damit!“, schrie Madeleine ihn an. „Sie begehen gerade einen Diebstahl. Ich werde die Polizei informieren.“

Behring starrte sie an. Dann machte sich ein Grinsen auf seinem Gesicht breit.

„Ich gebe Ihnen zehn Minuten. Dann sind Sie hier raus.“

„Sie denken wirklich, ich lasse mir von Ihnen vorschreiben, wo ich einkaufe?“

„Es wäre zu Ihrem Vorteil“, antwortete er ungerührt. „Deutsche kaufen nicht bei Juden. Jeder Widerstand würde als Angriff auf die Staatsgewalt gewertet. Das ist Ihnen doch klar? Oder gibt es etwas, das ich wissen sollte?“

„Nein“, mischte sich Bettie ein. „Wir gehen. Aber vorher muss ich mich umziehen.“

„Tun Sie das, Fräulein von Altmann, und richten Sie Ihrem Verlobten Grüße aus.“

Behring verließ die Schneiderei. Seine Männer folgten ihm. Im Laden trat Stille ein. Bettie war die Erste, die sich fing.

„Der Schaden ist nicht allzu groß“, stellte sie fest. „Ich denke, dass sie nicht zurückkommen. Trotzdem ist es besser, wenn wir verschwinden.“

„Wir können Ethel doch jetzt nicht allein lassen“, widersprach ihre Mutter. Doch Ethel stimmte Bettie zu.

„Sie hat recht. Ich sperre ab und gehe nach Hause. Hier bin ich nicht sicher.“

„Und was ist mit dem Kleid?“

„Ihr könnt morgen einen Angestellten schicken, der es abholt. Ist das recht?“

„Natürlich, danke, Ethel.“

„Ich habe zu danken. Ohne den Auftrag könnte ich den Laden zumachen. Es werden wohl kaum noch Kunden kommen nach dieser Aktion.“

„Du kannst weiter für das Kurhaus arbeiten“, versprach ihr Madeleine, während Bettie aus dem Kleid schlüpfte. „Ich lasse nicht zu, dass sie dein Geschäft kaputtmachen.“

Ethel nickte, schien aber wenig überzeugt. Gemeinsam verließen sie den Laden. Draußen verabschiedete sich die Schneiderin und lief schnellen Schrittes über die Straße. Madeleine und Bettie blieben unterdessen unschlüssig stehen.

„Wir sollten zum Hof zurückfahren“, schlug Madeleine vor. „Ich nehme an, der Spuk wird so schnell nicht aufhören.“

„Auf gar keinen Fall.“ Bettie schüttelte den Kopf. „Wir lassen uns nicht einschüchtern und werden wie geplant zu Johanna ins Gasthaus gehen. Schau nur!“ Bettie zeigte auf einen Trupp Männer, die den Leiterwagen bestiegen und davonfuhren. „Sie rücken ab.“

„Also gut“, gab Madeleine nach, die bedauerte, dass Betties Anprobe ganz anders verlaufen war als gehofft. Sie wusste, wie aufgeregt ihre Tochter diesem Termin entgegengefiebert hatte, den die Nazis von einer Minute zur anderen zerstört hatten.

„Dann lass uns gehen.“

Gemeinsam steuerten sie die Gastwirtschaft am Marktplatz an, wobei sie bemerkten, dass der Terror noch längst nicht vorüber war. Inzwischen hatten sich die Straßen im Zentrum vollends mit Braunhemden gefüllt. Während Bettie schockiert war über das Ausmaß der Zerstörung, drängte Madeleine sie zur Eile und atmete sichtlich auf, als sie das Gasthaus betraten. Johanna begrüßte die Frauen ungewohnt zurückhaltend und führte sie zu einem der Tische. Obwohl sie nicht zum ersten Mal bei ihr aßen, schien sie sich heute nicht wohl dabei zu fühlen, die von Altmanns zu bewirten.

Bettie schaute sich um und ahnte allmählich, woran Johannas Zurückhaltung lag. Sie hatte bereits beim Eintreten bemerkt, dass sich ungewöhnlich viele Freunde von Hans in der Kneipe aufhielten. In ein paar von ihnen erkannte sie Zeitungsleute, denen sie in der Redaktion begegnet war. Sie diskutierten eifrig und versuchten anscheinend, die Lage draußen auf der Straße einzuschätzen.

Mittendrin erkannte sie Hans, ihm gegenüber saß Richard. Als ihr Bruder sie bemerkte, runzelte er die Stirn. Es war ihm vom Gesicht abzulesen, dass er sich Sorgen machte. Bettie zuckte mit den Schultern und setzte sich zu ihrer Mutter an den Tisch.

„Wir nehmen den Eintopf", sagte Madeleine zu Johanna. „Und für mich bitte ein Glas Wein!"

„Muss das sein?"

Bettie warf ihrer Mutter einen vorwurfsvollen Blick zu. Sie wusste schließlich, dass ihr Vater aufgebracht reagieren würde, wenn sie Madeleine schon zum Mittag angetrunken nach Hause brächte. Inzwischen bereute sie, überhaupt in die Kneipe gegangen zu sein. Die Stimmung war aufgeheizt, es war nicht zu überhören. Dabei hatte ihr Bruder sie gewarnt. Dass seine Sorge nicht unbegründet war, musste sie schon im nächsten Augenblick erkennen. Ruckartig wurde die Tür aufgerissen und eine Gruppe SS-Männer trat ein.

„Das Lokal ist mit sofortiger Wirkung geschlossen", rief eine scharfe Stimme.

Bettie schaute zu Hans. Sie stöhnte auf, als sie beobachtete, wie er die Fäuste ballte.

„Sie haben kein Recht dazu", protestierte er, wie sie erwartet hatte, und sprang auf. In seinen Augen stand blanke Wut. Doch das schien die SS-Männer nicht zu beeindrucken.

„Wenn sich dort Kommunisten zum Widerstand organisieren schon", erwiderte ein Mann an der Tür spöttisch. „Nehmt sie fest!", forderte er die Kameraden auf, die sich augenblicklich der Gruppe um Hans näherten. Währenddessen war aus Madeleines Gesicht sämtliche Farbe gewichen. Ängstlich nahm sie die Hand ihrer Tochter. Immer mehr Braunhemden stürmten nun in die Kneipe. Die Stimmung machte längst nicht mehr den Eindruck, als dass sie friedlich gelöst werden könnte.

„Gott steh uns bei“, flüsterte Madeleine und trank das Glas Wein in einem Zug aus.

„Ich fürchte, er wird uns gerade nicht helfen können“, antwortete Bettie, die beunruhigt beobachtete, wie einer der Männer direkt auf sie zukam. Trotz der bizarren Lage grüßte er die Frauen freundlich und verbeugte sich sogar. Als Bettie ihm ins Gesicht schaute, erkannte sie den jungen Oberst Maurer, der sich noch vor ein paar Tagen in ihrem Kurhaus von einer Lungenentzündung erholt hatte.

„Ich denke, Sie sollten jetzt gehen“, schlug er höflich vor und reichte Betties Mutter den Arm. Doch Madeleine reagierte nicht. Stattdessen starrte sie den jungen Mann wütend an. Inzwischen verließen andere Gäste fluchtartig den Raum. Johanna, die reglos an der Theke stand und sich nicht rührte, warf Bettie einen verzweifelten Blick zu.

„Wir sind zum Essen gekommen“, teilte Madeleine ihm völlig ruhig mit. „Haben Sie draußen nicht Wichtigeres zu tun?“

„Draußen?“, fragte der Angesprochene verunsichert. „Sie meinen den Boykott? Keine Sorge, den Unrat haben wir so gut wie beseitigt.“

„Unrat“, hörte Bettie ihre Mutter leise wiederholen. Sie hatte die abfälligen Worte natürlich auch gehört und sie wusste, wie Madeleine darunter litt.

„Unrat? So nennt ihr ein ganzes Volk? Schämt ihr euch nicht?“, fragte ihre Mutter in dieser Sekunde scharf. „Wehrlosen Menschen Angst einzujagen? Ihnen die Existenz zu rauben? Sie zu demütigen?“

Bettie stöhnte auf. Für einen kurzen Augenblick trat Schweigen ein. Madeleine von Altmann war es binnen kürzester Zeit gelungen, die Aufmerksamkeit aller auf sich zu ziehen. Sie schien sich der Provokation, die sie auslöste, kaum bewusst zu sein. Vermutlich hatte sie es nur dem Aufenthalt im Kurhaus zu verdanken, dass der junge Offizier so gelassen reagierte und sie lediglich spöttisch angrinste.

„Haben Sie gar nichts zu Ihrer Verteidigung vorzubringen?“, gab Madeleine unterdessen nicht auf und erwiderte seine Blicke voller Hass. Geistesgegenwärtig sprang Richard auf, eilte zu ihr und versuchte, sie zum Verlassen des Lokals zu bewegen.

„Es reicht, Mutter! Wir gehen!“

Für einen kurzen Moment sah es aus, als würde sie sich auch ihm widersetzen. Doch dann nickte sie und beugte sich seiner Bitte. Bettie atmete erleichtert auf. Aber dann bemerkte sie erschrocken, wie der junge Offizier sich drohend vor Madeleine aufbaute.

„Die Juden widersprechen der reinen Rasse“, beantwortete er ihre Fragen. „Deshalb ist in Deutschland kein Platz für sie.“

„Das hat euch der Führer in den Kopf gesetzt, nicht wahr?“ Madeleines Stimme überschlug sich, als sie fortfuhr. „Aber ich sage euch etwas. Für Gewalt und Terror ist kein Platz. Die Juden haben euch nichts getan, genauso wenig wie diese Männer hier. Sie sind nicht das Übel, von dem dieses Land überschwemmt wird.“

„Sie hat recht. Die Nazis sollen verschwinden“, rief auf einmal jemand vom Tisch, an dem Hans gesessen hatte. Als hätten die Gegner nur darauf gewartet, drängten sie sich durch die Stühle und Tische zu der Gruppe. Dabei warfen sie Gläser um, die am Boden zerbrachen.

„Bitte gehen Sie!“, bat Johanna verzweifelt und stellte sich zwischen sie. Sie wurde grob weggestoßen, was für Hans Anlass genug war zuzuschlagen. Sekunden später war die Schlägerei in vollem Gange. Jetzt erkannte Bettie auch Gunnar, der seinem Bruder zur Hilfe eilte, als der von einem kräftigen Kerl niedergeschlagen wurde und am Boden lag. Immer wieder wurde auf ihn eingetreten, bis Gunnar sich von hinten auf den Angreifer stürzte. Entsetzt sah Bettie, wie einer der Männer ein Glas hob, um es auf dem Kopf des Jungen zu zerschmettern.

„Nicht!“, schrie sie und kämpfte sich zu ihnen vor. „Hören Sie auf damit!“

Sofort wurde nun auch sie attackiert und brutal herumgerissen. Ohne Rücksicht bog man ihre Arme auf den Rücken und legte ihr Handschellen an. Bettie spürte das kalte Metall und schrie auf, als es sich in ihre Handgelenke rieb.

„Loslassen! Nehmt ihr die Handschellen ab!“

Weitere Männer betraten das Lokal. Bettie erstarrte, als sie Wilhelms Stimme erkannte, der nun mit wütendem Gesicht auf sie und Madeleine zukam. Gleichzeitig spürte sie die Erleichterung, die sein Eingreifen in ihr auslöste.

„Was habt ihr hier zu suchen?“, fragte er zornig. „Müsst ihr euch unbedingt in Gefahr bringen?“

„Es wurde erst gefährlich, als die Nazis auftauchten“, antwortete Madeleine, der offenbar noch immer nicht bewusst war, dass sie den Aufruhr verursacht hatte. „Ihr habt kein Recht, die Gastwirtschaft zu schließen.“

Wilhelm schüttelte den Kopf und sog scharf den Atem ein. Bettie ahnte, dass er sich nur mühsam beherrschen konnte.

„Du weißt, wie sehr ich dich schätze, Madeleine“, sagte er gefährlich leise. „Aber ich rate dir dringend, dich aus meinen Angelegenheiten herauszuhalten.“

Er deutete zur Tür. Doch Madeleine rührte sich nicht.

„Was ist mit Richard?“, fragte sie.

„Er kann gehen. Aber ich warne euch. Noch einmal werde ich eure Köpfe nicht aus der Schlinge ziehen.“

„Lieber legst du sie uns um den Hals, nicht wahr?“, erwiderte Madeleine unbeeindruckt.

„Jetzt komm schon, Mama!“, forderte Bettie, die nur noch weg wollte. Du hast für genug Aufregung gesorgt, meinst du nicht?“

Madeleine warf Wilhelm einen eisigen Blick zu, bevor sie zu Johanna ging, um zu zahlen. Währenddessen wurden Hans und seine Kameraden verhaftet. Als er sich wehrte, schlug ihm ein Mann mit voller Wucht den Gewehrkolben auf den Kopf. Blutüberströmt stolperte Hans zu dem Lastwagen vorm Gasthaus, auf dessen Ladefläche man ihn stieß. Bettie, die inzwischen von ihren Handschellen befreit worden war, rannte zu dem Fahrzeug.

„Er braucht einen Arzt!“, rief sie. „Er blutet.“

Niemand reagierte. Stattdessen setzte sich der Lastwagen in Bewegung und fuhr davon. Resigniert kehrte Bettie zu ihrer Mutter zurück, die gerade in eine Limousine stieg. Wilhelm hielt ihr die Tür auf und wies den Fahrer an, seine zukünftige Schwiegermutter zum Kurhaus zu bringen. Madeleine ließ es widerstandslos geschehen. Nun, da die Wirkung des Weins nachließ, wurde ihr wahrscheinlich bewusst, was sie angerichtet hatte. Nicht nur, dass sie Johanna und ihre Jungen in Schwierigkeiten gebracht hatte. Sie hatte auch für einen handfesten Skandal gesorgt. Die Leute, die den Verhaftungen neugierig zugeschaut hatten, erkannten sie und Madeleine natürlich. Bettie wusste jetzt schon, wie ihr Vater toben würde, wenn er davon erfuhr.

Deshalb war sie auch nicht unglücklich darüber, dass Wilhelm sie in seine Wohnung brachte, die er gemietet hatte, bis er auf dem Gut einziehen würde. Dass er sie dabei ziemlich grob die Stufen hinaufstieß, schob sie auf den Ärger, den er in sich trug. Es war dumm gewesen, ausgerechnet an diesem Tag zu Johanna zum Essen zu gehen. Wilhelms Wut war durchaus berechtigt.

Dennoch zuckte sie zusammen, als die Tür laut ins Schloss fiel und er wütend auf sie zukam. Sie sah das Funkeln in seinen Augen und glaubte, eine Gier darin zu erkennen, die ihr fremd war. Ruckartig wich sie zurück. Sie kannte Wilhelm so nicht. Ihr gegenüber war er stets höflich, galant und sogar etwas zurückhaltend gewesen. Nun schien er plötzlich eine Macht auf sie auszuüben, die ihr Angst machte.

„Ich bin davon ausgegangen, dass du dich von diesem Pack fernhältst“, presste er heraus und zog sich die Stiefel aus, die er achtlos auf den Boden warf, bevor er ihr näher kam.

„Es tut mir leid, Wilhelm. Aber ich kenne Hans und Gunnar, seit ich klein war. Ich kann doch nicht so tun, als wäre mir gleichgültig, was mit ihnen geschieht.“

„Oh doch, das wirst du müssen. Du bist meine Verlobte, wir werden bald heiraten. Ich kann es mir nicht leisten, dass meine zukünftige Frau mit Kommunisten mauschelt.“

„Es kommt nicht wieder vor“, versprach sie.

„Und du glaubst, damit gebe ich mich zufrieden?“

Bettie zuckte mit den Schultern. Sie hatte keine Ahnung, was er vorhatte, und befürchtete sogar für einen Moment, er könnte sie schlagen. Stattdessen schob er sie in das Zimmer, in dem ein Bett stand, und entledigte sich seiner Uniform. Bettie, die noch nie in ihrem Leben einen nackten Mann gesehen hatte, riss die Augen weit auf. Bisher hatten Wilhelm und sie lediglich Küsse ausgetauscht.

„Wilhelm, du …“

Sie kam nicht dazu, den Satz zu beenden. Ungestüm riss er sie an sich und küsste sie grob und verlangend. Bettie schmeckte Blut an ihrer Lippe, als er leicht zubiss, bevor er sie von sich wegstieß.

„Zieh dich aus!“, verlangte er und setzte sich auf die Bettkante, um ihr dabei zuzuschauen. Bettie erstarrte. „Mach schon!“, sagte er. „Oder soll ich es tun?“

Zögernd begann sie, die Knöpfe ihres Kleides zu öffnen. Ihre Finger zitterten dabei. Sie spürte die Angst, die sie zu lähmen drohte, aber gleichzeitig auch Erregung, die ihr Blut in Wallung brachte. Als sie bemerkte, wie Wilhelm scharf den Atem einzog, lächelte sie und beugte sich zu ihm, um ihn zu küssen. Wilhelm keuchte, bevor er sie packte und aufs Bett warf. Sein Körper fühlte sich schwer an, als er sich über sie rollte und ihren Rock hochschob.

Bettie, der alles viel zu schnell ging, versuchte, ihn zu bremsen. Aber er schien es nicht einmal zu bemerken. Sein Atem ging jetzt stoßweise, während etwas Hartes gegen ihren Schoß drängte. Bettie wartete auf den Schmerz, von dem die Mädchen im Krankenhaus gesprochen hatten. Er blieb aus. Stattdessen rollte sich Wilhelm von ihrem Körper und blieb reglos neben ihr liegen."

„Geh!", sagte er leise. „Bitte, Bettie."

Völlig verwirrt ordnete Bettie ihre Kleider. Dabei hoffte sie die ganze Zeit, er würde sie aufhalten und ihr sagen, dass es ihm leidtat und ob sie etwas falsch gemacht hatte. Sie wurde enttäuscht. Wilhelm warf ihr nicht einmal einen Gruß zum Abschied zu, als sie die Wohnung verließ.

„Ich weiß nicht, was mit Wilhelm los ist", schüttete Bettie am nächsten Morgen Johanna ihr Herz aus, die ihr Zimmer reinigte. Sie stand am Fenster und sah, wie ihr Verlobter auf den Hof gefahren kam und gleich im Kurhaus verschwand, ohne wie sonst zu ihr zu kommen und sie zu begrüßen. Es erleichterte sie. Sie hatte keine Ahnung, wie sie mit ihm umgehen sollte.

„Was willst du damit sagen?", riss Johanna sie aus ihren Gedanken.

Bettie zögerte. Die Geschehnisse am Tag zuvor verwirrten sie auch jetzt noch. Sie hatte nicht damit gerechnet, dass Wilhelm über sie herfallen würde. Noch weniger allerdings damit, dass die körperliche Liebe sich so unspektakulär anfühlte. Gleichzeitig bezweifelte sie, dass es immer so sein musste. Die jungen Krankenschwestern hatten doch davon geschwärmt, wie sehr die Männer es genossen, wenn man ihr Verlangen stillte. Dass sie nichts empfunden hatte, war in Anbetracht der Umstände normal. Aber Wilhelm hätte doch Befriedigung finden müssen.

„Wenn ein Mann mit einer Frau zusammen ist, sollte er doch glücklich sein, oder?“, fragte sie leise, worauf Johanna ihr einen erstaunten Blick zuwarf.

„Was meinst du mit *zusammen*? Redest du von dir und Wilhelm?“

Bettie nickte. Eigentlich hatte sie nicht vorgehabt, das Thema näher zu erörtern. Sie bemerkte, wie ihr Gesicht zu glühen begann. Verlegen senkte sie den Blick und wagte es nicht, Johanna auch nur anzuschauen. Stattdessen nickte sie.

„Wir waren gestern in seiner Wohnung und haben …“

„Miteinander geschlafen?“, fragte Johanna und lächelte. „Keine Sorge, Bettie. Ihr seid sicher nicht die Ersten, die nicht bis zur Hochzeitsnacht warten konnten. Sollte tatsächlich etwas passiert sein, wirst du längst verheiratet sein, bis man es dir ansieht.“

„Du denkst, ich könnte ein Kind erwarten?“

„Es wäre möglich. Ich nehme nicht an, dass ihr keine entsprechenden Maßnahmen getroffen habt, oder?“

Bettie schüttelte den Kopf. Sie wusste nicht einmal, welche Maßnahmen das sein sollten. Madeleine hatte nie ein Gespräch mit ihr darüber geführt. Alles, was sie über die Liebe wusste, hatte sie im Krankenhaus aufgeschnappt.

„Hans ist übrigens inzwischen zu Hause“, verriet ihr Johanna, während sie das Bett machte. Von Betties Verwirrung bekam sie kaum etwas mit. „Nachdem man ihn stundenlang verhört hat, durfte er um Mitternacht gehen.“

„Aber das Verbot, die Wirtschaft zu schließen, bleibt bestehen?“

„Ich denke schon. Mach dir keine Sorgen. Irgendwie kommen wir über die Runden.“

„Es ist meine Schuld. Ach, Johanna, ich wünschte, ich hätte auf Richard gehört.“

„Es bringt nichts, im Nachhinein darüber zu klagen. Wenn es dich beruhigt, es kamen sowieso kaum noch Gäste. Ich werde in Zukunft einfach ein paar Tage mehr bei euch arbeiten. Durch die Hochzeit wird es bald genug zu tun geben."

Bettie nickte und schaute wieder aus dem Fenster.

„Darf ich dich etwas fragen, Johanna?"

„Natürlich, das weißt du doch."

„Also gut", nahm sie allen Mut zusammen. „Sag mir, wie eine Frau ein Kind bekommen soll, wenn der Mann nicht in ihr war."

„Nicht?"

„Nein", antwortete Bettie, der die Situation furchtbar peinlich war. „Ich habe das Gefühl, irgendetwas ging schief. Vielleicht liebt er mich gar nicht so sehr."

„Unsinn! Auch das gibt es, Bettie. Es hat nichts mit dir zu tun und es liegt sicher auch nicht daran, dass Wilhelm dich weniger liebt. Vermutlich war er nur aufgeregt. Beim nächsten Mal wird es besser sein."

„Das heißt, es ist nicht immer so?"

„Nein, natürlich nicht, und jetzt hör auf, dir so viele Gedanken darüber zu machen. Es wird alles gut werden, glaub mir."

„Danke, Johanna." Bettie umarmte die Angestellte spontan. „Mir geht es jetzt viel besser."

„Das freut mich. Aber nun muss ich weitermachen. Du weißt, dass ich nicht fürs Reden bezahlt werde."

„Ich bin schon weg", sagte Bettie und verließ den Raum. Sie war Johanna mehr als dankbar, die ihre Zweifel, Wilhelm könnte sie nicht begehren, zerstreut hatte. Ihre Stimmung hatte sich jedenfalls deutlich aufgehellt, als sie sich auf den Weg zum Stall machte und Cassandra holte. Als sie auf den Hof zurückkehrte, traf sie erneut auf die Angestellte. Verwundert bemerkte sie die Wäsche in deren Arm.

„Wolltest du nicht mein Zimmer reinigen?"

„Es ist fertig.“ Johanna beugte sich zu ihrem Ohr. „Wilhelm hat mir gerade die Anweisung gegeben, das Herrenzimmer im Kurhaus herzurichten. Er wird bis zu eurer Hochzeit dort übernachten. Ich nehme an, er hat nicht vor, das alleine zu tun.“

Ohne ein weiteres Wort eilte Johanna über den Hof. Bettie schaute ihr nach, bevor sie aufs Pferd stieg und davonritt.

12

KURHAUS ALTMANN

Als Wilhelm Freier und Elisabeth vier Wochen später in der kleinen Kapelle, die zum Gut gehörte, getraut wurden, regnete es am Morgen in Strömen. Es war die Hochzeit des Jahres. Unzählige Gäste waren bereits am Vortag angereist und logierten im Kurhaus. Darunter Wilhelms Eltern, die einen ganzen Flügel bewohnten. Aber auch andere hohe Parteifunktionäre, Bankiers und erfolgreiche Ärzte zählten zu den Hochzeitsgästen. Die gesamte Gesellschaft sah einem rauschenden Fest entgegen. Bettie hingegen spielte noch am frühen Morgen mit dem Gedanken, einfach davonzulaufen. Plötzlich kamen Zweifel in ihr auf, ob sie das Richtige tat.

Sie liebte Wilhelm, allerdings nur den Wilhelm, der charmant zu ihr war und ihr die Wünsche von den Augen ablas. Sobald er in seiner Uniform steckte, war er jedoch ein anderer Mensch. Sie erinnerte sich an den Tag, an dem sie ihr Kleid bei Ethel abgeholt hatte. Wilhelm war wütend gewesen, hart und rücksichtslos. Sie heiratete einen Nazi, wie Hans gesagt hatte, und sie konnte nicht länger darüber hinwegsehen, welche Gefahr von ihnen ausging.

Die Nationalsozialisten waren keine politische Strömung, die sich schon bald gegen die Kommunisten geschlagen geben musste, wie sie anfangs angenommen hatte. Inzwischen beherrschten sie mit ihrem Terror die ganze Stadt, wenn nicht das ganze Land. Blind vor Gefühlen hatte sie nicht sehen wollen, welche Pläne Hitler verfolgte. Doch nun fragte sie sich, ob sie tatsächlich einen Mann an ihrer Seite haben wollte, der dem Führer treu ergeben war. Konnte sie ihre Gefühle für ihn von ihrer Abneigung gegen seine faschistische Überzeugung trennen?

Bettie hatte keine Ahnung. Dennoch saß sie nun hier vor dem Spiegel und bereitete sich auf die Vermählung vor. Ihr blieb keine Wahl. Sie hatte das Gespräch mit ihrem Vater gesucht und nur angedeutet, dass sie Zweifel an der Vermählung hegte und noch etwas Zeit bräuchte, um ganz sicher zu sein, dass Wilhelm der Richtige für sie war. Im ersten Moment war er verblüfft gewesen. Doch gleich darauf hatte er ihr unmissverständlich klargemacht, was er von ihr erwartete. Wenn sie die Hochzeit absagte, würde er sie nicht länger auf dem Gut dulden. Damit würde sie alles verlieren, ihre Familie, Cassandra, vor allem aber ihre Arbeit im Kurhaus. Sie war nicht bereit, das aufzugeben.

„Es ist genug“, sagte sie zu dem Hausmädchen, die ihr das Haar frisierte. „Lass mich allein! Ich rufe dich, wenn ich dich für das Kleid brauche.“

Das Mädchen verschwand. Bettie hingegen schaute weiterhin nachdenklich ihr Spiegelbild an, als es klopfte und Wilhelm in ihr Zimmer trat.

„Ich wollte mich nur davon überzeugen, dass du auch wirklich bereit bist und keine kalten Füße bekommst“, sagte er und schenkte ihr ein charmantes Lächeln.

„Bist du es denn?“, fragte sie.

„Ich kann es kaum erwarten“, antwortete er, ohne zu zögern. „Zweifelst du etwa?“

„Nein, natürlich nicht“, log Bettie. „Wenn du mir versprichst, mich immer zu lieben, egal was passiert.“

„Warum sollte ich das nicht tun?“ Wilhelms Lachen verschwand. Stattdessen sah er Bettie misstrauisch an. „Habe ich dir einen Grund gegeben, meine Gefühle infrage zu stellen?“

„Nein, Wilhelm. Verzeih mir, falls ich dich gekränkt habe.“

„Dann sehen wir uns gleich vor dem Altar?“

„Natürlich, und jetzt verschwinde! Es bringt Unglück, die Braut in ihrem Hochzeitskleid vor der Vermählung zu sehen.“

„Das möchte ich auf keinen Fall riskieren.“

Wilhelm verschwand. Bettie hingegen atmete tief durch, bevor sie das Hausmädchen rief. Vermutlich war es völlig normal, *kalte Füße* zu bekommen, wie Wilhelm es genannt hatte. Dieses ungute Gefühl in ihr hatte nichts zu bedeuten und lag wohl nur an der Aufregung.

„Hilf mir ins Kleid!“, forderte sie Karla auf, die ihrem Wunsch sofort nachkam.

„Sie sehen wunderschön aus“, stellte das Mädchen beeindruckt fest, als Bettie den Schleier über ihr Gesicht legte und einen letzten Blick in den Spiegel warf. Dann verließ sie den Raum und ging die Treppe nach unten, an deren Fuße ihr Vater sie bereits erwartete. Er trug einen dunklen Smoking, der ihn noch blasser aussehen ließ, als er ohnehin schon war.

„Bist du bereit?“, fragte er, ohne einen Kommentar zu ihrem Aussehen abzugeben. „Wir sollten uns beeilen, es hat gerade aufgehört zu regnen.“

Bettie nickte. Daraufhin reichte er ihr den Arm und führte sie nach draußen. Dort standen sämtliche Angestellten Spalier und bewunderten die Braut, die auf die kleine Kapelle zuschritt, die zum Kurhaus gehörte. In einer der hinteren Zuschauerreihen erkannte Bettie Hans. Als sich ihre Blicke begegneten, spürte sie, wie ihr Herz plötzlich schneller schlug und ihr heiß wurde. Sie wusste, dass es eine höchst unpassende Reaktion ihres Körpers war angesichts der Tatsache, dass sie sich gerade auf dem Weg zu ihrem Bräutigam befand. Sie hätte nicht einmal sagen können, warum sie sich in diesem Moment so sehr zu ihm hingezogen fühlte. Völlig verwirrt bemerkte sie, dass sie ihn anstarrte.

„Sieh nach vorn!“, befahl ihr Vater, der ihren Blicken gefolgt war. „Wage es nicht, mich einer peinlichen Situation auszusetzen, schon gar nicht am Tag deiner Hochzeit.“

Bettie senkte den Kopf. Inzwischen waren sie an der Kapelle angekommen. Die Tür wurde weit geöffnet und die Orgel begann zu spielen. Während Bettie von ihrem Vater den Mittelgang entlang zum Altar geführt wurde, der mit weißen Lilien geschmückt war, bemerkte sie die Erleichterung in Wilhelms Gesicht. Sie hörte, wie er aufatmete, als sein zukünftiger Schwiegervater ihm die Hand seiner Tochter übergab.

Gemeinsam knieten sie in der Bank nieder. Der Pfarrer begann mit seiner Rede. Bettie war so abwesend, dass sie kein Wort von dem, was er sagte, verstand. Erst als sie sich erhoben hatten und Wilhelm sie sanft anstieß und die Gäste in den Bänken erwartungsvoll mit den Füßen scharrten, schrak sie auf.

„Du musst Ja sagen“, raunte er ihr ungeduldig zu. Das Lächeln war aus seinem Gesicht verschwunden. „Willst du mich zu deinem Ehemann?“

Bettie schluckte. Sie brachte das Wort nicht über ihre Lippen. Stattdessen starrte sie auf seine Uniform. Die Männer vom Universitätsplatz fielen ihr ein, Behring und Maurer, der Hans in der Kneipe zusammengeschlagen hatte. Sie konnte doch keinen Nazi heiraten.

„Bettie!“, zischte Wilhelm ihr zu. „Wenn du mir das antust …“

Wilhelm sah ihr in die Augen. Bettie spürte, wie sie errötete. Langsam drehte sie sich um. Sie bemerkte, wie ihr Vater mit wutverzerrtem Gesicht versuchte, nicht die Beherrschung zu verlieren. Neben ihm saß Richard, dem Tränen in den Augen standen, wie Bettie überrascht feststellte.

„Wollen Sie, Elisabeth von Altmann, den hier anwesenden

Wilhelm Freier zum Ehemann nehmen?“, wiederholte unterdessen der Priester, dem man ansah, wie unwohl auch er sich fühlte. Bettie holte tief Luft und zuckte mit den Schultern.

„Ja“, sagte sie leise. „Ich will.“

Sie spürte kaum, wie Wilhelm ihr den Ring ansteckte und tat es automatisch bei ihm. Der Kuss, den er ihr gab, fühlte sich fremd an. In ihren Augen standen Tränen, als ihr Ehemann sie aus der Kapelle führte, während die Gäste applaudierten und ihnen Glückwünsche zuriefen. Offenbar hielten sie Betties Tränen für Freudentränen. Lediglich ihre Mutter und Richard wirkten eher enttäuscht als glücklich. Vor allem ihr Bruder machte eine Trauermiene, als hätte er bis zum Schluss gehofft, sie würde ihr Ehegelübde nicht abgeben. Damit zeigte er ganz offen, wie zuwider es ihm war, Wilhelm zum Schwager zu bekommen.

„Komm, lass uns in den Saal gehen. Die Gäste warten“, sagte ihr Ehemann und berührte sie sanft am Arm. Während sie die Kapelle verließen, erhoben sich die Gäste von den Bänken und folgten dem Brautpaar unter dem Läuten der Glocken.

„Bist du glücklich?“, raunte Wilhelm ihr zu. Bettie rang sich ein schwaches Lächeln ab und nickte, fand aber nicht die Kraft für eine Antwort. Sie atmete auf, als sie sich endlich an die Tafel setzen konnte und Wilhelm sich mit seinem Vater unterhielt.

„Bereust du es schon?“, fragte ihre Mutter, die neben ihr saß. Wie immer hielt sie ein volles Glas in der Hand, und offensichtlich war es nicht das erste an diesem Tag.

„Ich glaube, ich habe einen Fehler begangen“, flüsterte Bettie zurück. Kaum hatte sie es ausgesprochen, brach Panik in ihr aus. Sie zwang sich, tief und gleichmäßig zu atmen und die Tränen zurückzuhalten, die sich in ihre Augen drängten. In diesem Moment spürte sie die Hand der Mutter auf ihrer.

„Aber du liebst ihn doch, Schatz“, versuchte Madeleine sie

zu trösten. „Die Hochzeit hat dich aufgewühlt, das ist verständlich. Mir erging es damals nicht anders."

Bettie nickte. Sie sparte sich die Antwort. Es machte nichts besser, im Gegenteil. Ihre Mutter hatte den falschen Mann geheiratet und möglicherweise hatte sie heute dasselbe getan.

Angespannt folgte Bettie ihrem frisch angetrauten Ehemann in ihr gemeinsames Schlafzimmer. Wilhelm hatte sich den ganzen Tag um sie bemüht. Sie hatten getanzt, getrunken und auch gelacht. Doch kaum hatten sie die Feier verlassen, verschwand sein charmantes Lächeln. Bettie sah die Kälte in Wilhelms Augen, als er vor ihr stand.

„Du willst diese Ehe nicht, gib es zu! Du warst kurz davor, Nein zu sagen. Glaubst du, ich habe nicht bemerkt, wie ihr euch angesehen habt, dieser Kneipensohn und du. Ist da etwas zwischen euch?"

Bettie zögerte kurz. Dann schüttelte sie heftig den Kopf. Sie musste endlich zur Vernunft kommen, wenn sie ihre Ehe nicht bereits am ersten Tag zerstören wollte. Sie hatte Wilhelm geheiratet, weil sie ihn liebte. Wahrscheinlich war alles nur viel zu überstürzt gegangen. Hätte er damals auf dem Ball nicht vorschnell das Verlobungsversprechen vor allen Gästen gegeben, wäre ihnen die Zeit geblieben, sich an den Gedanken eines gemeinsamen Lebens zu gewöhnen.

„Es tut mir leid, wenn ich dir den Eindruck vermittelt habe, dass ich dich nicht zum Mann möchte", sagte sie versöhnlich. „Natürlich liebe ich dich, Wilhelm."

Bettie streifte ihren Schleier und dann ihr Kleid ab. Als sie sah, dass sich seine Gesichtszüge entspannten, wurde sie mutiger und zog langsam ihr Strumpfband vom Bein. Dabei lächelte sie verführerisch. Sie stand nun fast nackt vor ihm. Aber Wilhelm machte keine Anstalten, sie zu berühren.

„Wollen wir nicht unsere Ehe vollziehen?“, fragte sie und schaute ihn herausfordernd an. Sie erschrak, als Wilhelm sich von ihr wegdrehte.

„Zieh dir was an!“, forderte er.

„Aber ich dachte …“

„Du sollst dich anziehen, sofort“, stieß er mühsam beherrscht hervor. Bettie, die den Tränen nah war, schnappte sich den seidenen Morgenmantel und hüllte sich hinein.

„Was hast du vor?“, fragte sie, als er zur Tür ging.

„Ich muss nachdenken. Dein Verhalten in der Kapelle hat mich zutiefst gekränkt. Erwarte nicht von mir, dass ich nun voller Leidenschaft über dich herfalle. Ich werde im Herrenzimmer übernachten. Keine Sorge, ich achte natürlich darauf, dass mich niemand sieht.“

Ohne ein weiteres Wort verließ er den Raum. Bettie blieb verwirrt zurück und setzte sich auf das Bett, das für sie allein viel zu groß war. Ihr Blick fiel in den Spiegel. Sie sah müde aus. Aber an Schlaf war jetzt nicht zu denken. Die Vorwürfe, die sie sich machte, würden sie nicht zur Ruhe kommen lassen. Es war ihre Schuld, dass Wilhelm aus dem gemeinsamen Schlafzimmer geflohen war. Sie hatte seine Männlichkeit und seine Ehre verletzt und wenn sie nicht wollte, dass dieser eine unschlüssige Moment vorm Altar auf ewig zwischen ihnen stand, musste sie sich etwas einfallen lassen, ihn wiedergutzumachen.

Entschlossen stand sie auf. Sie würde noch einmal mit ihm reden und ihn um Verzeihung bitten. Notfalls musste sie eben mit den Waffen einer Frau kämpfen und ihren Mann überraschen. Mit einem Lächeln auf den Lippen betrat sie das angrenzende Badezimmer. Dort zog sie den Morgenmantel aus und zupfte die seidene Unterwäsche zurecht, die sie zum ersten Mal in ihrem Leben trug. Der Saum bestand aus weißer Spitze und gab der Wäsche etwas Verruchtes. Mit meinen langweiligen Baumwollunterhosen sind sie jedenfalls nicht zu vergleichen, dachte Bettie, bevor sie sich im Spiegel betrachtete und feststellte, dass etwas fehlte. Leider hatte sie keine Ahnung, was es war.

Unschlüssig kehrte sie ins Schlafzimmer zurück. Ihr Blick glitt über den braunen Ledersessel zu dem Beistelltisch, auf dem eine Holzkiste mit Zigarren und eine halb volle Karaffe Whiskey stand, bis zu einer von Wilhelms Uniformen. Sie strahlte eine harte Dominanz aus, selbst wenn sie nur am Bügel hing. Möglicherweise lag es an dem Wissen, wie viel Macht sich hinter diesem braunen Stoff und der Armbinde mit dem Hakenkreuz verbarg, und das war es doch, was sie wollte. Sie wünschte sich gerade nichts mehr, als die Macht zu besitzen, Wilhelms Männlichkeit herauszufordern.

Bettie ging näher, roch an seinem braunen Hemd und schloss für einen Moment die Augen. Dann warf sie sich ohne zu zögern die Jacke über die nackten Schultern und kehrte zum Spiegel zurück. Die Verwandlung verblüffte sie. Nun fehlte nur noch der rote Lippenstift aus dem Besitz ihrer Mutter, und ihr Aussehen würde perfekt sein.

Leichtfüßig eilte Bettie über den Flur, wo sie erleichtert feststellte, dass die Gäste sich zurückgezogen hatten. Es würde sie also niemand beobachten, wenn sie sich zu Wilhelm schlich. Dennoch beeilte sie sich, zum Herrenzimmer zu gelangen. Noch im Flur hörte sie Wilhelms Stimme und fühlte sogleich, wie ihr leichter ums Herz wurde. Allerdings hielt dieser freudige Zustand nur so lange an, bis sie erkannte, wie aufgebracht er war. Unwillkürlich verharrte sie und lauschte.

„Verdammt!“, hörte sie ihn sagen. „Habe ich dir nicht gesagt, dass du dich von ihnen fernhalten sollst. Du musst dich endlich für eine Seite entscheiden. Nun hast du auch noch deine Mutter und Bettie mit hineingezogen. Wie konntest du das zulassen?“

„Glaubst du wirklich, ich habe nicht versucht, sie aufzuhalten?“, rechtfertigte sich sein Gast. „Du kennst doch meine Schwester. Sie lässt sich von niemandem etwas sagen.“

Bettie nickte. Sie war froh, dass ihr Bruder das erkannt hatte. Gleichzeitig schämte sie sich, das Gespräch belauscht zu haben, das nicht für ihre Ohren bestimmt war. Ganz von selbst trugen ihre Füße sie in die Richtung, aus der die beiden Stimmen kamen. Noch zögerte sie, den Raum zu betreten. Wilhelm und ihr Bruder stritten offensichtlich.

„Lass uns nicht streiten“, bat Richard gerade. „Ich liebe dich, Wilhelm.“

Bettie erstarrte. Im ersten Moment glaubte sie, sich verhört zu haben. Richard konnte ihrem Ehemann gegenüber nicht von Liebe gesprochen haben. Das war unmöglich und gefährlich dazu. Hatte ihr Bruder vergessen, wer vor ihm stand? Wilhelm würde solche perversen Aussagen niemals dulden. Richard konnte froh sein, wenn er ihn nach diesem Geständnis nur vom Gut jagte.

Angespannt wartete Bettie auf die Antwort ihres Mannes und rechnete mit allem. Aber bestimmt nicht mit dieser Reaktion.

„Komm zu mir!“, hörte sie Wilhelm sanft antworten.

Bettie zog die Stirn in Falten. Das war nicht das, was sie erwartet hatte. Vorsichtig öffnete sie die Tür einen Spalt. Er genügte, um zu erkennen, dass Wilhelm seine Hose herabließ und heftig zu atmen begann. Richard kniete auf dem Boden vor ihm, sodass Bettie sein Gesicht nicht sehen konnte und stattdessen auf Wilhelms Rücken starrte. Seine Hose hing auf dem Fußboden um seine Knöchel. Sie hörte, wie er aufstöhnte.

Entsetzt biss Bettie sich auf die Unterlippe, bis sie Blut schmeckte. Sie spürte die Scham, die Besitz von ihr ergriff. Die Vorstellung, dass ihr Bruder Wilhelm dazu bringen konnte, vor Lust zu stöhnen, löste Ekel in ihr aus. Was die beiden Männer taten, war abartig.

„Wir sollten das nicht machen“, sagte Richard in dieser

Sekunde. Wenigstens schien ihr Bruder noch einen Hauch von Anstand zu besitzen. Angespannt wartete sie auf Wilhelms Antwort.

„Warum nicht? Nur weil ich Bettie geheiratet habe, müssen wir nicht darauf verzichten. Ich werde bei ihr nie die Befriedigung finden wie bei dir."

Wilhelm presste seine Lippen auf den Mund ihres Bruders. Dann zog er die Hose an und knöpfte den Hosenschlitz zu. Seine Stimme klang warm, als er fragte:

„Sehen wir uns morgen?"

„Ich bin nicht sicher", antwortete Richard. „Wir sollten vorsichtiger sein."

Die Körper näherten sich erneut. Bettie, die spürte, wie ihr schwindlig wurde, stützte sich an der Wand ab. Obwohl ihr jeder Laut und jedes Wort der Männer wehtaten, konnte sie nicht wegschauen, sondern verfolgte wie gebannt, wie Wilhelms Hand sich auf den Hosenschlitz ihres Bruders legte und sanft zudrückte. Offenbar hatte er vor, ihm nun dieselbe Befriedigung zu verschaffen, die er gerade erfahren hatte. Gequält presste sie die Hand auf ihren Mund, bis es endlich vorüber war.

„Wir sehen uns morgen, Richard", sagte Wilhelm. In Betties Ohren hörte es sich wie eine Verheißung an. Sie spürte, wie ihr übel wurde. Ohne noch lange darüber nachzudenken, rannte sie aus dem Flur die Treppe hinab zu einem der Waschräume. Dort beugte sie sich über das Becken und übergab sich. Plötzlich spürte sie Blicke im Rücken. Als sie sich umdrehte, stand Wilhelm vor ihr.

„Was tust du hier?", presste er heraus.

„Das sollte ich eher dich fragen."

„Hör zu, Bettie! Es ist nicht das, wonach es aussah. Richard und ich …"

„Ihr habt abartige sexuelle Praktiken vollzogen", fiel Bettie ihm ins Wort. Ihre Stimme zitterte dabei, wie auch der Rest ihres Körpers. „Deshalb konnte ich auch kein Verlangen in dir auslösen. Du bist schwul, Wilhelm. Du hast mich nur geheiratet, um deine Homosexualität zu verbergen. Weil du fürchtest, es könnte Konsequenzen haben, nicht wahr? Deine Neigungen widersprechen der Natur, vor allem aber dem Bild des Mannes des deutschen Vaterlandes. Schwuchteln haben in den Reihen der Nazis keinen Platz."

Bettie sah, wie er zusammenzuckte, als sie ihn beschimpfte.

„Es wird nie wieder vorkommen", versprach er leise. „Ich liebe dich, Bettie. Das musst du mir glauben."

„Tut mir leid, das kann ich nicht", antwortete Bettie. Inzwischen war auch Richard zu ihnen gekommen. Sein Gesicht glühte vor Scham, als er vor seiner Schwester stand. Bettie ging auf ihn zu und starrte ihn an. Dabei spürte sie den Stachel der Eifersucht, der sich in ihre Brust bohrte.

„Nun, was ist?", schleuderte sie ihm entgegen. „Willst du mir nicht erklären, warum du den Schwanz meines Mannes lutscht?"

„Ich liebe Wilhelm. Wir …"

Noch bevor er ein weiteres Wort herausbrachte, hob Bettie den Arm und verpasste ihm eine schallende Ohrfeige. Dann drehte sie sich um und rannte davon.

13

NORDHEIM

„Wow! Wenn das mal nicht eine völlig neue Wendung ist“, murmelte Sophie vor sich hin und ließ den Brief sinken, den sie in den Aufzeichnungen gefunden hatte. Elisabeth hatte ihn an Hans geschrieben und ihm darin ihre Verzweiflung geschildert. Allerdings schien sie ihn nie abgeschickt zu haben. Was entweder daran lag, dass ihr einstiger Freund sich von ihr abgewandt hatte oder die Geschichte eine andere Wendung nahm, als sie glaubte.

Zumindest hatte sie nun erfahren, dass Betties Bruder und deren Ehemann eine homosexuelle Beziehung geführt hatten. Was auch zu diesen Zeiten nicht unbedingt ungewöhnlich war. Aus früheren Recherchen wusste sie, dass gerade an den Universitäten die sexuelle Liebe zwischen Männern ziemlich verbreitet gewesen war. Es konnte gut sein, dass Richard bei seinen Studien in Berlin erste Erfahrungen gesammelt hatte.

Dennoch musste es für Bettie kurz nach ihrer Vermählung ein Schock gewesen sein. Sophie fragte sich, ob sie deshalb nie Kinder bekommen und zurückgezogen in diesem Haus gelebt hatte. Sie an ihrer Stelle hätte wohl auch den Glauben an die Liebe verloren.

Leider verrieten die Aufzeichnungen immer noch nicht, was

die Geschichte der Altmanns mit dem sonderbaren Verhalten der Dorfbewohner zu tun hatte. Inzwischen war sie mindestens die Hälfte durchgegangen und nichts deutete darauf hin, dass es einen Zusammenhang gab. Außer der bizarren Dreiecksbeziehung gab es weder düstere Familiengeheimnisse noch irgendwelche Leichen im Keller.

Sophie stand auf und warf einen Blick aus dem Fenster. Sie brauchte dringend Bewegung. Bei der Gelegenheit konnte sie sich auch noch einmal auf der Lichtung umschauen. Jetzt, wo sie wusste, dass dort das Kurhaus gestanden hatte, zog es sie förmlich hin. Allerdings musste sie dafür an den Feldern vorbei. Schon bei dem Gedanken, dem Alten dort zu begegnen, stellten sich ihre Nackenhaare auf. Sie brauchte nur daran denken, wie dieser Irre sie mit der Mistgabel bedroht hatte. Noch einmal wollte sie bestimmt nicht in eine ähnliche Situation geraten. Schließlich hatte sie keine Ahnung, wozu der Wahnsinnige noch fähig war.

Draußen zog sie die Tür hinter sich zu und schlüpfte in die Turnschuhe, die sie im Vorgarten abgestellt hatte. Auf Kopfhörer verzichtete sie. Sie würde sich sicherer fühlen, wenn sie mitbekam, was um sie herum geschah.

Lauschend blieb sie auf dem Weg vor dem Haus stehen. Es war kein Motorengeräusch zu hören. Ein Blick zu den Feldern bestätigte den Eindruck, dass sie sich zumindest vor Pias Opa nicht zu fürchten brauchte. Wahrscheinlich lag er mit überhöhtem Blutdruck auf der Liege in der Praxis seines Enkels und ließ sich behandeln. Verdient hätte er es, dachte Sophie und wischte sich über die Stirn. Es war immer noch drückend heiß und der strahlend blaue Himmel zeigte, dass sich das so bald nicht ändern würde. Nach einem letzten Blick zum Haus lief Sophie los, wurde aber schon nach wenigen Metern gestoppt, als sie ihren Namen hörte.

„Sophie, warte!“, rief Pia ihr nach, die mit dem Fahrrad angeradelt kam. „Kann ich kurz mit dir reden?“

„Wie du siehst, wollte ich gerade laufen. Wenn es um deinen Opa geht, verschon mich bitte. Ich habe erst einmal genug von ihm."

„Verständlich." Pia nickte. Sie hatte beide Füße auf den Boden gestellt und hielt das Rad dazwischen. „Ich weiß nicht, was in ihn gefahren ist. Er ist sonst nicht so, ehrlich."

„Willst du damit sagen, es liegt an mir?"

„Nein, natürlich nicht. Zumindest nicht an dir persönlich. Er sträubt sich eben gegen alles Fremde. Es muss mit früher zu tun haben. Leider redet er nicht darüber, auch nicht mit uns."

„Warum bist du dann zu mir gekommen?"

„Weil ich dir sagen wollte, wie leid es mir tut. Hätte ich geahnt, dass er mit der Mistgabel auf dich losgeht, hätte ich dich natürlich nicht auf unseren Hof geschleppt."

„Das ist alles?", fragte Sophie misstrauisch. „Du bist nicht wegen des Traktors hier, den ich eindeutig erkannt habe?"

„Nein. Aber ich verstehe, dass du mir nicht traust, nach dem, was vorgefallen ist. Es liegt natürlich bei dir, ihn anzuzeigen. Wenn es tatsächlich mein Opa war, der dich angefahren hat, hat er sich der Fahrerflucht schuldig gemacht. Auch wenn ich mir nicht vorstellen kann, dass es Absicht war. Er ist ein alter Mann."

„Da bin ich mir nicht so sicher. Die Mistgabel hat er schließlich auch nicht rein zufällig auf mich gerichtet. Dein Opa will, dass ich verschwinde. Ehrlich gesagt macht er mir Angst."

„Angst?" Pia riss die Augen auf und schüttelte heftig den Kopf. „Die musst du nicht haben, Sophie. Er ist etwas schwierig, schon möglich. Aber ansonsten ein lieber Kerl. Er hat sich all die Jahre rührend um Elisabeth gekümmert und sämtliche Hebel in Bewegung gesetzt, um zu verhindern, dass sie ins Altenheim muss. Was ihm leider nicht gelungen ist. Ich nehme an, deshalb muss er erst damit klarkommen, dass nun jemand anderer in ihrem Haus wohnt."

„Er und Elisabeth waren befreundet?“, fragte Sophie, die augenblicklich aufhorchte.

„Es war viel mehr. Die beiden verband etwas, das man nur selten findet. Aber jetzt muss ich weiter. Melde dich einfach, falls du dich einsam fühlst und jemanden zum Reden brauchst, okay?“

„Okay.“

Pia stieg aufs Rad und wendete. Vorher zeigte sie zum Himmel. „Das Laufen würde ich an deiner Stelle lieber lassen. Es wird gleich regnen. Ich kann dich nur warnen. Die Unwetter hier bei uns sind ziemlich heftig.“

„Unwetter? Die Sonne scheint“, rief Sophie ihr zu. Pia hörte es nicht mehr. Sophie wartete, bis sie hinter der Weggabelung verschwand. Dann drehte sie sich um und begann zu laufen. Erst bei den Feldern blieb sie kurz stehen und warf einen Blick zurück zum Dorf, das eingekeilt zwischen Hügeln und Feldern lag. Im Westen bohrten sich Hochspannungsmasten in den Himmel, die auf die Entfernung wie Streichhölzer aussahen. Gleich dahinter erstreckte sich das Waldgebiet. Sophie zog ihr Handy aus der Tasche und schoss mehrere Fotos, die sie an Jenny schickte. Dann schaltete sie den Ton auf lautlos. Ihre Freundin würde erst am Abend anrufen. Bis dahin würde sie längst zu Hause sein.

Trotz des aufkommenden Windes lief sie weiter. Bis zum Wald waren es nur noch wenige Schritte. Doch schon jetzt glaubte sie den Temperatursturz zu spüren. Zögernd schaute sie noch einmal zum Himmel, der sich schlagartig verdunkelte. Ein wenig beunruhigt erinnerte sie sich an Pias Warnung. Hätte sie vielleicht doch auf ihren Rat hören sollen? Das Wetter in dieser Gegend ist offenbar genauso unberechenbar wie die Bewohner, dachte Sophie, während eine Windböe den Staub vom Wegrand aufwirbelte. Die winzigen Körner peitschten gegen ihre Haut. Sie kniff die Augen zusammen und blinzelte ein paarmal. Inzwischen bedeckten die Wolkentürme fast den ganzen Himmel und kamen immer näher.

Ein ungutes Gefühl machte sich in ihr breit, als sie die Sturmwand auf sich zukommen sah. Sie musste irgendwo Unterschlupf finden, bevor das Unwetter über ihr losbrach. Aber bis zum Haus zurück würde sie es nicht schaffen. Die schwarze Wand rückte immer näher. Innerhalb von Minuten setzte starker Regen ein und verwandelte den Weg in einen glitschigen Pfad. Sophie musste sich konzentrieren, um nicht auszurutschen, und versuchte, so kleine Schritte wie möglich zu machen. Um ihre Knöchel spritzte Schlamm, während das Gestrüpp ihr Gesicht zerkratzte.

Völlig durchnässt erreichte sie den Hügel. Zumindest war sie hier unter dem dichten Blattwerk der Bäume etwas geschützt. Dennoch rutschte sie immer wieder auf dem nassen unebenen Boden aus. Es kostete sie enorm viel Kraft, sich aufzurappeln und weiterzulaufen. Als sie einen Vorsprung am Hügel entdeckte, atmete sie erleichtert auf. Er würde ihr zumindest halbwegs Schutz bieten, während sie abwarten konnte, bis der Sturm sich beruhigt hatte.

Vorsichtig hangelte sie sich nach oben. Der Gedanke, sich in diesem dunklen Unterschlupf zu verstecken, behagte ihr nicht. Sie konnte nicht einmal erkennen, wie weit die Höhle in den Hügel führte, und hatte keine Ahnung, wie sie reagieren würde, wenn plötzlich ein Tier auftauchte. Allerdings war es auch die einzige Möglichkeit, sich vor dem Sturm zu retten. Mittlerweile war der Boden ein einziges Schlammloch. Bei jedem Schritt blieb sie mit den Füßen stecken und musste sie mühsam befreien. Zum Glück waren es nur noch ein paar Schritte bis zum Unterschlupf.

Entschlossen kämpfte sie sich vorwärts. Dabei stolperte sie über einen spitzen Stein und schrammte sich das Knie auf. Unwillkürlich ließ sie den Ast los, an dem sie sich festgehalten hatte.

Als sie ihren Fehler erkannte, war es bereits zu spät. Ihre Füße rutschten weg. Bevor sie reagieren konnte, stürzte sie und fiel, sich überschlagend, mehrere Meter den abschüssigen Hang hinunter. Panisch versuchte sie, Halt zu finden. Ihre Hände klammerten sich an die Büsche, während scharfe Dornen in ihre Haut eindrangen. Aber viel schlimmer war der Schmerz im rechten Fuß, der sich im Gestrüpp verfangen hatte, bevor sie umgeknickt war. Vorsichtig versuchte Sophie, ihn zu bewegen. Sie wusste, dass sie ihn aus dem Brombeergebüsch befreien musste. Doch schon die geringste Bewegung ließ sie aufschreien und reglos verharren. Als sie einen Blick auf den Knöchel warf, sah sie, wie er anschwoll. Verzweifelt schaute sie zum Weg zurück, den sie in diesem Zustand unmöglich erreichen würde.

Dennoch wagte sie einen neuen Versuch. Der Schmerz trieb ihr die Tränen in die Augen, als sie ihren Fuß drehte. Aber darauf konnte sie jetzt keine Rücksicht mehr nehmen. Irgendwie musste es ihr gelingen, sich zu befreien. In ein paar Stunden würde es auch unabhängig von dem Unwetter dunkel werden. Allein die Vorstellung, die Nacht im Wald verbringen zu müssen, jagte ihr höllische Angst ein.

Sie schaffte es, über den feuchten Boden zu kriechen. Sie kam nur langsam voran und musste immer wieder innehalten und durchatmen, um den Schmerz zu bewältigen. Schließlich gelang es ihr, die Höhle zu erreichen, die bei näherer Betrachtung nur ein größerer Unterstand war. Zumindest brauchte sie nicht zu befürchten, dass sich Tiere darin aufhielten. Erschöpft setzte sie sich auf den Boden und versuchte, einen klaren Gedanken zu fassen. Sie brauchte Hilfe, so viel stand fest. Noch während sie ihr Handy aus der Tasche zog, betete sie, dass sie hier im Wald eine Verbindung bekäme. Mit zittrigen Fingern tippte sie die Notrufnummer in die nasse und schmutzige Tastatur ein.

„Bitte!“, flehte sie, „funktioniere, okay?“

Vergeblich, das Display blieb dunkel. Offensichtlich hatte das Handy die Nässe nicht überlebt. Sophie schloss kurz die Augen. Sie musste einen kühlen Kopf bewahren. Panik brachte sie nicht weiter. Viel wichtiger war es jetzt, eine Möglichkeit zu finden, auf sich aufmerksam zu machen. Obwohl sie wusste, wie aussichtslos ihre Bemühungen waren, begann sie zu schreien. Laut rief sie nach Hilfe und versuchte, nicht darüber nachzudenken, wie verschwindend gering die Chance war, gehört zu werden. Im Dorf würde sie niemand vermissen und folglich auch nicht nach ihr suchen. Trotzdem wollte sie die Hoffnung nicht aufgeben, dass jemand zufällig vorbeikam und ihre Rufe hörte.

Minute um Minute verstrich. Sophie hatte keine Ahnung, wie lange sie schon unter dem Vorsprung saß, als sie plötzlich ein rauschendes Geräusch von oben hörte. Anfangs war es nur Wasser, das sich seinen Weg bahnte. Doch schon Minuten später rumorte es im Boden. Entsetzt bemerkte sie, wie der Hang abrutschte. Erdreich stürzte nach unten und riss kleinere Bäume und Steine mit sich. So schnell sie konnte, kroch sie nach hinten und presste sich an die feuchte Wand. Ihr Atem ging jetzt nur noch stoßweise. Die Angst, verschüttet zu werden, löste blankes Entsetzen in ihr aus. Wie besessen begann sie erneut zu schreien und flehte laut, dass sie jemand hörte, während ihr die Tränen über das Gesicht liefen. Verzweifelt presste sie die Hände auf die Ohren, als es vor ihr krachte und eine Schlammlawine an der Höhle vorbeirauschte. Dann wurde es still.

Sophie schluchzte laut auf, als sie feststellte, dass sie mit dem Schrecken davongekommen war. Der Weg aus der Höhle war lediglich von Geröll und Ästen bedeckt, aber nicht versperrt, wie sie befürchtet hatte. Auch der Regen hatte aufgehört. Nun drang sogar etwas Licht durch die Bäume. Sophie tastete sich vorwärts. Ihren Fuß spürte sie jetzt kaum noch, als würde er nicht zu ihr gehören. Sie zog das Bein nach, während sie Millimeter um Millimeter nach außen kroch, als sich plötzlich etwas Spitzes in ihre Handfläche bohrte. Angewidert hielt sie Sekunden später ein verrottetes Etwas in der Hand, das an einer Kette hing. Unschlüssig drehte sie den Gegenstand in der Hand, den die Schlammlawine angespült hatte. Wahrscheinlich hatte ein Wanderer die Kette verloren oder ein Pilzsammler. Sie konnte nichts damit anfangen und verschwendete nur Zeit, die sie lieber für ihre Rettung nutzen sollte.

„Hallo?", hörte sie in diesem Moment eine männliche Stimme ganz in ihrer Nähe. „Hallo, Sophie? Wo sind Sie?"

„Hier! Ich bin hier!", schrie sie und konnte ihr Glück kaum fassen. „Bei der Höhle. Bitte helfen Sie mir!"

„Ich komme", erhielt sie Antwort. „Reden Sie weiter! Dann kann ich Ihrer Stimme folgen."

„Gut. Ich glaube, Sie sind ganz nah. Die Höhle ist am Hang. Ich bin verletzt. Mein Fuß ist verstaucht. Er tut höllisch weh und …"

Völlig unkontrolliert redete sie drauflos. Als sie Schritte hörte und gleich darauf die Gestalt eines Mannes erkannte, brach sie erneut in Tränen aus.

„Ich bin da, keine Angst. Ich hole Sie hier raus", versprach Paul, der besorgt zu ihr hinuntersah, bevor er den Rucksack ablegte und ihn öffnete.

„Trinken Sie!"

Sophie nahm die Flasche und tat, was er verlangte. Erst jetzt bemerkte sie, wie trocken sich ihr Mund anfühlte.

„Wie haben Sie mich gefunden?", fragte sie mit kratziger Stimme.

„Pia hat mir erzählt, dass Sie vorhatten, laufen zu gehen, bevor das Unwetter aufzog. Als ich zu Ihrem Haus kam, hörte niemand. Also bin ich davon ausgegangen, dass Sie es nicht rechtzeitig zurückgeschafft haben."

„Danke. Ich weiß nicht, was ich ohne Sie getan hätte."

„Es wäre vernünftiger gewesen, auf meine Schwester zu

hören. Sie sollten den Rat eines Dorfbewohners annehmen, Sophie. Es ist nicht der erste Sturm, der hier gewütet hat. Deshalb wäre von den Einheimischen auch nie jemand auf die Idee gekommen, bei diesem Wetter in den Wald zu gehen. Aber jetzt sorgen wir erst einmal dafür, dass Sie hier rauskommen. Was ist mit dem Fuß?“

„Verstaucht, nehme ich an. Ich weiß nicht, ob ich laufen kann.“

„Wie ist es mit aufstehen?“

„Ich kann es versuchen.“

Sophie nahm seinen Arm und richtete sich auf. Als sie den Fuß belastete, schoss ein scharfer Schmerz in ihr Bein, der sie zusammensacken ließ. Paul, der offenbar damit gerechnet hatte, fing sie auf.

„Ich glaube, so wird das nichts“, stellte er fest und musterte sie.

„Was haben Sie vor?“, fragte Sophie, die seinen Blick nicht einschätzen konnte und befürchtete, dass er sie zurücklassen würde, um Hilfe zu holen.

„Wie viel wiegen Sie?“, fragte er stattdessen.

„Etwas über sechzig Kilo, warum?“

„Das ist zu schaffen. Ich trage Sie.“ Ohne ihre Antwort abzuwarten, hob er sie auf seine Arme.

„Halten Sie sich fest! Es könnte holprig werden“, warnte er sie und grinste, als er ihr erschrockenes Gesicht bemerkte. „Legen Sie Ihre Arme um meinen Hals, Sophie! Nun machen Sie schon!“

„Okay.“

Sophie schlang die Arme um ihn. Dabei bemerkte sie, dass sie noch immer die Kette in ihrer Hand hielt. Ohne lange darüber nachzudenken, steckte sie den Fund in die Tasche, bevor sie sich an Paul festklammerte. Schritt für Schritt überquerte er die Lichtung. Als er versuchte, sie durch die Büsche zu schleusen, geriet er kurz ins Straucheln. Aber er fing sich und setzte Sophie vor dem Wald unbeschadet ab.

„Das wäre geschafft.“ Paul lächelte sie an. „Wie Sie sehen, gibt es bei uns nicht nur Dorfbewohner, die Ihnen nach dem Leben trachten, sondern auch solche, die es retten.“

Eine halbe Stunde später betrat Sophie endlich ihr Haus. Vielmehr betrat sie es nicht, sondern wurde wieder von Paul getragen. Er bestand darauf, dass sie den Fuß nicht unnötig belastete. Zum Glück hatte er seinen Jeep vor dem Wald geparkt, sodass ihnen der Weg durch die Felder erspart geblieben war. Sophie war ihm unglaublich dankbar dafür.

„Ich möchte mich entschuldigen“, sagte sie, nachdem er sie auf dem Sofa abgeladen hatte.

„Wofür?“

„Weil ich Ihren Opa verdächtigt habe, in dem Traktor gesessen zu haben. Eigentlich ging alles viel zu schnell. Ich konnte gar nicht erkennen, wer hinter dem Steuer saß. Es tut mir leid.“

„Mir auch. Er hätte nicht mit der Mistgabel auf Sie losgehen dürfen. Ich kann mir gut vorstellen, wie sehr er Sie erschreckt hat.“

„Davon dürfen Sie ausgehen“, sagte Sophie spöttisch, als sie sein Grinsen bemerkte, was jedoch schnell wieder verschwand.

„Die Leute hier kämpfen immer noch mit ihrer Vergangenheit. Als dieser Wanderer damals den angeblich menschlichen Schädel im Wald gefunden haben wollte, war das Dorf von einem Tag auf den anderen in aller Munde. Scharen von Reportern tauchten auf und stellten natürlich viele Fragen. Sie scheuten nicht einmal davor zurück, sich auf dem Friedhof herumzutreiben. Mit der Ruhe war es erst einmal vorbei, bis sich später herausstellte, dass es nur Tierknochen waren. Aber wem erzähle ich das? Sie waren dabei."

„Ich wusste nicht, dass die Leute so verärgert reagieren würden. Es war doch nur ein Artikel. Liest hier niemand Zeitung? Es gibt ständig solche Schlagzeilen."

„Aber nicht überall gab es ein Kurhaus der Nazis, Sophie. Die Dorfbewohner befürchten, dass sie abgestempelt werden. Zumindest nehme ich das an. Und als ausgerechnet Sie plötzlich in das Haus von Elisabeth zogen, mussten sie doch annehmen, das Gleiche könnte wieder passieren. Erst recht, seit sich herumgesprochen hat, dass Sie Schriftstellerin sind."

„Wirklich? Das wusste ich gar nicht."

„Hier bleibt nichts verborgen. Schon morgen wird jeder im Dorf wissen, dass Sie sich während des Sturms im Wald verirrt haben und es nur der Hilfe eines mutigen Arztes verdanken, dass die Geister der Kurklinik Sie nicht zu Tode erschreckt haben."

„Übertreiben Sie da nicht ein wenig?"

„Finden Sie? Ohne mich würden Sie jetzt noch in dieser Höhle hocken. Und es gäbe niemanden, der sich Ihren Fuß anschaut."

„Nicht nötig, er tut kaum noch weh", log Sophie. „Sie werden sicher schon zu Hause erwartet. Ich komme zurecht."

„Wohl kaum", antwortete er ihr und streifte den Schuh ab. Obwohl Sophie die Zähne zusammenbiss, konnte sie nicht verhindern, dass sie aufstöhnte. Paul warf ihr einen besorgten Blick zu, bevor er sie warnte.

„Es wird gleich wehtun. Aber ich muss den Fuß untersuchen."

Sophie nickte. Als er den Knöchel in verschiedene Richtungen drehte und abtastete, traten ihr Tränen in die Augen. Sie konnte sich nicht erinnern, jemals so einen Schmerz gefühlt zu haben. Erleichtert atmete sie auf, als er endlich von ihr abließ.

„Es scheint nichts gebrochen zu sein. Trotzdem wäre es gut, wenn Sie ihn in der Klinik röntgen ließen.“

Sophie nickte, während sie sich fragte, wie sie in die Stadt kommen sollte, wenn sie kein Auto fahren konnte. Aber darüber wollte sie jetzt nicht nachdenken. Vielleicht tat es auch eine Packung Eis und die Schwellung ginge zurück.

„Ich werde Sie fahren“, schlug Paul vor, als wäre es das Normalste der Welt.

„Das kann ich nicht annehmen“, lehnte Sophie ab. „Sie haben schon genug für mich getan.“

„Gut, wenn Sie mir verraten, wie Sie in die Stadt kommen wollen.“

„Mir wird etwas einfallen.“

„Bestimmt.“ Er stand auf. „Um acht Uhr morgen früh bin ich da. Ruhen Sie sich bis dahin aus und legen Sie den Fuß hoch! Ich weiß, Sie nehmen nicht gerne Ratschläge an. Aber in diesem Fall empfehle ich Ihnen, eine Ausnahme zu machen. Es sei denn, Sie haben vor, die nächsten Tage im Haus zu verbringen.“ Er brach ab. Sophie bemerkte, wie sich seine Mundwinkel hoben. „Was vielleicht gar keine so schlechte Idee wäre“, fügte er hinzu. „Wer weiß, in welche Schwierigkeiten Sie beim nächsten Mal geraten. Ich kann nicht immer zur Stelle sein.“

„Das müssen Sie auch nicht. Normalerweise kann ich sehr gut auf mich selbst aufpassen.“

„Stimmt, das haben Sie eindrucksvoll bewiesen. Sie wohnen nicht einmal eine Woche hier und hatten einen Fahrradunfall, die Flucht vor der Mistgabel und heute wären Sie beinahe von einer Schlammlawine überrollt worden. Eines muss man Ihnen lassen. Ihr Leben ist zumindest nicht langweilig.“

„Deshalb bin ich hergezogen“, erwiderte Sophie und lachte. „Hatte ich das nicht erwähnt?“

„Nein.“ Paul schüttelte den Kopf. „Dann gehe ich jetzt mal.

Wir sehen uns morgen."

„Danke, Doktor."

„Gerne und lassen Sie den Doktor weg. Ich bin Paul."

„Okay, ich bin Sophie. Bis morgen, Paul."

Wie versprochen tauchte Paul am nächsten Morgen gleich nach dem Frühstück bei ihr am Haus auf. Sophie, deren Fuß nicht einmal mehr in den Schuh passte, humpelte zu ihm nach draußen. Sie hatte den Knöchel die halbe Nacht gekühlt. Doch von einer Besserung konnte keine Rede sein. Bereitwillig ließ sie sich von Paul stützen und in den Wagen helfen.

„Kann ich sonst noch etwas für dich tun?", fragte er, nachdem auch er eingestiegen war.

„Ja." Sophie lehnte sich zurück. „Du könntest mir von dem Kurhaus erzählen und von Elisabeth Freier. Du kanntest sie doch. Was für eine Frau war sie? Warum lebte sie hier ganz allein? Hat sie keine Kinder?"

„Du gibst nie auf, oder?"

„Nicht, wenn es sich lohnt."

„Also gut, aber viel kann ich dir nicht über sie erzählen. Wie du schon gehört hast, lebte sie zurückgezogen. Ich kann mich nicht erinnern, schon einmal etwas von Verwandten gehört zu haben. Kinder besaß sie zumindest keine."

„Weil ihr Ehemann schwul war."

„Was? Wie kommst du darauf?", fragte Paul.

„Es steht in ihren Aufzeichnungen. Der Mann, den sie geheiratet hat, führte eine Beziehung zu ihrem Bruder. Sie hat es in ihrer Hochzeitsnacht erfahren."

„Dann weißt du mehr über sie als ich. Aber das könnte ein Grund dafür sein, weshalb sie die Waisenkinder aufnahm. Wenn sie nie eigene Kinder bekommen konnte, wollte sie vielleicht anderen helfen. Es müssen Dutzende gewesen sein, denen sie eine Zukunft ermöglichte. Damals gab man dem Kurhaus den Namen *Haus der Hoffnung*."

„Haus der Hoffnung", wiederholte Sophie. „Das hört sich schön an und passt gar nicht zu dem düsteren Ort auf dem Hügel."

„Das war er nicht immer. Meine Urgroßmutter hat dort gearbeitet. Als Kind hat sie mir manchmal Fotos gezeigt. Das Haus lag wunderschön im Wald, der gerade erst heranwuchs."

Sie erreichten das Dorf. Bereits die ersten Dorfbewohner, denen sie begegneten, hoben grüßend ihre Hände oder winkten ihnen zu. Sophie war natürlich klar, dass diese Freundlichkeit nicht ihr galt. Dennoch genoss sie es, einmal nicht misstrauisch angestarrt zu werden.

„Warum bist du wirklich hierhergezogen?", fragte Paul plötzlich und warf ihr von der Seite einen Blick zu. „Das Haus kann nicht der Grund gewesen sein."

„Ich finde es hübsch", antwortete sie spöttisch. Damit gewann sie Zeit. Sie war sich nicht sicher, ob sie ihm von Matthias und der Leere in ihr erzählen sollte.

„Du findest es hübsch? Ich würde sagen, das ist Geschmackssache. Wenn du nicht darüber reden willst, verstehe ich das. Du kennst mich schließlich kaum."

Wieder zeigte Paul dieses Grinsen, was Sophie so gefiel, bevor er theatralisch hinzufügte:

„Ich bin ein Fremder, der dir zweimal das Leben gerettet hat, nicht mehr."

„Machst du dich gerade über mich lustig?"

„Vielleicht ein bisschen. Vorsicht, gleich kommt ein Schlagloch!"

Er hatte es kaum ausgesprochen, als der Wagen einen Ruck machte. Sophie gelang es gerade noch rechtzeitig, ihren Fuß anzuheben.

„Ich habe mich von meinem Mann getrennt", verriet sie. Inzwischen hatten sie das Dorf hinter sich gelassen und fuhren auf der Landstraße Richtung Stadt. „Ich brauchte einen Ortswechsel."

„Verstehe. Und? Kommst du klar?"

„Mit der Trennung schon. Es war die richtige Entscheidung. Der Rest macht ein wenig Schwierigkeiten, wie du bemerkt haben solltest."

„Ich hoffe, du gibst nicht auf."

Paul hatte seinen Blick auf die Straße gerichtet. Sophie war sich nicht sicher, ob er es nur gesagt hatte, um ihr Mut zu machen oder ob er sonstige Absichten verfolgte. Doch schon in dem Moment, als sie es dachte, verwarf sie den Gedanken. Paul hatte kein Interesse an ihr. Er war nur nett. Wahrscheinlich warteten zu Hause eine hübsche Frau und Kinder auf ihn. Ein gut aussehender Landarzt war sicher begehrt in dieser Einöde.

„Was ist mit dir?", fragte sie neugierig. „Warum bist du nicht nach dem Studium in der Stadt geblieben?"

„Dort war ich, ich bin erst vor einem halben Jahr zurückgekehrt."

Sophie bemerkte, wie seine Hände sich fest ums Lenkrad klammerten, sodass die Knöchel weiß hervortraten. Offensichtlich war sie nicht die Einzige mit Beziehungsproblemen.

„Eine Frau?", fragte sie frei heraus. Er nickte.

„Wir sind gleich da. Hast du Schmerzen?"

Er wich ihr aus und verbarg es nicht einmal sonderlich gut. Sophie beließ es dabei.

„Sie sind zum Aushalten", antwortete sie. „Aber wenn du darauf bestehst, darfst du mich auch wieder tragen."

„Das hättest du wohl gerne."

Sie stiegen aus. Paul stützte Sophie. Humpelnd betrat sie die Klinik, wo sie zur Notaufnahme verwiesen wurde. Dort bat eine Schwester sie, Platz zu nehmen und stellte gleich klar, dass es dauern konnte, bis sie an der Reihe war. Paul, für den das nichts Neues zu sein schien, half ihr zu den Stühlen.

„Ich besorge Kaffee", sagte er dann und verschwand. Wenig

später kehrte er mit zwei Bechern zurück, von denen er ihr einen reichte.

„Bist du immer so nett?“, fragte Sophie.

„Ich bin Arzt und um dein Wohlergehen besorgt.“

„Du willst damit sagen, du bringst alle deine Patienten persönlich ins Krankenhaus?“

„Das wäre ein bisschen übertrieben. Allerdings sind die meisten dazu auch selbst in der Lage. Ich kümmere mich nur um die Hilflosen.“

„Wie großzügig von dir.“ Sophie lachte, bevor sie ihn ernst ansah. „Es ist kaum vorstellbar, dass du der Enkel von diesem störrischen Mann bist.“

„Man kann sich seine Familie nicht aussuchen. Aber wie ich schon sagte, so schlimm ist er nicht. Ich glaube sogar, dass du ihn mögen würdest, wenn du ihn kennenlerntest.“

„Ich befürchte, so weit wird es nie kommen.“

„Abwarten.“ Paul zuckte mit den Schultern. „Mein Großvater braucht manchmal nur etwas Zeit, was ich bei seiner Vergangenheit gut nachvollziehen kann. Es war nicht einfach für diese Generation.“

„Du meinst, weil sie dem Nationalsozialismus zur Macht verhalfen?“

„Nein, mein Opa war kein Nazi, im Gegenteil. Er gehörte dem kommunistischen Widerstand an. Die Nazis haben ihn fast zwei Jahre in einem Lager eingesperrt. Er hat sich nie ganz davon erholt.“

„Er war Kommunist?“ Sophie horchte augenblicklich auf. Währenddessen trat die Krankenschwester auf sie zu und forderte sie auf, ihr in den Untersuchungsraum zu folgen. Doch Sophie rührte sich nicht, sondern starrte Paul an.

„Du hast vorhin von deiner Urgroßmutter gesprochen. Wie war ihr Name?“

„Du solltest jetzt besser mitgehen“, sagte Paul. „Dein Fuß …“

„Sofort“, unterbrach ihn Sophie. „Sag mir erst den Namen!“

„Johanna. Warum ist das so wichtig?“

„Weil ich glaube, dass ich jetzt weiß, aus welchem Grund dein Opa sich um Elisabeth kümmerte. Er hat sie geliebt, und das offenbar auch noch, nachdem sie sich für einen anderen Mann entschieden hatte.“

„Lass uns das später klären.“ Paul zeigte zur Schwester, die ungeduldig wartete. „Du kennst meinen Opa doch gar nicht. Woher willst du wissen, was damals war?“

Sophie stand auf und humpelte zum Untersuchungsraum. Doch bevor sie das Zimmer betrat, drehte sie sich noch einmal zu Paul um.

„Er heißt Hans, nicht wahr?“

„Ja.“ Paul zog erstaunt die Augenbrauen zusammen. „Woher weißt du das?“

„Ich weiß noch viel mehr und …“

„Okay, das reicht“, fiel ihr die Schwester ins Wort. „Wollen Sie sich jetzt untersuchen lassen oder nicht. Das hier ist eine Notaufnahme.“

Sophie warf Paul einen letzten Blick zu und folgte ihr. Sie kehrte erst nach über einer Stunde zu ihm zurück, nachdem sämtliche Untersuchungen durchgeführt worden waren. Der Knöchel war verstaucht, wie Paul im Vorfeld vermutet hatte. Mit einer Stützbandage verließ sie das Krankenhaus.

„Gehen wir essen?“, fragte Paul am Parkplatz und öffnete die Wagentür.

„Musst du nicht arbeiten?“

„Heute nicht, das ist mein freier Tag. Lass uns zum Italiener gehen. Dann erzählst du mir, was du über meinen Opa weißt. Er hat nie erwähnt, dass Elisabeth ihm etwas bedeutete. Ich kann mir nicht vorstellen, dass zwischen den beiden etwas gewesen sein soll.“

„Das muss es auch nicht. Wie gesagt, sie hat einen Nazi geheiratet. Aber ich habe Briefe gefunden, einige Briefe.“

Sophie brach ab und dachte kurz nach.

„Weißt du was? Wir kaufen jetzt ein paar Dinge ein, dann fahren wir zu mir und ich koche uns etwas Feines, falls mein Fuß es zulässt. In der Zwischenzeit kannst du dir die Aufzeichnungen anschauen. Was hältst du davon?“

„Das klingt nach einem guten Plan.“ Paul startete den Motor und fuhr los. „Ich habe schon als kleiner Junge bemerkt, dass zwischen meinen Großeltern eine gewisse Distanz herrschte. Es war irgendwie seltsam und kaum greifbar. Ich will nicht behaupten, dass sie sich nicht liebten. Meinem Opa ging es sehr nah, als Oma vor zehn Jahren starb. Aber in all den Jahren habe ich nie gesehen, dass sie sich umarmten, einen Kuss gaben oder sonst irgendwie Zärtlichkeit zeigten. Da war diese Kühle zwischen ihnen. Bis heute habe ich es auf ihr Alter geschoben. Sie gehören beide der Generation an, die ihre Gefühle nicht öffentlich zeigt. Aber wenn du recht hast und Elisabeth tatsächlich seine große Liebe war, erklärt das einiges.“

„Aber immer noch nicht, warum er ein Problem damit hat, dass ich in ihrem Haus wohne. Da muss noch mehr sein, Paul. Ich spüre es.“

„Wir könnten ihn fragen“, schlug er vor. Aber Sophie wehrte ab.

„Das wäre ein Fehler. Ich habe sein Gesicht gesehen, als er erfuhr, dass ich einziehe. Er würde mir nie erzählen, was damals vorgefallen ist.“

„Vielleicht hat es mit der Sprengung zu tun“, murmelte Paul vor sich hin, während er beim Supermarkt abbog. „In den siebziger Jahren wurde das Kurhaus in die Luft gejagt, weil es zu nahe an der westdeutschen Grenze stand.“

„Weißt du, wer dafür verantwortlich war?“

Paul nickte, antwortete aber nicht.

„Paul? Sag schon, wer gab den Auftrag? Ich bin sicher, derjenige wollte damit Spuren verwischen. Wer war es?“

„Mein Opa. Er ist immer Kommunist geblieben und besaß als hochrangiger Parteifunktionär ziemlichen Einfluss.“

Paul schüttelte den Kopf. Dann wendete er und fuhr zurück zur Straße.

„Was hast du vor? Wollten wir nicht einkaufen?“

„Vergiss das Essen! Du hast mich neugierig gemacht. Ich will die Aufzeichnungen sehen.“

„Am besten, du fängst damit an“, schlug Sophie im Haus vor und reichte ihm den Stapel Papier, den sie bereits durchgearbeitet hatte. Paul nahm ihn wortlos entgegen und setzte sich in den Sessel.

„Ich koche uns eine Kleinigkeit“, sagte sie unterdessen und hoffte, dass der Kühlschrank noch so viel hergab, dass man es kochen nennen konnte. Im Notfall mussten sie sich mit Spiegelei und Salat begnügen.

„Mach dir bitte keine Umstände. Ein Kaffee tut es auch.“

„Überlass das mir!“

Sophie lächelte ihm zu und verschwand in der Küche. Sie war ganz froh, einen Moment allein zu sein, um in Ruhe nachdenken zu können. Diese Sprengung des Kurhauses ließ ihr keine Ruhe. Warum sollte man ein historisches Gebäude in die Luft jagen, weil es im Grenzgebiet lag? Es gab unzählige Häuser und Grundstücke, die keine hundert Meter von den Grenzanlagen entfernt standen. Allerdings kannte sie sich weder mit den Gepflogenheiten der ehemaligen Sicherheitsorgane der DDR aus, noch hatte sie eine Ahnung davon, welche Pläne sie verfolgt hatten, um ihr Land zu schützen. Es konnte also durchaus nicht ungewöhnlich sein und vermutlich hätte sie noch vor ein paar Tagen keine Zeit darauf verschwendet, überhaupt darüber nachzudenken. Erst das auffällige Verhalten der Dorfbewohner, insbesondere das von Pauls Opa, ließ sie hellhörig werden. Die Leute hier verbargen etwas. Für Sophie gab es keinen Zweifel daran.

Während sie ein paar Würstchen in den Topf warf und fertigen Kartoffelsalat auf den Tellern anrichtete, fiel ihr Blick auf die verschmutzte Laufkleidung, die sie am Vortag einfach über den Stuhl gehängt hatte. Darunter hatte sich eine unansehnliche Pfütze gebildet, die inzwischen getrocknet war. Außerdem verströmten die Sachen einen unangenehmen Geruch nach Schlamm und Schweiß. Angstschweiß, dachte Sophie. Sie hatte sich selten so gefürchtet wie im Wald während des Unwetters.

Zum Glück hatte Paul sie gesucht und gefunden. Sophie spürte, wie ihr ein Schauer über den Rücken lief, als sie sich daran erinnerte, wie sie verletzt und ängstlich in der Höhle gekauert hatte und die Schlammlawine vor ihr herabgestürzt war.

Sie nahm die Kleider vom Stuhl, um sie in die Waschmaschine zu stecken, als dieses verrottete Etwas aus der Tasche fiel. Neugierig hob sie es auf und drehte es in ihrer Hand. Jetzt, bei Licht, erkannte sie, dass es tatsächlich eine Kette sein musste. Der Anhänger war kaum zu erkennen. Lehmige Erde und andere Substanzen klebten daran, von denen sie gar nicht wissen wollte, um was genau es sich handelte. Kurzerhand legte sie die Kette ins Spülbecken und ließ Wasser darauf laufen. Wenn sich der Schlamm gelöst hatte, würde sie schlauer sein.

„Essen ist fertig“, rief sie dann nach oben und wartete, dass Paul zu ihr kam. Als sich nichts rührte, ging sie die Treppe hoch zum Arbeitszimmer, in dem sie ihn vertieft in die Aufzeichnungen vorfand.

„Pause!“, sagte sie. „Du kannst gern nachher weiterlesen.“

„Ungern“, antwortete er und legte einen Brief zur Seite. „Es ist wirklich interessant. Ich habe das Gefühl, meinen Großvater gerade neu kennenzulernen. Aber du hast recht. Ich habe ziemlichen Hunger.“

Sie gingen in die Küche. Wieder stellte Sophie überrascht fest, wie angenehm sich seine Gegenwart anfühlte. Nachdem sie tagelang allein am Tisch gesessen hatte, genoss sie das Gespräch mit ihm umso mehr. Sogar das einfache Essen schmeckte deutlich besser als die Tage zuvor. Als ihr Handy zu klingeln begann, nahm sie nur widerwillig ab.

„Jenny, was gibt es?“

„Ich wollte nur hören, ob alles okay ist. Du meldest dich überhaupt nicht.“

„Hast du die Fotos nicht bekommen?“

„Doch, schon. Hübsche Gegend. Aber das ändert nichts daran, dass ich dich vermisse.“

„Ach, Jenny. Ich bin doch erst ein paar Tage weg und keine zwei Jahre. Hör zu! Ich verspreche dir, dich heute Abend anzurufen. Dann können wir reden. Im Moment ist es etwas ungünstig.“

„Hast du etwa Besuch?“

„Ja.“

„Einen Mann? Ist es ein Mann, Sophie? Wie heißt er? Wie sieht er aus?“

„Hör auf damit! Ich muss Schluss machen, wir waren gerade beim Essen.“

„Ihr esst gemeinsam?“ Ihre Freundin schnappte nach Luft. Doch bevor sie etwas sagen konnte, beendete Sophie das Gespräch.

„Bis heute Abend.“ Sie legte auf. Inzwischen hatte Paul den Tisch abgeräumt und stellte die Teller ins Spülbecken. Seine Hand griff ins Wasser.

„Was ist das?“, fragte er und hob die Kette hoch, an der ein silbernes Kreuz hing. „Reinigst du deinen Schmuck immer auf die Art?“

„Nein, das ist nicht meine Kette. Ich habe sie im Wald gefunden.“

Sophie ging zu ihm und nahm sie ihm aus der Hand. Jetzt,

wo der Anhänger fast sauber war, konnte man sehen, wie filigran das kleine Kreuz gearbeitet war. Ihrer Intuition folgend drehte sie den Anhänger um. Tatsächlich befanden sich Initialen darauf.

„W.F.“, las sie laut vor.

„Also gehört die Kette nicht Elisabeth, falls du das angenommen hast. Wahrscheinlich hat sie ein Spaziergänger verloren. Das Unwetter muss sie hervorgespült haben.“

„Das denke ich auch. Aber was die Initialen betrifft, irrst du dich.“

„Du weißt, was sie bedeuten?“

„Sie stehen für Wilhelm Freier. Als ich Elisabeth im Altenheim besuchte, trug sie eine ähnliche Kette. Die Frage ist nur, wie diese hier in den Wald kam.“

„Er kann sie verloren haben.“

„Oder es hat mit dem Totenschädel zu tun.“

„Was? Wie kommst du jetzt darauf? Du warst doch dabei und weißt, dass es sich um einen Tierschädel handelte. Du bist es gewesen, die sich darüber lustig gemacht hat.“

„Stimmt. Komm! Lass uns weiterlesen. Ich muss wissen, was es damit auf sich hat.“

Sie kehrten ins Arbeitszimmer zurück, wo Sophie sich ohne Zeit zu verlieren die Aufzeichnungen schnappte, in denen sie zuletzt gelesen hatte, während Paul den Brief zur Hand nahm, der obenauf lag. Er lächelte ihr zu, bevor er zu lesen begann.

„Wer hat die Polizei damals eigentlich zu der Stelle im Wald geführt?“, fragte sie plötzlich. „Wem hat der Spaziergänger als Erstes von dem Fund erzählt?“

„Meinem Großvater, er hat auf dem Feld gearbeitet und …“

Paul brach ab und schaute sie ungläubig an.

„Du denkst, er könnte …“

„Nur eine Ahnung.“ Sophie zuckte mit den Schultern. „Aber vielleicht werden wir bald die Wahrheit erfahren.“

14

KURHAUS ALTMANN

Nachdem Bettie Wilhelm und ihren Bruder überrascht hatte, war sie tagelang in sich gekehrt durchs Haus gelaufen und hatte jegliche Erklärungsversuche Wilhelms abgewehrt. Wie sollte sie ihm auch glauben, dass er sie liebte, wenn sie mit eigenen Augen gesehen hatte, dass er sich zu Richard hingezogen fühlte? Die Bilder hatten sich in ihrem Kopf eingebrannt. Sobald sie an die Situation im Herrenzimmer dachte, spürte sie Ekel. Sie empfand eine Beziehung unter Männern abartig.

Wenn ihr Vater erführe, was Richard und sein Schwiegersohn trieben, würde es einen Skandal geben. Dessen war sich natürlich auch Wilhelm bewusst. Er hatte Bettie angefleht, sein Geheimnis für sich zu behalten, und ihr geschworen, sich ihrem Bruder nie wieder unsittlich zu nähern. Bettie wusste, dass er es nicht nur aus Liebe zu ihr getan hatte, auch wenn er das Gegenteil behauptete. Ihrem Mann ging es vor allem um seine Karriere, die schlagartig vorbei wäre, wenn seine Neigungen bekannt würden. Adolf Hitler verabscheute jegliche Andersartigkeit und seine Anhänger vertraten dieselbe Meinung.

Bettie vertraute ihrem Mann nicht. Schwüre waren rasch

ausgesprochen. Sie hatte die Leidenschaft in seinen Augen gesehen, als ihr Bruder ihm Befriedigung verschafft hatte. Wilhelm würde nicht aufgeben können, was zwischen ihm und Richard war, wenn er im Moment auch selbst daran glaubte. Deshalb hatte sie um Bedenkzeit gebeten, um eine Entscheidung fällen zu können. Als es an der Tür klopfte, wusste sie, dass es Wilhelm war, der ihre Antwort erwartete.

„Hast du nachgedacht?“, fragte er. „Wirst du die Ehe fortführen?“

„Was bleibt mir anderes übrig?“ Bettie zuckte mit den Schultern. „Ich tue es aus Liebe zum Kurhaus.“

„Du wirst deine Meinung ändern, Bettie“, sagte er mit bedauerndem Tonfall. „Ich verspreche dir, dich zu lieben und alles dafür zu tun, dich glücklich zu machen.“

„Tatsächlich?“ Bettie drehte sich zu ihm um. Das war ihr Augenblick.

„Ich werde dir jeden Wunsch von den Lippen ablesen.“

„Das genügt mir nicht“, antwortete sie unbeeindruckt. „Beweise es!“

„Wie? Ich kann dir nur mein Wort geben.“

„Mein Vater ist krank und weigert sich, in eine Klinik zu gehen. Alle Anzeichen weisen auf eine ernsthafte Lungenerkrankung hin. Er wird nicht mehr lange leben, wenn er nichts unternimmt.“

„Was ich zutiefst bedauern würde. Aber was hat das mit unserer Ehe zu tun?“

„Ich verlange, dass du mir deine Anteile am Kurhaus überschreibst. Ich weiß, dass deinem Vater inzwischen die Hälfte gehört und es sein Hochzeitsgeschenk an dich war. Ich werde das Kurhaus führen, ohne dass es Männer geben wird, die mir Vorschriften machen. Das ist mein Angebot, Wilhelm.“

„Du vergisst, dass dein Vater Richard als Erben einsetzen wird.“

„Wobei mir immer noch der Pflichtteil zusteht. Ich werde die Mehrheit besitzen."

„Du willst deinen Bruder aus dem Kurhaus drängen?"

„Wenn du es so nennen willst. Ihm liegt sowieso nichts daran."

Bettie stand auf. Sie trug nur ihre Unterwäsche, was für jeden Mann vermutlich aufreizend anmuten musste. Auch in Wilhelms Augen machte sich Verlangen breit. Bettie wusste, dass er nicht gelogen hatte, als er davon sprach, sie und Richard zu lieben. Auf seine verkorkste Art tat er das bestimmt. Sie presste sich an ihn, neigte ihren Kopf und legte ihre Lippen auf seine. Dabei spürte sie, wie Wilhelm diese Berührung genoss. Ihre Hand fuhr in den Bund seiner Hose. Sie hörte, wie er keuchte, und bemerkte, dass er die Augen schloss.

„An wen denkst du gerade?", fragte sie. „An mich oder Richard?"

Seine Erektion erschlaffte. Bettie sah, wie er errötete, und schüttelte den Kopf.

„Das dachte ich mir. Gehst du auf mein Angebot ein?"

Wilhelm nickte.

„Gut, dann möchte ich, dass du das unterschreibst. Ich habe alles vorbereitet."

Bettie ging zu ihrer Kommode und zog Papiere heraus. Sie hatte den Vertrag von einem Anwalt in der Stadt aufsetzen lassen.

„Ist das wirklich nötig?", fragte ihr Mann und zögerte.

„Es ist der Preis dafür, dass ich mit einem Mann leben werde, der seine Lüste an Männern befriedigen muss. Ich denke, mein Angebot ist mehr als angemessen. Deine Unterschrift gegen meine."

„Ich erkenne dich nicht wieder", stellte Wilhelm fest, nahm aber den Füllhalter und unterschrieb, bevor er sich umdrehte und zur Tür ging. Bettie trat zum Fenster und schaute hinaus in den Hof, als es erneut klopfte. Als sie sich umdrehte, stand Richard im Raum.

„Was willst du?“, fragte sie kühl.

„Nur ein paar Worte, Bettie“, bat er. „Ich möchte dir erklären …“

„Nicht jetzt“, wehrte sie ab. „Ich gehe davon aus, dass du dir nicht anmerken lässt, was zwischen dir und meinem Mann läuft. Was ihr hinter verschlossenen Türen treibt, ist mir gleichgültig, solange euer anstößiges Verhalten nicht an die Öffentlichkeit gerät. Haben wir uns verstanden, Richard?“

„Natürlich.“

Bettie sah, wie ihr Bruder kreidebleich wurde. Seine Finger zitterten, als er ihr die Hand reichte. Bettie ignorierte sie. Daraufhin zuckte Richard mit den Achseln und ging wie ein geprügelter Hund davon. Es berührte sie nicht. Genauso wenig wie die Worte der Reue. Sie war längst mit ihren Gedanken beim Kurhaus, das schon bald ihr gehören würde. An diese Gedanken klammerte sie sich auch noch am nächsten Morgen.

Reglos lag sie in ihrem Bett, das sie sich von nun an mit Wilhelm teilte. Ihr frisch angetrauter Ehemann schnarchte laut, während sie zu ihrer Unterwäsche starrte, die zerknittert am Boden lag. Wilhelm hatte sie ihr vom Leib gerissen, gleich nachdem er am Abend das gemeinsame Schlafzimmer betreten hatte. Er war völlig betrunken gewesen und kaum fähig, gerade zu stehen. Bettie hatte sofort gewusst, dass er ihr und vielleicht auch sich selbst etwas beweisen wollte. Es war ihm nicht gelungen und es würde ihm nie gelingen. Sie musste sich damit abfinden, dass sie einen Mann geheiratet hatte, der bei Frauen versagte.

Leise stand sie auf und schlüpfte in ihre Reitkleidung. Im Haus war es still, als sie die Treppe nach unten schlich. Umso mehr erschrak sie, als plötzlich Madeleine vor ihr stand.

„Was hast du vor?“, fragte sie. „Müsstest du nicht neben deinem Mann im Bett liegen?“

Bettie bemerkte das Glas in ihrer Hand. Traurig schüttelte sie den Kopf. Inzwischen litt ihre Mutter unter schweren Depressionen und trank schon am frühen Morgen. Den Rest des Tages verschlief sie dann, bis sie sich am Abend erneut betrank. Trotz aller Bemühungen der Geschwister lehnte sie es ab, sich in einem Sanatorium behandeln zu lassen.

„Ausreiten", antwortete Bettie resigniert. „Warum frühstückst du nicht wenigstens, bevor du mit dem Wein beginnst? Du weißt, wie Vater reagieren wird, wenn er dich so sieht."

„Dein Vater liegt im Bett und bekommt kaum Luft. Ich habe nach deinem Bruder rufen lassen."

„Richard schläft sicher noch. Ich kann nach ihm schauen", bot Bettie an.

„Du weißt, dass er sich nicht von dir untersuchen lässt."

„Meinetwegen, dann soll er eben auf seinen Sohn vertrauen. Ich werde nachher nach ihm sehen, wenn ich zurück bin."

„Tu das, Bettie!"

Ihre Mutter nickte und ging weiter zur Küche. Bettie schaute ihr nach und spürte, wie viel Mitleid sie für Madeleine empfand. Sie hatte den falschen Mann geheiratet. Eine einzige falsche Entscheidung hat ihr Leben ruiniert und nun habe ich dasselbe getan, dachte Bettie und ging hinaus auf den Hof. Dort wies sie den Stallburschen an, ihr Cassandra zu bringen. Währenddessen warf sie einen Blick zum Fenster, hinter dem ihr Mann schlief, für den sie nur noch Verachtung übrig hatte.

Bettie schwang sich in den Sattel und ritt vom Hof. Den Kopf tief über Cassandras Mähne gebeugt, beschleunigte sie das Tempo, während hinter dem Wald die Sonne aufstieg und die letzten Tautropfen im Gras verdampfen ließ. Schon nach kurzer Zeit rann ihr der Schweiß über die Stirn. Unbeirrt setzte sie ihren Ritt fort, bis sie den Gutshof weit hinter sich gelassen hatte und die Stadt vor sich sah. Erst dort brachte sie Cassandra zum Stehen und stieg ab. Dann ging sie zu der Buche, unter der sie mit Hans gesessen hatte, wenn seine Arbeit beendet war.

Wehmütig strich sie über die Rinde des Baums. Die Initialen, die er mit dem Messer eingeritzt hatte, waren noch da.

„Guten Morgen“, hörte sie plötzlich und erschrak. Sie hatte den Mann, der im Gras lag, nicht bemerkt. Er hielt den Kopf in die Arme gestützt und schaute zu ihr hoch.

„Die Nacht mit deinem Ehemann kann nicht gerade berauschend gewesen sein, wenn du so früh aus seinem Bett flüchtest“, stellte er spöttisch fest.

Bettie setzte sich zu ihm und starrte nach vorn.

„Was ist los?“, fragte Hans. „Warum bist du nicht bei ihm? Ist die Liebe so schnell erloschen?“

„Was weißt du schon.“

„Das hört sich ganz so an, als würdest du bereuen, ihn geheiratet zu haben. Ich habe dich gewarnt, Bettie. Freier ist ein Nazi. Er passt nicht zu dir.“

„Spar dir deine Vorwürfe! Ich habe ihn geliebt und …“

„Und was?“ Für einen Moment verhärteten sich die Gesichtszüge ihres Freundes. „Hat er dir wehgetan?“

„Nein. Im Gegenteil.“ Bettie schüttelte den Kopf. „Wilhelm tut mir gar nichts. Verstehst du, Hans? Er behauptet, mich zu lieben, aber sein Körper sagt etwas anderes.“

„Sein Körper?“ Hans riss die Augen auf. „Du meinst, er kann seinen Mann nicht stehen?“

„Zumindest nicht bei mir.“

„Er betrügt dich? So kurz nach der Vermählung?“

Bettie nickte. Schlagartig kehrten die Bilder zurück, die ihr den Schock ihres Lebens versetzt hatten. Sie biss sich auf die Lippen, um nicht loszuheulen. Währenddessen strich Hans ihr über die Wange.

„Verzeih mir, Bettie! Ich hätte nicht fragen dürfen.“

„Schon gut. Mit irgendjemandem muss ich früher oder später darüber reden. Du bist der Einzige, dem ich vertraue.“

„Was ist mit Richard?“

„Richard?“ Bettie lachte hart auf. „Mein Bruder ist derjenige, mit dem Wilhelm mich betrügt. Ich werde ihm nie verzeihen, dass er mir dieses abartige Verhältnis verschwiegen hat. Hätte ich früher davon gewusst, dann …“

Bettie brach ab und lehnte sich gegen seine Schulter. Doch Hans blieb hartnäckig.

„Du kannst dich von ihm trennen. Selbst dein Vater muss einsehen, dass du nicht mit einem Mann zusammenbleiben kannst, der sich mit deinem Bruder vergnügt.“

„Dafür ist es zu spät, ich bin einen Handel mit ihm eingegangen“, antwortete sie leise. „Ich schweige und bekomme dafür seine Anteile vom Kurhaus. Außerdem kann ich meinen Bruder nicht verraten. Ich verachte Richard, aber ich könnte ihn nie den Nazis ausliefern. Du weißt, dass sie keinen Unterschied machen würden. In deren Augen wäre er ebenso minderwertig wie Juden. Homosexualität ist ein Vergehen, das mit Haftstrafe oder Kastration geahndet wird.“

„Lieber willst du mit einer Lüge leben?“

„Mir bleibt keine Wahl, Hans.“ Bettie brach in Tränen aus. „Glaubst du, ich hätte es mir so gewünscht? Ich werde wahrscheinlich nie Kinder bekommen. Stattdessen muss ich zusehen, wie meinem Bruder gelingt, zu was ich nicht fähig bin.“

„Das ist nicht wahr, Bettie. Es liegt nicht an dir.“

„Woher willst du das wissen? Ich war vorher nie mit einem Mann zusammen. Es ist doch möglich, dass ich kein Verlangen in einem Mann wecken kann.“

„Nein!“ Hans zog sie an sich. „Kein richtiger Mann könnte dir widerstehen.“

Bettie spürte, wie sein Herz an ihrer Brust schlug und sich sein Atem beschleunigte. Seine Hand tastete nach ihrer und hielt sie umspannt. Bettie sah das Verlangen in seinen Augen, als er sich zu ihr beugte und sie küsste.

„Wir sollten das nicht tun“, unternahm sie den Versuch zu widerstehen, als er sie über sich zog. Gleichzeitig fuhren ihre Hände unter sein Hemd. Zärtlich strichen ihre Finger über seine gebräunte Haut. Hans stöhnte auf, bevor er ihre Hüften packte. Eine Hand umfasste ihr Hinterteil. Es fühlte sich gut an. Betties Herz schlug schneller, als sie spürte, wie sehr sie sich nach ihm sehnte. In diesem Moment war es ihr gleichgültig, ob es Sünde war, was sie tat. Sie wollte ihm nahe sein.

„Danke, Hans“, sagte sie, als sie später verschwitzt neben ihm im Gras lag. „So fühlt es sich also an, wenn eine Frau und ein Mann zusammen sind.“

„Ja, so sollte es sich anfühlen“, erwiderte er und strich ihr über die Wange. „Gib dich nicht mit weniger zufrieden, Bettie. Du hast gerade bewiesen, was für ein Feuer in dir brennt. Freier hat dich nicht verdient.“

„Ich werde mich nicht von ihm trennen.“ Bettie stand auf und klopfte sich die Grashalme von der Kleidung. „Falls ich dir falsche Hoffnungen gemacht habe, tut es mir leid.“

„Keine Sorge, dessen war ich mir in jeder Sekunde bewusst. Es geht um dich.“

„Ich kann das Kurhaus nicht aufgeben. Niemals.“

„Dafür verkaufst du dein Herz?“

„Wenn es sein muss.“

Bettie zuckte mit den Schultern. Sie ahnte, dass sie Hans damit kränkte. Aber sie konnte nicht anders handeln. Das Kurhaus war immer das gewesen, was sie wollte. Nun, da es ihr gehörte, würde sie nicht darauf verzichten.

„Ich muss zurück“, teilte sie ihm mit. „Sehen wir uns wieder?“

„Wann immer du willst.“

Hans kam zu ihr. Bevor sie aufs Pferd steigen konnte, zog er sie noch einmal an sich.

„Ich weiß, dass du meine Gefühle nicht erwiderst. Aber ich liebe dich, Bettie.“

Bettie küsste ihn auf den Mund. Sie lächelte ihm zu, als sie aufstieg.

„Du irrst dich, ich liebe dich auch. Ich habe es bloß zu spät erkannt“, rief sie ihm zu, bevor sie davonritt.

Als Bettie auf den Hof zurückkehrte, bemerkte sie sofort, dass etwas nicht stimmte. Ein Großteil des Personals stand zusammen und diskutierte. Auch ein paar Patienten hatten sich unter die Leute gemischt und schienen neugierig darauf zu erfahren, was die Aufregung der Angestellten zu bedeuten hatte.

„Bring das Pferd in den Stall!“, forderte sie den Burschen auf, der nach Cassandras Zügeln griff. Bettie stellte fest, dass er sie nicht anschaute, sondern den Kopf senkte. Ein ungutes Gefühl machte sich in ihr breit. Schuldbewusst dachte sie an Hans und die kurze leidenschaftliche Zeit, die sie gerade miteinander verbracht hatten. Dabei spürte sie, wie ihr eine verräterische Röte in die Wangen schoss. Doch gleich darauf schalt sie sich töricht. Niemand konnte wissen, was auf der Wiese geschehen war. Außerdem würde sich das Personal niemals erdreisten, sich vor ihren Augen darüber zu echauffieren. Sie konnte also ausschließen, dass sie beobachtet worden waren. Es musste etwas anderes passiert sein.

„Was ist hier los?“, rief sie den Leuten zu. „Warum steht ihr untätig im Hof herum?“

Niemand antwortete. Stattdessen richteten sich sämtliche Blicke auf die Tür des Hauses, die sich in diesem Moment öffnete. Richard trat heraus. Als er seine Schwester bemerkte, kam er schnellen Schrittes auf sie zu. Bettie nahm seinen etwas hölzernen Gang wahr und auch, wie blass er um die Nase aussah.

„Kehrt an eure Arbeit zurück!“, rief er den Angestellten streng zu, die sich daraufhin abwandten. Erst als sich die Menge zerstreut hatte, sprach Richard Bettie direkt an, die sich über sein Verhalten wunderte. Sie hatte ihren Bruder selten so bestimmend auftreten sehen.

„Wo warst du?“, schnaubte er und verschränkte die Arme vor der Brust.

„Ausreiten. Gibt es etwas dagegen einzuwenden?“

„Du wusstest, dass es Vater schlecht geht, und alles, woran du denken kannst, ist dein Vergnügen?“

„Hör auf, Richard!“, forderte Bettie. „Du weißt wie ich, dass er sich nicht von mir behandeln lässt. Ich werde mich bestimmt nicht aufdrängen, wenn er sich lieber von seinem Sohn untersuchen lassen will. Ich bin sicher, dass schon deine bloße Anwesenheit zu seiner Genesung beiträgt. Also spar dir deine Vorwürfe!“

„Vater ist tot.“

„Tot?“ Bettie riss die Augen auf. „Du willst damit sagen, dass du ihm nicht helfen konntest?“

„Es war zu spät, seine Lunge versagte.“

Bettie nickte. Das Ableben ihres Vaters kam nicht plötzlich und wenn sie ehrlich war, erschütterte es sie kaum. Sie hatte ihn nie interessiert. Warum sollte sie ihn jetzt vermissen?

„Wir wussten, dass es so kommen wird“, sagte sie beinahe gleichgültig. „Hast du dich bereits um den Pfarrer gekümmert?“

„Um den Pfarrer?“, fragte Richard angespannt. „Mehr hast du nicht dazu zu sagen?“

„Was erwartest du? Soll ich weinen, den Leuten Trauer vorspielen, das Schicksal verfluchen? Wäre dir das lieber?“

„Du könntest zumindest so tun, als seiest du betroffen. Ein wenig Anteilnahme stünde dir gut zu Gesicht. Er war auch dein Vater.“

„Danke, dass du mich daran erinnerst. Aber du vergisst, dass ich nicht so geübt bin im Lügen wie du. Oder hast du ihm auf dem Sterbebett die Wahrheit verraten, um dein Gewissen zu erleichtern? Wie hat er reagiert, als er erfuhr, dass nicht ich, sondern du Wilhelms Bett teilst?“

„Sei still, Bettie!", zischte ihr Bruder wütend. Sie bemerkte, wie ihm Röte ins Gesicht stieg, während er sich nervös umschaute. Er atmete erst auf, als er feststellte, dass sich kein Zuhörer in der Nähe befand.

„Diese Entscheidung überlass bitte mir, Richard", antwortete sie kühl. „Ich bin mit Wilhelm einen Handel eingegangen, nicht mit dir. Es sei denn, du willst mir die Leitung und sämtliche Verantwortung für das Kurhaus übertragen."

„Vater ist gerade gestorben und du erpresst mich?", fragte Richard ungläubig und schüttelte den Kopf. „Was ist nur aus dir geworden?"

„Das solltest du dich besser selbst fragen. Es ist nicht lange her, als du dich in der Redaktion der Kommunisten aufhieltest. Jetzt wirst du mehr und mehr zu einem glühenden Verehrer der Nazis. Ich nehme an, wir haben auch das Wilhelms Einfluss zu verdanken."

„Du weißt, dass wir den wirtschaftlichen Aufschwung des Gutes ihm zu verdanken haben. Ohne Wilhelm und die Bank seines Vaters würden wir längst mittellos sein."

„Ich habe nie darum gebeten. Dieses Geschäft hat Vater vor seinem Tod ausgehandelt. Aber sei es drum. Ab heute wird ihnen das Kurhaus nicht mehr zur Verfügung stehen."

„Was hast du vor? Du kannst nicht eigenmächtig entscheiden."

„Mein Entschluss steht fest", teilte Bettie ihm mit. „Ich werde im Kurhaus ein Waisenhaus errichten und ich verlange von dir und Wilhelm, dass ihr meine Pläne unterstützt."

„Wie soll das gehen? Du weißt, dass die Regierung sämtliche Eigentümer der Landsitze auffordert, ihre Güter dem Militär zur Verfügung zu stellen. Über kurz oder lang wird es auch uns treffen."

„Um das zu verhindern, möchte ich das Waisenhaus errichten. Ich hoffe doch sehr, dass die Willkür der Nazis sich nicht auch gegen wehrlose Kinder richtet. Dir gehört immer noch ein Teil des Erbes. Ich bitte dich, es an mich abzutreten."

„Du willst mir die Anteile nehmen?", fragte ihr Bruder empört.

„Du kannst jederzeit eingezogen werden und für dein Vaterland kämpfen. Ich möchte frei entscheiden können, wenn du irgendwo da draußen in einem Schützengraben liegst. Im Gegensatz zu dir habe ich nicht vergessen, wie lange es dauerte, bis Vater aus der Gefangenschaft kam. Ich kann nicht Jahre auf dich warten, um die Zukunft des Kurhauses zu sichern."

„Ich nehme an, diesen Floh hat dir Oberst Leitner ins Ohr gesetzt. Habe ich recht?"

„Und wenn schon", antwortete Bettie. Der Oberst war seit drei Monaten Gast im Kurhaus, nachdem er verwundet von der Front zurückgekehrt war. Eine Kugel hatte seinen rechten Lungenflügel zerfetzt, der sich inzwischen wieder entfaltet hatte. Aber noch immer litt er unter dem enormen Blutverlust und den Folgen einer Infektion. Bettie und er hatten sich auf Anhieb verstanden. Er schien der erste Mann zu sein, der anerkannte, dass sie eine gute Ärztin abgegeben hätte, und er teilte ihre Liebe für die Medizin. Stundenlang konnten sie im Garten zusammensitzen und über wissenschaftliche Fortschritte reden, ohne dass ihnen auch nur einmal das Thema ausging.

„Er hat ein Auge auf dich geworfen", stellte Richard fest. „Obwohl er weiß, dass du eine verheiratete Frau bist."

„Das sagst ausgerechnet du? Bitte mach dich nicht lächerlich. Glaubst du wirklich, ich würde nicht bemerken, wie Wilhelm sich immer noch zu dir schleicht?"

„Bettie, ich …"

„Hör auf! Ich will es nicht wissen. Eure Beziehung ist mir gleichgültig. Macht hinter verschlossener Tür, was ihr wollt. Ich will nur das Kurhaus. Meinen Mann kannst du gerne behalten. Was soll ich mit diesem Versager? Gib mir die Anteile und ich lasse euch in Ruhe."

„Das wirst du bereuen“, antwortete er. Doch seine Schwester war bereits an der Tür.

„Das werden wir noch sehen, Richard“, rief sie ihm von dort aus zu, bevor sie ins Haus ging.

Bettie verzichtete darauf, sich von ihrem Vater zu verabschieden und ihn ein letztes Mal zu sehen. Stattdessen steuerte sie ihr Zimmer an und zog sich um. Mit der Reitkleidung und ihrer Unterwäsche im Arm ging sie ins Waschhaus. Sie musste das Blut herauswaschen und die Grasflecke, bevor eines der Hausmädchen auf die Idee kam. Es war natürlich nicht unbemerkt geblieben, dass sie ausgeritten war. Wenn sie die verdächtigen Spuren an den Reitsachen und nicht am Hochzeitskleid bemerkten, würden sie Bescheid wissen. Dann wäre es nur eine Frage der Zeit, bis der Klatsch unter dem Personal beginnen würde.

Sorgfältig schrubbte sie die Flecke mit der sandigen braunen Seife, die sich wie Schmirgelpapier anfühlte. Ihre Gedanken weilten bei Hans, der ihr seine Liebe gestanden hatte. Aus der kindlichen Zuneigung war plötzlich Leidenschaft geworden. Aber durfte sie der wirklich nachgeben, wenn sie ihre Pläne nicht aus den Augen verlieren wollte? Sie hatte es ernst gemeint mit dem Waisenhaus. Erst vor wenigen Tagen hatte Leitner diesen Vorschlag gemacht. Nicht aus Mitgefühl den Kindern gegenüber, auch er war dem Führer und Vaterland noch immer treu ergeben. Er hatte ihr helfen wollen, nachdem sie ihm von ihren Befürchtungen erzählt hatte, die eine Übernahme des Gutshofes durch die Regierung betrafen.

Bettie wrang die Wäsche aus. Zu ihrer Erleichterung waren die Flecke verschwunden und damit auch das Zeugnis ihrer Verfehlung. Sie lächelte. Von schlechtem Gewissen ihrem

Ehemann gegenüber würde sie sicher nicht geplagt werden. Was er und Richard taten, war viel schlimmer und …

Plötzlich begannen ihre Finger zu zittern. Das Gespräch mit Johanna fiel ihr ein. Hans' Mutter hatte ihr gegenüber erwähnt, dass sie jederzeit schwanger werden könnte. Sie hatte diesen Aspekt völlig außer Acht gelassen. Dagegen war die Kleidung vielleicht ihr geringstes Problem. Wie sollte sie Wilhelm erklären, dass sie ein Kind erwartete, wenn er gar nicht dazu in der Lage war?

Ich muss mir etwas einfallen lassen, und das am besten schnell, dachte Bettie und raffte die Kleidung zusammen, bevor sie zurück ins Haus ging, wo sie Wilhelm mit mürrischem Gesichtsausdruck am Tisch vorfand. Es war offensichtlich, dass er unter den Auswirkungen des Alkohols litt. Wobei Bettie plötzlich ein rettender Gedanke kam.

„Guten Morgen", sagte sie. Augenblicklich hob sich sein Kopf. Sie bemerkte, wie überrascht er von ihrer Freundlichkeit war.

„Ich habe eben von Gustavs Tod erfahren. Es tut mir leid, Bettie."

„Du weißt, dass Vater und ich uns nie nahestanden."

Er nickte und senkte den Blick. Bettie atmete tief durch. Was sie vorhatte, war nicht ungefährlich. Wenn Wilhelm ihre Lüge durchschaute, würde er ausrasten. Aber eine Wahl blieb ihr auch nicht. Je länger sie ihren Plan hinausschob, umso schwieriger würde sie ihn glaubhaft verfolgen können. Sie wusste ja nicht einmal, ob und wann sich diese Gelegenheit je wieder bot. Nach dem Tod ihres Vaters würden Wilhelm und ihr Bruder wohl kaum noch Rücksicht nehmen.

„Ich möchte, dass du mich von jetzt an in Ruhe lässt, Wilhelm", begann sie vorsichtig, während sie mit aller Macht die Erinnerung an das Schäferstündchen mit Hans verdrängte. „So etwas wie letzte Nacht darf nie wieder passieren."

„Was meinst du?", fragte er misstrauisch. Bettie bemerkte,

wie es hinter seiner Stirn arbeitete. Offensichtlich versuchte er sich zu erinnern, was ihm hoffentlich nicht gelang.

„Du bist über mich hergefallen“, wurde sie mutiger. „Tu das nie wieder!“

„Hergefallen? Du meinst …?“

„Erinnerst du dich etwa nicht daran?“, fragte sie und verzog das Gesicht. „Warst du so betrunken, dass …“

„Natürlich erinnere ich mich“, fiel er ihr ins Wort. Bettie atmete innerlich auf. „Es tut mir leid.“

„Dafür ist es zu spät.“

Inzwischen bereitete es ihr sogar Vergnügen, dabei zuzuschauen, wie er sich wie ein Fisch im Netz wand. Sie war sich nun sicher, dass ihm nicht eine Sekunde der Nacht im Gedächtnis geblieben war. Der Alkohol hatte sämtliche Erinnerungen ausgelöscht. Sie konnte aufhören, ihn zu peinigen.

„Ich habe gerade mit Richard gesprochen“, wechselte sie das Thema. „Er wird mir seine Anteile überschreiben. Ich möchte, dass keine neuen Patienten aufs Gut kommen. Nicht, nachdem Hitler eindeutige Aussagen zur Vernichtung der Juden getroffen hat.“

„Was hat das Kurhaus damit zu tun?“

„Unsere Großeltern waren Juden, meine und Richards. Was glaubst du, was passiert, wenn die Gestapo sich hier breitmacht und davon erfährt?“

„Das wird nicht geschehen.“

„Wie kannst du dir so sicher sein?“

„Ihr seid Deutsche, Bettie.“

„Vielleicht in deinen Augen, inzwischen unterscheiden deine Kameraden sehr genau zwischen Juden, Halbjuden und Vierteljuden. Was ist mit Mutter? Soll Richard dabei zusehen, wie man sie abholt und in eines der Lager verschleppt?“

„Deine Mutter ist auf dem Gut sicher.“

„Woher willst du das wissen? Glaubst du, sie fragen dich vorher? Du hast doch gesehen, wozu sie fähig sind. Sie haben die jüdischen Geschäfte geplündert, ihre Besitzer verprügelt und verhaftet. Ethel hat einen Herzinfarkt erlitten und ist daran gestorben. Unsere Köchin wurde halb totgeschlagen. Reicht das nicht, Wilhelm?"

„Das liegt nicht in unserer Hand."

„Nein?" Bettie schüttelte heftig den Kopf. „In wessen dann? In den Händen deines Geliebten vielleicht?"

„Was ist hier los?" Die Tür ging auf und Richard trat ein. „Gibt es schon wieder Streit?"

„Es geht um das Kurhaus", antwortete ihm Wilhelm. „Bettie möchte ein Waisenhaus errichten. Ich habe gerade erfahren, dass du deine Anteile abtrittst."

„Was? Ich habe noch gar nicht zugestimmt. Außerdem ist die Idee, ein Waisenhaus zu eröffnen, lächerlich."

„Sie ist nicht lächerlich", erwiderte Bettie wütend. „Weißt du, wie viele Kinder inzwischen auf der Straße leben und verhungern, wenn ihnen niemand hilft, während wir hier im Überfluss schwelgen und irgendwelchen reichen Nazis Fußbäder anbieten?"

„Hör auf, so pathetisch zu sein, es steht dir nicht", sagte Wilhelm.

„Wäre es dir lieber, ich würde diese Kinder vergessen und lieber eigene haben?", fragte Bettie spöttisch und warf Wilhelm einen verächtlichen Blick zu. „Tut mir leid", fuhr sie fort. Dieser Wunsch wird vielleicht nie in Erfüllung gehen. Soll ich dir verraten, warum?"

„Ich warne dich."

„Nein, Wilhelm, ich warne dich. Ihr wollt es nicht wahrhaben, aber auch ihr werdet der überlegenen Rasse, für die ihr eintretet, zum Opfer fallen. Euer Führer hasst alles, was andersartig ist, auch die Homosexuellen. Für ihn sind sie nicht lebenswerter als die Juden. Erkennt ihr nicht die Doppelmoral hinter eurem Handeln?"

„Genug!"

Wilhelm stand auf und stellte sich vor sie. Sie sah die Wut in seinen Augen.

„Darum geht es dir, nicht wahr? Du wolltest immer nur das Kurhaus. Deshalb hast du mich geheiratet. Ich war dir recht, für dich den Weg frei zu machen.“

„Nein.“ Bettie schüttelte den Kopf. „Meine Gefühle für dich waren echt. Aber gerade hast du bewiesen, wie es um deine steht. Du musst dich endlich entscheiden, Wilhelm.“

Ihr Mann zuckte zusammen und warf Richard, der mit hängenden Armen im Raum stand, einen Blick zu, bevor er den Kopf schüttelte.

„Das kann ich nicht.“

„Ich habe es nicht anders erwartet. Allerdings werde ich dich nicht mit meinem Bruder teilen. Eine Nacht wie die vorherige wird es nie wieder geben. Ich nehme an, diese Entscheidung kommt euch gelegen. Aber alles hat seinen Preis, in diesem Fall das Kurhaus.“

„Was, wenn ich nicht zustimme?“

„Du vergisst, dass ich nichts zu verlieren habe“, erwiderte Bettie ungerührt. Mit erhobenem Kinn sah sie die Männer an. „Mein Bruder bekommt meinen Ehemann und vermutlich den Großteil des Erbes unseres Vaters. Ich verlange nur das Kurhaus.“

„Also gut, du kriegst meine Anteile“, versprach Richard. „Bist du jetzt zufrieden?“

„Du tust es für einen guten Zweck, vergiss das nicht“, erwiderte Bettie und lächelte ihm zu. Ihr Bruder antwortete nicht. Stattdessen ging er zur Tür. Wilhelm folgte ihm, nachdem er Bettie einen hasserfüllten Blick zugeworfen hatte.

Zufrieden trat sie zum Fenster. Es hatte zu regnen begonnen. Die Sonne versteckte sich hinter dunklen Wolken. Bettie seufzte. Sie hatte ihr Ziel erreicht, ihr Plan war aufgegangen. Dennoch tat Richard ihr leid. Sie liebte ihren Bruder trotz allem und hatte die Angst in seinen Augen gesehen. Bettie wünschte, er hätte in diesem

Moment die Reaktion ihres Mannes mitbekommen, dessen Kieferknochen sich angespannt hatten. Er würde ihren Bruder opfern, wenn es nötig sein sollte. Daran gab es für sie keinen Zweifel.

In den folgenden Wochen war Bettie mit der Einrichtung und Leitung des Kinderheims beschäftigt. Gleich nachdem die letzten Patienten entlassen worden waren, hatte sie begonnen, die Zimmer neu herrichten zu lassen. Seit ein paar Tagen lebten nun die ersten Waisen im Kurhaus. Trotz allem gab es noch eine Menge zu tun.

Zum Glück stand ihre Mutter auf ihrer Seite, die seit dem Tod ihres Mannes sichtlich aufblühte und kaum noch trank. Während Madeleine sich um die Kinder kümmerte, überprüfte Bettie in ihrem Arbeitszimmer die Papiere.

„Sie scheinen sich wohlzufühlen“, hörte sie plötzlich hinter sich. Als sie sich umdrehte, betrat Madeleine das Zimmer. Mit einem Lächeln, das Bettie in der Vergangenheit viel zu selten im Gesicht ihrer Mutter gesehen hatte, kam sie auf sie zu.

„Keine Sorge“, sagte sie, als sie die Falte auf der Stirn ihrer Tochter bemerkte. „Wir tun das Richtige. Du rettest ihr Leben.“

„Es war deine Idee, Mutter. Ich bin sehr froh, dass du ins Leben zurückgefunden hast.“

„Ich auch. Noch befreiter bin ich allerdings durch den Tod deines Vaters. Wäre er am Leben, könnten wir diese Kinder niemals bei uns aufnehmen. Es mag sich taktlos anhören. Aber ich tausche sein Leben gerne gegen das ihrige.“

„Du hast unter ihm gelitten, ich weiß. Umso mehr bewundere ich deine jetzige Haltung.“

„Das musst du nicht. Es ist unsere Pflicht, einen Hauch Menschlichkeit zu schützen. Wir müssen weitermachen, es sind noch zu wenige.“

„Was ist zu wenig?“

Richard betrat den Raum und starrte seine Mutter misstrauisch an. Bettie wusste, dass er etwas ahnte. Er hatte in den vergangenen Tagen ein paar Andeutungen gemacht, die sie aufhorchen ließen. Allerdings glaubte sie noch immer, ihn unter Druck setzen zu können, wenn es darauf ankam.

„Es sind zu wenig Erzieher im Heim, die sich ausreichend um die Kinder kümmern können“, antwortete sie schlagfertig. „Ich werde mehr Personal einstellen.“

„Und wie willst du es bezahlen?“

„Ich besitze Ersparnisse. Wilhelms Nazifreunde haben sich den Kuraufenthalt bei uns einiges kosten lassen. Außerdem ist Mutter bereit, mich zu unterstützen. Wie du weißt, hat sie genügend Mittel von ihrer Großmutter geerbt.“

„Sag bloß, du verschleuderst dein Geld für fremde Kinder?“, fragte Richard. „Gibt es dafür einen bestimmten Grund, Mutter?“

„Sicher gibt es den, mein Sohn. Die Eltern dieser Kinder sind verhaftet und in Schutzhaft genommen worden. Was glaubst du, was mit ihren Kindern passiert, wenn sie nicht wiederkehren?“

„Du willst mir sagen, es sind Kinder von politischen Gegnern?“

„Es sind eure Gegner, nicht meine. Diese Kinder brauchen ein Heim, das ist alles.“

„Ich hatte gehofft, du würdest mich nicht belügen“, sagte Richard.

„Und ich hatte gehofft, dass mein einziger Sohn kein Faschist wird. Siehst du! Hoffnungen scheinen dafür da zu sein, zerstört zu werden.“

„Ich warne dich, Mutter.“ Richard beugte sich zu ihr vor, während Bettie den Atem anhielt. „Ich werde mich nicht in eure Angelegenheiten mischen. Aber wenn herauskommt, dass ihr hier Kommunistenkinder versteckt, werde ich nichts davon wissen. Dann seid ihr auf euch allein gestellt.“

Madeleine nickte. Es kam nicht oft vor, dass ihr Sohn so direkt mit ihr sprach. Richard hasste Konfrontationen.

„Dann wäre das ja geklärt“, mischte sich Bettie ein, die die Anspannung zwischen ihnen spürte. „Wir haben zu tun, Richard. Würdest du uns bitte alleine lassen? Ich bin sicher, Wilhelm wird sich über deine Gesellschaft mehr freuen als wir.“

Ihr Bruder verzog das Gesicht. Er verstand natürlich den Seitenhieb.

„Du hast bekommen, was du wolltest“, sagte er gereizt. „Also hör auf damit!“

„Du hast recht“, gab Bettie nach. „Wir wollen nicht streiten. Zumal es gute Neuigkeiten gibt.“

Sie zögerte kurz. Ihr Blick richtete sich auf das Gesicht ihres Bruders, der nicht einmal ahnte, welchen Schlag sie ihm gleich versetzen würde.

„Ich bin schwanger“, klärte sie ihn auf. „Ich erwarte ein Kind von Wilhelm.“

Niemand reagierte. Stattdessen breitete sich für Sekunden Stille aus, bis Richard das Schweigen brach.

„Du lügst. Er hat dich nie angerührt.“

„Du irrst dich, Bruderherz. Ein einziges Mal tat er es. Frag ihn, wenn du mir nicht glaubst!“

Aus Richards Gesicht wich sämtliche Farbe. Betroffen stützte er sich auf die Lehne des Stuhls. Bettie bemerkte, wie seine Wut sich in Schmerz verwandelte. Für einen Moment tat er ihr sogar leid. Er liebte Wilhelm tatsächlich. So sehr, dass er alles aufgegeben hatte, an das er geglaubt hatte. Allerdings war die Situation nach wie vor absurd. Schließlich war sie dennoch Wilhelms Ehefrau.

„Weiß Wilhelm davon?“ Die Frage schien ihm regelrecht wehzutun. Er konnte ihr nicht einmal in die Augen schauen.

„Noch nicht, du kannst es ihm gerne mitteilen. Ich nehme an, er wird nicht sonderlich daran interessiert sein. Er war betrunken, Richard. Für ihn hatte es nichts bedeutet. Es wird eurer Liebe keinen Abbruch tun."

„Deine Rücksichtnahme ist überwältigend", presste ihr Bruder hervor. „Du hast also vor, dieses Kind zu bekommen?"

„Ganz sicher sogar", erwiderte Bettie. „Ich glaube nicht, dass mich dein Geliebter noch einmal in diese Umstände bringt." Bettie brach ab und seufzte. Ihr Blick fiel zur Uhr. Sie musste sich um die Kinder kümmern. „Hör zu, Richard!", bat sie. „Es hat sich nichts geändert. Wir haben einen Handel geschlossen und ich erfülle meinen Teil. Wenn du also befürchtest, ich könnte Wilhelm mit dem Kind an mich binden wollen, liegst du falsch. Alles, was ich möchte, ist dieses Waisenhaus zu führen. Ich erwarte von dir, dass du dafür sorgst, dass wir hier unbehelligt bleiben."

„Ich werde tun, was ich kann."

Richard verließ den Raum. Während ihre Mutter aufatmete, lehnte sich Bettie in den Stuhl zurück. Das Gespräch mit ihrem Bruder hatte sie angestrengt. Sie spürte die Erschöpfung.

„Fühlst du dich unwohl?", fragte Madeleine besorgt.

„Es geht mir gut, Mama. Verzeih mir, dass du auf diese Weise von der Schwangerschaft erfahren musstest."

„Schon gut, Bettie. Ich freue mich für dich." Madeleine nahm ihre Hand und drückte sie. „Ich möchte nur eines wissen: Ist Wilhelm tatsächlich der Vater?"

„Was, wenn er es nicht wäre?"

„Dann würde ich erleichtert sein. Stell dir nur vor, du müsstest einen Sohn mit seinen Genen zur Welt bringen. Und nun will ich zu den Kindern gehen. Ruh dich etwas aus, Bettie!"

„Danke, Mama. Möchtest du gar nicht erfahren, wer der Vater ist?"

„Wenn es Wilhelm nicht ist, kommt nur einer infrage. Ich habe mich immer gefragt, wie du ihn übersehen konntest und warum du dich stattdessen für einen Nazi entschieden hast. Weiß er es?“

„Noch nicht, wir waren mit dem Waisenhaus beschäftigt. Ich wollte dieses Gespräch nicht zwischen Tür und Angel führen. Außerdem bin ich nicht sicher, ob es nicht vernünftiger wäre zu schweigen. Du weißt, wie wichtig es ist, dass Wilhelm glaubt, der Vater zu sein. Die Wahrheit darf nie ans Licht kommen, Mama.“

„Das wird sie nicht. Rede trotzdem mit ihm!“

Madeleine nickte ihr zu und verschwand.

15

NORDHEIM

„Ich wäre nie auf die Idee gekommen, dass mein Großvater Elisabeth geliebt hat.“ Paul schüttelte den Kopf und legte die Papiere auf den Schreibtisch. „Erst recht nicht, dass sie ein gemeinsames Kind hatten.“

Sophie nickte. „Bis vor Kurzem nahm ich an, mein Leben wäre kompliziert. Aber wenn ich das von Elisabeth betrachte, bin ich mir nicht mehr sicher. Es muss schwer für sie gewesen sein, sich zu opfern, um das Kurhaus zu retten und den armen Kindern ein Zuhause zu geben.“

„Ich weiß nicht, ob man es opfern nennen kann. Du vergisst, dass sie Wilhelm anfangs liebte. Außerdem schien sie regelrecht besessen von dem Kurhaus zu sein. Vielleicht lassen wir uns auch von den Aufzeichnungen täuschen. Es sind Elisabeths Erinnerungen, es ist doch klar, dass sie nicht schreibt, dass sie die Erpressung eiskalt plante.“

„Selbst wenn, zumindest tat sie es nicht aus Eigennutz. Die Kinder fanden bei ihr eine Heimat.

Letztendlich gibt es nur einen, der die Wahrheit kennt. Außer Elisabeth natürlich, die allerdings an Demenz leidet. Vielleicht sollten wir doch versuchen, mit ihm zu reden.“

„Ich befürchte, dass er nicht bereit dazu ist. Du weißt, wie er reagiert hat."

„Und genau das gibt mir zu denken", sagte Sophie. „Was hat er zu verbergen?"

„Keine Ahnung, vielleicht möchte er nur nicht mit der Vergangenheit konfrontiert werden."

„Deshalb fährt er mich mit dem Traktor an?"

„Ich gebe zu, die ganze Geschichte erscheint irgendwie verworren. Aber so ungewöhnlich ist sie nun auch wieder nicht."

„Nicht, wenn man die Ereignisse einzeln betrachtet. Im Zusammenhang mit dem merkwürdigen Verhalten der Dorfbewohner und dem angeblichen Tierschädel schon."

„Du glaubst nicht daran?"

„Nein. Was, wenn es mit dem Kind zu tun hatte, das Bettie von Hans erwartete? Bei dem Tierschädel könnte es sich um einen Teil des Skeletts eines Kindes handeln."

„Was?" Paul schaute sie erschrocken an. „Du denkst doch nicht, dass mein Opa sein eigenes Kind umgebracht hat. Bitte, Sophie! Du bist Schriftstellerin und erfindest Geschichten, okay. Aber ihm einen Mord zuzutrauen, geht zu weit."

„Ich behaupte doch gar nicht, dass er es war. Was ist mit Wilhelm? Wo ist er nach dem Krieg abgeblieben? Hat dein Opa ihn jemals erwähnt?"

„Ich sagte doch schon, er spricht nicht darüber."

„Gut, dann werde ich Elisabeth noch einmal besuchen. Möglicherweise erinnert sie sich ja doch an etwas, was mich weiterbringt."

„Ich halte das für keine gute Idee. Warum kannst du sie nicht in Ruhe lassen, Sophie? Sie ist alt und hat genug mitgemacht, meinst du nicht?"

„Aber andernfalls erfahre ich nie, was damals geschehen ist."

„Dann ist es so. Elisabeth kann dir nicht einmal mehr ihre Zustimmung geben, ihre Lebensgeschichte zu veröffentlichen. Ich finde das nicht fair. Oder würdest du wollen, dass jemand über dich und deinen Mann schreibt?“

„Natürlich nicht. Aber dann war die ganze Arbeit umsonst.“

„Du kannst deinen Roman trotzdem schreiben. An Fantasie mangelt es dir wirklich nicht. Schreib über die Kinder! Hier!“ Paul nahm ein paar Blätter zur Hand und reichte sie Sophie. „Schau, was ich gefunden habe. Ich bin sicher, dass du daraus etwas machen kannst.“

„Sind das die Unterlagen über die Waisen?“

„Keine Ahnung, ich habe sie mir nicht näher angesehen. Aber du solltest es tun.“

„Okay, ich werde sie anschauen“, antwortete Sophie wenig überzeugt.

„Mach das! Ich muss los“, sagte Paul und stand auf. „Ich nehme an, ich werde dich nicht davon abhalten können, weiter nach Leichen im Keller zu suchen. Versprich mir wenigstens, nicht in den Wald zu gehen, wenn ein Unwetter aufzieht. Ich werde in den nächsten Tagen in der Stadt zu tun haben und kann dich nicht retten.“

Sophie nickte. Sie spürte, dass er einen Vorwand suchte, ihr aus dem Weg zu gehen. In ihrem Innern machte sich Bedauern breit. Sie war zu weit gegangen mit ihrer Andeutung über das Kind.

„Ich halte Hans für keinen Mörder“, versuchte sie den Fehler gutzumachen. „Ich glaube nur nicht an einen Tierschädel. Du musst doch zugeben, dass es merkwürdig ist, dass immer er beteiligt war. Bei diesem Fund, der Sprengung und …“

„Es reicht“, unterbrach Paul sie. „Ich werde versuchen, mit meinem Großvater zu reden. Mach’s gut.“

Ohne ein weiteres Wort verließ er das Haus. Sophie hörte,

wie der Motor seines Wagens ansprang und er davonfuhr. Nachdenklich nahm sie die Papiere zur Hand, auf die er sie aufmerksam gemacht hatte. Elisabeth war bei ihren Einträgen sehr sorgfältig vorgegangen. Insgesamt tauchten 52 Namen in den Listen auf, die sie säuberlich mit Tinte festgehalten hatte. Bei den meisten von ihnen wurden die Namen der Eltern genannt, aber nicht immer. Dafür fand sie bei allen Einträgen das Geburtsdatum und den Tag, an dem die Kinder in ihr Haus der Hoffnung gekommen waren. Unter jedem Namen hatte Elisabeth Platz gelassen. Lediglich bei einem Kind stand ein weiteres Datum. Dahinter war ein Kreuz gezeichnet.

Erich Freier, geboren am 3. November 1934
Mutter: Elisabeth Freier
Vater: Hans Schröder
Verstorben: 14. Januar 1945

Sophie hielt krampfhaft das Blatt Papier fest. Ihre Gedanken begannen zu rasen. Elisabeth hatte ein Kind geboren, wie sie vermutet hatte, und aus irgendwelchen Gründen war es kurz vor Kriegsende gestorben. Der Junge konnte natürlich krank gewesen sein, aber daran glaubte sie nicht. Ihr Verdacht ging eher in Richtung Wilhelm Freier. Aus Elisabeths Aufzeichnungen ging eindeutig hervor, dass sie vorhatte, ihrem Mann das Kind als sein eigenes zu verkaufen. Vermutlich war ihr das auch gelungen. Aber was, wenn Freier es herausgefunden hatte? Wenn er dahintergekommen war, dass Hans der Vater war? Sophie konnte sich kaum vorstellen, dass er den Sohn eines Kommunisten länger geduldet hätte. Aber war er auch fähig zu einem Mord?

Sophie seufzte und starrte nachdenklich auf die Papiere. Eines stand jedenfalls fest. Elisabeth hatte mindestens 52 Kindern das Leben gerettet, wenn sie den Unterlagen vertrauen konnte. Ihren eigenen Sohn hingegen hatte sie nicht beschützen können.

Es war schon spät, als Sophie die Aufzeichnungen endlich zur Seite legte und sich müde die Augen rieb. Etwas wehmütig trug sie die Gläser nach unten, die Paul und sie benutzt hatten. Sie wusste, dass ihn ihre Hartnäckigkeit störte. Bei jeder anderen Recherche hätte sie ihm sogar beigepflichtet. In Elisabeths Fall hingegen war sie anderer Meinung. Inzwischen glaubte sie nämlich gar nicht mehr daran, dass die alte Dame ihr Geheimnis mit ins Grab tragen wollte. Warum hatte sie dann nicht einfach sämtliche Briefe und Einträge verbrannt? Spätestens als sie wusste, dass sie ins Altenheim musste, hätte sie die Aufzeichnungen vernichten können. Bettie hatte es nicht getan und Sophie glaubte den Grund zu kennen.

Es war wegen des Jungen. Sie hatte dessen Tod nie verkraftet. Vielleicht wollte sie auf seinen Mörder aufmerksam machen oder sie wusste selbst nicht, was ihm widerfahren war. Elisabeth war Krankenschwester. Sie hätte doch die Diagnose unter den Eintrag geschrieben, wenn der Junge an einer Erkrankung gestorben wäre.

„Warum?“, fragte sich Sophie und wollte gerade nach oben gehen, als es plötzlich an ihre Tür klopfte. Inzwischen war es bereits nach neun Uhr.

„Wer ist da?“, rief sie durch die verschlossene Tür. „Paul? Bist du das?“

Es kam keine Antwort. Sophie drückte ihr Ohr gegen das Holz und lauschte. Es war nichts zu hören. Auch keine sich entfernenden Schritte, wie sie gehofft hatte. Ihr Atem beschleunigte sich. Es lag nicht lange zurück, seit jemand durch ihren Garten geschlichen war. Schon die Vorstellung, die dunkle Gestalt mit der Kapuze über dem Kopf könnte vor der Tür stehen, jagte ihr einen Schauer über den Rücken.

Es klopfte erneut.

„Was wollen Sie?“, schrie Sophie. „Verschwinden Sie!“

„Öffnen Sie bitte!“

Sophie zuckte zusammen. Hatte sie gerade tatsächlich eine leise Stimme gehört?

„Bitte!“

„Wer sind Sie?“

Wieder herrschte Stille. Sophie hatte genug. Sie zog ihr Handy aus der Tasche, um die Polizei zu verständigen. Die Beamten mussten endlich etwas unternehmen. Sie konnte doch nicht jeden Abend mit dieser Angst ins Bett gehen, dass ihr jemand etwas Böses wollte. Entschlossen wählte sie die Nummer. Eine weibliche Stimme meldete sich und fragte, was passiert sei.

„Ich werde bedroht“, erklärte Sophie. „Mein Name ist …“

„Warten Sie!“, kam es nun lauter von draußen. „Keine Polizei! Ich will nur reden.“

Sophie nahm den Arm mit dem Handy herunter.

„Dann sagen Sie mir endlich, wer Sie sind“, schrie sie wütend, während aus ihrem Telefon die weibliche Stimme rief, ob sie in Gefahr sei.

„Hans. Ich bin Hans Schröder.“

Sophie glaubte, ihren Ohren nicht zu trauen. Vor ihrer Tür stand der verrückte Alte und behauptete, mit ihr reden zu wollen. Ausgerechnet er ging davon aus, sie würde ihm einfach so die Tür öffnen? Da irrte er sich aber gewaltig. Sie wusste, wozu er fähig war. Gleichzeitig spürte sie aber auch die Neugier in sich, zu erfahren, was er ihr erzählen wollte. Möglicherweise hatte Paul mit ihm geredet und ihn zu diesem Gespräch gedrängt. Allerdings war es fast dunkel. Wenn er wirklich nur reden wollte, hätte er wohl kaum den späten Abend gewählt. Gerade er musste wissen, wie sehr er sie damit erschreckte.

„Kommen Sie morgen wieder“, rief sie. „Am besten mit Paul.“

Er antwortete nicht sofort. Offenbar dachte er darüber nach, ob er ihren Vorschlag annehmen sollte. Sie hörte, wie er sich laut räusperte.

„Wenn ich jetzt gehe, werden Sie nie erfahren, was es mit dem Kurhaus auf sich hat.“

Gleich darauf drang das Schlurfen seiner Schritte an ihr Ohr. Für Sekunden rasten ihr sämtliche Gedanken durch den Kopf, angefangen bei dem Unfall mit dem Rad bis zu der Situation auf dem Hof. Aber auch die Gedanken, die Bettie über Hans niedergeschrieben hatte. Wenn sie deren Aufzeichnungen vertraute, musste Hans ein guter Mensch gewesen sein.

„Na hoffentlich hat sich das in den letzten Jahren nicht geändert und du machst gerade keinen Fehler“, murmelte sie vor sich hin, bevor sie die Verbindung zur Polizei unterbrach, ihre Angst überwand und öffnete. Der Alte hatte bereits die Straße erreicht.

„Warten Sie“, rief Sophie ihm nach. Augenblicklich blieb er stehen und drehte sich zu ihr um. Sophie versuchte, in seinem Gesicht irgendetwas zu erkennen, was ihr verriet, dass er nur gekommen war, um sie erneut einzuschüchtern. Aber da war nichts. Im Gegenteil, überrascht bemerkte sie ein zaghaftes Lächeln im Gesicht des Mannes.

„Was wollen Sie von mir?“, fragte Sophie nun eine Spur freundlicher und rief sich Pauls Worte in Erinnerung, dass sein Opa kein schlechter Kerl sei. „Haben Sie wieder eine Karte dabei, auf der steht, dass ich verschwinden soll?“

Er schüttelte den Kopf und kam näher. Zum ersten Mal machte er auf Sophie einen zerbrechlichen Eindruck. Sie bemerkte den Schmerz in seinen Augen.

„Mein Enkel hat mir erzählt, dass Sie Elisabeth noch einmal besuchen wollen“, sagte er. „Sie dürfen das nicht. Sie braucht Ruhe. Beim letzten Mal ging es ihr sehr schlecht.“

„Sie wissen, dass ich im Altenheim war?“

„Natürlich.“

„Natürlich“, wiederholte Sophie und fragte sich, wie sie überhaupt daran zweifeln konnte. Vor ihr stand ein alter Mann, dem man die Jahre deutlich ansah. Aber das änderte nichts daran, dass er Elisabeth noch immer liebte und sie deshalb regelmäßig besuchte.

„Kommen Sie“, forderte sie ihn auf. Irgendein Gefühl sagte ihr, dass keine Gefahr mehr von ihm ausging. „Ich bereite uns einen Lavendeltee zu. Ich nehme an, Sie mögen ihn.“

Er nickte. Wieder erschien das kleine Lächeln, während Sophie ihm voraus ins Haus ging. Sie war sich immer noch nicht sicher, ob sie nicht einen Fehler beging. Allerdings machte Pauls Großvater nicht gerade einen kräftigen Eindruck. Mit dem Traktor hatte er eine Gefahr dargestellt. So aber wirkte er einfach nur alt und ziemlich erschöpft.

„Setzen Sie sich doch!“, forderte Sophie ihn auf. „Ich nehme an, Sie kennen sich hier im Haus bestens aus.“

Er antwortete nicht und versuchte gar nicht erst abzustreiten, dass er der Einbrecher gewesen war. Sophie fragte sich, was seinen plötzlichen Sinneswandel hervorgerufen hatte. Nur die Sorge um Elisabeth, oder war da mehr?

„Also gut“, sagte sie, nachdem sie die Kanne und Tassen auf den Tisch gestellt hatte. „Was wollen Sie mir sagen? Warum Sie mich mit dem Traktor angefahren haben?“

„Ich wollte Sie nicht verletzen, nur erschrecken.“

„Wissen Sie was, das glaube ich Ihnen sogar. Aber es ändert nichts daran, dass es keinen Grund dafür gab. Ich habe Ihnen nichts getan. Ich bin nur in dieses Haus gezogen. Hat es mit dem Artikel zu tun, den ich damals über den Schädel aus dem Wald geschrieben habe?“

Er nickte und trank einen Schluck Tee.

„Sie mischen sich in Dinge ein, die Sie nichts angehen."

„Um mir das zu sagen, kommen Sie zu mir? Keine Sorge, ich habe schon bei der Karte verstanden, dass ich verschwinden soll. Sie haben sie vor meine Tür gelegt, nicht wahr?"

Er nickte erneut. Sophie bemerkte, wie seine Blicke durch den Raum wanderten und eine Art Trauer in seine Augen stieg. Obwohl er gerade zugegeben hatte, ihr das Leben schwergemacht zu haben, tat er ihr plötzlich leid.

„Warum sind Sie gekommen?", fragte sie.

„Elisabeth möchte, dass Sie ihre Geschichte schreiben."

„Was? Jetzt auf einmal?"

„Es muss endlich aufhören", antwortete er und zuckte mit den Schultern.

„Was soll aufhören? Ich verstehe nicht."

„Die Lügen", erwiderte er. Seine Stimme zitterte dabei. „Wenn Sie wollen, erzähle ich Ihnen, was damals geschehen ist und auch, wem der Schädel gehörte."

„Er war nicht von einem Tier. Ich wusste es. Sie haben ihn ausgetauscht."

„Ja."

„Dann wurde tatsächlich ein Mensch getötet? War es ihr gemeinsamer Sohn?"

„Nein, Erich starb auf andere Weise. Wilhelm Freier hat ihn getötet."

Sophie schlug die Hand vor den Mund. Der Alte sprach die Wahrheit, sie zweifelte keine Sekunde daran. In diesem Moment fiel ihr die Kette ein, die sie auf der Lichtung gefunden hatte und die nur aufgrund des Unwetters in ihre Hände gelangt war.

„Freier liegt auf der Lichtung begraben", stellte sie fest. „Es sind seine Überreste gewesen."

Wieder nickte er. Eine Zeit lang schwiegen sie und tranken Tee. Sophie kam die Situation so unwirklich vor. Immerhin saß sie einem Mörder gegenüber. Das Verbrechen lag zwar Jahrzehnte zurück, aber das änderte nichts am Tatbestand. Und trotzdem gelang es ihr nicht, den alten Mann als solchen zu sehen.

„Erzählen Sie!", bat sie ihn. „Ich höre Ihnen zu."

16

KURHAUS ALTMANN

1944

In den folgenden Jahren widmete sich Bettie ganz ihrem Sohn und dem Waisenhaus. Mit Beginn des Zweiten Weltkrieges war die forcierte Auswanderung der Juden faktisch zum Erliegen gekommen. Das NS-Regime radikalisierte die sogenannte Juden-Politik. Seit September 1941 mussten sie den gelben Stern tragen. Kurz danach begannen die Deportationen. Aus ganz Europa fuhren die Züge Richtung Auschwitz. Über eine Million Menschen kamen dort um. Bettie, die Johanna mehr denn je bei der Suppenküche am Bahnhof unterstützte, konnte den Anblick der Alten, Kranken, schwangeren Mütter und Kinder kaum ertragen, die bereits am Bahnhof nach arbeitsunfähig oder nicht lebenswert sortiert wurden.

Letztendlich war es aber ihre Mutter Madeleine, die auf die Idee kam, zumindest die Kinder der jüdischen Eltern zu retten. Bettie und sie wussten natürlich, wie gefährlich es war. Auch an diesem Tag, an dem Bettie sich wieder einmal auf dem Weg zu Hans befand. Auf dem Marktplatz hatte sich ein Haufen Faschisten versammelt. Wie es aussah, würde es eine Razzia geben, bei der die SS Juden aufspüren wollte, die sich versteckt hielten. Inzwischen rollte fast täglich ein Zug Gefangener vom Bahnhof.

Bevor Bettie das Gasthaus betrat, schaute sie sich nach allen Seiten um. Erst als sie sicher war, nicht beobachtet zu werden, öffnete sie die Tür und huschte in den Flur dahinter. Dort wurde sie bereits von Hans erwartet.

„Wir müssen uns beeilen", empfing er sie ohne große Vorrede.

„Konntest du die Eltern dazu bewegen, dir die Kinder zu überlassen?"

„Die meisten, es war nicht einfach. Du kannst dir sicher vorstellen, wie schwer sie sich trennen konnten. Sie taten es dennoch, um ihre Kinder vor den Lagern zu retten."

„Wo sind sie?"

„Bei einem Freund. Wir können ihm vertrauen."

„Wie viele?"

„Zwölf. Komm! Ich bringe dich zu ihnen."

Sie verließen die Kneipe. Auf der Straße stellten sie erschrocken fest, dass die Razzia in vollem Gange war. Bettie sah, wie ein junger Uniformierter mit dem Knüppel auf eine Frau einschlug, die vor Schmerz schrie.

„Halt's Maul, du Judenhure!"

Wieder sauste der Knüppel auf den Kopf der Frau. Bettie blieb stehen. Der Anblick des wehrlosen Opfers versetzte sie in Wut. Sie wollte der Frau helfen, doch kaum war sie einen Schritt auf sie zugegangen, kamen zwei Männer aus dem Haus gerannt und stürzten sich auf die Angreifer. Offensichtlich handelte es sich bei einem von ihnen um den Ehemann. Wild schlug er auf den Uniformierten ein. Daraufhin strömten dessen Kameraden herbei. Sie schlugen wahllos zu, bis der Mann am Boden lag. Dann zogen sie ihn hoch. Der Gefangene wehrte sich mit Händen und Füßen und wand sich verzweifelt. Doch es gelang ihm nicht, sich zu befreien. Brutal wurde er von dem jungen Mann auf die Ladefläche eines offenen Lastwagens gestoßen, während seine Kameraden die Frau, die kaum noch gehen konnte, hinaufzerrten.

„Komm!“ Hans nahm Bettie am Arm. „Du kannst ihnen nicht helfen. Wir müssen weiter.“

Er schob sie durch die Menge. Inzwischen hatten sich Schaulustige eingefunden, die die Aktion beobachteten. Einige von ihnen beschimpften die Juden mit derben Ausdrücken, was zunehmend allgemeine Zustimmung fand. Währenddessen zog Hans Bettie mit Beharrlichkeit weiter. Sie kamen nur mühsam voran. Überall standen Lastwagen, die den Weg versperrten. Aus den Fenstern einiger Wohnungen flogen Matratzen, Töpfe und Möbel. Vor einem Mietshaus hatte ein massives Polizeiaufgebot Stellung bezogen.

„Wir nehmen einen Umweg“, schlug Hans vor und zog Bettie in eine Seitengasse. Von dort aus schlugen sie sich nach Süden durch. Noch immer begegneten ihnen vereinzelt Stoßtrupps. Aber je näher sie dem Stadtrand kamen, umso ruhiger wurde es. Allerdings wussten beide, dass das nicht lange so bleiben würde. Die Schreie und die schrillen Töne der Trillerpfeifen waren immer noch in Hörweite. Bettie und Hans verfielen in den Laufschritt, bis sie endlich an einer alten Schule ankamen, in der sie bereits erwartet wurden.

„Ihr seid spät“, empfing sie der Freund von Hans, der die Tür öffnete.

„Die Nazis wüten in der Stadt, wir wurden aufgehalten.“

„Wir müssen uns beeilen. Die Schule ist nicht sicher.“

„Hast du die Papiere?“

„Ja.“

„Gut, dann bring uns zu ihnen!“

Der junge Mann führte sie zu einem Klassenraum. Dort fanden sie acht Jungen und vier Mädchen ängstlich hinter den Bänken sitzend. Einige hatten kleine Koffer bei sich, die auf dem Boden abgestellt waren. Ein Mädchen von höchstens vier Jahren presste ihre Puppe an sich. Bettie ging zu ihr.

„Wie heißt du?“, fragte sie sanft und strich der Kleinen über die geflochtenen Zöpfe.

„Rahel.“

„Ganz sicher?“

Die Kleine erschrak und schüttelte den Kopf.

„Mein Name ist Erika“, flüsterte sie ängstlich.

„Gut gemacht“, lobte Bettie sie. „Wir bringen euch jetzt in euer neues Zuhause. Ihr müsst keine Angst haben. Von nun an werde ich mich um euch kümmern. Ihr werdet in einem schönen Haus wohnen. Es gibt dort sogar Pferde.“

Ein paar der Kinder nickten. Die meisten jedoch starrten sie nur mit großen Augen an. Als Bettie sie aufforderte, mit ihr zu kommen, taten sie es ohne zu zögern. Plötzlich fühlte Bettie eine kleine Hand, die ihre griff. Das Mädchen sah sie vertrauensvoll an.

„Wann kommt Mama wieder?“, fragte sie.

„Bald, Liebling. Bald.“

Bettie schluckte die Tränen hinunter und straffte ihre Schultern. Dann brachte sie die Kleine zum Wagen, der im Hinterhof bereitstand. Hans saß hinter dem Steuer und drängte sie zur Eile.

„Hast du die Papiere?“, fragte Bettie, während sie einstieg.

„Ja, ich habe sie.“ Er lächelte sie an und startete den Motor. Wenig später verließen sie die Stadt und fuhren Richtung Gut. Vor dem Portal des Kurhauses stoppte er den Wagen.

„Ich denke, es ist besser, wenn ich schnell wieder verschwinde, bevor dein Mann mich zu Gesicht bekommt“, sagte er und zog sie kurz an sich. „Wir haben heute wieder einen Sieg gegen die Nazis errungen, Bettie.“

„Ja, das haben wir.“

„Sag mir noch schnell, wie es Erich geht! Hat sich sein Zustand gebessert?“

„Leider nicht, ich fürchte, die Kinderlähmung hat ernsthaften Schaden angerichtet. Ich werde ihn in den nächsten

Tagen von einem Spezialisten untersuchen lassen, den Wilhelm empfohlen hat."

„Glaubt er immer noch, er wäre der Vater?"

„Warum sollte er es nicht tun? Er weiß nichts von uns. Allerdings ist der Junge ihm ziemlich egal geworden, seit er krank ist. Am liebsten würde er ihn loswerden, ich spüre es."

„Gib ihm einen Kuss von mir und sag ihm, dass ich es nicht zulassen werde, dass dieser Mistkerl ihm wehtut."

„Er versteht es nicht, Hans."

„Tu es trotzdem. Ich muss los."

Bettie nickte, bevor sie sich an die Kinder wandte, die mucksmäuschenstill hinter ihnen saßen.

„Ihr könnt aussteigen. Wir sind da. Das ist jetzt euer neues Zuhause."

Wilhelm war ziemlich betrunken, als er am Abend zum Essen in den Salon kam. Bettie vermutete, dass er an der Razzia beteiligt gewesen war. Meistens wurde das dann ausgiebig gefeiert. Er widerte sie an. Während er sich ein Glas Whiskey einschenkte, suchte sie nach einem Vorwand, in ihr Zimmer zu gehen.

„Gott, habe ich Hunger", sagte er und zog sich den Stuhl zurück.

„Ich denke, Gott ist der Letzte, den du jetzt in den Mund nehmen solltest", entfuhr es Bettie.

„Findest du?" Wilhelm zeigte sich unbeeindruckt. „Wo wir gerade davon reden, erzähl mir doch von den Kindern, die du angeschleppt hast. Warum sind es Waisen? Wo sind ihre Eltern?"

„Was geht es dich an? Hast du nicht genug damit zu tun, Juden zu jagen?"

„Ob du es glaubst oder nicht, mir bleibt sogar noch Zeit

übrig, mir einen Überblick über deine Aktivitäten zu verschaffen. Außerdem wird das Problem der Juden schon bald gelöst sein."

„Du müsstest dich nur einmal hören!" Bettie stand auf und schob den Stuhl so heftig zurück, dass er umfiel. „Du stürzt Menschen ins Verderben, ohne mit der Wimper zu zucken. Ich frage mich, was mich jemals an dir fasziniert hat. Du bist so widerlich."

„Nicht widerlich genug, um dich zu schwängern", antwortete er und sah sie herausfordernd an. „Nur schade, dass der Junge so gar nichts von mir hat."

Weil es nicht dein Kind ist, dachte Bettie, konnte die Worte aber gerade noch herunterschlucken. Sie musste vorsichtig sein und durfte sich nicht provozieren lassen.

„Du verstehst sicher, dass ich das nicht bedauere, Wilhelm. Stell dir nur vor, er besäße deine Neigungen. Zumindest konntest du mit der Geburt Erichs deinen Kameraden beweisen, dass du ein echter Mann bist."

„Es ist genug, Bettie", mischte sich Madeleine ein, die schweigend zugehört hatte. Sie warf ihrer Tochter einen warnenden Blick zu. „Nimm Platz und iss!"

Bettie, die einsah, dass sie zu weit gegangen war, setzte sich. Lustlos stocherte sie in ihrem Essen herum. Sie brachte keinen Bissen hinunter. Wilhelm hingegen schien es zu schmecken. Er langte zu und versuchte, mit ihrer Mutter Konversation zu betreiben.

„Rommel hat von Hitler den Oberbefehl der Heeresgruppe bekommen, die nördlich der Loire steht. Die deutsche Luftwaffe beginnt mit Angriffen auf London."

„Das bedeutet, es geht weiter. Immer weiter", wiederholte Betties Mutter. „Dabei sind die Reserven der Deutschen Wehrmacht längst aufgebraucht. Jetzt werden auch schon Kinder in den Krieg geschickt. Vor ein paar Tagen hat man den fünfzehnjährigen Sohn von Rosa geholt. Wie lange wird es wohl noch dauern, bis es Richard trifft und er eingezogen wird?“

„Eingezogen?“ Wilhelm sah Madeleine fragend an. „Hat er dir etwa nicht erzählt, dass er sich freiwillig gemeldet hat?“

„Was? Davon weiß ich nichts. Ist er von allen guten Geistern verlassen?“

„Man könnte es auch Pflichtbewusstsein nennen, liebe Schwiegermutter.“

„Sagst du das auch noch, wenn eine Granate seinen Körper zerfetzt hat? Weißt du überhaupt, wie viele Frauen schon ihren Mann, den Sohn oder Bruder verloren haben? Ich nahm an, Richard bedeutet dir etwas.“

„Und du glaubst, deshalb würde ich mich gegen den Führer stellen? Mach dich nicht lächerlich, Madeleine. Außerdem ist es seine Entscheidung. Ich werde mich in Zukunft mehr um meinen Sohn kümmern, wie es ein guter Vater tun sollte.“

Kaum hatte er es ausgesprochen, spürte Bettie die Übelkeit, die sich ihre Kehle hinaufdrängte. Sie wusste, warum Richard in den Krieg zog, ausgerechnet jetzt, wo das NS-Regime sich noch einmal aufbäumte und jeder, der von der reinen deutschen Rasse abwich, verhaftet und in Lager gesperrt wurde, von denen niemand wiederkehrte. Ihr Gesicht war weiß wie das Tischtuch, als sie aufsprang und nach draußen rannte. Nicht eine Sekunde hatte sie daran gedacht, dass Wilhelm Interesse daran haben könnte, die Vaterrolle einzunehmen. Sie traute ihm nicht. Erich hatte ihm nie etwas bedeutet. Wenn er jetzt auf heile Familie machte, dann nur, um den Schein nach außen zu wahren, bevor er selbst denunziert wurde. Dennoch ließ der Gedanke, dass er ihr Kind für sich beanspruchte, sie innerlich erzittern.

Bettie durchquerte den Flur, als das Telefon klingelte. Sie nahm ab.

„Elisabeth Freier.“

„Bettie?“ Sie hörte Hans’ aufgeregte Stimme. „Es gibt

weitere Kinder, die unsere Hilfe benötigen. Ich konnte sie im letzten Moment vor einem Transport retten."

„Wo hast du sie hingebracht?"

„Ins Gasthaus. Ich wusste nicht, wohin. Aber hier können sie nicht bleiben. Es ist zu gefährlich."

„Ist Johanna bei dir?"

„Ja, Mutter ist völlig verzweifelt. Sie hat Angst, dass sie uns alle verhaften."

„Sie soll die Kinder zu mir bringen. Ich schicke einen Wagen. Wartet, bis es dunkel ist."

„Danke, Bettie."

„Pass du lieber auf dich auf, Hans. Wir treffen uns morgen auf der Lichtung. Ich muss mit dir reden. Es ist wichtig."

„Ich werde da sein", versprach er und legte auf.

Bettie erschrak, als plötzlich Richard hinter ihr stand. Angespannt fragte sie sich, wie viel er von dem Gespräch mitbekommen hatte. Umso bemühter war sie, gelassen zu erscheinen.

„Ich habe erfahren, du meldest dich freiwillig, um in den Krieg zu ziehen?"

„Hat er euch das so gesagt?", fragte Richard und lachte hart auf, als Bettie nickte.

„Ist es etwa nicht so? Hast du eine Einberufung bekommen?"

„Nein, dein Mann verlangt diese Entscheidung von mir. Er hat mir die Wahl gelassen, mich zur Front zu melden oder aufgrund meiner homosexuellen Neigungen, wie er es nennt, verhaftet zu werden."

„Was? Aber damit würde er sich doch selbst belasten."

„Wenn es Beweise gäbe vielleicht. Aber Wilhelm ist verheiratet und Vater eines Kindes. Was denkst du, wem sie glauben werden?"

„Aber ich nahm an, er liebt dich."

„Das dachte ich auch. Er hat mir vorhin gestanden, dass von seiner Seite nie wahre Gefühle im Spiel waren. Er fand es nur aufregend mit mir und wollte seine Neigungen ausleben, was ihm jetzt zu gefährlich erscheint."

„Dieses Schwein!", stieß Bettie wütend hervor. „Er hat uns alle für seine Zwecke benutzt."

Sie brach ab und schaute ihrem Bruder ins Gesicht. Zum ersten Mal seit Jahren spürte sie wieder die Verbindung zu ihm, die sie als Kinder gehabt hatten.

„Wie geht es jetzt weiter?"

„Ich werde als Arzt gebraucht und werde diese Pflicht erfüllen. Wahrscheinlich wäre ich dem Krieg sowieso nicht entkommen, Bettie. Aber bevor ich gehe, möchte ich dir noch etwas sagen. Es tut mir leid, dass ich mich zwischen euch gedrängt und deine Gefühle verletzt habe."

„Das hast du nicht. Ich liebe ihn nicht. Wahrscheinlich habe ich nur seine Bewunderung genossen, als ich ihn kennenlernte. Schon lange weiß ich um seinen wahren Charakter. Ich hasse Wilhelm und eines Tages wird er dafür bezahlen. Du hingegen …"

Bettie brach ab und horchte auf. Vom Hof drang Motorengeräusch in den Flur.

„Was ist das?", fragte sie.

„Der Fahrer, ich muss gehen."

„Heute noch?", schrie Bettie fassungslos auf und bemerkte erst jetzt den Koffer, der an der Tür stand. „Warum muss es so schnell gehen?"

Ihr Bruder antwortete nicht. Doch Bettie sah die Angst in seinen Augen.

„Wilhelm drängt dich dazu, nicht wahr?"

„Lass es gut sein."

Richard umarmte seine Schwester innig. Sie spürte die Feuchtigkeit seiner Tränen an ihrer Wange. In diesem Moment wollte sie ihn festhalten, ihn daran hindern, in den Krieg und möglicherweise in den Tod zu ziehen. Wenn jemand gehen sollte, dann Wilhelm.

„Ich liebe dich, Bettie“, sagte Richard und löste sich von ihr. Bevor sie ihn aufhalten konnte, ging er zur Tür und stieg eilig die Treppe hinab. Entschlossen warf er seinen Koffer auf die Ladefläche des Militärlastwagens und stieg zum Fahrer ins Führerhaus. Bettie sah, wie ihr Bruder die Hand hob und ihr zuwinkte. Sie hingegen kämpfte gegen die Tränen an, als der Fahrer Gas gab und davonfuhr.

17

KURHAUS ALTMANN

Tränenüberströmt saß Bettie zwei Wochen später dem Arzt gegenüber, der ihr jegliche Hoffnung nahm. Doktor Krupp war auf die Behandlung behinderter Kinder spezialisiert. Er betreute sie und ihren Sohn, seitdem die Krankheit bei ihm ausgebrochen war.

„Es tut mir sehr leid, Frau Freier. Aber die Untersuchungsergebnisse sind eindeutig. Erich wird in den nächsten Jahren keine sichtbaren Fortschritte machen, wenn er hier im Kurhaus betreut wird. Sie müssen sich damit abfinden, dass er auf dem Stand eines Zweijährigen bleiben wird. Ich rate Ihnen dringend, ihn in unsere Obhut zu geben. Im Hospital könnten wir ihn neuen Behandlungsmethoden unterziehen, die sehr vielversprechend sind. Sie würden seinen Zustand drastisch verbessern."

„Ich soll ihn weggeben?", fragte Bettie erschrocken. „Wie stellen Sie sich das vor? Er ist mein Sohn."

„Ich weiß, wie schwer es Ihnen fällt, aber Erich wird bei uns im Hospital in den besten Händen sein. Diese Therapie könnte ihn in seiner Entwicklung weit voranbringen."

„Gibt es eine Garantie dafür?"

„Nein, in der Medizin gibt es nie eine Garantie. Das wissen Sie selbst."

„Erzählen Sie mir bitte mehr davon!“, bat Bettie. „Um was genau würde es sich handeln? Wird er ein normales Leben führen können, falls sie erfolgreich ist?“

„Ich kann nichts versprechen, alles ist möglich. Die Therapie ist neu, was bedeutet, dass uns langjährige Studien fehlen, mit denen wir die Ergebnisse belegen können.“

„Also ist es ein Experiment?“

„Sie sind Krankenschwester, Frau Freier. Sie wissen, dass Medizin immer experimentell ist.“

Bettie nickte. Der Arzt hatte recht. Es gab keine Garantie, aber immer den Funken Hoffnung. Sollte sie den wirklich für ihren Sohn zerstören? Nur weil sie sich nicht von ihm trennen konnte?

„Wie lange müsste Erich im Hospital bleiben?“

„Auch diese Frage kann ich leider nicht mit Bestimmtheit beantworten. Die Verläufe der Patienten sind ganz individuell. Vielleicht ein halbes Jahr, möglicherweise zwei Jahre.“

„Aber ich kann ihn doch besuchen?“

„Ich fürchte, das würde die Therapie beeinträchtigen.“

„Ich muss darüber nachdenken“, antwortete Bettie. Die Entscheidung fiel ihr nicht leicht. Sie liebte Erich, gleichzeitig wusste sie, wie gefährlich es für ihn im Kurhaus werden konnte. Jeden Tag rechnete sie damit, dass einem von Wilhelms Freunden der Zustand des Jungen auffallen würde. Erich würde vielleicht nie wieder reden können, geschweige denn die Schule besuchen. Damit galt er der deutschen Ideologie nach als Schmarotzer. Bettie hatte längst erfahren, dass diese Kinder in Anstalten untergebracht wurden, wo sie niemandem zur Last fielen und keiner ihren Anblick ertragen musste. Wollte sie wirklich riskieren, dass ihr Sohn dieses Schicksal teilte? Wilhelm hatte ihr das Angebot unterbreitet, die Kosten für eines der besten Sanatorien des Landes zu übernehmen. Aber wie lange noch? Was würde morgen sein oder in ein paar Tagen?

„Er erhält dort alle notwendigen Untersuchungen, sodass

wir den Verlauf seiner Behinderung möglicherweise positiv beeinflussen können“, hakte Doktor Krupp nach und lächelte sie zuversichtlich an, während er die grüne Krankenhausakte schloss und auf den Tisch legte.

„Ich habe versprochen, immer für ihn da zu sein.“

Bettie kämpfte mit den Tränen. Der Arzt nahm ihre Hand und drückte sie.

„Es ist zum Wohle Ihres Kindes, Frau Freier.“

„Also gut.“ Bettie nickte hilflos. „Wenn ich Erich damit helfen kann, soll es nicht an mir scheitern. Das würde ich mir nie verzeihen. Allerdings muss ich erst noch einmal mit meinem Mann darüber reden und seine Meinung dazu hören.“

„Das habe ich bereits getan. Herr Freier befürwortet den Aufenthalt im Hospital. Wenn Sie einverstanden sind, nehme ich den Jungen heute schon mit. Je eher wir mit der Therapie beginnen, umso besser.“

„Heute?“ Bettie erschrak. „Muss es wirklich so schnell gehen?“

„Ich befürchte schon.“

„Aber ich kann doch noch etwas Zeit mit ihm verbringen?“

„So viel Sie wollen. Ich werde mir unterdessen Ihr Waisenhaus näher anschauen.“

„Das Kurhaus?“ Bettie erschrak. In den letzten Jahren hatte sie nur das Personal zu den Kindern gelassen, welches Madeleine und sie gut ausgesucht hatten. Die gefälschten Papiere sahen täuschend echt aus, davon hatte sie sich überzeugt. Dennoch durfte sie nichts riskieren. Der Arzt durfte die Kinder auf keinen Fall zu Gesicht bekommen. Bettie wusste, dass er nicht zögern würde, sie an die Gestapo zu verraten.

„Das geht derzeit leider nicht“, sagte sie so unbefangen wie möglich. „Ein paar der kleinen Patienten leiden unter ansteckenden Erkrankungen. Wir haben uns dazu entschieden, nur das Personal zu ihnen zu lassen.“

„Dann die Umgebung.“ Der Arzt lächelte und stand auf,

bevor er sich noch einmal eindringlich an Bettie wandte. „Sie tun das Richtige, Frau Freier. Ihr Sohn benötigt Hilfe. Ich werde Ihnen regelmäßig meinen Bericht über den Verlauf zusenden. Sie werden über alles informiert sein."

„Danke, Doktor Krupp. Ich weiß Ihre Fürsorge zu schätzen."

Bettie reichte ihm die Hand. Gemeinsam verließen sie das Arbeitszimmer. Während der Arzt sich auf die Suche nach Wilhelm machte, eilte Bettie ins Kurhaus zu ihrem Sohn. Eine junge Krankenschwester fütterte ihn gerade. Aus seinem Mund floss Brei, mit Speichel gemischt. Als der Junge seine Mutter bemerkte, gluckste er und streckte ihr die Arme entgegen.

„Du kannst gehen, Maria, ich übernehme", sagte Bettie zu ihrer Angestellten, die ihr daraufhin den Löffel reichte und verschwand. Als die Tür sich geschlossen hatte, wischte Bettie zuerst den Mund ihres Sohns sauber. Dann nahm sie ihn auf den Schoß. Er schlang die Arme um ihren Hals. Als sie ihn zwei Stunden später zum Wagen brachte, in dem Doktor Krupp bereits wartete, versuchte sie, stark zu sein.

„Wir sehen uns bald wieder, Schatz", sagte sie zu Erich, der fröhlich lächelte. Er erfasste es nicht, dass er von ihr getrennt wurde. Stolz hielt er ein Spielzeugauto in der Hand und ließ es über seinen Arm fahren."

„Ich melde mich, sobald es Neuigkeiten gibt", versprach der Arzt und nickte Bettie zu. Dann fuhr der Wagen davon. Bettie schnitt es ins Herz und sie schaute ihm mit Tränen in den Augen nach, bevor sie sich auf die Suche nach ihrer Mutter machte. Sie durchquerte gerade den Flur, als das Telefon klingelte. Bettie nahm ab.

„Elisabeth Freier?"

„Bettie? Ich bin es, Gunnar", kam es aufgeregt vom anderen Ende der Leitung. „Hans ist verhaftet worden."

„Was sagst du da? Wer hat ihn verhaftet und aus welchem Grund?"

„Ich weiß es nicht. Aber ich habe gesehen, dass dein Mann dabei war."

„Wilhelm?"

„Ja."

„Weißt du, wo sie Hans hingebracht haben?"

„Nein. Mutter ist völlig verzweifelt."

„Ich komme zu euch. In einer Stunde bin ich da."

„Besser nicht, es würde nur neue Schwierigkeiten geben. Mutter befürchtet, sie könnten auch mich holen. Dann wäre sie ganz allein."

„Also gut. Ich werde sehen, was ich herausfinden kann. Sag deiner Mutter, dass ich mein Möglichstes tue."

„Danke, Bettie."

Gunnar legte auf. Bettie hingegen stürmte wütend zum Arbeitszimmer ihres Mannes. Er schien sie zu erwarten und zündete sich völlig ruhig eine Zigarre an.

„Warum habt ihr Hans verhaftet?", schrie sie ihn ohne lange Vorrede an. „Was hat er getan?"

„Er leistet Widerstand gegen die Regierung."

Ihr Mann schob ein Flugblatt über den Tisch, auf dem die Kommunisten dazu aufriefen, gegen das Hitlerregime zu kämpfen. Bettie kannte diese Zettel, wusste aber, dass Hans nicht daran beteiligt war. Er hatte seit Erichs Geburt aufgehört, aktiv zu sein und arbeitete seitdem im Untergrund. Wütend nahm sie das Blatt, zerknüllte es und warf es zu Boden.

„Es ist nicht von Hans", schleuderte sie Wilhelm entgegen. „Ich weiß es und du weißt es auch."

„Niemand behauptet das", erwiderte Wilhelm unbeeindruckt. „Allerdings habe ich ihn zufällig dabei beobachtet, wie er es las. Das reicht aus für eine Verhaftung. Keine Sorge, die Gestapo wird ihn verhören und auf freien Fuß setzen, wenn er nichts zu verbergen hat."

„Du weißt, wie die Gestapo vorgeht. Du kennst ihre Methoden. Gib es zu, Wilhelm! Du wolltest ihn nur loswerden, weil du es nicht ertragen kannst, dass ich ihn liebe."

„Du glaubst wirklich, ich würde mich mit einem Kneipensohn messen, einem dreckigen Kommunisten? Ich muss dich enttäuschen, Bettie. Mir ist es gleichgültig, wen du liebst. Alles, was ich von dir erwarte, ist, dass du dich in der Öffentlichkeit wie eine Ehefrau und Mutter benimmst."

„Hast du deshalb sofort zugestimmt, Erich in einem Hospital unterzubringen?"

„Ich will nur sein Bestes."

Bettie gefiel das Lächeln ihres Mannes nicht, das seine Worte begleitete. Es kam ihr irgendwie tückisch vor, als würde er etwas im Schilde führen.

„Dann sorg dafür, dass Hans freigelassen wird."

„Warum sollte ich das tun? Was geht mich dieser dreckige Kommunist an?"

„Dieser dreckige Kommunist ist Erichs Vater", erwiderte Bettie kalt, die sich nicht länger beherrschen konnte. Seine Arroganz widerte sie an. Sie wollte ihm wehtun, ihn verletzen, so wie er es mit den Menschen tat, die ihm einst echte Zuneigung entgegengebracht hatten. Doch die gewünschte Reaktion blieb aus. Nicht einmal das Lächeln in seinem Gesicht wich.

„Du weißt es?", fragte Bettie verblüfft. „Du hast es die ganze Zeit gewusst?"

„Hast du etwa geglaubt, mich zum Narren halten zu können?"

Wilhelm schenkte ihr ein charmantes Lächeln, bevor er aufstand und den Raum verließ.

~

In den darauffolgenden Monaten ging Bettie ihrem Mann wann immer möglich aus dem Weg und hielt sich fast durchgehend im Kurhaus auf. Anfangs war sie überrascht gewesen, dass

Wilhelm keine weiteren Schritte unternommen hatte, um sich an ihr für den Betrug zu rächen. Sie wusste, wie sehr er sie dafür hasste. Seine Blicke verrieten ihn. Gleichzeitig wusste er aber auch, dass sie ihn denunzieren konnte. Erich war der einzige Beweis, den er seinen abartigen Neigungen entgegenstellen konnte. Ein einfacher Bluttest würde beweisen, dass er nicht der Vater des Kindes war.

Nachdenklich hielt Bettie an diesem Tag den Brief in der Hand, der vor wenigen Minuten eingetroffen war. Obwohl Doktor Krupp ihr versprochen hatte, sie regelmäßig über den Verlauf der Therapie zu informieren, handelte es sich erst um das zweite Schreiben. Nachdem er sie vor Wochen von Erichs Eingewöhnung unterrichtet hatte, redete er sich bei ihren Telefonaten damit heraus, dass die Untersuchungen besonders gründlich und damit langwierig sein würden. Umso erleichterter war Bettie, endlich Neuigkeiten zu hören. Sie vermisste ihren Sohn sehr und dachte inzwischen darüber nach, die Therapie abzubrechen und ihn zurück ins Kurhaus zu holen.

Entschlossen stand sie auf und ging zum Schlafzimmer ihrer Mutter. Seit ein paar Tagen war Madeleine mit einer schweren Lungenentzündung ans Bett gefesselt. Trotz guter Ärzte und zahlreicher Medikamente erholte sie sich nur zögerlich. Bettie ahnte, dass die Ursache dafür nicht bei der Erkrankung selbst zu suchen war. Ihre Mutter machte sich Sorgen um Richard, von dem sie bis heute kein Lebenszeichen erhalten hatten.

„Dieser Brief ist gerade gekommen“, sagte Bettie und gab ihrer Mutter, die blass in ihren Kissen lag, einen Kuss auf die Stirn.

„Ist er von Richard?“, fragte Madeleine hoffnungsvoll.

„Nein, Mama, von Doktor Krupp aus dem Hospital.“

„Dann mach ihn auf! Ich möchte erfahren, wie es meinem Enkel geht.“

Bettie zögerte. Aus irgendeinem Grund hatte sie Angst

davor, den Umschlag zu öffnen. Angespannt riss sie das Kuvert auf und faltete das Schriftstück auseinander. Die ersten Zeilen des Arztes überflog sie nur. Es handelte sich um Höflichkeitsfloskeln, das übliche Geschwafel. Darunter erkannte sie die Einschätzung der Untersuchungen, die der Arzt durchgeführt hatte. Ausführlich wurden Erichs körperliche, neurologische und psychische Befunde beschrieben.

„Lies laut vor“, bat Madeleine.

„Aus den vorliegenden Informationen konnten sich die Ärzte des Sanatoriums Hadamar ein umfassendes Bild von dem Patienten Erich Freier machen. Auf Basis einer augenscheinlich gründlichen Untersuchung ergibt sich folgender Befund:

Es handelt sich bei dem Jungen um einen Schwachsinn erheblichen Grades nach Erkrankung nicht erblichen Ursprungs. Neben einer allgemeinen Verlangsamung der Auffassungsgabe zeigt sich weiterhin trotz Therapie die weitgehende Unfähigkeit, selbstständige Denkoperationen durchzuführen. Das Ärztekollegium ist zu der Entscheidung gelangt, dass die weitere Unterbringung im Sanatorium unbedingt erforderlich ist.“

„Nein.“ Bettie stöhnte auf. „Das werde ich nicht zulassen.“

„Was hast du vor, Bettie?“

„Ich fahre nach Hessen und hole ihn heim. Wenn die Therapien nicht anschlagen, kann er genauso gut hier leben.“ Bettie schlug die Hände vors Gesicht und schluchzte auf. „Ich hätte nie zustimmen dürfen, dass er in dieses Hospital geht. Ich hatte gleich ein ungutes Gefühl. Ich habe mein Kind im Stich gelassen, Mama.“

„Du wolltest nur sein Bestes“, versuchte Madeleine sie zu trösten. „Es ist nicht deine Schuld.“

„Nur sein Bestes“, wiederholte Bettie. Ihre Gesichtszüge erstarrten. Diese Worte hatte Wilhelm an dem Tag benutzt, als Doktor Krupp ihren Sohn mitgenommen hatte. Ihr Mann musste damals schon gewusst haben, dass nicht er, sondern

Hans Erichs Vater war. Ein schrecklicher Verdacht kam in ihr auf. Sie kannte Wilhelm, hinter dessen Fassade der Teufel steckte. Es war ihm nie um die Gesundheit ihres Sohnes gegangen, im Gegenteil. Er hatte ihn loswerden wollen.

„Ich muss zu Wilhelm", sagte Bettie und hob das Schreiben auf. Im Flur begann sie zu rennen, bis sie keuchend auf dem Hof ankam, wo ihr Mann gerade in seinen Wagen steigen wollte. Als er Bettie bemerkte, die wie eine Furie auf ihn zugerannt kam und mit den Fäusten auf ihn einschlug, wehrte er sie grinsend ab.

„Was hast du mit Erich gemacht?", schrie sie blind vor Wut.

„Ich habe keinen Schimmer, von was du redest." Wilhelm hielt ihre Arme fest. Sie versuchte, sich zu befreien. Ihr Mann war stärker. Hilflos sackte sie zusammen, während er ihr den Brief aus der Hand riss.

„Er ist schwachsinnig, na und?" Wilhelm brach ab und zuckte mit den Schultern. „Hast du wirklich geglaubt, dass auch nur ein Arzt um die Gesundheit dieses lebensunwerten Geschöpfes kämpft? Soll ich dir sagen, warum ich wollte, dass er ins Hospital geht? Ich konnte seinen jämmerlichen Anblick nicht länger ertragen. Dieses Kind war der blanke Hohn und widersprach in allem der reinen arischen Rasse."

„Was hat man ihm angetan? Sag es mir!"

„Dann weißt du es noch gar nicht?"

„Was?" Aus Betties Gesicht wich sämtliche Farbe. „Was soll ich wissen?"

„Offenbar kam es bei der Post zu Verzögerungen. Ich hatte heute Morgen ein ausführliches Gespräch mit Doktor Krupp. Der Zustand deines Sohnes hat sich verschlechtert. Wie es aussieht …"

„Nein!", schrie Bettie auf. „Wage es nicht, es auszusprechen. Du lügst. Ich weiß es."

„Glaub, was du willst." Wilhelm ließ sie stehen und stieg in seinen Wagen. Von dort aus drehte er sich noch einmal um. „Du wirst ihn nicht wiedersehen, Bettie. Genauso wenig wie deinen geliebten Hans."

Noch am selben Tag fuhr Bettie nach Hadamar in Mittelhessen. Sie hatte Johanna aufs Gut geholt, die sich in ihrer Abwesenheit um die Kinder kümmern würde. Dann hatte sie ein paar Sachen zusammengepackt und Rosas Mann gebeten, sie zu fahren. Nachdem sie ihm erklärt hatte, dass es um Erich ging, war er sofort dazu bereit gewesen. Das Personal hatte den Jungen abgöttisch geliebt und bittere Tränen vergossen, als er krank geworden war und später im Sanatorium untergebracht wurde.

Es war Mittag, als sie ankam. Angespannt stieg sie aus dem Wagen und schaute sich um. Die zahlreichen einzeln stehenden Gebäude der Klinik waren in ein parkähnliches Gelände mit Bäumen und Rasenflächen eingebettet. Schnellen Schrittes steuerte sie die Treppe an und machte sich im Gebäude auf die Suche nach Doktor Krupp. Dessen Arbeitszimmer war jedoch leer, als sie es betrat.

„Kann ich Ihnen helfen?" Eine junge Krankenschwester kam auf sie zu und musterte Bettie misstrauisch. „Gästen ist es ohne Termin untersagt, das Sanatorium zu betreten."

„Ich suche meinen Sohn. Ich will ihn sehen."

„Weiß Doktor Krupp davon?"

„Natürlich." Bettie zog den Brief heraus und hielt ihn der Schwester unter die Nase. Nur so lange, dass sie die Anschrift lesen konnte. „Er hat mich herbestellt."

„Wenn das so ist, versuchen Sie es im Schlafsaal. Doktor Krupp müsste sich dort aufhalten. Den Gang runter und dann rechts."

„Danke."

Bettie hetzte den Flur entlang. Sie musste sich beeilen. Wenn die Schwester auf den Arzt traf und ihm von ihr erzählte, würde man sie vermutlich der Klinik verweisen. Völlig außer Atem kam sie vor dem Schlafsaal an. Die Tür stand offen, sodass sie einen Blick hineinwerfen konnte. Geschockt riss sie die Augen auf. In dem Saal befanden sich zahlreiche Metallbetten, in denen Kinder lagen, teilweise zusammengerollt wie Babys, teilweise mit Mullbinden an die Bettgitter gefesselt. Neben jedem Bett stand ein Eimer, aus dem Fäkalien stanken. Es befanden sich weder Schränke noch Spielzeug oder sonstige persönliche Gegenstände im Raum.

„Frau Freier!" Elisabeth zuckte zusammen, als sie die Stimme des Arztes hörte. „Was tun Sie hier?"

„Ich will meinen Sohn sehen? Wo ist er?"

„Hat Ihr Mann denn nicht mit Ihnen gesprochen? Ich habe heute mit ihm telefoniert. Erich wurde in eine andere Anstalt überwiesen. Wir konnten hier leider nichts mehr für ihn tun."

„Wohin?", presste Bettie heraus. Sie zitterte am ganzen Leib. „Wo haben Sie ihn hingebracht?"

„Ins Samariterstift von Schloss Grafeneck. Das habe ich Ihrem Mann alles mitgeteilt."

„Wo ist dieses Schloss?"

„In Württemberg auf der Schwäbischen Alb." Der Arzt stockte und musterte sie, bevor er die Stirn in Falten zog. „Falls Sie vorhaben, ihn dort zu besuchen, muss ich Sie enttäuschen. Das ist unmöglich."

„Können Sie mir den Namen des zuständigen Arztes sagen?"

„Natürlich, kommen Sie in mein Büro!"

Bettie folgte ihm. Der Arzt sprach auf dem Weg mit ihr, sie verstand kein Wort. In ihren Ohren hörte sie ihr Blut rauschen. Außerdem kostete es sie Mühe, die wenigen Schritte zu gehen. Ihre Beine fühlten sich weich an, sodass sie befürchtete, noch im Flur zusammenzusacken. Mit letzter Kraft nahm sie den Notizzettel entgegen, auf den der Arzt Anschrift und Telefonnummer der Anstalt geschrieben hatte.

„Warum, Doktor Krupp?“, fragte sie, bereits an der Tür.

„Es ging nicht anders, Frau Freier. Erichs Zustand hat sich dramatisch verschlechtert. Er hat tagelang gehustet, litt unter hohem Fieber und schrie nur noch. Er wurde mit Verdacht auf Tuberkulose verlegt. Mehr konnte ich nicht für ihn tun. In Grafeneck wird es ihm bald besser gehen.“

Bettie antwortete nicht. Mit gesenktem Kopf verließ sie das Sanatorium und vermied es, noch einmal in den Schlafraum zu blicken, als sie daran vorüberlief. Der Anblick der Kinder war schrecklich und würde ihr ewig im Gedächtnis bleiben. Trotz allem klammerte sie sich an die Hoffnung, dass Doktor Krupp die Wahrheit gesagt hatte und es Erich in dieser Anstalt gut ging.

„Wir fahren zurück zum Kurhaus“, wies sie ihren Fahrer an, der keine Fragen stellte. Wortlos schlug er die Tür zu, nachdem sie eingestiegen war, und ebenso wortlos hielt er sie auf, als sie auf dem Hof ankamen. Inzwischen hatte Bettie sich einigermaßen gefangen. Sie nahm sich vor, zuerst nach den Kindern zu sehen, bevor sie zu ihrer Mutter gehen wollte, um ihr von den neuesten Entwicklungen zu erzählen.

Doch kaum hatte sie die Tür erreicht, öffnete sie sich und Wilhelm trat heraus. Dicht gefolgt von Johanna, der das Entsetzen ins Gesicht geschrieben stand.

„Was tust du hier?“, fragte Bettie. „Du hast im Kurhaus nichts zu suchen.“

„Da bin ich völlig anderer Meinung. Aber sei es drum, ich habe nicht vor, mit dir zu streiten. Darf ich fragen, wo du die letzten Stunden warst?“

„Bei Doktor Krupp. Erich wurde verlegt. Warum hast du mir das verschwiegen?“

„Du hast nicht gefragt. Außerdem konnte ich nicht ahnen, dass du plötzlich deine Muttergefühle wiederentdeckst. Soweit ich mich erinnere, hast du ihn in den letzten Monaten nicht sonderlich vermisst.“

„Du weißt, dass das nicht wahr ist. Ich liebe meinen Sohn und habe ihn auf deine und Doktor Krupps ausdrückliche Empfehlung weggegeben. Hätte ich geahnt, dass es dir nur darum ging, ihn loszuwerden, hätte ich niemals zugestimmt."

„Ich denke nicht, dass das jetzt noch eine Rolle spielt."

„Was willst du damit sagen?", fragte Bettie, die spürte, wie ihr Herz unkontrolliert und viel zu schnell zu schlagen begann.

„Erich ist tot", antwortete Wilhelm kalt. „Wärest du da gewesen, hättest du den Anruf aus Grafeneck entgegennehmen können. So musste ich es tun. Dein Sohn starb an den Folgen der Tuberkulose."

„Nein." Bettie schwankte. Johanna, die zu ihr gerannt kam, fing sie auf. „Das kann nicht sein. Der Arzt hat mir versprochen, dass es ihm dort bald besser gehen würde."

„Aber das tut es. Doktor Krupp hat nicht gelogen", erwiderte Wilhelm gleichgültig. „Zumindest hat er seinen Zweck für gewisse Studien erfüllt. Du kannst sogar ein bisschen stolz sein. Du bist Krankenschwester, Bettie, und weißt, wie wichtig die medizinische Forschung ist."

„Sie haben an ihm herumexperimentiert?", fragte Bettie entsetzt und schlug die Hand vor den Mund. „Mein Sohn wurde für ihre Forschungen missbraucht?"

„Wer spricht denn von Missbrauch? Du musst doch zugeben, dass es für Erich eine Erlösung gewesen ist. Du solltest dich glücklich schätzen, dass er in dieses Programm aufgenommen wurde."

„Programm?"

„Doktor Krupp hat zehn Kinder mit unterschiedlichen Behinderungen behandelt. Erich war einer davon. Jetzt hat er seinen Frieden."

Ohne einen Laut brach Bettie zusammen. Johanna beugte sich besorgt über sie. Auch sie rang um Fassung. Sie hasste Wilhelm und sie traute ihm einiges zu. Aber dass er einen kleinen Jungen direkt in den Tod schickte, hatte selbst sie ihm nicht zugetraut.

„Wo ist Erich jetzt?“, fragte Bettie in diesem Moment leise. „Ich möchte ihn auf dem Gut beerdigen.“

„Tut mir leid, das wird nicht möglich sein. Seine Überreste wurden verbrannt.“

Wilhelm zeigte kein Mitleid. Stattdessen sah er sie von oben herab an.

„Warum bist du so grausam, Wilhelm?“, fragte sie tonlos. „Hast du mich jemals geliebt?“

„Tut mir leid. Du weißt, wem meine Liebe galt. Dich habe ich nur aus einem Grund geheiratet. Dabei habe ich euch Adlige immer gehasst. Ihr glaubt, mit euren Titeln über uns zu stehen. Dabei wart ihr nicht einmal in der Lage, die finanziellen Mittel aufzutreiben, um euer Personal zu entlohnen. Weißt du, was dein Vater am Tag unserer Hochzeit zu mir sagte? Nein? Gut, dann verrate ich es dir. Er hat mir lachend erklärt, dass ich es nur der Bank meines alten Herrn zu verdanken habe, dass er dich mir zur Frau gibt. Dabei hätte er dankbar sein müssen. Verstehst du das?“

„Ich bin nicht wie mein Vater.“

„Richtig. Deshalb fand ich auch wirklich Gefallen an dir. Leider konntest du meine kleine Affäre mit deinem Bruder nicht verschmerzen. Du hast mich erpresst, Bettie, mir gedroht. Ich wusste immer, dass ich dich irgendwann dafür bezahlen lasse, euch alle.“

„Was meinst du damit?“

„Das!“ Wilhelm zeigte zur Eingangstür des Herrenhauses, die sich gerade öffnete. Zwei Männer der SS traten heraus. Sie schleiften einen leblosen Körper zwischen sich. Der Kopf hing über der Brust, sodass Bettie Sekunden brauchte, um zu erkennen, wen sie die Treppe hinabschleppten.

„Mama!“, schrie sie auf und rannte zu ihr. „Mama, was haben sie mit dir gemacht?“

Ihre Mutter antwortete nicht. Reglos hing sie in den Armen der Männer. Ihre nackten Füße schleiften über den Schotter und begannen nach wenigen Metern zu bluten. Bettie bemerkte, wie sich einige Angestellte im Hof versammelten und entsetzt dem Geschehen folgten.

„Du hast meinen Sohn getötet, was willst du noch?“, schrie Bettie Wilhelm an.

„Deine Mutter ist Jüdin. Ich habe sie viel zu lange in meinem Haus geduldet. Sie geht noch heute auf einen Transport.“

„Nein“, flehte Bettie und warf sich vor ihm auf die Knie. „Bitte, Wilhelm. Sie ist krank. Sie wird nicht einmal die Fahrt überstehen. Sag mir, was ich tun soll! Es tut mir leid, wenn ich dich verletzt habe. Es tut mir so schrecklich leid.“

Wilhelm nahm ihre Hände und zog sie in die Höhe. Über Betties Wangen liefen Tränen, als sie ihm hoffnungsvoll in die Augen sah. Tatsächlich strich er ihr über die Wange.

„Du verschonst sie, nicht wahr?“, fragte Bettie leise.

„Es ist zu spät dafür.“ Wilhelm ließ ihre Hand los und drehte sich zu den Männern. „Bringt sie zum Bahnhof!“ Kalt sah er auf Bettie herab, die schluchzend am Boden lag.

„Als Nächstes sind deine Judenbälger an der Reihe. Morgen früh werden sie abgeholt und nach Birkenau überführt.“

„Das kannst du nicht tun!“, schrie sie. „Es sind Kinder.“

„Es sind Juden.“

Bettie schüttelte fassungslos den Kopf. Sie hatte ein Monstrum geheiratet. Wilhelms Seele war noch viel schwärzer, als sie angenommen hatte. Verzweifelt fragte sie sich, wie lange er diesen Schachzug schon geplant hatte. Seit dem Tag, an dem Richard sich an die Front meldete? Oder erst nachdem er erkannte, dass er damit einen Fehler begangen hatte. Sie wusste, dass er diese Entscheidung bitter bereute. Sie kannte die Briefe, die er an den einzigen Menschen geschrieben hatte, den er wohl jemals geliebt hatte.

Dennoch war er bereit gewesen, ihn zu opfern, und nun hatte er dasselbe mit den Kindern vor. Sie musste ihn aufhalten, irgendwie. Sie konnte nicht zulassen, dass die Kinder in eines der gefürchtetsten Lager überführt wurden. Vermutlich würde keines von ihnen diese Strapazen und die Folter überstehen. Schon der Gedanke trieb ihr die Tränen in die Augen. Sie fühlte sich völlig verzweifelt und hilflos, als sie erkannte, dass sie nur eine Wahl hatte.

18

NORDHEIM

Der alte Mann brach seine Erzählung ab und atmete tief durch. Sophie, der längst Tränen über die Wangen liefen, brachte keinen Ton heraus. Hilflos starrte sie auf die Tasse, deren Inhalt kalt geworden war.

„Ich mache uns einen frischen Tee", sagte sie und stand auf. Sie musste sich mit etwas beschäftigen, sich ablenken, und wenn sie ehrlich war, wollte sie auch nicht, dass Hans ging. Schon die Vorstellung, die Nacht alleine in diesem Haus zu verbringen, nach allem, was sie gehört hatte, bereitete ihr Unbehagen. Sie würde ganz sicher davon träumen.

„Als ich aus dem Lager kam, machte ich mich sofort auf den Weg zum Schloss Grafeneck", fuhr der alte Mann plötzlich fort. „Ich erinnere mich, wie ich unterwegs anhielt, um den Moment hinauszuzögern. Das letzte Wegstück ging steil bergauf. Ich stand auf der Straße und habe mich gefragt, was damals in meinem Sohn vorging. Was er gefühlt hat, als man ihn zu diesem abgelegenen Ort brachte. Als er aus dem Bus stieg und an bewaffneten Männern mit Hunden vorüber musste. Ob er das Schloss überhaupt jemals zu Gesicht bekam oder gleich nach seiner Ankunft in das Barackengelände gebracht wurde, das von Stacheldraht umgeben war."

Er brach kurz ab und starrte vor sich hin.

„Ich werde nie eine Antwort darauf bekommen. Aber ich hoffe, dass Erich bis zum Schluss glaubte, er würde nur in einen warmen Raum zum Duschen gebracht."

„Er wurde vergast?" Sophie schüttelte fassungslos den Kopf. Was sie hörte, war so grauenhaft, dass sich alles in ihr sträubte, die Bilder zuzulassen, die sich ihr aufdrängten.

„Die Zufuhr des Gases betrug in der Regel zwanzig Minuten und wurde abgestellt, wenn sich keine Bewegungen der Opfer mehr feststellen ließen. Nach der Verbrennung wurden die Knochenreste gemahlen und in Urnen an die Angehörigen verschickt."

„Was wurde aus den Tätern?"

„Die meisten von ihnen entgingen nach Kriegsende einer Bestrafung. Einige wurden vor Gericht gestellt, aber nur eine Handvoll verurteilt. Krupp arbeitete auch nach dem Krieg weiterhin als Arzt. Als seine Beteiligung am Euthanasie-Programm aufflog, setzte er sich ab und wurde erst viele Jahre später an Deutschland ausgeliefert. Er wurde verurteilt, aber aufgrund seines gesundheitlichen Zustandes von der Haft verschont."

„Das heißt, er wurde nie zur Verantwortung gezogen?"

„Wie so viele andere auch nicht. Natürlich habe ich ihn damals zur Rede gestellt. Ich bin zum Krankenhaus gefahren, in dem er arbeitete. Was ich erwartete, kann ich nicht sagen. Reue vielleicht. Schuldgefühle. Aber Krupp zeigte nichts von alledem. Er machte mir klar, dass er nur auf Befehl gehandelt habe. Ich fragte ihn nach Erich und wollte wissen, weshalb es ihn getroffen hatte. Seine Antwort war völlig emotionslos.

Leistungsfähigkeit und Brauchbarkeit waren die entscheidenden Kriterien für die Selektion. Wer nach Ansichten der Nationalsozialisten nicht in den gesunden Volkskörper passte, geriet in die Maschinerie der Erbgesundheitspolitik. Nach der Ideologie der Rassenhygieniker sollten nur geistig und körper-

lich Gesunde der Volksgemeinschaft angehören. Ich habe meine Pflicht getan.

Das waren seine Worte. Ich suchte dann nach Erichs Akte und fand sie tatsächlich. Die Einträge ließen ungefähre Rückschlüsse auf seine Lage und die Sicht der Ärzte zu. Erich wurde als schwachsinnig, verblödet, unrein und lästig bezeichnet. Lästig! Verstehen Sie? Wie menschenverachtend muss ein Arzt sein, ein Kind so zu benennen?

Außerdem ging aus der Akte nicht hervor, dass mein Sohn irgendwelchen gesundheitsfördernden Therapien unterzogen wurde. Die Behandlung mit modernen Mitteln der Wissenschaft war für einen unheilbar geisteskranken Menschen nicht vorgesehen. Stattdessen hatte Wilhelm sein Einverständnis gegeben, dass an Erich Experimente durchgeführt wurden. Die Einzelheiten werde ich Ihnen ersparen. Ich habe nie etwas Grausameres gelesen."

Zusammengesunken saß der alte Mann auf dem Stuhl, als es plötzlich laut an der Tür klopfte. Sophie stand auf und öffnete ohne zu zögern. Sie musste nun keine Angst mehr haben.

„Paul?", fragte sie, als sie den späten Besucher erkannte.

„Ist mein Opa bei dir? Ich kann ihn nirgendwo finden."

„Er sitzt in meiner Küche. Komm rein!"

„Hat er dich bedroht?"

„Nein, keine Sorge. Wir haben nur geredet."

Paul folgte ihr. Hans schaute kurz auf, als sein Enkel die Küche betrat. Ein zaghaftes Lächeln machte sich in seinem Gesicht breit.

„Wir sollten gehen, Opa", sagte Paul. „Es ist spät."

Der alte Mann nickte, rührte sich jedoch nicht. Sophie bekam den Eindruck, dass er ihr noch etwas sagen wollte. Kurz entschlossen stellte sie eine weitere Tasse auf den Tisch.

„Für einen Tee reicht es noch, oder?", fragte sie Richtung Paul. „Ich möchte wissen, was aus den Kindern wurde."

„Die Kinder", wiederholte Hans leise, während Paul sich

ihm gegenüber auf den Stuhl setzte. „Elisabeth hat sie gerettet. 51 Menschenleben. 51 Hoffnungen. Sie hat sie ihnen bewahrt."

„Dann hat Wilhelm seine Drohung nicht wahrgemacht?", hakte Sophie nach.

„Oh doch, das hat er. An diesem Abend kam die Gestapo auf den Gutshof. Die Männer wussten längst, dass Deutschland den Krieg verlieren und Hitlers Pläne mit ihm untergehen würden. Vielleicht erklärt ihre Verzweiflung darüber die unglaubliche Brutalität, mit der sie vorgingen. Sie zerrten die Kinder aus den Betten und ließen sie im Hof in Reih und Glied strammstehen. Die Kleinen standen die halbe Nacht, während Wilhelm und die Männer im Haus tranken."

Wieder brach er ab. Offensichtlich fiel es ihm schwer, darüber zu reden. Sophie drängte ihn nicht. Sie war sich nicht einmal mehr sicher, ob sie den Ausgang dieser Nacht erfahren wollte. Paul hingegen hakte nach.

„Die Kinder haben überlebt, Opa. Was ist geschehen?"

„Bettie ist gleich nach Wilhelms Drohung in die Stadt gefahren. Sie hat das Krankenhaus aufgesucht, in dem sie als Schwesternschülerin gearbeitet hat. Dort herrschte wahnsinniges Chaos. Den Ärzten und Schwestern gelang es kaum noch, die vielen Verletzten zu versorgen. Man gab ihnen Morphium, um ihr Leiden zu lindern."

„Morphium?", fragte Paul. „Bettie bekam also ohne Weiteres Zugang dazu?"

Hans nickte. „Sie hat das Richtige getan."

„Was wurde aus ihren Leichen? Sie konnte sie ja schlecht beerdigen lassen."

„Natürlich nicht. Jeder Arzt hätte festgestellt, dass die Männer ermordet worden waren. Bettie vergrub sie auf der Lichtung hinter dem Kurhaus. Das Personal, allen voran meine Mutter, half ihr dabei. Ein paar Monate später war der Krieg vorüber, das NS-Regime brach zusammen."

„Bis dieser Wanderer auf den Schädel stieß."

„Ja, bis er den Schädel fand und ich glücklicherweise zur Stelle war."

„Du hast ihn ausgetauscht?", fragte Paul, dem ins Gesicht geschrieben stand, wie betroffen ihn das Geständnis seines Großvaters machte. Hans hingegen nickte nur. Dann stand er auf.

„Ich denke, ich gehe jetzt besser. Es tut mir leid, wenn ich Sie erschreckt habe. Ich wollte um jeden Preis vermeiden, dass die Wahrheit ans Licht kommt. Bettie hat fünf Menschen umgebracht. Ich musste verhindern, dass man sie als Mörderin sieht. Sie hat das Leben dieser Kinder gerettet. Ich konnte nicht zulassen, dass man sie zur Verantwortung zieht."

„Was ist mit den Leuten im Dorf? Warum verhalten sie sich so feindselig mir gegenüber?"

„Aus dem gleichen Grund wie ich. Es waren ihre Großeltern, die damals im Kurhaus arbeiteten und die Leichen beseitigten. Wir hatten gehofft, dass durch die Sprengung sämtliche Spuren verwischt werden."

„Bis Sophie kam und in Elisabeths Haus zog. Du wusstest von ihren Aufzeichnungen?"

„Ja. Bettie hat mir davon erzählt. Leider konnte sie sich nicht daran erinnern, wo sich der Schlüssel für das Fach im Schreibtisch befand."

„Und nun?", fragte Sophie. „Wie geht es jetzt weiter?"

„Das liegt bei Ihnen. Sie können zur Polizei gehen. Mord verjährt nicht, wie Sie wahrscheinlich wissen. Wenn die Beamten auf der Lichtung graben, werden sie weitere Schädel finden. Ich nehme an, damit wäre Ihre Geschichte perfekt."

Er schlurfte zur Tür. Doch bevor er das Haus verließ, hielt Sophie ihn auf.

„Was wurde aus Richard?", fragte sie. „Hat Bettie ihn wiedergesehen?"

„Das hat sie. Richard kehrte ausgerechnet in jener Nacht verwundet aus dem Krieg zurück."

„Er hat Wilhelm immer noch geliebt?“

„Das hat er. Seltsam, nicht wahr? Aber Wilhelm und ihn verband wohl mehr, als alle anderen geglaubt hatten. Auf Wiedersehen, Sophie.“

Er ging. Paul folgte ihm und nahm seinen Arm. Als er sich zu Sophie umdrehte, bemerkte sie Tränen in seinen Augen.

Obwohl Sophie kaum geschlafen hatte, stand sie am nächsten Morgen noch vor Sonnenaufgang auf. Sie hatte sich die halbe Nacht um die Ohren geschlagen und noch einmal sämtliche Aufzeichnungen durchgesehen, aber sie war nicht fündig geworden. Sie wusste ja nicht einmal, wonach sie suchte. Da war nur dieses unbestimmte Gefühl, dass Hans Schröder ihr etwas verschwiegen hatte und sie etwas übersah.

Deshalb wollte sie noch einmal zur Lichtung. Entschlossen schnürte sie ihre Turnschuhe und verließ das Haus. Es war still, nur Vogelgezwitscher war zu hören. Sophie sah zum Himmel. Die Sonne ging gerade hinter dem Wald auf. Alles wirkte so friedlich und ließ die Geschichte des alten Mannes vom Vorabend unwirklich erscheinen.

Sie begann zu laufen. Schon nach wenigen Metern fand sie ihren Rhythmus und fühlte sich plötzlich frei. Die Gedanken an Bettie, die Kinder und den Mord an fünf Männern fielen von ihr ab. Es gab nur sie, den sanften Wind, der ihr Gesicht streifte, und das Gefühl hierherzugehören.

Als sie am Waldrand ankam, blieb sie stehen. Nur noch ein paar Schritte und sie würde den kalten Sog spüren. Langsam ging sie darauf zu und bemerkte überrascht, dass es keinen Temperatursturz gab wie die Tage zuvor. Im Wald war es nicht kälter als auf den Feldern.

Sophie schüttelte den Kopf. Sie konnte sich dieses Phänomen doch nicht nur eingebildet haben, oder vielleicht doch? Nachdenklich lief sie weiter bis zur Lichtung und ließ sich auf den von Moos bewachsenen Boden fallen. Durch das Laub der Bäume drangen erste Sonnenstrahlen und tauchten die Lichtung in glänzendes Licht. Sophie schloss die Augen und atmete tief durch. Sie hatte keine Ahnung, wie lange sie so dasaß und an Bettie dachte, als sie plötzlich das Knacken von Zweigen und gleich darauf Schritte hörte.

„Ich dachte mir, dass ich dich hier finde", sagte Paul und setzte sich neben sie. „Du hast versprochen, nicht in den Wald zu gehen."

„Die Sonne scheint, es ist kein Unwetter im Anmarsch. Du brauchst mich also nicht zu retten."

Sophie lachte leise. Als sie in Pauls Gesicht schaute, bemerkte sie, wie ernst er blieb.

„Vielleicht würde ich das trotzdem gerne", sagte er und nahm ihre Hand. „Was hast du nun vor, Sophie? Wirst du die Geschichte schreiben und wieder verschwinden?"

„Ja und nein."

„Was meinst du damit?"

„Ja, ich schreibe die Geschichte, und nein, ich werde nicht verschwinden. Ich habe ein Haus gekauft und so verrückt die vergangenen Tage auch waren, ich fühle mich wohl hier."

„Das klingt vielversprechend. Bedeutet das, du hast gefunden, wonach du gesucht hast?"

„Ja, ich denke schon. Komm! Lass uns gehen."

„Du hast also nicht vor, die Lichtung umzugraben?", fragte Paul und grinste.

„Nein, lassen wir die Toten ruhen. Du kannst deinem Opa ausrichten, dass er von mir nichts zu befürchten hat. Ich werde weder zur Polizei gehen noch über diese Nacht schreiben. Das Ende meines Romans soll hoffnungsvoll sein."

„Es wird ihn erleichtern. Die Schatten der Vergangenheit haben ihn nie losgelassen. Danke, Sophie. Dann kann er jetzt endlich seinen Plan in die Tat umsetzen."

„Was hat er vor?"

„Er wird zu Bettie ins Altenheim ziehen. Das hatte er schon lange vor. Aber dann kamst du und hast diese Pläne durcheinandergebracht."

„Es tut mir leid."

„Das muss es nicht, im Gegenteil. Ich glaube, Elisabeth und er werden endlich befreit sein."

Sie verließen den Wald. Sophie lächelte, als sie unter den Bäumen hervortraten und die Temperatur sich auch jetzt nicht veränderte. Schweigend liefen sie zum Haus zurück.

„Hast du Zeit, mich zu Elisabeth zu begleiten?", fragte Sophie. „Ich würde ihr gerne das Ende meines Romans vorlesen."

„Du hast es bereits geschrieben?", fragte Paul erstaunt.

„Heute Nacht. Also, was ist?"

„Natürlich begleite ich dich. Wenn du willst, sofort."

„Das Angebot nehme ich an. Aber vorher muss ich mich kurz frisch machen. Du kannst dir einen Kaffee holen. Er steht in der Kanne auf dem Tisch."

Sophie verschwand im Badezimmer. Als sie eine Viertelstunde später zu Paul zurückkehrte, hielt er die Kette in der Hand, die sie am Spülbecken abgelegt hatte.

„Er hat den Tod verdient, oder?", fragte Paul nachdenklich. „Genauso wie die anderen vier Männer."

„Fünf! Es waren fünf."

„Fünf? Wie kommst du darauf? Ich bin ganz sicher, dass Opa von vier Männern sprach."

„Das hat er. Komm! Lass uns fahren."

„Willst du mir vorher nicht verraten, was in deinem Kopf vor sich geht?"

„Später vielleicht. Jetzt möchte ich zu Bettie."

Paul zuckte mit den Schultern. Gemeinsam stiegen sie in seinen Wagen und fuhren ins Dorf. Vor dem Anwesen seines Großvaters drosselte er das Tempo. Sophie bemerkte den alten

Mann, der mitten im Hof stand und zu ihnen hinschaute. Sie nickte ihm zu und lächelte. Daraufhin hob er den Arm und winkte. Dann drehte er sich um und verschwand.

Im nächsten Moment klingelte Sophies Handy. Es war Jenny, die ihr aufgeregt mitteilte, dass ihre Tochter geboren war.

„Du musst dich sofort ins Auto setzen und herkommen", sagte sie. „Dein Patenkind will dich schließlich kennenlernen. Die Kleine ist so hübsch, Sophie. Ich wünschte, du könntest sie sehen."

„Das werde ich, Jenny. Ich werde morgen bei dir auftauchen, versprochen."

„Morgen? Wirklich?"

„Ich dachte, das wolltest du? Falls es dir nicht passt ..."

„Es passt wunderbar", fiel ihre Freundin ihr ins Wort. „Ehrlich gesagt habe ich nur nicht damit gerechnet. Bedeutet das, du hast genug von der Einöde?"

„Im Gegenteil, ich bleibe hier. Aber dafür muss ich noch ein paar Dinge regeln."

„Du willst dich scheiden lassen?"

„Ja. Außerdem muss ich zum Verlag und mein Manuskript einreichen."

„Du hast es tatsächlich geschafft? Ich freue mich so für dich."

„Danke, wir sehen uns morgen, Jenny. Mach's gut."

Sophie legte auf und warf einen Blick zu Paul, der schweigend zugehört hatte. Sie bemerkte das Lächeln in seinem Gesicht.

„Was?", fragte sie und stieß ihn herausfordernd an die Schulter.

„Du bleibst also hier im Dorf? Im Katzenhaus?"

„Es ist hübsch. Wie oft soll ich dir das noch sagen? Außerdem weiß ich bis heute nicht, warum es so bezeichnet wird. Elisabeth mochte Katzen. Das war es aber auch schon."

„Eine Menge Katzen."

„Und wenn schon, von mir aus dürfen sie gerne bleiben. Ich mag das Haus mit allem, was dazu gehört."

„Das ist alles? Sonst gibt es nichts?"

„Die Umgebung ist traumhaft", antwortete Sophie und grinste. „Außerdem fällt mir hier das Schreiben leicht und es ist sicher auch nicht verkehrt, einen Arzt in der Nähe zu haben, der mich gegebenenfalls rettet, wenn ich in Schwierigkeiten gerate."

„Das wollte ich hören. Wir sind da."

Paul stoppte den Wagen. Gemeinsam gingen sie in den Park, wo sie hofften, Elisabeth zu finden. Tatsächlich saß sie auf ihrer Bank am See. Wie bei Sophies letztem Besuch reagierte sie kaum auf die Begrüßung, sondern starrte aufs Wasser.

„Hallo, Elisabeth", sprach Paul sanft auf sie ein. „Wie geht es Ihnen?"

Er erhielt keine Antwort. Keine Regung im Gesicht der alten Dame verriet, dass sie ihn überhaupt wahrnahm. Aber Paul gab so schnell nicht auf.

„Opa wird endlich zu Ihnen ziehen. Er packt schon seine Taschen."

Sophie, die gespannt auf Betties Reaktion wartete, erschrak, als deren Kopf plötzlich herumschnellte.

„Hans", sagte die alte Dame heiser. „Er kommt zu mir?"

„Ja." Paul drückte ihre Hand. „Es ist alles gut. Die Kinder haben ihren Frieden gefunden."

Bettie nickte. Über ihr faltiges Gesicht liefen Tränen, als sie nach der Kette an ihrem Hals griff. Sophie bemerkte, wie ihre Finger dabei zitterten.

„Darf ich sie mir ansehen?", bat sie. Als die alte Dame nickte, berührte Sophie das kleine Kreuz und drehte es um. Wie erwartet fand sie die Initialen darauf. R.A.

„Seine Liebe war zu stark, nicht wahr?", fragte Sophie leise.

„Ja. Er hätte die Kinder für ihn geopfert. Ich musste es tun. Werden Sie …“

„Nein“, unterbrach Sophie sie. „Ich werde nicht darüber schreiben. Möchten Sie erfahren, welchen Titel der Roman haben wird?“

„Gerne“, presste Elisabeth heraus und schaute Sophie an. In ihren Augen lagen Trauer, Schmerz, aber auch Erleichterung, dass es endlich vorbei war. Sophie schnürte es die Kehle zu. Wortlos reichte sie Elisabeth die Kopie ihres Manuskripts. Sie hatte keine Ahnung, ob die alte Dame in der Lage war, den ganzen Roman zu lesen und ob sie es überhaupt wollte. Aber das spielte keine Rolle. Es war ihre Geschichte.

„Danke“, hörte sie Bettie sagen. Ihre Finger glitten fast zärtlich über das Papier, bevor sie den Titel laut vorlas.

„Haus der Hoffnung.“